A invenção da modernidade literária

CONSTANTINO LUZ DE MEDEIROS

a invenção da modernidade literária

Friedrich Schlegel e o romantismo alemão

FALE FACULDADE DE LETRAS UFMG

ILUMINURAS

Capa e projeto gráfico
Eder Cardoso / Iluminuras

Preparação
Jane Pessoa

Revisão
Iluminuras

"Esta obra conta com o apoio da *Faculdade de Letras da Universidade Federal de Minas Gerais* (Fale/UFMG) para sua publicação".

Este livro segue as novas regras do Acordo Ortográfico da Língua Portuguesa.

CIP-BRASIL. CATALOGAÇÃO NA PUBLICAÇÃO
SINDICATO NACIONAL DOS EDITORES DE LIVROS, RJ
M438i

Medeiros, Constantino Luz de
A invenção da modernidade literária : Friedrich Schlegel e o romantismo alemão / Constantino Luz de Medeiros. - 1. ed. - São Paulo : Iluminuras / UFMG, 2018.
208 p. : il. ; 23 cm.

ISBN 978-85-7321-574-8

1. Romantismo - História. 2. Romantismo - Alemanha - História. 3. Literatura e filosofia. 4. Arte e filosofia. 5. Estética moderna. I. Título.

17-46025 CDD: 801
CDU: 82:1

2018
Editora Iluminuras Ltda.
Rua Inácio Pereira da Rocha, 389
05432-011 - São Paulo - SP - Brasil
Tel./ Fax: 55 11 3031-6161
iluminuras@iluminuras.com.br
www.iluminuras.com.br

SUMÁRIO

À Rejane, síntese de amor absoluto e amizade filosófica.

AGRADECIMENTOS

Agradeço a todos os que contribuíram de algum modo para a realização deste livro. A Roberto Acízelo de Souza, *primus studiorum dux*, pela generosidade de espírito. A Márcio Suzuki, pelas importantes contribuições. A Márcio Seligmann-Silva, Karin Volobuef, Regina Lúcia Pontieri, Marta Kawano, Renata Philipov, Wilma Patricia Maas, Cilaine Alves Cunha, João Adolfo Hansen, Manoel Mourivaldo Santiago de Almeida, Marcus Mazzari, Márcio Scheel.

A Ulrich Breuer, presidente da Sociedade Friedrich Schlegel na Alemanha.

Aos novos amigos e colegas da Faculdade de Letras da Universidade Federal de Minas Gerais (UFMG), em especial a Georg Otte.

Às instituições que apoiaram a pesquisa e a publicação do livro: Fundação de Amparo à Pesquisa do Estado de São Paulo (Fapesp), Fundação de Desenvolvimento da Pesquisa (Fundep), Faculdade de Letras da Universidade Federal de Minas Gerais (Fale-UFMG).

À diretoria da Faculdade de Letras da Universidade Federal de Minas Gerais, Graciela Inés Ravetti e Rui Roth-Neves. À Câmara de Pesquisa, especialmente na pessoa de sua coordenadora, Sara Rojo.

Este livro é uma versão modificada de minha tese de doutorado, defendida na Faculdade de Filosofia, Letras e Ciências Humanas da Universidade de São Paulo, em 2015.

APRESENTAÇÃO

Roberto Acízelo de Souza

O Romantismo, no Brasil, durante o longo período em que se desdobrou, da década de 1830 à de 1860, constituiu claramente uma vertente da proverbial francofilia que se instalou no país no século XIX. Veja-se, a propósito, entre inúmeras outras evidências desse fato, o que preconizava o jovem poeta Junqueira Freire, num curso ministrado por volta de 1850 e depois publicado num pequeno tratado de retórica e poética no ano de 1869: "A França é tudo. Sigamos [...] a França nas ciências, nas artes, na literatura [...]. Porque é ela que ilumina todo o mundo civilizado".

Assim, as ideias românticas, instrumentalizadas para promover nossa emancipação literária, tida como correlato necessário da independência política recém-conquistada, os escritores brasileiros as foram buscar quase exclusivamente em fontes francesas, mal se dando conta das contribuições inglesas e alemães, de resto, como se sabe, anteriores à difusão do movimento romântico na França. Inclusive a voga de Byron entre os poetas que despontaram nos anos 1850, caracterizável muito mais como um fenômeno de idolatria juvenil do que como sintoma de interesse intelectual, não foi suficiente para abalar a avassaladora hegemonia entre nós das concepções e práticas literárias de origem francesa, o mesmo se podendo dizer de esforços isolados de aproximação com a cultura literária alemã, como o de Gonçalves Dias, por exemplo, ao traduzir a peça *A noiva de Messina*, de Schiller.

Ora, essa noção de um Romantismo unificado pela perspectiva da França por muito tempo quase nos interditou o acesso ao vigoroso processo de modernização das letras que se observa na Alemanha a partir de fins do século XVIII, conduzido inicialmente por autores como Goethe e Schiller, e logo em seguida pelos chamados primeiros românticos, em que se destacaram figuras como Novalis e os irmãos August e Friedrich Schlegel. Tal estado de coisas configurado no Oitocentos persistiria por quase todo o século XX, e, até onde alcançamos, só dá sinais de reverter em fins da década de 1980, em boa medida graças à disponibilização em português de alguns textos fundamentais dessa linhagem de pensamento estético, publicados na Coleção Pólen, da Editora Iluminuras, em edições que se distinguem pela qualidade das traduções, bem como pelas notas e pelos estudos introdutórios. Inaugura o conjunto o volume *Pólen*, de Novalis, cuja primeira edição é de 1988, ao qual se seguem dois títulos de Friedrich Schiller – *A educação estética do homem* (1989) e *Poesia ingênua e sentimental* (1991) – e outros tantos de Friedrich Schlegel: *Conversa sobre a poesia* (1994) e *O dialeto dos fragmentos* (1997).

A invenção da modernidade literária: Friedrich Schlegel e o romantismo alemão vem agora integrar-se a esse conjunto, para enriquecê-lo com um estudo crítico de alto nível. A obra nos oferece, além de um esclarecedor panorama da trajetória intelectual de Schlegel, uma excelente via de acesso a uma das matrizes do Romantismo que, como assinalamos, até pouco tempo permanecia quase desconhecida no Brasil, a despeito da fecundidade de certas questões que formulou, como os contrapontos clássico/romântico e antigo/moderno, a ideia de fragmento, a noção de ironia, a concepção de autonomia da arte em relação a outras esferas da cultura, a transformação do novo gênero do romance em objeto de reflexão, a reconcepção das relações entre filosofia e poesia, bem como a postulação de uma reflexão sobre o literário apta a integrar as instâncias crítica, teórica e historiográfica, na linha do que se lê num dos representantes desses primeiros românticos alemães, August Schlegel, na primeira lição do seu *Cours de littérature dramatique*, publicado em Paris em 1814: "A história das artes nos ensina o que se fez; sua teoria, o que se deve fazer. Esses dois estudos permanecem isolados e imperfeitos sem um intermediário que os reúna. É a crítica que ilumina a história das artes e com isso torna a teoria fecunda".

Justamente essa proposição fundamental de conceber os estudos literários como confluência entre história, crítica e teoria não só constitui um dos núcleos temáticos do estudo de Constantino Luz Medeiros sobre Schlegel e a revolução modernizante promovida pelo Romantismo alemão, mas, sobretudo, inscreve-se na própria estruturação da obra, ao ser tomada não simplesmente como conteúdo, porém como princípio organizador da exposição, não à toa segmentada em três grandes partes, ditas História, Crítica e Teoria.

Assinale-se que o autor nos oferece seu estudo credenciado por longo e intenso convívio intelectual que vem mantendo com a obra de Schlegel – e, através dela, com o rico e complexo universo do Romantismo alemão –, e do qual são testemunhos diversos outros estimáveis trabalhos seus, entre os quais destacaríamos um livro recém-publicado no qual traduz e analisa um importante ensaio do escritor da sua eleição: *Friedrich Schlegel: "Relato sobre as obras poéticas de Giovanni Boccaccio"* (São Paulo: Humanitas, 2015).

O convite, então, especialmente dirigido a nós leitores brasileiros, é nos acercarmos, por via da leitura de Schlegel empreendida por Constantino Luz Medeiros, de um Romantismo que talvez ainda não conhecemos bem, pois constituído por um repertório de questões em que tópicos como religiosidade, caráter nacional, paisagem tropical e indianismo cedem vez a discussões de índole filosófica e universalista sobre a natureza e o papel da literatura na modernidade.

Rio de Janeiro, 21 de agosto de 2017

a invenção da modernidade literária

Friedrich Schlegel e o romantismo alemão

“Mesmo o maior sistema é apenas um fragmento.”
Friedrich Schlegel[1]

[1] *Fragmentos sobre poesia e literatura (1797-1803) seguido de Conversa sobre a poesia*. Trad. Constantino Luz de Medeiros e Márcio Suzuki. São Paulo: Editora Unesp, 2016, p. 207 [930].

I. HISTÓRIA

1. OS ANOS DE APRENDIZADO

A formação crítico-literária

> Nessa época, alguns de seus experimentos artísticos despertaram nova confiança em seu peito, e a aprovação por parte de grandes mestres o encorajara; e, como a arte lhe conduzira a lugares notáveis e lhe colocara entre as pessoas desconhecidas e alegres, seu sentimento se abrandou e começou a fluir de um modo poderoso, como ocorre com uma grande torrente quando o gelo se derrete e quebra, arrastando as ondas com nova força pelo antigo caminho.
>
> *Friedrich Schlegel*[1]

A ocupação dos românticos alemães com a arte literária insere-se no paradigma de alterações sociais, econômicas, políticas e culturais ocorridas durante o século XVIII, na Europa. A época da crítica, como foi definida por Immanuel Kant (1724--1804), teve como uma de suas consequências a busca pela liberdade e pela autonomia em todos os âmbitos do conhecimento humano, influenciando igualmente a maneira de conceber a criação e a crítica de literatura.[2] Em sintonia com seu tempo, a teorização crítico-literária de Schlegel almejava concretizar uma revolução estética no campo literário, de modo a encontrar o que o crítico considerava ser a correta direção para a literatura moderna. A ruptura com a poética normativa, dogmática e atemporal faz com que o juiz de arte, o *Kunstrichter*, seja substituído pelo crítico de arte, o *Kunstkritiker*. A partir de então, a crítica de literatura – herdeira dos estudos fundadores de Johann Joachim Winckelmann (1717-1768), Gotthold Ephraim Lessing (1729-1781) e Johann Gottfried Herder (1744-1803) – passa a levar em consideração os aspectos intrínsecos e extrínsecos das obras literárias.

O que toma corpo no primeiro romantismo alemão é o processo de reconfiguração dos discursos da teoria, da crítica e da história da literatura. Esse processo acompanha o surgimento de obras que apontam para a própria constituição ou que refletem sobre o fazer artístico, como *Lucinde* (1799) e *Conversa sobre a poesia*

[1] SCHLEGEL, Friedrich. *Lucinde*. In: KA-V, p. 51.

[2] "A época em que vivemos é a época da crítica, à qual tudo tem de submeter-se. A religião, pela sua santidade, e a legislação, pela sua majestade, querem da mesma forma desligar-se dela. Contra elas levantam então justificadas suspeitas e não podem aspirar ao sincero respeito, que a razão só concede a quem pode sustentar o seu livre e público exame." KANT, Immanuel. *Crítica da razão pura*. Trad. Alexa Martins. São Paulo: Martin Claret, 2001, p. 17.

(1800), de Friedrich Schlegel, exemplos de literatura que produz a própria teoria. Como reconhecem Philippe Lacoue-Labarthe e Jean-Luc Nancy, com os românticos ocorre não apenas a descoberta do conceito de literatura, em termos modernos, mas também o processo de reconfiguração dos discursos sobre a literatura. Os autores definem esse processo de renovação da teoria, da crítica e da história da literatura como uma elevação do literário ao Absoluto: "O romantismo não é apenas literatura (são eles os que inventaram o conceito), nem tão pouco mera teoria da literatura (antiga e moderna), mas a própria teoria enquanto literatura, ou, o que é o mesmo, a literatura produzindo-se e produzindo sua própria teoria".[3]

A consciência histórica sobre as épocas da arte herdada de Winckelmann está por detrás da antinomia entre o clássico e o romântico estabelecida por Goethe e Schiller, e tem grande importância para os irmãos Schlegel. Essa antinomia, delineada por Winckelmann ainda na passagem da primeira para a segunda metade do século XVIII, fundamenta os principais conceitos do primeiro romantismo alemão. No ciclo de palestras realizadas em Berlim no começo do século XIX, cuja primeira parte foi publicada com o título de *Die Kunstlehre* [Doutrina da Arte] (1801-1802), August Wilhelm Schlegel reconhece o papel de Winckelmann para a história da arte e afirma que a oposição entre o gosto antigo e o moderno é essencial para toda a história da literatura europeia.[4]

Por outro lado, alguns conceitos introduzidos por Schlegel em sua crítica de literatura são influências da filosofia fichteana, como a concepção da exegese literária enquanto aperfeiçoamento infinito, a utilização do conceito de "aproximação recíproca" para compreender as épocas da poesia, ou mesmo a teorização sobre a poesia transcendental. Fichte afirma que "ninguém é tão instruído que não possa aprender",[5] do mesmo modo, Schlegel postula que a crítica literária deve auxiliar a obra de arte a proporcionar a possibilidade de reflexão, de autocrítica, de crescimento e aperfeiçoamento espirituais, pois, de acordo com o filósofo da doutrina-da-ciência, a liberdade não significava nada mais do que tornar-se consciente de si mesmo. Através dos ensinamentos de Fichte sobre a atividade do sujeito pensante em seu processo reflexivo, os românticos incorporam às suas teorias o conceito de arte enquanto reflexão potenciada. Esse movimento foi captado mais tarde por Walter Benjamin (1892-1940) ao considerar a arte romântica um medium-de-reflexão. Para os românticos, a obra de arte propicia o conhecimento imediato (*Unmittelbar*), o acesso ao sensível que é ao mesmo tempo intelectual, ao infinito no finito. No entanto, August Wilhelm Schlegel alerta para que não se tome esse infinito como algo metafísico: "Não se toma o infinito como uma ficção

[3] LACOUE-LABARTHE, Philippe; NANCY, Jean-Luc. *El absoluto literario*. Buenos Aires: Eterna Cadencia Editora, 2012, p. 35.

[4] BEHLER, Ernst. *Frühromantik*. Berlim: Walter de Gruyter, 1992, p. 135. Há uma excelente tradução da *Doutrina da Arte* de August Wilhelm Schlegel realizada por Marco Aurélio Werle. Cf. SCHLEGEL, August Wilhelm. *Doutrina da Arte*. São Paulo: Edusp, 2014.

[5] FICHTE, Johann Gottlieb. *O destino do erudito*. Trad. Ricardo Barbosa. São Paulo: Hedra, 2014, p. 71.

filosófica, ele não é procurado além do mundo: ele nos envolve por todos os lados, não podemos nunca escapar dele; nós vivemos, operamos e somos no infinito".[6] O desejo de completude nas criações dos jovens do primeiro romantismo alemão aponta para a utopia de unidade que Schlegel chama de ânsia de infinito, *Sehnsucht nach dem Unendlichen*.[7] Toda a atuação de Schegel, seja enquanto historiador, teórico ou crítico de literatura caracteriza-se por essa ânsia de infinito.

Um dos primeiros críticos de literatura, na acepção moderna do termo, Schlegel dedicou grande parte de sua existência ao estudo da literatura dos mais diversos povos e épocas. Suas concepções teóricas e seus escritos são exemplos de abordagens inovadoras dos fenômenos literários. Incansável estudioso de línguas e culturas, juntamente com seu irmão August Wilhelm, contribuiu para a renovação dos discursos da teoria, da crítica e da história da literatura.

Seus escritos são da maior importância tanto para a história do romantismo quanto para a história da crítica moderna, principalmente porque renovou o debate sobre os antigos e modernos, que a interpretação de seu irmão difundiu, literalmente, através do mundo inteiro.[8]

Karl Wilhelm Friedrich Schlegel nasceu em Hanover, em março de 1772, no mesmo ano em que Johann Wolfgang Goethe terminou sua obra *Götz von Berlichingen*. Segundo Ernst Behler, Friedrich e August Wilhelm Schlegel pertenciam a uma família tradicional de protestantes, composta por pastores, juristas, funcionários públicos, historiadores, poetas e críticos de literatura, cuja atuação em diversos âmbitos da vida pública alemã remontava ao século XVII.[9] O pai dos românticos, Johann Adolf Schlegel (1721-1793), professor de teologia, pastor e superintendente de Hanover, traduziu para o alemão a obra de Charles Batteaux (1713-1780), *As belas-artes reduzidas a um mesmo princípio* (1746), enquanto o tio, Johann Elias Schlegel (1719-1749) foi um grande dramaturgo da primeira metade do século XVIII. Amigo de Moses Mendelssohn, Jakob Bodmer, Jakob Breitinger, Christian Gellert, Ephraim Gotthold Lessing, entre outros, Johann Elias Schlegel antecipou, de certo modo, diversas teorizações de Friedrich Schlegel, como a questão da impressão da obra sobre o espírito e a criação imaginativa do leitor (Essa questão do efeito estético e da imaginação surge igualmente no *Laocoonte* (1766), de Lessing); a problematização sobre a dessemelhança na ficção e seu efeito irônico, ou ainda a questão da representação do maravilhoso na literatura.

Schlegel foi educado em uma família onde o pai era um grande simpatizante das concepções de Jean-Jacques Rousseau (1712-1778) sobre a pedagogia natural, e, seguindo sua visão, educara os filhos no amor pelos estudos e pela arte, e no exercício do espírito crítico. Ainda assim, de acordo com Carl Enders, a educação familiar

[6] SCHLEGEL, August Wilhelm. *Doutrina da Arte*, p. 35.
[7] BEHLER, Ernst. *Friedrich Schlegel mit Selbstzeugnissen und Bilddokumenten*. Hamburgo: Rowohlt, 1966, p. 24.
[8] WELLEK, René. *História da crítica moderna*, v. II. São Paulo: Editora Herder, 1967, p. 5.
[9] BEHLER, Ernst. *Friedrich Schlegel*, p. 7.

fazia com que o crítico se sentisse tolhido em sua liberdade, o que o levava a buscar, sempre que possível, outras formas de complementar sua formação. Segundo essa concepção rousseauniana de educação, a criança deve desenvolver, desde a mais tenra idade, tanto sua capacidade de apercepção do sensível, através do contato íntimo e reiterado com a natureza, como sua capacidade de abstração, pelo estudo e aplicação.[10]

Por outro lado, o amor do pai pela vida cultural e a amizade que cultivava com diversas personalidades da época transformaram a residência dos Schlegel em um lugar de aprendizado e de convivência cultural.[11] A formação recebida em casa, bem como a própria tradição familiar, foram influências marcantes na sensibilidade crítica de Schlegel perante a arte literária, mas foi igualmente a partir da incessante busca pelo entendimento dos paradigmas de seu tempo e do passado que o crítico desenvolveu um *modus faciendi* de crítica literária original e ainda incomum em sua época. A religião foi outro aspecto importante na formação de Schlegel, principalmente pelo fato de que a casa de seu pai era a residência de um pastor protestante. Dos sete filhos de Johann Adolf Schlegel e de Johanna Christiane Erdmuthe Hübsch (1734-1811), os dois primeiros, Karl August Moritz (1756-1826) e Johann Karl Fürchtegott (1758-1831,) escolheram a carreira religiosa e tornaram-se pastores. Outro irmão mais velho, Carl August Schlegel (1761-1789), viajou com um regimento de Hanover à Índia, onde faleceu em 1789.[12] A educação religiosa teve um efeito duradouro no espírito e nas concepções crítico-literárias de Friedrich. Sua oposição aos espíritos céticos que habitavam a cena crítico-literária de seu tempo, a busca pela unidade que subjaz todas as coisas, e a crença no âmbito do maravilhoso, são resultados de uma visão religiosa da arte e da existência humanas, os quais podem ser encontrados em diversos trechos de sua obra. Anos mais tarde, quando recorda de sua formação, o crítico afirma que sua juventude havia sido um tempo de extremo ceticismo, no qual, todavia, o grande respeito que nutria pela religião de seus pais impedia-o de exteriorizar qualquer crítica.[13]

O fato de pertencer a uma família de religiosos protestantes, cujo pai também era pastor, representa a situação da maioria dos escritores e críticos da Alemanha no século XVIII. Gotthold Ephraim Lessing, Christoph Martin Wieland, Jakob Bodmer, Gottsched, Christian Gellert, Georg Christoph Lichtenberg, Gottfried August Bürger, Jean Paul, Jakob Michael Lenz, entre muitos outros, também eram filhos de pastores protestantes. De acordo com Heinz Schläfer, a maioria dos jovens escritores do século XVIII foi instruída na casa paroquial [*Pfarrhaus*] pelo próprio pai, pois, nessa época, a educação pública ainda era extremamente rudimentar, de modo que a formação oferecida pelo pastor se tornava a melhor solução para a educação dos filhos. O mesmo texto utilizado para a pregação servia também

[10] ENDERS, Carl. *Friedrich Schlegel. Die Quellen seines Wesens und Werdens.* Leipzig: H. Haessel Verlag, 1913, p. 22.
[11] ENDERS, Carl. Ibid.
[12] BEHLER, Ernst. *Einleitung.* In: SCHLEGEL. Friedrich. *Bis zur Begründung der Romantischen Schule. (1788-1797).* KA-XXIII, p. XXXIII.
[13] ENDERS, Carl. *Friedrich Schlegel*, p. 22.

como fundamento para a formação dos alunos: a Bíblia, na tradução de Martinho Lutero (1486-1546). O mesmo ocorre entre os Schlegel, na casa do pastor protestante Johann Adolf Schlegel.[14] Embora os anos de formação de Friedrich Schlegel ocorram em um período em que a Europa sofre profundas transformações sociais, históricas, políticas e culturais, na Alemanha essas alterações demoram para surtir o mesmo efeito. É sobretudo a separação em pequenos principados, e a ausência de grandes centros, como Londres e Paris, que fazem com que as ideias advindas da Revolução Francesa não surtam o mesmo efeito em terras alemãs. No período em que Schlegel se encontrava em sua formação crítico-literatura, a Alemanha ainda era composta por uma profusão de principados, no que ficou conhecido como *Kleinstaaterei*, ou seja, uma reunião de aproximadamente trezentos pequenos Estados germânicos, nos quais burocratas a serviço das Cortes e nobres constituíam a maior parte do público produtor e consumidor de arte.[15]

Nesse contexto, uma das figuras responsáveis pela alteração no modo como se compreendia e ajuizava as obras literárias no âmbito da crítica alemã nas últimas décadas do século XVIII foi Johann Gottfried Herder (1744-1803). A partir da publicação de sua coleção de fragmentos intitulada *Über die neuere Deutsche Litteratur* [Sobre a mais recente literatura alemã] (1767), o crítico começa a problematizar a questão da continuidade e da necessidade de alteração no paradigma crítico-literário da Alemanha. Em seus fragmentos, Herder afirma que o primeiro juiz de arte [*Kunstrichter*] nada mais foi do que um leitor cheio de sensibilidade e gosto, e que, mais tarde, esse homem de gosto se transforma em um filósofo, o qual começa a examinar, ponderar e buscar a melhoria das obras.[16] O autor dos *Fragmentos sobre a nova literatura alemã* contribuiu decisivamente para a alteração do papel do crítico de literatura. Ainda que nesses escritos se tratasse, sobretudo, do denominado *Kunstrichter*, o juiz de arte, as ponderações de Herder já apontavam para a alteração que ocorria no âmbito da crítica literária.

Além das possíveis influências de seu tempo histórico, das alterações políticas e sociais, e das mudanças na forma como se ajuizava a arte literária, há também um aspecto da personalidade de Schlegel que contribui para sua formação: o autodidatismo. A criação em um ambiente familiar de intensa troca cultural e espiritual, e a tradição literária da família, lhe favoreceram o desenvolvimento do espírito crítico. Aliado a isso, Schlegel buscou a complementação de sua formação através do estudo diligente da poesia dos antigos. Ao final da década de 1780, enquanto a Revolução Francesa espalhava a novidade republicana pela Europa, do outro lado do rio Reno, o crítico estudava com dedicação as obras gregas, no original, procurando saciar sua sede de conhecimento. O pai queria que o crítico seguisse a formação prática na

[14] SCHLÄFER, Heinz. *Der geglückt Anfang: Das 18. Jahrhundert*. In: SCHLÄFER, H. *Die kurze Geschichte der deutschen Literatur*. München: Carl Hanser Verlag, 2002, p. 55.

[15] Ibid.

[16] HERDER, Johann Gottfried. "Über die neuere Deutsche Literatur". In: *Frühe Schriften 1764-1772*, v. I. Frankfurt am Main: Deutscher Klassiker Verlag, 1985, p. 265.

área mercantil, e, por isso, o enviou para estudar com o banqueiro Schlemm, em Leipzig.[17] Mas, a despeito do desejo paterno, Friedrich não prossegue com os estudos financeiros. Em 1790, o crítico convence os pais a deixá-lo ir estudar Direito em Göttingen, onde o irmão cinco anos mais velho, August Wilhelm Schlegel, estudava com o famoso filólogo Christian Gottlob Heyne (1729 -1812).[18] Foi a partir dos estudos realizados em Göttingen, principalmente por influência de seu irmão e de Heyne, que Schlegel iniciou a fundamentação teórica necessária para sua crítica literária. Ali, o pensador alemão pode desenvolver as bases de sua carreira de crítico e estudioso de literatura.[19] Preocupado com o futuro dos filhos, em 1791, Johann Adolf Schlegel escreve a August Wilhelm aconselhando-o a seguir a carreira docente, e pedindo para que ele então orientasse Schlegel nessa mesma direção, o que se revela inútil.[20] O jovem logo abandona os estudos jurídicos e decide participar das conferências sobre filologia clássica e história de Christian Gottlob Heyne.[21]

As leituras realizadas na época de Göttingen e Leipzig fundamentam a formação crítico-literária de Schlegel. Nos relatos da incansável ocupação com livros dessa época surgem os nomes de Winckelmann, Voltaire, Bouterwerk, Klinger, Wieland, Dante, Shakespeare, Cervantes, entre outros.[22] Com a ida de August para Amsterdam, onde este assume o posto de preceptor [*Hofmeister*] na casa do banqueiro Henry Muilman, e a partida para Leipzig, a vida de Schlegel toma novo ímpeto, ainda que de forma caótica e desordenada. August Wilhelm também partiu para Amsterdam por compreender que não podia aceitar, por influência de seu pai, o posto de professor do ginásio [*Gymnasiallehrer*] em Göttingen, preferindo o cargo de preceptor que lhe possibilitava mais tempo livre para seus estudos.[23] August Wilhelm acabara de traduzir a obra de Shakespeare *Sonho de uma noite de verão* para o alemão, e buscava fundamentar sua carreira de crítico, estudioso e tradutor. Através da correspondência dessa época entre os irmãos é possível ter uma ideia da enorme energia despendida pelo crítico em sua busca por formação, principalmente através da leitura de obras representativas no campo literário, filosófico e crítico, como Kant, Klopstock, Goethe, Hemsterhuis, Herder, Lessing, Platner, entre outros.[24] É também nessas cartas que parece despontar, pela primeira vez, a vontade de Schlegel de se dedicar exclusivamente aos estudos de literatura, ainda que o estudioso afirme que esse desejo é parte de sua denominada ânsia de infinito:

[17] BEHLER, Ernst. *Friedrich Schlegel*, p. 20.
[18] FIRCHOW, Peter. *Lucinde and the Fragments*. Minneapolis: University of Minnesota Press, 1971, p. 22.
[19] Ibid.
[20] ENDERS, Carl. *Friedrich Schlegel*, p. 23.
[21] ZIMMERMANN, Harro. *Friedrich Schlegel oder die Sehnsucht nach Deutschland*. Paderborn: Ferdinand Schöningh, 2009, p. 28.
[22] BEHLER, Ernst. *Friedrich Schlegel*, p. 20.
[23] Ibid., p. 23.
[24] Em carta a seu irmão, Schlegel afirma: "Esta manhã eu li um de seus livros favoritos: o *Plastik*, de Herder". SCHLEGEL, Friedrich. *Bis zur Begründung der Romantischen Schule. (1788-1797)*. KA-XXIII, p. 22.

Você me pergunta se eu não teria vontade de ser um literato? Sem dúvida, eu tenho muitos planos relacionados a isso, e acredito poder realizar a maioria deles; não tanto por amor às obras, mas por um impulso que me domina desde a juventude, o impulso ardente pela atividade, ou, como eu prefiro denominá-lo, uma ânsia de infinito.[25]

Schlegel permanece em Leipzig por dois anos e meio, entre 1791 e 1793. É uma época conturbada, onde o crítico leva uma vida de excessos, que tem como resultado seu total endividamento. Mas essa época também propicia um dos encontros mais frutíferos do primeiro romantismo alemão. Em 1791 o crítico conhece Friedrich von Hardenberg, o Novalis (1772-1801). O encontro entre os dois amigos foi descrito em uma carta entusiasmada, enviada pelo estudioso a seu irmão August, onde ele narra o fato de que o destino lhe colocara no caminho um jovem muito promissor chamado Hardenberg.[26] Tem início, então, uma grande amizade que perdura até a morte prematura de Novalis, em 1801. A partir da época de Leipzig, Novalis se torna um grande amigo e admirador, alguém que realmente acreditava na seriedade dos escritos de Schlegel.[27]

O pensador também nutria uma admiração muito grande por Novalis, sendo um dos poucos amigos a acompanhá-lo até os últimos momentos de sua breve existência.[28] Após a morte de Novalis, coube a Schlegel e a Ludwig Tieck a missão de publicar seu único romance *"Heinrich von Ofterdingen"*.[29] É nesse romance de Novalis que surge a famosa "flor azul" (*Die blaue Blume*), que se transformou em um símbolo da fantasia, de criatividade de espírito e da presença do maravilhoso na obra dos românticos.[30] Novalis foi um grande estudioso da obra de Johann Gottlieb Fichte (1762-1814), cujas ideias influenciaram diversas concepções dos românticos, e chegou até mesmo a inventar um neologismo inspirado em Fichte para designar o ato de filosofar em conjunto, o *"fichtizar"*.[31] O pensamento filosófico de Fichte possibilita a Schlegel desenvolver alguns aspectos centrais de sua teoria, como, por exemplo, a questão da aproximação recíproca entre a poesia dos antigos e a dos modernos. Em razão de sua busca pela solução para o que considerava ser o caráter caótico da poesia de seu tempo e, ao mesmo tempo, no intuito de fundamentar seu conhecimento sobre a Antiguidade clássica, Schlegel parte então para

[25] Ibid., p. 24.

[26] Ibid.

[27] Novalis escreve a Schlegel em julho de 1793: "Você vai morrer na eternidade, você é filho dela, ela te chama de volta". NOVALIS, Friedrich von Hardenberg. In: KA-XXIII, p. 115, carta 55.

[28] Friedrich von Hardenberg, o Novalis, faleceu em 25 de março de 1801, na presença de seu irmão Karl e de Friedrich Schlegel. HARDENBERG, Friedrich von. (Novalis). *Heinrich von Ofterdingen*. München: Deutscher Taschenbuch Verlag, 1997, p. 243.

[29] A obra foi publicada pela primeira vez em junho de 1802, na editora de Georg Andreas Reimer. Novalis havia planejado, mas não concluído, uma segunda parte do romance. Na edição dos escritos de Novalis [*Novalis Schriften*], ao final de 1802, Schlegel e Tieck publicam a segunda parte do romance, mas de forma fragmentária.

[30] HARDENBERG, Friedrich von (Novalis). *Heinrich von Ofterdingen*, p. 14.

[31] SCHLEGEL, Friedrich. *Bis zur Begründung der Romantischen Schule. (1788-1797)*. KA-XXIII, p. 24, carta nffl 197, de 5 de maio de 1797.

o estudo diligente sobre a literatura dos gregos e dos romanos.[32] Inspirado na obra de F. A. Wolf, *Prolegomena ad Homerum*, o crítico entende a atividade do filólogo e do crítico de literatura como uma *diaskeuase* infinita, isto é, como o trabalho de tratamento, exegese e reposição da obra literária. Como resultado desses estudos e investigações, o estudioso passa a compreender o trabalho crítico-literário como um complemento da obra, o que retira seu caráter normativo e dogmático, contribuindo para o estabelecimento de uma nova época dos estudos literários.

O Winckelmann da poesia

> Onde está, todavia, um Winckelmann alemão que nos revele o templo da sabedoria e da poesia gregas, assim como mostrou, de longe, o segredo dos gregos aos artistas?
>
> *Johann Gottfried Herder*[33]

A conhecida frase de Johann Gottfried Herder, sobre o paradeiro desse novo "Winckelmann da poesia", encontrou sua resposta nos estudos de Friedrich Schlegel sobre a literatura e a crítica literária. Desde então, diversos estudiosos indicam que o crítico realmente cumpriu a profética sentença herderiana. Rudolf Haym, em sua *Escola Romântica* (1870), apontou para a perícia com que o jovem Schlegel fundamentou sua perspectiva histórica da literatura, buscando conceituar a relação entre a poesia dos modernos e a dos antigos em seus diversos ensaios. De acordo com o autor da *Escola Romântica*, Schlegel elevara os gregos ao Absoluto. Para Haym, da mesma forma que surgiu um Winckelmann da arte em Roma, deve aparecer um estudioso da poesia na Alemanha.[34] Mesmo Heinrich Heine (1797-1856), crítico contumaz dos românticos, elogia os estudos sobre a Antiguidade clássica de Schlegel e sua formidável facilidade em aprender línguas, como o grego, o persa e o sânscrito.[35] Após abandonar os estudos e a época de exageros de Leipzig, e com

[32] Segundo Denis Thouard, o próprio Friedrich August Wolf havia influenciado Schlegel a seguir o caminho da filologia. THOUARD, Denis. *Der unmöglich Abschluss*. In: BREUER (Org.). *Antike-Philologie-Romantik. Friedrich Schlegels altertumswissenschaftliche Manuskripte*. Paderborn: Ferdinand Schöningh, 2011, p. 58. Wolf também recebeu de forma muito positiva os *Estudos sobre a Antiguidade Clássica* de Schlegel. BEHLER, Ernst. *Einleitung*. In: KA-I, p. LXXIV; BEHLER, Ernst. *Friedrich Schlegel*, p. 34.

[33] HERDER, Johann Gottfried. "Über die neue deutsche Literatur. Zweite Sammlung von Fragmenten". In: GAIER, Ulrich (Org.). *Frühe Schriften*. Johann Gottfried Herder Werke. v. I. Frankfurt am Main: Deutsche Klassiker Verlag, 1985, p. 310.[Texto originalmente escrito em 1767.]

[34] HAYM, Rudolf. *Die Romantische Schule. Ein Beitrag zur Geschichte des Deutschen Geistes*. New York/Hildesheim: Georg Olms Verlag, 1977, p. 179. [Reprodução da primeira edição de 1870.]

[35] HEINE, Heinrich. *Die Romantische Schule. Zweites Buch*. In: *Werke III*. Düsseldorf: Artemis - Winkler Verlag, 1997, p. 307.

a incumbência de se tornar esse novo Winckelmann da poesia grega, o crítico se muda para Dresden, onde, entre 1794 e 1796, escreve as obras que lhe dariam um lugar definitivo na história da crítica literária ocidental.[36] A admiração que o jovem romântico nutria por Winckelmann foi motivada, sobretudo, pela consciência histórica que fundamentava suas considerações sobre a arte antiga, e que inspiraram Schlegel na resolução da problemática entre os períodos da poesia. De acordo com Schlegel, "com Winckelmann principia uma nova época dos estudos sobre a arte da Antiguidade, onde a compreensão histórica torna-se essencial".[37] Como o autor da *História da arte da Antiguidade*, o estudioso buscou entender o espírito da poesia grega. Anos mais tarde, Schlegel afirma que "tomara como objetivo para a observação dessas obras o exemplo de Winckelmann em sua *História da Arte*, embora de uma forma diferente e particular".[38] Do mesmo modo, no prefácio de suas obras completas, publicadas em 1823, Schlegel recorda-se do tempo de sua juventude e do papel de Winckelmann em sua formação:

> Nos primeiros anos da juventude, com aproximadamente dezessete anos, os escritos de Platão, os poetas trágicos gregos e as entusiásticas obras de Winckelmann formaram meu mundo espiritual, e o ambiente onde eu vivia [...] em minha solidão poética reflexiva, embora ainda em um estilo juvenil, eu tentava modelar na alma as ideias e figuras dos antigos deuses e heróis.[39]

O conhecimento de Schlegel sobre a literatura greco-romana se intensificou com sua estadia em Dresden, entre os anos 1794 e 1796, quando o pensador, com o auxílio e a proteção de sua irmã Charlotte Schlegel, pode desfrutar do tempo e da tranquilidade de espírito necessários ao estudo detalhado da Antiguidade.[40] De fato, nos dois anos que permaneceu em Dresden, ele não apenas fez um estudo detalhado da poesia greco-romana, mas também fundamentou sua teoria crítico-literária, a qual serviu de base para diversas concepções do primeiro romantismo alemão.[41] Na correspondência dessa época é possível constatar o entusiasmo e a energia com que o crítico se dedicava aos estudos sobre a Antiguidade. Além disso, as cartas realçam o papel dos estudos em sua formação, e revelam que ele tinha a intenção de escrever uma história da poesia grega como Winckelmann o havia feito.[42] Em sua busca pela aproximação entre as épocas da poesia, Schlegel observa a organização dos fenômenos da literatura em seu movimento histórico, definindo a poesia grega como uma poesia natural [*Naturpoesie*], cujo desenvolvimento segue

[36] BEHLER, Ernst. *Friedrich Schlegel*, p. 29.

[37] SCHLEGEL, Friedrich. *Fragmente zur Poesie und Literatur*. In: KA-XVI, [III], p. 35, fragmento [1].

[38] Id. *Vorrede zu Späteren Ausgaben. 1822-1823*. In: KA-I, p. 569.

[39] Id. *Einleitung*. In: KA-I, p. XCIV. Também em KA-IV, p. 4.

[40] ZIMMERMANN, Harro. *Friedrich Schlegel oder die Sehnsucht nach Deutschland*, p. 25.

[41] BEHLER, Ernst. *Einleitung*. In: *Bis zur Begründung der Romantischen Schule (1788-1797)*. KA-XXIII, p. XL.

[42] Em uma dessas cartas, Schlegel afirma: "Em primeiro lugar foi a inclinação que me moveu a pesquisar a arte lá onde ela é natural [...] minha principal ocupação ainda é a mesma, a poesia grega [...]. Através daquilo que eu mesmo me tornei, acredito que no futuro vou poder escrever uma história da poesia grega da maneira que eu quero". SCHLEGEL, Friedrich. *Bis zur Begründung der Romantischen Schule.(1788-1797)*. In: KA-XXIII, p. 180, carta 94, escrita ao irmão August Schlegel em 10 de fevereiro de 1794.

o ritmo cíclico de nascimento, crescimento, auge e declínio. A poesia moderna, ao contrário, era uma poesia artificial (*Kunstpoesie*), isto é, o fruto do entendimento e da razão, cujo movimento obedecia a uma progressão infinita. Essa cadeia de evoluções, ou de revoluções, que a literatura moderna apresenta, seria o resultado não de um desenvolvimento natural e espontâneo, como na Antiguidade, mas o fruto da razão e da criatividade do espírito. Apesar de se mover em uma progressividade infinita, a poesia "interessante" dos modernos era limitada por aquilo que Schlegel denominaria de *maximum* absoluto, o que significa que a cada grau máximo de perfeição uma nova série se iniciava.

O conceito de "interessante" significa, para Schlegel, o que remete às considerações filosóficas, reflexivas, ao âmbito do complexo e subjetivo mundo dos modernos. A busca do crítico em encontrar uma solução para a literatura dos modernos é uma das principais razões que o faz estudar a obra dos antigos. Essa forma de resolver o conflito entre as épocas da poesia foi a saída original que Schlegel encontrou para contrapor a circularidade da poesia dos antigos à noção de progressividade da poesia dos modernos. Para Ernst Behler, essa solução encontrada por Schlegel em busca de uma aproximação recíproca entre as épocas indicava uma fundamentação histórica de preocupações estéticas, antecipando a dialética hegeliana, pois o crítico alemão compreendeu a história não como um intercalar-se acidental de acontecimentos, mas como o desenvolvimento necessário do espírito humano.[43] O esforço por entender a poesia a partir de sua própria história é, de certo modo, influência de Herder e de Winckelmann, a quem Schlegel chamava de mestre.[44]

Ao afirmar que Winckelmann foi o primeiro a sentir a antinomia entre o antigo e o moderno, e que o historicismo winckelmanniano seria o melhor caminho para uma filosofia da filologia, Schlegel buscava fundamentar sua concepção de que os âmbitos separados da crítica, da teoria, da história, da filosofia, da filologia e da arte deviam se unificar.[45] Winckelmann acreditava que, na Antiguidade, a exteriorização artística começara com as figuras mais simples, onde a forma e o conteúdo ainda se conservavam muito próximos. Com o gradativo desenvolvimento, a arte passa a ser cada vez mais sofisticada, até atingir seu ápice e ser teorizada por estudiosos, para depois perder-se em artifícios e adereços desnecessários, desaparecendo com o passar do tempo.[46] A mesma lógica winckelmanniana é seguida em seu escrito *Von den Schulen der griechischen Poesie* [Sobre as escolas da poesia grega], de 1794, onde o crítico descreve o desenvolvimento das diferentes escolas da poesia grega: a jônica, a dórica, a ateniense e, por último, a alexandrina.[47] A decadência da arte literária grega foi o resultado de um processo natural e circular, como os fenômenos naturais. Após

[43] BEHLER, Ernst. *Einleitung. Die Studien des Klassischen Altertums.* In: KA-I, p. LXXX.
[44] SCHLEGEL, Friedrich. *Fragmentos sobre poesia e literatura (1797-1803) seguidos de Conversa sobre poesia.* Trad. Constantino Luz de Medeiros e Márcio Suzuki. São Paulo: Editora Unesp, 2016, p. 9 [1].
[45] Ibid., p. 10 [9].
[46] WINCKELMANN, Johann Joachim. *Geschichte der Kunst des Altertums.* Wien: Phaidon Verlag, 1934, p. 26.
[47] SCHLEGEL, Friedrich. *Von den Schulen der griechischen Poesie. 1794.* In: KA-I, p. 5.

ter alcançado a perfeição da organização de suas partes e a harmonia do conjunto, a poesia grega enveredou pela trilha do desnecessário e do acessório, perdendo-se em exercícios retóricos na poesia alexandrina.[48] Os escritos sobre a Antiguidade clássica de Schlegel ecoam muitos preceitos de Winckelmann, como a ideia de que a história da arte deve expor toda a sequência de seu desenvolvimento orgânico, e que mesmo as diferenças entre os mais diversos estilos e povos precisam ser deduzidas da própria história, a partir daquelas obras que restaram da Antiguidade.[49] Como Winckelmann, Schlegel acreditava que uma história natural da arte e do gosto deve levar em consideração "o desenvolvimento histórico da poesia, seu caráter, as relações entre as diversas épocas, as razões para sua aparição, seu auge, seu declínio".[50] Todos esses fatores, que já se encontravam na *História da arte da Antiguidade*, publicada em 1764, são retomados por Schlegel em sua tentativa de organizar a história da literatura ocidental em um todo contínuo, o qual deve ser compreendido a partir da circularidade da poesia grega até a progressividade da exteriorização literária moderna. A inspiração para o estabelecimento desse cânone da literatura europeia desde as origens gregas, como foi exposto, advém de Winckelmann, o precursor de uma visão sistêmica sobre o conjunto da arte grega, um "historiador da doutrina de arte da Antiguidade".[51]

> O sistemático Winckelmann, que lia todos os antigos como um único autor e via tudo no todo, concentrando toda a sua força nos gregos, estabeleceu o primeiro fundamento de uma doutrina material da Antiguidade pela percepção da diferença absoluta entre antigo e moderno. Apenas quando forem encontrados o ponto de vista e as condições da identidade absoluta que uma vez existiram, existem ou existirão entre o antigo e o moderno, será possível afirmar que ao menos o contorno da ciência está pronto, e somente então se poderá pensar na execução metódica.[52]

Mas se a visão histórica dos fenômenos artísticos aproxima seu pensamento, a resolução do embate entre os antigos e os modernos é algo que distancia os dois estudiosos. Enquanto para Winckelmann, por ser infinitamente inferior, a arte moderna deveria apenas emular a arte grega, Schlegel busca a aproximação recíproca entre essas duas épocas da poesia, pois acreditava que a literatura de seu tempo – em sua ênfase no subjetivo e no reflexivo – seria o caminho para uma literatura em devir. Como o crítico assevera, "a aversão de Winckelmann em relação ao moderno só pode ser explicada por meio do *entendimento para o que é clássico*. Isso ele tinha em alto grau em comparação com todos os outros. Ele transformava tudo em clássico".[53] Em sua *História da arte da Antiguidade*, Schlegel reconhece quatro períodos da antiga escultura grega: "o grande e alto estilo dos primeiros tempos; o belo auge da era de Péricles; o

[48] Ibid., p. 17.
[49] WINCKELMANN, Johann Joachim. *Geschichte der Kunst des Altertums*, p. 9.
[50] SCHLEGEL, Friedrich. *Ideal des Schönen in der Griechischen Dichtkunst. Über das Studium der Griechischen Poesie*. In: KA-I, p. 305.
[51] Id.. *Fragmentos sobre poesia e literatura (1797-1803) seguidos de Conversa sobre poesia*, p. 85 [224].
[52] Id., *Athenäum Fragmente*. In: KA-II, p. 188, fragmento [149].
[53] Id., *Fragmentos sobre poesia e literatura (1797-1803) seguidos de Conversa sobre poesia*, p. 67 [110].

declínio com os imitadores; o fim com os últimos maneiristas helênicos".[54] Nessa concepção, a bela arte grega, compreendida principalmente como a perfeição dos corpos na estatuária, havia se desenvolvido livremente a partir da espontaneidade da natureza, de forma orgânica. A beleza ideal nas formas gregas seria o resultado feliz dessa natureza propícia. As metáforas relacionadas aos estágios da vida orgânica, utilizadas com frequência pelo estudioso, são transferidas para o âmbito da arte, passando a descrever as fases da escultura grega. Ao indicar que os modernos devem imitar os antigos se quiserem se tornar perfeitos, Winckelmann parte de conceitos de perfeição e de beleza nos quais é possível reconhecer elementos como o neoclassicismo platonizante, a virtude estoica, o historicismo e o forte sensualismo. De acordo com René Wellek, "o neoclassicismo de Winckelmann será retomado por Lessing, Goethe e Schiller, o sensualismo por Herder e pelo romancista Wilhelm Heinse, e o historicismo por Herder e pelos Schlegel".[55] Winckelmann compreende o ideal de beleza entre os gregos como um modelo de perfeição absoluta, e afirma que se deve imitar suas esculturas para encontrar, de modo mais condensado e direto, não apenas a bela natureza, mas a beleza ideal.[56] A aproximação winckelmanniana entre natureza e liberdade, e sua concepção neoplatônica de que a beleza unifica todas as ideias, serão retomadas pelos primeiros românticos, sobretudo nas teorias de Schelling. É nas *Reflexões sobre a arte antiga*, que Winckelmann desenvolve uma de suas mais conhecidas fórmulas, a que trata da nobre simplicidade e a serena grandeza (*Edle Einfalt und stille Große*) na arte grega. Na descrição que faz das figuras gregas, o estudioso utiliza a cena do oceano, calmo nas profundezas e agitado na superfície:

> Enfim, o caráter geral, que antes de tudo distingue as obras gregas, é uma *nobre simplicidade e uma grandeza serena* tanto na atitude como na expressão. Assim como as profundezas do mar permanecem calmas, por mais furiosa que esteja a superfície, da mesma forma, a expressão nas figuras dos gregos mostra, mesmo nas maiores paixões, uma alma magnânima e ponderada.[57]

No trecho, a visão idealizada sobre a beleza da estatuária soma-se à concepção de que a ausência de páthos no grupo de esculturas do *Laocoonte* é consequência da grandeza da alma grega, a qual, mesmo diante dos mais terríveis sofrimentos, "não manifesta nenhuma ira, nem no rosto e nem no corpo".[58] A concepção de Winckelmann de que o sacerdote grego não extravasara sua dor na forma de um grito medonho em razão de sua alma magnânime é refutada por Gotthold

[54] WINCKELMANN, J. J. *Geschichte der Kunst des Altertums*, p. 171. Friedrich Schlegel desenvolve compreensão similar ao descrever os períodos da poesia grega em seus estudos sobre a Antiguidade clássica.

[55] WELLEK, René. *História da crítica moderna*, v. I. São Paulo: Herder, 1967, p. 136.

[56] "Não resulta disso que se deve descobrir a beleza das estátuas gregas antes do que a natureza? Que, por conseguinte, a primeira nos comove mais, é menos dispersa, mais concentrada que a segunda?" WINCKELMANN, Johann Joachim. *Reflexões sobre a arte antiga*. Trad. Herbert Caro e Leonardo Tochtrop. Porto Alegre: Movimento, 1975, p. 47.

[57] WINCKELMANN, J. J. *Reflexões sobre a arte antiga*, pp. 55 e 58. Esse trecho de Winckelmann pode ser comparado a uma afirmação de Schlegel: "Na beleza da arte dórica encontramos a grandeza, a simplicidade e a serenidade. A beleza dórica não é a mais elevada independência do gênio, mas uma criação livre da natureza nobre". SCHLEGEL, Friedrich. KA-I, p. 11.

[58] WINCKELMANN, J. J. *Reflexões sobre a arte antiga*, p. 53.

Ephraim Lessing, para quem diversas obras dos gregos mostram exatamente o contrário, ou seja, heróis e mesmo deuses se descabelando e soltando gritos terríveis.[59] Apesar da idealização e da moral estoica com que contempla a beleza das formas gregas, e a severa crítica que faz à arte de seu tempo, Winckelmann tem o grande mérito de ter estabelecido a antinomia entre os antigos e os modernos, libertando as concepções artísticas orientadas pelo classicismo francês e emprestando autonomia e historicidade à tradição dos estudos filológicos alemães. Além disso, ele introduz certa tradição humanista que faltava à filologia clássica de seu tempo, como a que existira na Inglaterra no início do século XVIII, influenciando os escritos de Johann Gottfried Herder e as pesquisas filológicas de Christian Gottlob Heyne.[60]

Herdeiro das concepções de Winckelmann sobre a arte grega, Friedrich Schlegel acreditava possuir o olhar necessário para a apreensão do belo e do todo no conjunto da poesia grega, de modo que poderia "deduzir sua essência a partir da noite de sua Antiguidade".[61] Apesar das diferenças no que tange à poesia moderna, Schlegel reconhece o lugar que Winckelmann ocupa e sua influência no estabelecimento dos estudos sobre a Antiguidade clássica na Alemanha. Ao fundamentar grande parte de suas teorias literárias na antinomia entre o antigo e o moderno, Schlegel foi capaz de deduzir o ponto de inflexão entre as duas épocas da poesia.[62] O jovem romântico contemplava Winckelmann como aquele que o ensinou a considerar a Antiguidade como um todo, dando o primeiro exemplo de como se deveria fundamentar uma arte pela história de sua formação. Como seu mestre, "o sistemático Winckelmann", um dos primeiros a reconhecer a distância imensurável entre a arte dos antigos e a dos modernos, Schlegel também aproximou as épocas da poesia através de seu conceito de poesia romântica.[63]

59 "O grito é a expressão natural da dor corporal. Os guerreiros de Homero não raro caem no chão aos gritos. A Vênus arranhada grita alto; não para a expor com esse grito como a deusa branda da volúpia, mas antes para fazer justiça à natureza sofredora. Pois mesmo o brônzeo Marte, quando ele sentiu a lança de Diomedes, gritou de modo tão horrível, como se dez mil guerreiros enfurecidos gritassem ao mesmo tempo, de modo que os dois exércitos se espantaram [...]. O grego não era assim! Ele sentia e temia; ele externava as suas dores e as suas aflições; ele não se envergonhava de qualquer das fraquezas humanas." LESSING, Gotthold Ephraim. *Laocoonte ou sobre as fronteiras da pintura e da poesia*. Trad. Márcio Seligmann-Silva. São Paulo: Iluminuras, 2011, p. 86.

60 BEHRENS, Klaus. *Friedrich Schlegels Geschichtsphilosophie (1794-1808)*. Tübingen: Max Niemeyer Verlag, 1984, p. 27.

61 BEHLER, Ernst. *Einleitung. Die Studien des Klassischen Altertums*. In: KA-I, p. LXXX.

62 Sobre o papel fundamental da antinomia entre o antigo e o moderno nas teorias do primeiro romantismo alemão, Ver: MESSLIN, Dorit. *Antike und Moderne. Friedrich Schlegels Poetik, Philosophie und Lebenskunst*. Berlim/Nova York: Walter de Gruyter, 2011.

63 Nesse mesmo sentido, August Wilhelm Schlegel afirma que "Winckelmann é o verdadeiro fundador da história da arte moderna". SCHLEGEL, August Wilhelm. *Die Kunstlehre*. Stuttgart: W. Kohlhammer Verlag, 1963, p. 24.

A constelação romântica

> Amigos, o chão está pobre, precisamos espalhar ricas sementes, para que nos medrem colheitas apenas módicas.
>
> *Novalis*[64]

O primeiro romantismo alemão ou *Frühromantik*, como é conhecido o movimento que se inicia a partir do intercâmbio cultural que acontece nos últimos anos do século XVIII, pode ser considerado uma espécie de concretização da revolução estética que Friedrich Schlegel buscava realizar.[65] A reunião de figuras emblemáticas em torno dos irmãos Schlegel, como Johann Ludwig Tieck, Friedrich von Hardenberg (Novalis), Friedrich Daniel Ernst Schleiermacher, Dorothea Veit Schlegel, Caroline Schlegel e Friedrich Wilhelm Joseph Schelling, entre outros, assinala a chegada de um tempo singular para a história da literatura e da crítica literária, quando ocorre uma aproximação recíproca entre a criação literária, a filosofia, a reflexão crítico-literária e a hermenêutica. O início do movimento acontece quando August Wilhelm Schlegel decide abandonar a ocupação de preceptor na residência dos Muilman, em Amsterdam, e se mudar para Iena com sua esposa Caroline Schlegel, filha do orientalista Johann David Michaelis (1717-1791). O casal chega a Iena em junho de 1796, logo recebendo a visita de Friedrich Schlegel em setembro do mesmo ano.[66] No ano de 1797, o grupo se torna ainda mais amplo com a repentina ida de Schlegel para Berlim, em decorrência de problemas com Schiller em Iena. O conflito entre Schlegel e Schiller, que se inicia em decorrência de críticas recíprocas e evolui até o rompimento definitivo, tem como consequência imediata a impossibilidade de Schlegel conseguir publicar em Iena, o que torna sua estadia ainda mais difícil. Como relata Ernst Behler, o próprio Goethe exerceu a função de conselheiro, quando, em um passeio matinal, aconselhou Schlegel a passar uma temporada em Berlim. Outro motivo para a ida de Schlegel seria a missão de expandir o círculo romântico, pois seu irmão August Wilhelm já vislumbrava em personalidades como Ludwig Tieck e Friedrich Daniel Ersnt Schleiermacher possíveis parceiros para a empreitada romântica.[67]

[64] HARDENBERG, Friedrich von (Novalis). *Pólen. Fragmentos, diálogos, monólogo*. Trad. Rubens Rodrigues Torres Filho. São Paulo: Iluminuras, 2009, p. 36.

[65] De acordo com Silvio Vietta, a revolução estética de Schlegel é o resultado de uma cadeia de revoluções que principia no âmbito das ciências naturais, passa pela revolução filosófica do Iluminismo, a revolução econômica e, finalmente, a revolução política no século XVIII. Cf. VIETTA, Silvio. *Theorie der ästhetischen Revolution der Frühromantik im Kontext der anderen Revolutionen der Moderne*. In: VIEWEG, Klaus. *Friedrich Schlegel und Friedrich Nietzsche. Transzendentalpoesie oder Dichtkunst mit Begriffen*. Paderborn: Ferdinand Schöningh, 2009, p. 24.

[66] BEHLER, Ernst. *Frühromantik*, p. 9.

[67] Sobre a problemática entre Schlegel e Schiller, ver: CAPEN, Samuel Paul. *Friedrich Schlegel's Relations with Reichardt and His Contributions to "Deutschland"*. Filadélfia: University of Philadelphia, 1903.

Friedrich desembarca em Berlim em julho de 1797, sendo prontamente apresentado aos encontros literários e sociáveis dos salões berlinenses pelo compositor e editor Johann Friedrich Reichardt (1752-1814), para quem já contribuíra em seu jornal. Desse modo, a época em que Schlegel permanece na cidade é importante não apenas para seu desenvolvimento enquanto estudioso de literatura, mas também para a fundamentação do primeiro romantismo alemão. No mesmo ano que se muda para Berlim, o crítico se aproxima do teólogo e filósofo Friedrich Daniel Ernst Schleiermacher (1768-1834). A relação amistosa que se estabelece entre os dois é descrita mais tarde por Wilhelm Dilthey como a "aproximação mútua de espíritos grandiosos".[68] A amizade filosófica se concretiza ainda mais quando os dois passam a dividir a mesma moradia. Uma das consequências da estadia do crítico na residência de Schleiermacher é o intenso sentimento religioso que o acomete, de modo que "Schlegel começa a entender as revelações porque compreende melhor a religião".[69] Em carta escrita a Novalis, o estudioso se encontra de tal maneira imbuído do espírito religioso que chega mesmo a mencionar a vontade de "fundar uma nova religião".[70]

Em Berlim, Schlegel também se aproxima de Ludwig Tieck. A importância do autor, crítico e tradutor na constelação romântica se estabelece não apenas por seus escritos crítico-literários, mas igualmente pela concretização em suas obras de diversas concepções do grupo.[71] Por intermédio de Tieck, também se junta ao grupo o escritor Wilhelm Heinrich Wackenroder, o qual vem a falecer ainda em 1798. Nos salões culturais de Henriette Herz (1764-1847), esposa do médico e filósofo Marcus Herz (1747-1803) – ambos pertencentes à alta sociedade dos judeus de Berlim –, Schlegel conhece sua futura esposa, Brendel Dorothea Mendelssohn Veit (1764-1839), filha do famoso filósofo, rabino e homem de letras, Moses Mendelssohn (1729-1786). A união dos dois faz ressoar um alvoroço na sociedade berlinense, principalmente pelo fato de Dorothea ser casada, oito anos mais velha e judia. O escândalo intensifica-se ainda mais com a publicação do romance *Lucinde*, em 1799. Considerado uma obra perniciosa e até mesmo imoral, a recepção extremamente negativa do romance tem relação com a imagem que a sociedade de então havia feito da união de Schlegel e Dorothea.

Outra personalidade que participa da constelação do primeiro romantismo alemão, ainda que apenas de um modo indireto, é o filósofo Johann Gottlieb Fichte. Em suas conferências e obras, as quais disseminavam o espírito da liberdade e a necessidade da busca pelo aperfeiçoamento infinito no seio universitário de Iena,

[68] BEHLER, E. *Friedrich Schlegel*, p. 57.

[69] AYRAULT, Roger. *La genèse du romantisme allemand. 1797-1804*, v. I. Paris: Aubier, 1969, p. 39.

[70] SCHLEGEL, Friedrich. *Die Period des Athenäums. 1797-1799*. In: KA-XXIV, p. 205, carta n. 122. Conforme explica Ernst Behler, pela inspiração recebida de Schleiermacher, a denominada "ânsia de infinito" (*Sehnsucht nach dem Unendlichen*) schlegeliana recebe um toque religioso e panteísta. BEHLER, Ernst. *Friedrich Schlegel*, p. 58.

[71] Entre os anos de 1799 e 1801, Ludwig Tieck traduziu *Dom Quixote*, de Miguel de Cervantes, para o alemão. Além disso, traduziu algumas obras de William Shakespeare juntamente com August Wilhelm, assim como outras obras do teatro inglês.

os jovens primeiros-românticos encontram uma fonte inesgotável de inspiração. O entusiasmo com que os escritos de Fichte foram saudados se dava principalmente em razão dos postulados verdadeiramente libertadores de sua filosofia. A amizade entre Schlegel e Fichte principia ainda no ano de 1796, quando da primeira estadia do crítico em Iena.[72] Novalis também se torna um admirador e estudioso das obras de Fichte. O autor da *doutrina-da-ciência* o instiga em sua busca pelo conhecimento filosófico, em seu amor por *Sophia*, como afirma o próprio Hardenberg.[73] É possível observar a admiração que os jovens sentem por Fichte pelo fato de Novalis inventar até mesmo um neologismo, o *fichtizar*, para descrever a atitude de reflexão filosófica que os amigos costumavam empreender quando se encontravam.[74] Pertence igualmente a essa constelação primeiro-romântica o filósofo Friedrich Wilhelm Joseph Schelling (1775-1854). Um dos trechos da obra *Conversa sobre a poesia*, intitulado *Discurso sobre a mitologia*, faz alusão a algumas de suas ideias filosóficas, através das palavras do personagem Ludovico – o qual, segundo a tradição da recepção crítica da obra, representaria o próprio Schelling:

> Se uma nova mitologia puder ser elaborada e tirada, como que por si mesma, da mais íntima profundeza do espírito, então encontraremos um indício muito significante e uma confirmação notável daquilo que estamos procurando no grande fenômeno da época, o Idealismo! Este surgiu da mesma maneira, como que do nada, e agora também no mundo do espírito está constituído um ponto firme, de onde a força do homem pode se propagar, com desenvolvimento crescente, em todas as direções, segura de si mesma e de não perder jamais o caminho de volta. Todas as ciências e artes serão arrebatadas pela grande revolução. Vocês já a veem atuando na física, onde, na verdade, o Idealismo aflorou por si mesmo mais cedo, antes que ela fosse tocada pela varinha mágica da filosofia. E esse grande fato maravilhoso pode lhes dar ao mesmo tempo um indício da conexão secreta e da unidade interna da época. O Idealismo, que do ponto de vista prático nada mais é que o espírito dessa revolução, as suas grandes máximas, que devemos praticar e difundir por nossa própria força e liberdade, é do ponto de vista teórico, por maior que ele se mostre aqui, apenas uma parte, um ramo, um modo de manifestação do fenômeno de todos os fenômenos, a humanidade lutando com todas as suas forças para encontrar seu centro.[75]

A atmosfera descrita no trecho e em toda a *Conversa sobre a poesia* parece ecoar o sentimento que Novalis denominava de *Weltseele*, isto é, "a alma do mundo", cuja compreensão era uma das tarefas a que os românticos se empenhavam. Essa verdadeira destinação ou chamado (que em alemão tem o mesmo significado: *Berufung*),

[72] Em carta enviada a Friedrich von Hardenberg, Schlegel relata o convite que recebera para visitar Fichte, e como ficou envergonhado perante o famoso filósofo: "Hoje à noite fui convidado para visitar Fichte. Finalmente eu o visitei. Não sei como isso aconteceu: eu fiquei envergonhado, e apenas conversamos sobre coisas triviais". SCHLEGEL, Friedrich. *Bis zur Begründung der romantischen Schule. 1788-1797*. In: KA-XXIII, p. 328, nffl 166, carta enviada a Novalis, datada de 9 de agosto de 1796.

[73] "Sou grato a Fichte pelo ânimo. É ele quem me desperta e indiretamente me sacode." SCHLEGEL, Friedrich. *Bis zur Begründung der romantischen Schule. 1788-1797*. In: KA-XXIII, p. 328, nffl 166, carta de Novalis enviada a Schlegel, datada de 8 de julho de 1796.

[74] Em correspondência a Novalis, Schlegel se ressente da companhia do amigo, afirmando que "gostaria que pudessem se encontrar para *fichtizar* tranquilamente por alguns dias, como costumavam fazer". SCHLEGEL, Friedrich. *Bis zur Begründung der romantischen Schule. 1788-1797*. In: KA-XXIII, p. 328, nffl 166, carta enviada a Novalis, datada de 5 de maio de 1797.

[75] SCHLEGEL, Friedrich. *Gespräch über die Poesie*. In: KA-II, p. 313.

transforma-se para os jovens do primeiro romantismo alemão em uma "tarefa de formação da terra" através da arte.[76] A concepção de que o homem pode ser capaz de abarcar a totalidade das coisas é muito cara aos membros do movimento. Schlegel acredita que o crítico de literatura deve ter a compreensão de todas as épocas, em uma totalidade mística, com a determinação de "quem tem o sentido para o infinito, e sabe o que quer com isso, [e] nele vê o produto de forças que eternamente se separam e mesclam".[77] Enquanto intuição e revelação divinatória, a crítica literária torna-se uma maneira de aperfeiçoar, de dar acabamento à obra, pois, como afirma Schlegel, "todo pensar é uma divinação, mas só agora o homem começa a ter consciência de sua força divinatória".[78] Apesar do esforço de compreender a experiência humana de um modo totalizador, os românticos tinham consciência da realidade limitada que os circundava, de modo que a busca pelo absoluto em seus textos e teorizações também espelha a aversão que os jovens sentem em relação ao mundo pragmático e utilitário dos filisteus, e certa dose de inconformismo e dificuldade em se adaptar ao universo burguês.[79] A tese do inconformismo com a realidade é defendida, sobretudo, por Lothar Pikulik, o qual afirma que os românticos, ao contrário dos filisteus, admiravam-se com as coisas mais simples e naturais, com aquilo que era aparentemente óbvio ao olhar pragmático e finalista do burguês. Para Karin Volobuef, em sua admiração pelo mistério das coisas, pela linguagem secreta das plantas e dos animais, os românticos buscam desvendar a realidade como se fora uma linguagem enigmática exteriorizada nas coisas mais simples, aberta e exposta no livro da natureza. É por essa razão que suas obras "trazem no bojo da linguagem a tendência a contrapor o comum e cotidiano ao maravilhoso e poético".[80] A pesquisadora também aponta para a referida concepção de Lothar Pikulik de que há no romantismo certo descompasso dos românticos com a realidade de seu tempo, e que essa problemática tem relação com seu desacerto com a realidade burguesa que os românticos denominam de "mundo dos filisteus".[81]

Além disso, através do entrecruzar do maravilhoso e do cotidiano, ocorre uma tentativa por parte dos românticos de sondar os mistérios da existência. Essa característica singular, reconhecível em certos escritos de Tieck, Wackenroder, Novalis, Friedrich, August Schlegel e Schleiermacher, empresta ao grupo uma aura misteriosa e quase religiosa. Do mesmo modo, há uma síntese de representações e influências mútuas entre os membros do grupo. A religiosidade de Schleiermacher influencia Schlegel após a estadia em Berlim, mas, por outro lado, a visão de mundo singular de Schlegel traz Schleiermacher para o universo de Espinosa, da

[76] HARDENBERG, Friedrich von (Novalis). *Pólen. Fragmentos, diálogos, monólogos*, p. 57, fragmento [32].

[77] SCHLEGEL, Friedrich. *O dialeto dos fragmentos*. Trad. Márcio Suzuki. São Paulo: Iluminuras, 1997, p. 130, fragmento [A412].

[78] Id. *Gespräch über die Poesie*. In: KA-II, p. 322.

[79] PIKULIK, Lothar. *Romantik als Ungenügen an der Normalität*. Frankfurt am Main: Suhrkamp, 1979, p. 324. VOLOBUEF, Karin. *Frestas e arestas: A prosa de ficção na Alemanha e no Brasil*. São Paulo: Editora Unesp, 1998, p. 112.

[80] VOLOBUEF, Karin. *Frestas e arestas*, p. 112.

[81] Ibid.

doutrina-da-ciência, de Fichte, para a leitura dos clássicos de literatura e a filosofia da natureza de Schelling. Os escritos de Tieck e de Wackenroder mesclam-se à experiência mística de Novalis, enquanto a teorização crítico-literária dos irmãos Schlegel fundamenta a criação artística do grupo. Essa mistura de simpoesia e sinfilosofia contribui para a referida atmosfera que se pode sentir em *Conversa sobre a poesia*. A sensibilidade poética para as coisas comuns, e, ao mesmo tempo, a ânsia de abarcar o Absoluto se exteriorizam nas mais diversas formas artísticas, e até mesmo nos escritos filosóficos dos românticos. Em obras como *Heinrich von Ofterdingen*, de Novalis, *Der Blonde Eckbert* (*O loiro* Eckbert) e *Runenberg* (*A montanha das runas*), de Tieck, entre outras, a exposição do simbólico e do alegórico é uma forma de contemplar a existência humana através de um lirismo "onde se manifesta um anseio por terras distantes".[82] A atmosfera místico-mágica e maravilhosa encontra-se nas obras e no *Zeitgeist* do primeiro romantismo alemão, refletindo-se igualmente nas concepções teóricas, ou, como no caso de Novalis, Wackenroder, Hölderlin, até mesmo na existência. Essa atmosfera surge principalmente nos contos de Ludwig Tieck, nos quais encontramos a utilização do maravilhoso e do sobrenatural para provocar a desestabilização dos pressupostos racionais da sociedade de seu tempo.[83]

A aparição do estranho e do sobrenatural nos contos de Tieck pode ser compreendida, em certa medida, como uma forma de expandir os limites da realidade prosaica, emprestando um significado mais profundo à existência em "um esforço por compreender as profundezas da alma humana".[84] Em seus contos, Tieck aproxima o universo onírico e aventureiro do mundo cotidiano, pois considerava isso "uma maneira de ver a vida ordinária como um conto maravilhoso".[85] O contato de Schlegel e Tieck principia quando o crítico se muda para Berlim, no ano de 1797. Essa época em que Schlegel permanece em Berlim foi muito importante no que concerne à sua atividade editorial. A dificuldade em publicar, decorrente, em parte, do conflito entre Schlegel e Schiller, e a busca pela autonomia em divulgar as ideias teóricas do movimento levam os irmãos Schlegel a decidir organizar seu próprio periódico: o *Athenäum* (1798-1801). Apesar da breve existência, o periódico *Athenäum* foi o *organon* onde os membros do primeiro romantismo alemão buscaram revelar a visão revolucionária de mundo que possuíam. Em razão do caráter

[82] Ibid., p. 113.

[83] "De seus antecessores góticos, Tieck absorve os temas sinistros, as paisagens ermas e soturnas, as inexoráveis guinadas de fortuna. Por sua vez, ele faz uso desses elementos impregnando-os do desassossego próprio do Romantismo alemão, que sempre buscou o desconhecido e misterioso, o longínquo e inalcançável, o inaudito e surpreendente. O sobrenatural escabroso serve a Tieck para produzir um efeito desestabilizador, buscando abalar as certezas de um leitor que se sente seguro e confortável em sua crença na Razão como resposta última para todas as questões." VOLOBUEF, Karin. "Ludwig Tieck: meandros góticos". *Ilha do desterro*. Florianópolis, n. 62, jan./jun. 2012, pp. 153-172.

[84] "*Un effort pour descendre dans les profondeurs de l'âme humaine.*" Cf. AYRAULT, Roger. *La genèse du romantisme allemand. 1797-1804*, v. I, p. 26.

[85] TIECK, Ludwig. *Feitiço de amor e outros contos*. Trad. Maria Aparecida Barbosa e Karin Volobuef. São Paulo: Hedra, 2009, p. 18.

experimental das revistas *Athenäum* e *Lyceum*, muitas das concepções românticas foram interpretadas como uma espécie de delírio místico e consideradas ininteligíveis. Isso leva Schlegel a escrever o famoso ensaio *Über die Unverständlichkeit* (*Da ininteligibilidade*) como uma resposta irônica à tentativa de encontrar concepções acabadas nos fragmentos e ensaios publicados nas revistas. A incompreensão sobre o caráter revolucionário das ideias românticas e a percepção de seu papel singular na fundamentação da modernidade literária ainda persistem. De certo modo, quem quiser compreender a estética romântica deve perceber algo muito interessante: um sentido que se reaviva e, como o fragmento, complementa-se a cada ato de leitura. Em outras palavras, "o sentido das ideias românticas não nos espera já pronto".[86] Partindo dessa concepção, certos estudiosos, como Pedro Duarte, acreditam que para que se possa de fato compreender toda a dimensão revolucionária do movimento romântico é necessário transcender a habitual forma de interpretação classificatória e construir o sentido das ideias românticas em nosso espírito:

> Filosofia e arte experimentaram, na aurora do romantismo, proximidade inédita na história do pensamento ocidental. Era a virada alemã do século XVIII para o XIX. Sob a contestação da hegemonia do Iluminismo e do classicismo, alguns jovens pensadores – como os irmãos Schlegel, Novalis e, a seu modo, Hölderlin – sugeriam, já àquela altura, diferente caminho para a modernidade nascente [...]. Essa grande amplitude do romantismo evidencia dois fatores que dificultam defini-lo. Primeiro, os românticos, em geral, buscavam mais borrar demarcações do que desenhá-las, apagar fronteiras do que fixá-las, misturar gêneros do que conceituá-los. Segundo, seu caráter transgressor os fazia atacar cada fundamento conquistado e cada caracterização mais sólida, que eram rapidamente derrubados pelo poder corrosivo de sua própria crítica.[87]

Os escritos e fragmentos românticos demonstram a visão dialógica da criação e da crítica literária do grupo de uma maneira "um pouco menos arbitrária, que desse conta da sistematicidade sem prejudicar o frescor da reflexão, exprimindo-a de maneira mais direta e imediata, tal como originalmente aparece na consciência".[88] Os fragmentos sinfilosóficos, simpoéticos, e diversos escritos, testemunham essa fusão singular ocorrida no primeiro romantismo alemão. Esse aspecto da teorização primeiro-romântica, que a aproxima do sentimento religioso em face do universo, do homem e da natureza, influenciou profundamente a formação de Friedrich Schlegel. Apesar do breve e intenso amor simpoético e sinfilosófico que uniu esses espíritos em sua juventude, como se recorda August Wilhelm, a partir do ano de 1801 o grupo se dispersa. Nesse mesmo ano, Novalis vem a falecer, ficando a publicação póstuma de seus escritos a cargo de Ludwig Tieck. Além da morte de Friedrich von Hardenberg, outro motivo que favoreceu o distanciamento dos membros do grupo foi a separação de August Wilhelm e Caroline Böhmer Schlegel, que passa a viver com o filósofo Schelling. Enquanto Schlegel e Dorothea partem

86 DUARTE, Pedro. *Estio do tempo. Romantismo e estética moderna*. Rio de Janeiro: Zahar, 2011, p. 9.
87 Ibid., 2011, p. 11.
88 SUZUKI, Márcio. *A gênese do fragmento*. In: SCHLEGEL, Friedrich. *O dialeto dos fragmentos*, p. 18.

para Paris, o irmão August Wilhelm se dirige a Berlim, onde logo entra em contato com Madame de Stäel, uma das responsáveis pela divulgação das ideias do grupo. Entre os presentes no leito de morte de Novalis estava Schlegel, cujo respeito pelo autor de *Heinrich von Ofterdingen* permanece vivo muito tempo após sua morte.[89] A época do encontro do círculo romântico em Iena é recordada posteriormente com entusiasmo e ternura tanto por Ludwig Tieck quanto por Schlegel.[90]

Mais tarde, em 1823, Schlegel afirma que esse foi um período caracterizado pelo surgimento de um espírito criativo e singular, que levou o nome de *Nova Escola* (termo também utilizado por Madame de Stäel para designar o primeiro romantismo alemão); uma época em que talentos se reuniram, e na qual a semente de sua formação foi estimulada a crescer.[91] O mesmo sentimento fraterno inspira as palavras de August Wilhelm ao se recordar do período da *Athenäum*: "Desde aquela época, eu tenho vivido em círculos intelectuais e cultos, e conhecido muitos dos contemporâneos mais interessantes da Alemanha e do estrangeiro: mas ainda lembro frequentemente com saudades daquela sociedade livre e profícua de espíritos na mais esperançosa juventude".[92]

Esse encontro de personalidades tão distintas, que entrou para a história da literatura e da filosofia com o nome de primeiro romantismo alemão, buscava aproximar crítica e criação literária, poesia e reflexão filosófica, amor e amizade. Embora breve, a atuação dos românticos aponta para uma época de intensa atividade intelectual. As experiências estéticas e crítico-literárias do movimento ainda se fazem sentir muito tempo após o desaparecimento daquela visão poética e mágica da vida e da literatura. Com razão, alguns estudiosos da modernidade indicam que o grupo que se reuniu em torno dos irmãos Schlegel entre os anos de 1797 e 1801 representou, sem dúvida, um dos primeiros movimentos de "vanguarda" da história.[93]

[89] HAYM, Rudolf. *Die Romantische Schule.Ein Beitrag zur Geschichte des deutschen Geistes*. Hildesheim/Nova York: Georg Olms, 1977, p. 904. [Reprodução fotomecânica original da primeira edição da obra, de 1870.]

[90] "Foi uma bela época de minha vida, quando primeiramente o conheci e também seu irmão Friedrich; mais bela ainda quando nós e Novalis vivemos juntos pela arte e pela ciência e nos encontrávamos em diversos empreendimentos. Agora, o destino nos separou há anos. Senti sua falta em Roma e, da mesma forma, mais tarde em Viena e Munique. A saúde precária impediu-me de procurá-lo no local onde você residia; só em espírito e na lembrança eu podia viver com você." TIECK, Ludwig. *Feitiço de amor e outros contos*, p. 17.

[91] SCHLEGEL, Friedrich. *Vorrede*. In: KA-I, p. 573.

[92] SCHLEGEL, August Wilhelm. apud BEHLER, Ernst. *Frühromantik*, p. 12.

[93] "Se trata, de hecho, y no es exagerado decirlo, del primer grupo de 'vanguardia' de la historia." LACOUE-LABARTHE, Philippe; NANCY, Jean-Luc. *El absoluto literario. Teoría de la literatura del romanticismo alemán*, p. 27.

2. O ANTIGO E O MODERNO

Os escritos sobre a Antiguidade clássica

"O espírito de toda a minha poesia parece ser a harmonia entre o antigo e o moderno."

Friedrich Schlegel[1]

Uma das premissas mais importantes do pensamento crítico-literário de Friedrich Schlegel é a que remete à necessidade do conhecimento histórico das épocas da poesia, ou seja, a certeza de que não seria possível conhecer a poesia dos modernos sem contemplar a dos antigos, e que esse saber deveria ser a base da formação do homem. Herança dos escritos de Johann Joachim Winckelmann, a consciência histórica sobre as épocas da poesia fundamenta a teoria de literatura dos românticos:

> A diferença entre o clássico e o progressivo é de origem *histórica*, por isso ela está ausente na maioria dos filólogos. Também nesse aspecto, com Winckelmann começa uma época inteiramente nova. Meu mestre. Ele viu a diferença imensurável, a natureza toda própria da Antiguidade. No fundo, permaneceu sem seguidores.[2]

A aproximação recíproca entre a poesia dos antigos e a dos modernos é realizada principalmente em sua obra *Über das Studium der griechischen Poesie* [Sobre o estudo da poesia grega], publicada em 1796.[3] No *Studium-Aufsatz*, como também é conhecido o escrito, Schlegel expõe as principais características da poesia dos antigos e indica o que, em sua opinião, faltava à poesia moderna. Do mesmo modo, o crítico discute os dois tipos de formação da poesia, a natural e a artificial, às quais correspondem o sistema circular e o progressivo. Assim como Winckelmann, o crítico indica que a poesia dos antigos atingiu o grau máximo de perfeição ao atravessar todos os ciclos de sua formação natural: nascimento,

[1] SCHLEGEL, Friedrich. *Fragmentos sobre poesia e literatura (1797-1803) seguido de Conversa sobre poesia*, p. 368 [188].

[2] Ibid., p. 9 [1].

[3] Iniciado em 1795, e publicado parcialmente na revista *Alemanha*, em 1796. SCHLEGEL, Friedrich. *Über das Studium der griechischen Poesie*. In: Id. *Kritisch Friedrich-Schlegel Ausgabe*, v. I. Paderborn: Ferdinand Schöningh, 1979, p. 217 [KA-I].

desenvolvimento, plenitude e declínio. A poesia dos modernos, ao contrário, destaca-se por pertencer ao sistema progressivo da formação artificial, no qual a perfeição completa é apenas um ideal que jamais pode se concretizar, porque, toda vez que um máximo relativo é atingido, uma nova fase é instaurada.[4] Além disso, de acordo com o *Studium-Aufsatz*, a poesia grega situa-se no âmbito da natureza, que Schlegel denomina de poesia natural (*Naturpoesie*). Por outro lado, a poesia dos modernos, inserida no *Zeitgeist* da reflexão crítica e da complexidade filosófica de suas determinações, é chamada de poesia artificial (*Kunstpoesie*). Cada um desses âmbitos tem sua própria sistematicidade histórica. O desenvolvimento da poesia natural obedece a um ciclo biológico, condicionado por um sistema circular, como toda a natureza. A acepção da poesia dos antigos como uma poesia natural que tem o desenvolvimento similar ao de um organismo está relacionada ao denominado paradigma orgânico presente no século XVIII. Como afirma René Wellek, grande parte da influência na concepção e utilização desse paradigma orgânico advém de Johann Joachim Winckelmann, em cujo pensamento se encontra inserido um axioma da filosofia de Gottfried Wilhelm Leibniz (1646-1716), seguido tanto por Herder quanto por Schlegel, segundo o qual *natura non facit saltum* (a natureza não dá saltos).[5] De acordo com essa ideia, como um organismo, a poesia antiga obedece às leis da natureza; sua beleza é o fruto do desenvolvimento natural, espontâneo e selvagem. Do mesmo modo que Winckelmann, Schlegel afirma que na Antiguidade clássica a arte era livre, pois apenas entre os gregos ela esteve desde sempre liberta da pressão da necessidade e do domínio da razão.[6] Pelo fato de a poesia dos antigos ter passado por todas as fases da formação natural, o crítico a observa como um exemplo privilegiado para o estudo de toda a história da poesia:

> Já na primeira fase de sua formação, e ainda sob a tutela da natureza, a poesia grega abrangia toda a natureza humana [...]. A história da poesia grega é uma história natural e universal da poesia; uma concepção perfeita e legisladora. Na Grécia, a beleza cresceu sem cuidados artificiais e, de certa forma, selvagem. Sob esse céu afortunado, a arte representada não foi uma habilidade aprendida, mas a natureza original. Sua formação não foi outra que o desenvolvimento mais livre da disposição mais propícia.[7]

A imagem de uma arte que se desenvolve em condições naturais propícias, "sob um céu afortundo" tem clara influência da obra *Gedanken über die Nachmachung der grieschischen Werke in der Malerei und Bildhauerkunst* [Reflexões sobre a imitação das obras gregas na pintura e na escultura], publicada no ano de 1755 por Winckelmann. Como o autor das *Reflexões* afirma que "Minerva destinara aos gregos

[4] "A arte é infinitamente perfectível, de modo que, em seu desenvolvimento constante, um *maximum* absoluto não é possível: mas, apenas um *maximum* relativo condicionado." SCHLEGEL, Friedrich. *Über das Studium der griechischen Poesie*. In: KA- I, p. 288.

[5] WELLEK, René. *Concepts of Criticism*. New Haven/Londres: Yale University Press, 1963, p. 39.

[6] SCHLEGEL, Friedrich. *Über das Studium der griechischen Poesie*. In: KA- I, p. 275.

[7] Ibid., p. 276.

formas distintas de país e de natureza, as quais propiciaram a mais bela criação artística", Schlegel parte da constatação do caráter único das condições naturais entre os gregos.[8]

Ainda no *Studium-Aufsatz*, a discussão sobre a unidade orgânica, a completude, a perfeição e a objetividade na obra dos antigos se mescla àquilo que falta na poesia dos modernos. Schlegel realiza um movimento que parte da constatação da completude e perfeição da poesia dos antigos para a análise da mais completa ausência de universalidade, harmonia, relação, objetivo determinado, bem como da falta de homogeneidade no conjunto da poesia moderna. A visão que aparenta ser apenas negativa sobre a exteriorização literária moderna – e que, na verdade, tem igualmente a intenção de estabelecer a autonomia da poesia moderna em face da poesia dos antigos – toma grande parte do *Studium-Aufsatz*. De fato, o pensador faz uma longa enumeração do que falta à poesia dos modernos:

> Salta aos olhos o fato de que a poesia moderna ou ainda não alcançou o objetivo que aspira, ou essa aspiração não tem um objetivo fixo; sua formação [*Bildung*] não tem nenhuma direção específica; o conjunto de sua história não tem um contexto regular; o todo não tem unidade. Ela decerto não é pobre em obras em cujo conteúdo inesgotável a admiração investigadora se perde; obras nas quais a altura gigantesca faz o olho se curvar, e cuja força poderosíssima arrasta e conquista todos os corações. Apesar disso, muitas vezes a comoção mais forte e a atividade mais abundante são o que menos satisfaz [nessas obras]. Até mesmo os poemas mais perfeitos dos modernos, cuja força e arte elevadas despertam admiração, não raras vezes concentram o espírito apenas para depois o despedaçar de um modo ainda mais doloroso. Eles deixam para trás um espinho que fere a alma, e tomam mais do que oferecem. A satisfação apenas pode ser encontrada no prazer completo, onde toda expectativa excitada se concretiza, e até a menor inquietação se resolve; onde toda ânsia silencia. É isso que falta à poesia de nossa época! Não a abundância de belezas individuais e perfeitas, mas harmonia e completude, e a serenidade e satisfação que surgem apenas a partir delas; uma beleza perfeita que fosse completa e persistente.[9]

Para Schlegel, a poesia moderna ainda não alcançara seu objetivo, sendo sua situação atual representada pelo caos de formas, estilos, pela mescla de gêneros. Mas, como o caos original presente na mitologia grega, o caos da poesia dos modernos seria a condição para o nascimento de uma poesia (leia-se literatura) futura: "Quando se observa com atenção a falta de objetivo e de leis (*Zwecklosigkeit und Gesetzlosigkeit*) de toda a poesia moderna e a elevada perfeição de suas partes, sua massa surge como um mar de forças conflitantes que misturam-se em uma confusão caótica".[10] À confusão dos gêneros na modernidade, o estudioso acrescenta a falta de conexão entre as partes das obras, e a ausência de coesão interna.[11] As obras que a poesia moderna produz "não têm um princípio de vida interno, são anárquicas, caóticas e destituídas de completude".[12] O pensador caracteriza a

[8] WINCKELMANN, Johann Joachim. *Reflexões sobre a imitação das obras gregas na pintura e na escultura*. Trad. Herbert Caro e Leonardo Tochtrop. Porto Alegre: Movimento, 1975, p. 39.
[9] SCHLEGEL, Friedrich. *Über das Studium der griechischen Poesie*. In: KA- I, p. 217.
[10] Ibid., p. 222.
[11] Ibid., p. 292.
[12] Ibid., p. 238.

época moderna como a época química, das separações, como o signo de uma eterna insatisfação, "da busca insaciável por completude em falsos conceitos do gosto".[13] Outra característica da poesia moderna considerada negativa no *Studium-Aufsatz* (que mais tarde torna-se positiva) é a mistura de gêneros:

> As fronteiras entre a ciência e a arte são tão confusas, do verdadeiro e do belo, que até a certeza na imutabilidade das fronteiras eternas quase perdeu sua credibilidade universal. A filosofia poetiza, a poesia filosofa: a história torna-se poesia, essa, por sua vez, é tratada como história. Até mesmo as formas poéticas trocam, reciprocamente, sua destinação; uma disposição lírica torna-se objeto de um drama, e um conteúdo dramático é cunhado em forma lírica.[14]

Essa conclusão sobre a mistura de gêneros e disciplinas, emitida entre os anos 1795 e 1796, contrasta inteiramente com a verdadeira máquina de gêneros exposta nos *Fragmentos sobre poesia e literatura*. Nesses fragmentos, escritos a partir de 1797, Schlegel teoriza sobre as mais curiosas misturas de gêneros literários, afirmando inclusive que "o imperativo romântico exige a mistura de todos os gêneros".[15] A contemplação sobre a poesia dos modernos inserida no *Studium-Aufsatz* não é de todo negativa, ao contrário, o crítico demonstra que a poesia moderna, na qual predomina o caos das misturas e dos gêneros, é o caminho para uma poesia futura. O que se inicia como um estudo sobre a poesia dos gregos, passa a ter como um de seus objetivos a discussão sobre as condições de surgimento de uma forma futura de literatura, mais tarde denominada de poesia romântica, universal e progressiva. O problema da poesia moderna, relata Schlegel a seu irmão August Wilhelm, em carta escrita no ano de 1794, "é a unificação entre o essencialmente moderno e o essencialmente antigo".[16] A solução para o aparente paradoxo entre os sistemas circular e progressivo surge igualmente em outro texto seminal de Friedrich Schlegel, *Vom Wert des Studiums der Griechen und Römer* [Do valor do estudo dos gregos e romanos], escrito entre os anos de 1795 e 1796, ainda na época que o estudioso se encontrava em Dresden.[17] No texto, o autor desenvolve um panorama das épocas da poesia que se baseia, sobretudo, na ação recíproca entre natureza e liberdade, no qual busca harmonizar os sistemas circular e progressivo, deduzindo da filosofia de Fichte a concepção de ação recíproca (*Wechselwirkung*) entre aspectos aparentemente opostos que se complementam.[18] Esse movimento original foi compreendido por Peter Szondi como um processo que, de certo modo,

[13] Ibid., p. 220.

[14] Ibid., p. 219. Essa conclusão sobre a mistura de gêneros, emitida entre os anos de 1795 e 1796, contrasta inteiramente com a verdadeira máquina de gêneros exposta nos *Fragmentos sobre poesia e literatura*. Nesses fragmentos, escritos a partir de 1797, Schlegel teoriza sobre as mais curiosas misturas de gêneros, descrevendo-os inclusive.

[15] SCHLEGEL, Friedrich. *Fragmentos sobre poesia e literatura (1797-1803) seguido de Conversa sobre poesia*, p. 166 [586].

[16] Id. *Bis zur Begründung der Romantischen Schule*. In: KA-XXIII, p. 185, carta datada de 27 de fevereiro de 1794.

[17] Id. *Vom Wert des Studiums der Griechen und Römer (1795-1796)*. In: KA-I, p. 621.

[18] "A ideia de uma relação de ação recíproca (*Wechselwirkung*) entre liberdade e natureza, tomada de empréstimo a Fichte, irá a seguir alicerçar a argumentação de Schlegel no sentido de que tem que haver uma história também com leis necessárias." KESTLER, Izabela Maria Furtado. "História e filosofia da história na obra do jovem Friedrich Schlegel". *Kriterion*. Belo Horizonte, 2008, nffl 117, pp. 79-83.

antecipa a própria dialética hegeliana.[19] Fundamentando sua teoria das épocas da poesia na concepção de que através da investigação sobre a poesia dos antigos era possível perceber todo o desenvolvimento natural da poesia, em *Von den Schulen der Griechischen Poesie* [Das escolas da poesia grega], de 1794, Schlegel aponta para o movimento da poesia grega, o qual se estende desde a espontaneidade de uma exteriorização natural até chegar ao limite extremo da decadência e do eruditismo superficial de Alexandria:

> O movimento da poesia grega foi o seguinte: ela partiu da natureza (Escola jônica), alcançando a beleza através da formação (Escola dórica). Após isso, na Ática, ela chegou ao sublime e à perfeição, decaindo novamente em direção ao luxo e à elegância. Depois que a beleza não mais estava presente, entre os alexandrinos a arte se transformou em artificialismo, até que, finalmente, se perdeu na barbárie.[20]

De acordo com essa divisão das escolas da poesia grega, a épica homérica pertence a um período no qual ainda não existia um conceito de arte, e a vida e a poesia ainda eram fundamentadas no mito, a partir do qual tudo o mais se desenvolveu. Schlegel descreve essa época como um período em que a formação é natural e não artificial, quando a disposição original é a mais propícia, e a proteção exterior é perfeita: todas as partes da força empenhada pela humanidade em formação se desenvolvem, crescem e se completam, de forma regular, até que o progresso alcance o momento onde a plenitude não pode se elevar mais sem destruir e separar a harmonia do todo.[21] O crítico identifica essa idade mítica com a própria natureza. Ao afirmar a necessidade de se buscar o cerne da poesia no mito, o estudioso aponta para uma das características que observara na poesia dos antigos, e que considerava imprescindível na poesia dos modernos: um núcleo central de onde a poesia e a exteriorização espontânea da arte pudessem retirar sua força e originalidade. É por essa razão que Schlegel afirma: "saturem a vida com o Absoluto e vocês entenderão os antigos e a poesia".[22]

A descoberta da diferença entre as épocas da poesia faz com que o pensador alemão se filie à tradição dos estudos históricos de Winckelmann, aquele que, como foi dito, teria sido o primeiro a estabelecer a antinomia entre o antigo e o moderno. Mas, diferentemente de Winckelmann, que acreditava que "o único meio de nos tornarmos grandes e, se possível, inimitáveis, é imitar os gregos",[23] Schlegel concebe a retomada do ideal de perfeição da poesia grega apenas em uma poesia (ou forma de expressão literária) futura. Através de seu conceito de poesia romântica, universal e progressiva, a qual unificará o essencialmente antigo com

[19] SZONDI, Peter. *Poésie et poétique de L'idealisme allemand*. Paris: Gallimard, 1974, p. 96.
[20] SCHLEGEL, Friedrich. *Von den Schulen der griechischen Poesie*. 1794. In: KA-I, p. 17.
[21] BEHLER, Ernst. *Einleitung*. In: SCHLEGEL, Friedrich. *Über das Studium der griechischen Poesie*. In: KA- I, p. LXXVII.
[22] SCHLEGEL, Friedrich. *Ideen Fragmente*. In: KA-II, p. 264, fragmento [85].
[23] WINCKELMANN, Johann Joachim. *Reflexões sobre a arte antiga*, p. 39.

o essencialmente moderno, o crítico demonstra aquilo que Peter Szondi qualifica como uma "totalidade espiritual", que será retomada no futuro:

> A concepção filosófico-histórica de Schlegel tem três raízes: a experiência da Antiguidade, o sofrimento refletido na modernidade, e a esperança no reino vindouro de Deus. O clássico, o crítico do tempo [*Zeitkritisches*], e o escatológico se unem aqui em um todo tripartido. O número três reflete as três dimensões da temporalidade (passado – presente – futuro) e anuncia, ao mesmo tempo, a partir do plano da história das ideias, a dialética hegeliana. Pois, já na concepção histórica de Schlegel, trata-se de um processo dialético [...]. A Antiguidade natural e perfeita foi apreendida em natureza única [*Einmaligkeit*] e integrada no processo histórico do espírito como o primeiro período, ao mesmo tempo paradisíaco. Por essa razão, a Antiguidade não é mais reproduzível no presente, este é compreendido como o segundo período, e abandonado em sua negatividade antitética. Todavia, a Antiguidade torna-se significativa para o futuro. O que ainda está por vir não deve, assim, ser sua repetição, ou seja, nenhuma completude natural, mas uma totalidade espiritual que se desenvolve a partir do núcleo da própria Modernidade.[24]

A distinção que Schlegel faz entre as épocas da poesia e a concepção de uma poesia futura também foi discutida por Ernst Behler como um processo dialético em três épocas, cujo objetivo seria a harmonização entre o clássico e o romântico. O estudioso reconhece um processo dialético em três épocas na teoria literária de Schlegel. O primeiro degrau ou tese é a denominada literatura objetiva ou clássica, cujo auge se encontra em Sófocles. O segundo degrau ou antítese é a poesia interessante ou moderna, que se estabelece principalmente em Shakespeare e Cervantes.[25] Por meio dessa relação antitética se desenvolve a síntese, o terceiro degrau, alcançado na literatura de Goethe, descrita pelo romântico como o alvorecer da verdadeira arte e pura beleza. Em razão desse processo dialético, para o crítico, a mais elevada tarefa da literatura de seu tempo era alcançar a harmonia entre o clássico e o romântico.[26] A concepção histórica de Schlegel sobre as épocas da poesia, desenvolvida nos escritos sobre a Antiguidade clássica, aproxima-se de outras obras, como a *Poesia ingênua e sentimental*, de Schiller. Essa obras inserem-se no contexto do que Schlegel intitula como "revolução estética", que faz ecoar, em solo alemão, a célebre *Querelle des Anciens et des Modernes*. Através desse método singular, que faz uso dos pressupostos da estética e da filosofia da história no âmbito literário, Schlegel observa que o movimento da história humana "não é um simples intercalar-se de acontecimentos de forma acidental, mas o desenvolvimento necessário do espírito humano".[27]

[24] SZONDI, Peter. *Friedrich Schlegel und die Romantische Ironie*. In: Id. *Schriften II*. Frankfurt am Main: Suhrkamp, 1996, p. 11. Id. *Friedrich Schlegel und die romantische Ironie*. In: Id. *Schriften II*. Frankfurt am Main: Suhrkamp, 1978, p. 11. [Tradução nossa.]

[25] SCHMIDT, Wolff A. von. "Berührungspunkte der Romantheorien Herders und Friedrich Schlegls". *The German Quartely*, v. 47, nffl 3 (maio 1974), p. 413.

[26] Ibid.

[27] BEHLER, Ernst. *Einleitung*. In: SCHLEGEL, Friedrich. *Über das Studium der griechischen Poesie*. KA- I, p. LXXVI.

O ideal e o real

Se o poeta ingênuo excede o sentimental em realidade e traz à existência real aquilo para o qual o último só pode despertar um vivo impulso, este, por sua vez, tem sobre o primeiro a grande vantagem de ser capaz de dar ao impulso um objeto maior do que aquele que foi e pôde ser produzido pelo primeiro.

Friedrich Schiller[28]

Na última década do século XVIII, a partir da publicação de obras como *Poesia ingênua e poesia sentimental*, de Schiller, ou dos escritos de Schlegel, tem início um grande debate a respeito da relação entre o clássico e o romântico na Alemanha.[29] Essas obras ecoam os acontecimentos e a crescente tomada de consciência histórica pelos estudiosos de arte, sendo igualmente consideradas como uma espécie de resposta à famosa *Querelle des Anciens et des Modernes* em solo alemão.[30] Além de ser um contraponto a acontecimentos históricos de seu tempo, como a Revolução Francesa, a antinomia estabelecida por Schiller entre os modos de sentir e de atuar do poeta ingênuo e sentimental, e a distinção entre o objetivo e interessante em Schlegel, servem de fundamento para a resposta alemã à querela entre os antigos e os modernos.

A consciência histórica a respeito da antinomia entre as épocas da poesia contribui para a distinção entre o clássico e o romântico estabelecida por Goethe e Schiller e tornada mundialmente famosa pelos irmãos Schlegel. Apesar de haver certo paralelo entre as concepções de Schiller sobre o ingênuo e o sentimental e as ideias de Schlegel sobre o objetivo e o interessante, a origem e a intenção dos escritos desses autores diferem substancialmente. Assim, os ensaios sobre o poeta ingênuo e sentimental têm basicamente três razões: são uma resposta e um posicionamento em relação a Goethe, considerado um poeta ingênuo; apresentam os dois modos de fazer poético dos dois autores, ao mesmo tempo que ecoam as pretensões filosóficas de Schiller.[31] A obra de Schiller é dividida em três partes, uma sobre o poeta ingênuo, outra sobre o sentimental, e uma terceira, denominada "Conclusão do ensaio sobre os poetas ingênuos e senti-

[28] SCHILLER, Friedrich. *Poesia ingênua e poesia sentimental*. Trad. Márcio Suzuki. São Paulo: Iluminuras, 1997, p. 89.

[29] Os escritos de Schlegel encontram-se no primeiro volume da edição crítica. Os textos de Schiller foram publicados como ensaios separados na revista *Die Horen, As Horas*, entre os anos de 1795 e 1796. O nome da revista faz menção às Horas, deusas da Grécia antiga as quais presidiam as estações do ano.

[30] "Schlegel e Schiller fundamentaram essa expectativa [de uma revolução estética] de um modo estético e histórico-filosófico, o qual, inserido sob a luz de um novo significado histórico, pode ser compreendido como uma resposta a questões novamente postas da *Querelle des Anciens e Modernes*, a qual havia chegado a seu termo oitenta anos atrás na França". JAUSS, Hans Robert. "Schlegels und Schillers Replik auf die 'Querelle des Anciens et des Modernes'". In: *Literaturgeschichte als Provokation*. Frankfurt am Main: Suhrkamp Verlag, 1974, p. 70.

[31] SZONDI, Peter. *Das Naive ist das sentimentalische. Zur Begriffsdialektik in Schillers Abhandlung*. In: Id. *Schriften II*, 1978, p. 70.

mentais, com algumas observações concernentes a uma diferença característica entre os homens"; o escrito traz ainda uma tipologia dos modos de fazer ou de desempenho poético: o ingênuo e o sentimental, também compreendidos pelo autor como o modo realista e o modo idealista.[32] Enquanto considerava-se um poeta sentimental, em razão do caráter reflexivo de suas criações, Schiller avaliava que Goethe era o exemplo acabado de poeta ingênuo. Esse fato é curioso, já que Schlegel considera Goethe um poeta progressivo, no sentido de um autor que congrega o espírito clássico dos antigos e a reflexão dos modernos. Em *Conversa sobre a poesia* (1800), no trecho denominado "Ensaio sobre as diferenças de estilo entre as obras da juventude e as obras tardias de Goethe", Schlegel o descreve como um autor universal e progressivo: "A universalidade de Goethe tem se tornado cada vez mais evidente para mim, quando observo o modo diverso como suas obras atuam sobre poetas e amigos da poesia".[33]

No que concerne à sua ocupação com as épocas da poesia, Schlegel tinha o intuito de estabelecer os fundamentos de uma exposição literária em devir, à qual dá o nome de poesia romântica, universal e progressiva.[34] Como havia descrito em *Sobre o estudo da poesia grega*, a poesia moderna (Schlegel entende por poesia qualquer expressão literária) destacava-se por ser uma mistura das mais variadas formas ou gêneros literários, e por mesclar poesia e prosa, criação literária e reflexão filosófica. No ensaio *Sobre o estudo da poesia grega*, ou *Studium-Aufsatz*, como também é conhecido o escrito de Schlegel, a completa mistura de gêneros a principio é destacada como algo negativo, mas, no decorrer da obra, torna-se uma das principais características da poesia romântica. Do mesmo modo, o *Studium-Aufsatz* caracteriza a poesia moderna como aquela na qual o belo não é mais o paradigma a ser seguido. Lessing, em seu *Laocoonte* (1766), já havia apontado para o fato de que a poesia não segue as mesmas regras do Belo como a pintura e a escultura. Do mesmo modo, Schlegel será um dos primeiros teóricos a indicar que "o feio é indispensável para a perfeição da poesia moderna e para seu objetivo filosófico".[35]

Essa poesia ou exteriorização literária moderna resolveria, na concepção de Schlegel, os dilemas da antinomia das épocas da poesia, pois, em seu bojo, harmonizariam-se o real e o ideal, o clássico e o romântico, o antigo e o moderno. A preocupação com a questão da identidade entre o ideal e o real na literatura é um tema que aproxima esses pensadores de Fichte. Do mesmo modo que o filósofo da *Doutrina-da-ciência* compreende o Eu puro como forma única, plena e absoluta, e afirma que o destino de todos os seres é a identidade e a concordância

[32] SCHILLER, Friedrich. *Poesia ingênua e poesia sentimental*, p. 89.

[33] Id. *Fragmentos sobre poesia e literatura (1797-1803) seguido de Conversa sobre poesia*, p. 541.

[34] "É preciso aprender o que a poesia deve vir a ser a partir do que os modernos querem, e o que ela tem de ser a partir do que os antigos fazem." Id. KA-II, p. 157 [84].

[35] Id. *Über das Studium der griechischen Poesie*. In: KA- I, p. 241.

consigo mesmo,[36] para Schiller "todo homem individual, pode-se dizer, traz em si, quanto à disposição e à destinação, um homem ideal e puro, e a grande tarefa de sua existência é concordar, em todas as suas modificações, com sua unidade inalterável".[37] Essa identidade entre os âmbitos do ser e do devir é transposta por Schlegel para o campo literário, no qual passa a designar uma forma futura de criação literária, a chamada poesia romântica, universal, progressiva. O movimento realizado pelo crítico em seu *Studium-Aufsatz* vai da constatação da perfeição entre os antigos (como em Winckelmann) para a indicação de que falta à poesia dos modernos um centro, um fundamento para que se pudesse alcançar aquela mesma completude e perfeição. Como indica Joãozinho Beckenkamp, Arthur Lovejoy foi quem apontou para o fato de que Schiller teria sido o grande responsável pela mudança de rumos na forma como Schlegel contemplava a literatura de seu tempo, e isso se reflete na escrita do ensaio *Sobre o estudo da poesia grega*:

> Com a retomada do interesse pelo romantismo nas primeiras décadas do séc. XX, tornou-se possível também uma reavaliação deste esquema histórico [que contrapunha o classicismo de Weimar ao primeiro romantismo alemão], a ponto de A. O. Lovejoy poder sugerir, em dois ensaios dedicados à noção de romântico (1916, *The Meaning of "Romantic" in Early German Romanticism*; 1920, *Schiller and the Genesis of German Romanticism*), que o passo decisivo dado por Schlegel em 1797, no sentido de avaliar positivamente traços característicos da arte dos modernos, que tradicionalmente valiam como uma deficiência ou eram avaliados negativamentem, foi na verdade motivado por um texto de Schiller.[38]

O tema da aproximação entre o real e o ideal se encontra igualmente presente em outros escritos sobre a Antiguidade clássica de Schlegel, nos quais o crítico afirma que a poesia dos antigos não se fundamenta em uma relação entre o real e o ideal, pois "a poesia objetiva dos antigos não conhece nenhum interesse e não faz questão de se basear na realidade".[39] O que importa na poesia dos antigos, a qual visa o belo, não é propriamente o subjetivo ou o histórico, mas "o jogo da representação, que seja tão sagrado como a mais séria realidade, isto é, uma aparência astística tão universal e legisladora (*gesetzgebend*) como a mais absoluta verdade".[40] Schlegel aponta para a importância de não se perder de vista essa relação entre o ideal e o real, pois "nem toda expressão poética da ânsia pelo infinito é sentimental, mas apenas aquelas que contêm uma reflexão sobre a relação entre o ideal e o real".[41] Por outro lado, Schiller indica a diferença entre os modos de sentir do poeta

[36] FICHTE, Johann Gottlieb. *O destino do erudito*, p. 22.

[37] Em nota ao trecho citado, Schiller afirma: "Remeto aqui a uma publicação recente: *Preleções sobre a destinação do Douto*, de meu amigo Fichte, onde se encontra uma dedução bastante clara e por uma via jamais tentada dessa proposição". SCHILLER, Friedrich. *A educação estética do homem numa série de cartas*. Trad. Roberto Schwarz e Márcio Suzuki. São Paulo: Iluminuras, 2010, p. 29.

[38] BECKENKAMP, Joãozinho. *Entre Kant e Hegel*. Porto Alegre: EDIPUCRS, 2004, p. 163.

[39] SCHLEGEL, Friedrich. *Vorrede. Die Griechen und Römer*. In: KA-I, p. 211.

[40] Ibid.

[41] Ibid.

ingênuo e sentimental de acordo com sua relação com a natureza. Por essa lógica, do mesmo modo que o poeta sentimental tem a possibilidade de retomar o espírito da natureza (ainda que apenas idealmente, no âmbito da razão), o poeta ingênuo expõe artisticamente a inocência e a felicidade naturais, as quais ficaram para trás em algum tempo remoto que encontramos toda vez que nos defrontamos com a natureza:

> Por isso, o sentimento com que nos apegamos à natureza é tão aparentado àquele com que lastimamos a época passada da infância e da inocência infantil. Nossa infância é a única natureza intacta que ainda encontramos na humanidade cultivada; não espanta, por isso, que todo vestígio da natureza fora de nós leve-nos de volta à nossa infância.[42]

Enquanto o poeta ingênuo, em sua sensibilidade, representa artisticamente a própria natureza, ainda que já se encontre no âmbito da cultura, o poeta sentimental deve buscar um retorno à natureza ideal, porque, de acordo com Schiller, "o poeta é natureza ou a buscará. No primeiro caso, constitui-se o poeta ingênuo; no segundo, o poeta sentimental".[43] A tarefa que se impõe ao poeta sentimental em sua atividade reflexionante é a unificação entre a arte e a natureza no âmbito da poesia. A natureza ideal teorizada por Schiller não está em um estado passado, mas diante de nós, no futuro, como uma tarefa infinita do poeta, através da atividade reflexionante de seu espírito. Essa ideia é defendida igualmente por Fichte, principalmente em sua obra *Einige Vorlesungen über die Bestimmung des Gelehrten* [Algumas preleções sobre o destino do erudito], publicada no ano de 1794.[44]

De acordo com Fichte, ao afirmar que não há salvação para os homens a não ser no estado de natureza, Rousseau havia fundamentado todo seu conhecimento em um sentimento amargo e em falsas premissas.[45] Ao pretender transpor a sociedade inteira a um estado de natureza sem explicar o que fará com toda a formação que essa sociedade recebeu exatamente ao abandonar esse estado de natureza, Rousseau não apenas contradiz sua formação enquanto erudito, mas também faz exatamente aquilo que nega, pois as proposições fundamentais de sua obra baseiam-se em um estado que apenas pode ser alcançado em sociedade.[46] Fichte acredita que aquilo que Rousseau contemplava no passado, no estado de natureza, estava em verdade diante de nós, já que seria impossível retornar a um estado natural em pleno âmbito da cultura:

> Schiller não se cansa de chamar a atenção para o fato de que, nessa tristeza com a situação real do mundo, corre-se frequentemente o risco de tomar pela própria coisa aquilo que é apenas *símbolo*. É

[42] SCHILLER, Friedrich. *Poesia ingênua e sentimental*. Trad. Márcio Suzuki. São Paulo: Iluminuras, 1991, p. 55.
[43] Ibid., p. 60.
[44] FICHTE, Johann Gottlieb. *O destino do erudito*.
[45] Ibid., p. 82.
[46] Ibid.

assim que se confunde o ingênuo com aquilo que deveria representar, isto é, o verdadeiro Ideal de natureza humana. Tal é a confusão comum daqueles que, por exemplo, veem no ingênuo o próprio homem natural e que, no seio do estado político, desejam voltar ao estado de natureza. O mesmo costuma ocorrer entre aqueles que consideram a suprema perfeição estética realizada nas obras ingênuas da arte e poesia grega. Entre os poetas, esse equívoco toma corpo na ideia de uma "época de ouro" perdida. Ao mostrar que aquilo que nostalgicamente se anseia não está no passado, mas no futuro, Schiller retoma a lição de Fichte, que foi o primeiro a advertir para essa ilusão retrospectiva: Está *diante* de nós aquilo que Rousseau, sob o nome de estado de natureza, e os poetas, sob o nome de idade de ouro, colocam *atrás* de nós.[47]

Schiller busca contornar a aporia entre o estado de natureza e de cultura, encontrada por Fichte em Rousseau, indicando que o modo ingênuo "refere-se a uma maneira natural ou instintiva de criar, ao passo que o sentimental se destaca por um procedimento eminentemente reflexivo".[48] Ao detalhar os modos de atuação do poeta sentimental, o filósofo esclarece quais seriam os gêneros poéticos do sentimental, ou seja, a sátira, a elegia e o idílio, os quais "nada têm em comum com as três espécies particulares de poema conhecidas sob esses nomes, a não ser a maneira de sentir, que é própria daqueles quanto dessas".[49] O estudioso aborda cada uma dessas tendências ou maneiras de sentir do poeta sentimental de acordo com a relação que estabelecem com o real e o ideal. O poeta satírico representa a contradição entre o real e o ideal: "O poeta é satírico se toma como objeto o afastamento em relação à natureza e a contradição da realidade com o ideal".[50] Por outro lado, o poeta elegíaco "opõe a natureza à arte e o ideal à realidade, de modo que a exposição dos primeiros predomine e a satisfação com eles se torne sensação preponderante".[51] Schiller ainda explicita a terceira categoria do sentimental, o idílio, como aquele gênero capaz de "exprimir poeticamente a humanidade inocente e feliz".[52] Ainda segundo o autor, essa condição idílica só pode ser alcançada no futuro: "Tal estado, porém, não se dá apenas antes do início da cultura, mas é também aquele que a cultura propõe como meta suprema, se tiver em toda parte uma tendência determinada".[53] De acordo com a relação entre o real e o ideal, a sátira representa a contradição entre a realidade e o ideal; a elegia é a expressão do prazer na natureza; enquanto o idílio unifica o real e o ideal, a natureza e a arte.[54] Em sua fundamentação da poesia transcendental, Friedrich Schlegel também tem o intuito de compreender essas tendências da poesia sentimental de acordo com a relação entre o real e o ideal. Buscando

[47] SUZUKI, Márcio. "Apresentação". In: SCHILLER, Friedrich. *Poesia ingênua e sentimental*, p. 21.
[48] SCHILLER, Friedrich. *Poesia ingênua e sentimental*, p. 31.
[49] Ibid., p. 83.
[50] Ibid., p. 64.
[51] Ibid., p. 69.
[52] Ibid., p. 83.
[53] Ibid., p. 83.
[54] Em *Conversa sobre a poesia*, o personagem Ludovico (que, segundo a tradição, representaria Schelling) afirma que a nova mitologia ressurgirá "como poesia que deve se apoiar na harmonia do ideal e do real". SCHLEGEL, Friedrich. *Gespräch über die poesie*. In: KA-II, p. 315.

definir a poesia transcendental de um modo aproximado ao de Schiller, ou seja, enquanto "aspecto eminentemente reflexivo", o crítico afirma que há uma poesia cujo núcleo é "a proporção entre ideal e real e que, portanto, por analogia com a linguagem técnica filosófica, teria de se chamar poesia transcendental. Começa como sátira, com a diferença absoluta entre o ideal e o real, oscila como elegia no meio, e termina como idílio, com a identidade absoluta de ambos".[55]

Outra aproximação entre os dois estudiosos tem relação com o entendimento de que esses modos de sentir e atuar do poeta não surgem e se estabelecem isoladamente em determinada época, mas que toda poesia pode ser composta por elementos ingênuos e sentimentais, mesmo nas mais diferentes épocas.[56] Em Schlegel, essa concepção também se transforma no conceito de "progressivo", ou seja, naquela exteriorização poética que for capaz de abranger tanto o espírito clássico quanto o espírito moderno, reflexivo e sentimental. Esses dois gêneros ou tendências da poesia sentimental expõem a "natureza humana em sua idealidade e pureza moral: aquele, de maneira inocente e ingênua, enquanto *perfeição infinita*; este, de maneira deliberada e refletida, enquanto *aperfeiçoamento infinito*".[57] A divisão realizada por Schiller entre o poeta ingênuo e sentimental influenciou Schlegel a reconsiderar a poesia dos modernos em novos termos, embora, em certos aspectos, os autores se dividam quanto aos efeitos práticos dessa antinomia. Na introdução de sua *História da poesia dos gregos e romanos* (1797), Schlegel elogia a caracterização dos gêneros poéticos realizada por Schiller, ainda que considere que a dicotomia entre o ingênuo e o sentimental não explica suficientemente a evolução das épocas da poesia, de modo a compreender, por exemplo, a literatura dos denominados "antigos modernos", e enquadrar artistas tão complexos como Petrarca, Dante, Boccaccio, Cervantes, Shakespeare ou Goethe, o qual era considerado ingênuo por Schiller, mas, na visão do crítico, é um representante da poesia romântica ou progressiva.[58] Schlegel lamenta não ter lido o escrito de Schiller antes de terminar o *Studium-Aufsatz*, e afirma que a leitura provavelmente o teria auxiliado a evitar muitos problemas, pois seria necessário levar em consideração o fato de que, em épocas de transição, uma natureza poética pode interpenetrar outra até que essa passagem seja realizada completamente, como é o caso da poesia da Antiguidade tardia:

[55] SCHLEGEL, Friedrich. *O dialeto dos fragmentos*, p. 88 [A238].

[56] "Desse modo, a poesia se forma igualmente dos ingredientes ingênuos e sentimentais, embora em cada caso particular uma das tendências sempre prevalece sobre a outra." SUZUKI, Márcio. "Estudo". In: SCHILLER, Friedrich, op. cit., p. 14.

[57] Ibid., p. 15.

[58] Petrarca, Dante, Boccaccio, Guarini, Cervantes, Shakespeare são considerados "antigos modernos" por Schlegel. É nesses autores que indica o começo da época romântica. "Homero e Sófocles são tão únicos entre os antigos como Dante e Shakespeare entre os modernos. Aristófanes, Píndaro e Ésquilo pertencem aos médios, assim como entre os modernos Boccaccio, Cervantes, Guarini, Petrarca." SCHLEGEL, Friedrich. *Fragmentos sobre poesia e literatura (1797-1803) seguido de Conversa sobre poesia*, p. 435 [690].

> O ensaio de Schiller sobre os poetas sentimentais, além de ter ampliado minha visão sobre o caráter da poesia interessante, também me deu uma nova luz sobre os limites do domínio da poesia clássica. Se eu o tivesse lido antes de esse escrito ter sido enviado para publicação [Schlegel se refere ao *Studium-Aufsatz*], especialmente o trecho sobre a origem e o caráter artístico original da poesia moderna, teria ficado bem menos imperfeito. Julga-se de modo incorreto e unilateral quando se aprecia os últimos poetas da antiga arte apenas pelos fundamentos da poesia objetiva. A formação estética natural e a formação estética artificial se interpenetram, e os últimos da poesia antiga são, ao mesmo tempo, os precursores da poesia moderna.[59]

Utilizando o conceito fichtiano de "aproximação recíproca", Schlegel postula que em certas épocas ou autores ocorre a aproximação entre o ingênuo e o sentimental, como, por exemplo, em Shakespeare, autor considerado altamente ingênuo e sentimental.[60] Esses autores partem de concepções semelhantes de Fichte para fundamentar sua teoria sobre a aproximação recíproca entre as épocas da poesia,[61] de modo que há certo paralelo entre as categorias do ingênuo/ sentimental (Schiller) e do objetivo/ interessante (Schlegel). A atividade reflexionante, um dos traços da poesia sentimental,[62] está presente no conceito schlegeliano de poesia moderna sob a denominação de "interessante".[63] Embora contemplem a poesia moderna como uma época de transição para algo em devir, os dois pensadores têm visões ligeiramente diversas sobre como essa passagem poderia se realizar. Schiller afirma que "a poesia sentimental é, decerto, *conditio sine qua non* para o Ideal poético, mas é também um eterno impedimento para ele".[64] Schlegel, por seu lado, assevera que o interessante significa uma fase transitória para a concretização futura, "sendo apenas uma crise passageira do gosto".[65] Entre as obras que anunciam a transição para uma literatura futura é sobretudo na criação literária de Goethe que Schlegel vislumbra a saída para a situação paradoxal da poesia moderna. Nesse aspecto, o autor dos *Anos de aprendizado de Wilhelm Meister* não era apenas moderno, mas, nas palavras do crítico, "um progressivo", isto é, aquele que mescla e aproxima a objetividade da poesia dos antigos com a reflexividade da literatura dos modernos.[66]

O escrito de Schiller sobre a *Poesia ingênua e sentimental* teve o mérito de auxiliar Schlegel a responder as principais questões que levantara em seu *Studium-Auf-*

59 SCHLEGEL, Friedrich. *Vorrede. Die Griechen und Römer.* In: KA-I, p. 209.

60 "Shakespeare é ao mesmo tempo ingênuo e sentimental no mais alto grau, um colosso da poesia moderna." SCHLEGEL, Friedrich. *Fragmentos sobre poesia e literatura (1797-1803) seguido de Conversa sobre poesia*, p. 122 [253].

61 "Minha crítica absoluta para o clássico e o progressivo é tão transcendental como a *doutrina-da-ciência*, de Fichte." Ibid., p. 173 [647].!"

62 "A atividade reflexionante é, pois, a marca do sentimental." Cf. SUZUKI, Márcio. "Estudo". In: SCHILLER, Friedrich, op. cit., p. 27.

63 "Interessante é todo indivíduo [no sentido de obra] original que contenha uma grande quantidade de conteúdo intelectual." SCHLEGEL, Friedrich. *Über das Studium der griechischen Poesie.* In: KA- I, p. 252.

64 SCHILLER, Friedrich. *Poesia ingênua e sentimental*, p. 138.

65 "O domínio do interessante é apenas uma crise passageira do gosto: pois, ela deve aniquilar a si mesma." SCHLEGEL, Friedrich. *Über das Studium der griechischen Poesie.* In: KA- I, p. 254.

66 "Goethe não é um moderno, mas um progressivo, portanto [é] ao mesmo tempo antigo." SCHLEGEL, Friedrich. *Fragmentos sobre poesia e literatura (1797-1803) seguido de Conversa sobre poesia*, p. 116 [203].

satz, ou seja, qual a tarefa [*Aufgabe*] da poesia moderna? Ela pode ser alcançada? Quais são os meios para tal empreitada? Qual seria então a solução para a poesia moderna? Ou, ainda, em termos de Schlegel: "Como encontrar um fio condutor para desvendar essa confusão enigmática?".[67] Na verdade, a resposta a tais questões vinha sendo forjada desde o tempo de Winckelmann, Herder e Lessing, os quais contribuíram para a consciência histórica das épocas da arte. A antinomia entre o antigo e o moderno, parte integrante da famosa *Querelle des Anciens et des Modernes*, servirá como fundamento para a denominada revolução estética idealizada pelos irmãos Schlegel.

O clássico e o romântico

> "Clássico e progressivo são ideias históricas e intuições críticas. Nelas se reúnem a crítica e a história."
>
> *Friedrich Schlegel*[68]

A discussão sobre as épocas da poesia emerge no primeiro romantismo alemão como consequência da consciência histórica que os jovens românticos possuíam. Uma das inovações dos primeiros românticos no âmbito dos discursos sobre a literatura é sua crítica ao que consideram a compreensão unilateral [*Einseitig*] das épocas da arte. De acordo com essa concepção, o historiador de literatura não poderia valorizar apenas uma época da história, como o fizera Winckelmann em relação aos antigos, mas esforçar-se por compreender a dinâmica da história da literatura, como na bela metáfora da linha magnética que separa dois polos utilizada por August Wilhelm Schlegel. Inserida no âmbito da crítica alemã principalmente após as teorizações de Winckelmann, Herder e Lessing, a compreensão histórica dos fenômenos artísticos teve como uma de suas consequências a diferenciação entre o clássico e o romântico estabelecida por Goethe e Schiller. Além de contribuir para o consenso no conflito entre os antigos e os modernos, a divisão entre as épocas da poesia colaborou para o fortalecimento da consciência literária moderna.[69] De acordo com Hans Eichner, é possível encontrar os primeiros indícios da justaposição entre o clássico e o romântico no século XVIII, nos escritos de críticos ingleses, principalmente Richard Hurd

[67] Id. *Über das Studium der griechischen Poesie*. In: KA- I, p. 224.
[68] Id. *Fragmentos sobre poesia e literatura (1797-1803) seguido de Conversa sobre poesia*, p. 182 [718].
[69] BEHLER, Ernst. *Frühromantik*, p. 119.

(1720-1808), Bishop Percy (1729-1811) e Thomas Warton (1728-1790).[70] A classificação das épocas da poesia foi igualmente discutida por outros autores da época. Em suas *Conversas com Eckermann*, Johann Wolfgang Goethe reconhece o fato de que a distinção entre o clássico e o romântico tornou-se conhecida e popularizada através dos escritos e preleções dos irmãos Schlegel, embora afirme que toda a problemática principiou em discussões entre ele e Friedrich Schiller:

> O conceito de poesia romântica, que atualmente corre o mundo e causa tanta polêmica e discórdia, partiu originalmente de mim e de Schiller. Em poesia, eu seguia a máxima do procedimento objetivo e não reconhecia a validade de nenhum outro. Schiller, porém, que trabalhava de um modo inteiramente subjetivo, considerava que esse era o procedimento correto, e, a fim de defender-se de mim, escreveu seu ensaio sobre a poesia ingênua e sentimental. Ele me provou que eu mesmo, contra a minha própria vontade, era romântico, e que minha *Ifigênia*, graças ao predomínio do sentimento, não era de modo alguma tão clássica, e de acordo com os modelos antigos quanto se poderia pensar. Os Schlegel adotaram a ideia, e a desenvolveram, de modo que agora ela se disseminou pelo mundo todo, e todo mundo agora fala em classicismo e romantismo, nos quais ninguém pensava há cinquenta anos.[71]

Com a distinção entre o clássico e o romântico, ocorre também uma atualização do cânone literário, tendo por consequência a valorização da poesia dos modernos. Como ficou claro, o modo como Schlegel contempla a poesia de seu tempo é influenciado, entre outros aspectos, pelo escrito de Schiller *Poesia ingênua e sentimental*. A partir dessa obra, a compreensão do estudioso sobre a literatura de seu tempo passa a ser positiva. Aquilo que até então era considerado negativo e subjetivo na poesia moderna, seu pendor para a reflexão, torna-se uma das principais características da poesia romântica: "A tendência da maior parte das obras de arte literárias modernas mais excelentes e famosas é filosófica. Parece que a arte moderna alcançou nesse aspecto o mais elevado em sua espécie".[72] Na época do *Studium-Aufsatz*, ou seja, a partir de 1795, o termo "romântico" ainda era pouco utilizado em contraposição ao clássico. Mas após a popularização da dicotomia clássico/romântico, ocorrida com as *Conferências de Berlim*[73] e as *Conferências de Viena*,[74] realizadas por August Wilhelm Schlegel, bem como a tradução das palestras em diversas línguas, essa antinomia torna-se mundialmente conhecida.[75] Se Johann Joachim Winckelmann havia fornecido os primeiros indícios de uma história sistemática da arte antiga, a

[70] EICHNER, Hans (Org.). *Romantic and Its Cognates: The European History of a Word*. Manchester: Manchester University Press, 1972, p. 8.

[71] ECKERMANN, Johann Peter. *Conversações com Goethe nos últimos anos de sua vida. 1823-1832*. Trad. Mário Luiz Frungillo. São Paulo: Editora Unesp, 2016, p. 392.

[72] SCHLEGEL, Friedrich. *Über das Studium der griechischen Poesie*. In: KA- I, p. 242.

[73] *Vorlesungen über schöne Literatur und Kunst* (Conferências sobre literatura bela e arte). Essas conferências realizadas em Berlim, no outono de 1801, foram publicadas com o nome de "*Die Kunstlehre*" (A Doutrina-da-arte). Cf. SCHLEGEL, August Wilhelm. *Die Kunstlehre*. Stuttgart: W. Kohlhammer Verlag, 1963.

[74] *Vorlesungen über dramatische Kunst und Literatur* (Conferências sobre a arte dramática e a literatura). Obra publicada em 1809. SCHLEGEL, August Wilhelm. *Vorlesungen über dramatische Kunst und Literatur*. Stuttgart: W. Kohlhammer Verlag, 1966.

[75] BEHLER, Ernst. *Frühromantik*, p. 119.

tentativa de complementar essa visão histórica da literatura realizada pelos irmãos Schlegel teve o mérito de demonstrar que era possível compreender a Antiguidade a partir de um ponto de vista que se encontrasse fora dos limites de sua atuação.[76] Para os críticos, Winckelmann foi "o primeiro a contemplar todo o mundo artístico antigo como um todo indivisível, um todo orgânico, um indivíduo",[77] pois, "sentia a diferença absoluta entre os antigos e os modernos".[78] Todavia, ao discutir o equívoco da persistente valorização unilateral da poesia dos antigos, August Wilhelm busca compreender o conjunto da história da literatura em sua integralidade, já que, em sua opinião, a visão sistemática de Winckelmann deveria ser complementada pela consciência de que "o todo" encontrado pelo autor da *História da arte da Antiguidade* representava apenas uma metade da história literária:

> De fundamental importância para a história da arte é o reconhecimento da oposição entre o gosto antigo e o moderno. Discutiu-se muito (particularmente pelos franceses da época de Luís XIV) sobre o privilégio dos antigos ou dos modernos, aliás imaginava-se que eles eram apenas diferentes em grau e não segundo a espécie, e que frequentemente apenas autores que se formaram inteiramente segundo a Antiguidade clássica e que procuraram avançar pelo mesmo caminho eram comparados aos antigos. Apenas recentemente foi estabelecida a afirmação, que encontra ainda muitos opositores, de que as obras que realmente marcaram época na história da poesia moderna, segundo toda sua direção e sua mais essencial aspiração, encontram-se em contraste com as obras da Antiguidade e, contudo, devem ser reconhecidas como excelentes. Designou-se o caráter da poesia antiga com a denominação de "clássico" e a moderna com a denominação de "romântico"; isso muito acertadamente, como mostrarei na sequência do desenvolvimento desses conceitos. É uma grande descoberta para a história da arte o fato de que o que se considerou até agora como a esfera inteira da arte (uma vez que se concedeu uma autoridade ilimitada aos antigos) é apenas uma única metade. A própria Antiguidade clássica pode, desse modo, ser muito mais bem compreendida do que unicamente a partir de si mesma.[79]

A importância da teoria dos irmãos Schlegel sobre as épocas da poesia e a determinação de suas antinomias têm como consequência a renovação dos discursos sobre a literatura. Como indica Marco Aurélio Werle, esse é um momento singular na história da literatura: "Talvez o romantismo seja o primeiro momento em que na história do pensamento ocidental se tenha atingido um verdadeiro espírito crítico diante da singularidade das obras de arte e da literatura".[80] A consciência histórica das épocas da poesia que fundamenta os escritos dos jovens românticos e sua busca pela valorização da literatura de seu tempo encontram-se implícitas na afirmação de Friedrich Schlegel de que aquele que fosse capaz de transpor de forma perfeita o clássico para o moderno "teria de dominá-lo de tal modo que fosse capaz de transformar tudo em moderno; ao mesmo tempo, deveria entender o antigo de tal modo que pudesse não só imitá-lo, mas até mesmo criá-lo novamente".[81] Schlegel

76 SCHLEGEL, August Wilhelm. *Die Kunstlehre*. Stuttgart: W. Kohlhammer Verlag, 1963, p. 24.
77 Ibid.
78 SCHLEGEL, Friedrich. *Fragmentos sobre poesia e literatura (1797-1803) seguido de Conversa sobre poesia*, p. 27 [114].
79 SCHLEGEL, August Wilhelm. *Doutrina da arte*. Trad. Marco Aurélio Werle. São Paulo: Edusp, 2014, p. 36.
80 WERLE, Marco Aurélio. In: SCHLEGEL, August Wilhelm. *Doutrina da arte*, p. 18.
81 SCHLEGEL, Friedrich. *Fragmentos sobre poesia e literatura (1797-1803) seguido de Conversa sobre poesia6*, p. 58 [56].

dá o nome de progressivo a essa capacidade de adaptar o antigo em roupagem moderna ou mesmo de recriá-lo. Baseando-se no exemplo dos *diaskeuastas*, os antigos críticos de Alexandria responsáveis pela reposição dos cantos homéricos, o estudioso cita o tratamento de matéria antiga realizado por Shakespeare: "O próprio Shakespeare construiu e realizou a *diaskeuase* da matéria, de um modo que os antigos não o fizeram, transformando e desenvolvendo o tratamento dado anteriormente, não apenas segundo seu gênero e seu estilo, mas também potenciando".[82] Expandindo a antinomia entre o antigo e o moderno, o crítico postula que há autores que são apenas clássicos, outros modernos ou românticos, e uma terceira categoria na qual se incluem os progressivos, ou seja, aqueles que tratam o antigo de forma moderna.

Em sua ânsia por resolver a antinomia entre o antigo e o moderno, Schlegel procura compreender as diversas fases da poesia romântica, de modo a delimitar claramente seu desenvolvimento. Com esse intuito, o crítico divide a exteriorização poética romântica em três ciclos ou fases. A primeira fase é determinada pelos denominados "antigos modernos", como Petrarca, Dante e Boccaccio. Shakespeare representa o início, o apogeu e o fim da segunda fase, na qual também encontrava-se Cervantes.[83] No terceiro ciclo ou fase encontram-se a literatura de Goethe, bem como os romancistas ingleses e franceses (o romance seria o gênero *per se* desse terceiro ciclo). O estudioso demonstra ainda que o primeiro ciclo seria mais romântico, no sentido de abarcar mais fantasia e a inserção do maravilhoso; o segundo ciclo representa uma literatura mais transcendental, pelo fato de discutir a própria constituição da arte literária, como no *Dom Quixote* de Miguel de Cervantes; enquanto o terceiro ciclo seria mais abstrato, isto é, caracterizado pela reflexão.[84] Autores tão distantes no tempo quanto Petrarca, Dante, Boccaccio, Cervantes são considerados românticos por Schlegel (ou modernos), enquanto Goethe representa o exemplo de poeta progressivo, em cuja obra já se encontra entremesclada a poesia dos antigos e a poesia reflexiva dos modernos.[85] Apesar de sua admiração pela arte de Shakespeare, para Schlegel era Goethe, e não o dramaturgo inglês, o representante do que considerava progressivo na criação literária:

> A maneira como Shakespeare transforma sua matéria não se distingue do processo pelo qual Goethe trata o ideal de uma forma. Cervantes também toma formas individuais por modelo. No entanto, apenas a arte de Goethe é totalmente progressiva; e, se sua época foi mais favorável àqueles, se foi desvantajoso à sua grandeza que não tenha sido reconhecida por ninguém, permanecendo solitária, a época atual, nesse aspecto, pelo menos não está privada de meios e fundamentos. Em sua longa trajetória, desde as primeiras efusões do fogo inicial, como apenas eram possíveis em uma época em parte rudimentar e em parte deformada, cercada por todos os lados de prosa e falsas tendências,

[82] Ibid., p. 204 [894].
[83] Ibid., p. 199 [857].
[84] Ibid.
[85] "Goethe não é um moderno, mas um progressivo, ou seja, ao mesmo tempo antigo." Ibid., p. 116 [203].

Goethe se esforçou para se elevar a uma altura artística que abrange pela primeira vez a poesia dos antigos e dos modernos, e contém o germe de um eterno progresso.[86]

A consciência histórica sobre a antinomia entre as épocas da poesia, ou seja, a noção da diferença fundamental entre a poesia dos antigos e dos modernos é um dos pilares da teoria de literatura do primeiro romantismo alemão. Essa percepção histórica sobre a literatura fundamenta grande parte dos escritos, teorias e temas do movimento romântico de Iena. É possível contemplar essa dialética na maioria das criações de Friedrich Schlegel e de seu irmão August Wilhelm Schlegel. As revistas que publicam entre os anos 1798 e 1801 (*Athenäum*, *Lyceum*), bem como suas obras teóricas e romances, são fruto da ação recíproca (*Wechselwirkung*) entre o antigo e o moderno. A combinação entre o antigo e moderno atravessa igualmente a crítica e a criação literária dos românticos. Seus escritos revelam não apenas o imenso respeito e admiração pela Antiguidade, mas a busca pela aproximação entre esses dois mundos. O esforço por compreender a história da literatura em toda a sua dimensão pauta as obras e preleções dos irmãos Schlegel. Em suas conferências, August Wilhelm aponta para a importância da tríade composta por teoria, história e crítica para a compreensão dos fenômenos literários.[87] Do mesmo modo, as obras e teorizações de Schlegel sobre as épocas da poesia buscam estabelecer as bases do que considerava ser a ciência da literatura:

> Os escritos de Friedrich Schlegel são da maior significação, tanto para a história do romantismo como para uma história geral da crítica [...]. Friedrich renovou o debate sobre os antigos e os modernos, desenvolvendo daí a teoria do romântico, que a interpretação de seu irmão difundiu, literalmente, através do mundo inteiro. Mas Friedrich não foi o autor de manifestos literários que lhe dessem unicamente uma importância histórica; foi também o autor de uma teoria crítica que antecipa muitos dos problemas prementes de nosso tempo [...]. Além disso, Friedrich Schlegel expressou suas teorias de crítica, interpretação e história literária de maneira tão proveitosa que bem merece ser considerado o criador da hermenêutica, a teoria da "compreensão", a qual foi depois formulada por Schleiermacher e Boeckh e influenciou, assim, toda a longa linha de teóricos alemães da metodologia.[88]

A contribuição dos irmãos Schlegel para os campos da teoria, da crítica e da história da literatura é inegável. Seu papel na reconfiguração dos discursos da literatura ao final do século XVIII tem sido enfatizado pelos mais importantes críticos de literatura. Inaugurando a moderna exegese crítico-literária, a qual enfatiza a importância de se estudar e levar em consideração tanto os aspectos intrínsecos quanto os extrínsecos das obras de literatura, Friedrich e August Wilhelm Schlegel fundamentaram sua consciência histórica na antinomia das épocas da poesia estabelecida por estudiosos como Johann Joachim Winckelmann. Em sua ocupação com o literário, Friedrich Schlegel inspira-se na figura de Winckelmann, mas

[86] Iid., p. 549.
[87] SCHLEGEL, August Wilhelm. *Die Kunstlehre*, p. 9.
[88] WELLEK, René. *História da crítica moderna. O Romantismo. Friedrich Schlegel*. São Paulo: Herder, 1967, p. 5.

apesar de todo o respeito que nutre pelo grande estudioso das artes da Antiguidade, o romântico busca transcender a aversão que ele manifestava pelo moderno, e a visão idealizada da beleza grega como algo inalcançável. Na concepção de Schlegel, é preciso aprender as leis do desenvolvimento da arte para resolver os problemas estéticos de seu tempo, pois, apenas "quando forem encontrados o ponto de vista e as condições de identidade absoluta que existiram, existem ou existirão entre o antigo e o moderno, se poderá dizer que ao menos o contorno da ciência [da literatura] está pronto, e então se poderá pensar em sua execução metódica".[89]

[89] SCHLEGEL, Friedrich. *Athenäum Fragmente*. In: KA-II, p. 188. [149].

3. A HISTÓRIA DA LITERATURA

O surgimento da história literária moderna[1]

> Antes de começarmos nossa exposição histórica é preciso dispor de um conceito de literatura que possa oferecer a extensão e os limites do todo. Mas esse conceito só pode ser provisório, na medida em que o conceito mais perfeito é a própria história da literatura.
>
> *Friedrich Schlegel*[2]

O desenvolvimento da consciência histórica sobre os fenômenos de literatura é uma das consequências das alterações ocorridas no final do século XVIII. Atravessando o século, o lento processo de autonomia das regras atemporais da poética clássica deságua na destituição da atividade dogmática do juiz de arte. A partir da época romântica, introduzem-se novas formas de se fazer e estudar literatura. A discussão romântica sobre a antinomia entre o antigo e o moderno transfere para o solo alemão a *Querelle des Anciens et des Modernes*. O efeito mais duradouro dessa discussão é a visão de que os estudos sobre a Antiguidade abrangiam apenas metade de um todo, faltando dar regras à outra metade, a época moderna. Entre os fatores que justificam a reconfiguração dos discursos literários no primeiro romantismo alemão encontram-se aspectos econômicos, históricos, sociais e estético-filosóficos, como argumenta Roberto Acízelo:

> Quatro motivos distintos, embora reciprocamente solidários, podem ser apontados para o relevo assumido pela história nos anos de 1800. Um deles, de natureza econômico-político-social, foi a expansão do capitalismo liberal burguês [...] o que induziu uma reflexão crítica sobre a sociedade, empresa assumida pela burguesia por meio de desenvolvimento e controle de uma produção historiográfica conforme a seu projeto de classe. Um segundo motivo, de ordem especificamente filosófica, foi a construção de filosofias da história, no século XVIII e início do XIX, devidas a Vico, Voltaire, Hume, Herder, Fichte, Schelling, Hegel. Um terceiro, de cunho filosófico-epistemológico, foi a consolidação de certo modelo físico-matemático em todos os domínios do conhecimento [...]. Finalmente, um quarto motivo, de natureza estético-filosófica, foi a concepção de passado instituída pelo Romantismo: se para o Renascimento e o Iluminismo o passado ou é desconsiderado, como época da selvageria e superstições, ou, tratando-se da Antiguidade greco-latina, tem as suas realizações artísticas e filosóficas erigidas em perfeições intemporais, na compreensão romântica os

[1] Uma versão modificada do presente capítulo foi publicada na revista *Rev. Let.*, v. 55, n. 1, 2015, pp. 37-53.

[2] SCHLEGEL, Friedrich. *Wissenschaft der Europäischen Literatur.* In: KA-XI, p. 6.

> tempos idos são admirados na sua integridade, sendo por conseguinte vistos na condição de épocas válidas por si mesmas como estágios na evolução das sociedades, isto é, como momentos da história, assim concebida como o próprio elemento em que a humanidade progressivamente se constitui.[3]

De acordo com Ernst Robert Curtius, as conferências sobre literatura europeia, proferidas por Schlegel em Paris e Viena no início do século XIX, figuram entre os primeiros exemplos de história literária, no sentido moderno do termo.[4] O ponto de partida dessas preleções é a busca do crítico em alcançar para a história da literatura o mesmo que Winckelmann alcançara no âmbito das artes plásticas: um estudo sistemático e abrangente sobre a arte literária. Para tal fim, Schlegel aproxima os âmbitos da pesquisa histórica, do rigor filológico e da crítica literária. Ao compreender a literatura em seu contexto histórico, o estudioso contribui para o alvorecer de uma história literária que se diferencia por seu caráter analítico, não sendo apenas o mero catálogo descritivo de obras e autores. Diferentemente das obras dos irmãos Schlegel, os escritos de história da literatura pré-oitocentistas são caracterizados pela ausência de certos elementos essenciais, os quais configuram a história da literatura moderna:

> A rigor, porém, obras pré-oitocentistas, não obstante a circunstância de algumas delas exibirem nos próprios títulos credencial de pertencimento àquela vertente moderna dos estudos literários – os principais exemplos são *Storia della Letteratura italiana* (Girolamo Tiraboschi, 1772-1782), *Histoire de la France (beneditinos da congregação de St. Maur,* 1733-1763) e *Historia literaria de España (Rafael Rodríguez Mohedano e Pedro Rodríguez Mohedano, 1766-1791)* –, consistem antes em compilações e reunião de material erudito, já que são desprovidas dos elementos que configuram a história da literatura propriamente dita, os quais se podem caracterizar: integralidade narrativa; esforço de reconstrução dos eventos segundo sua dinâmica específica; tentativa de explicação de uma época com base nos seus antecedentes ou determinantes psicossociais, políticos, econômicos, religiosos, linguísticos.[5]

Entre os motivos que explicam a diferença entre as histórias da literatura dos irmãos Schlegel e a maioria das obras de seu tempo está sua formação filológica. Apenas quando se leva em consideração a sólida formação obtida nas escolas filológicas de Friedrich August Wolff (1759-1824) e Christian Gottlob Heyne (1729-1812) é que se pode compreender a verdadeira dimensão do papel dos irmãos Schlegel na fundamentação científica da história da literatura moderna.[6] O conhecimento linguístico necessário para o estudo das obras tanto dos antigos como dos modernos

[3] SOUZA, Roberto Acízelo de. *Iniciação aos estudos literários. Objetos, disciplinas, instrumentos.* São Paulo: Martins Fontes, 2006, p. 93.

[4] CURTIUS, Ernst Robert. "Friedrich Schlegel und Frankreich". In: *Kritische Essays zur Europäische Literatur.* Bern: A. Francke Verlag, 1950, p. 89.

[5] SOUZA, Roberto Acízelo de. *Iniciação aos estudos literários*, p. 91.

[6] "A compreensão da ciência da literatura romântica [*romantische Literaturwissenschaft*], cujos verdadeiros fundadores são os irmãos Schlegel, seria apenas parcial caso não se levasse em consideração sua formação filológica intensiva na escola filológica de Göttingen, particularmente através do ensinamento de Friedrich August Wolf e Christian Gottlob Heyne, os quais colocaram August Wilhelm e Friedrich Schlegel em uma linha de pesquisa indutiva que complementava a análise histórica dos fenômenos literários." EICHNER, Hans. *Historische Einordnung der Text.* In: SCHLEGEL, Friedrich. *Wissenschaft der europäischen Literatur.* In: KA-XI, p. XXIII.

foi adquirido ainda em tenra idade, de modo que, diferentemente da maioria dos compiladores de história da literatura de sua época, os quais apenas repetiam os mesmos valores, Schlegel buscou fundamentar seu conhecimento literário, pois, para o crítico, a única possibilidade de compreensão completa da literatura em seu contexto histórico era através da leitura das obras no original. A partir dessa constatação, Schlegel se ocupa com o aprendizado da língua portuguesa no inverno, entre 1800 e 1801, em Paris. Esses estudos têm como consequência a determinação do valor da poesia de Camões, o que leva Schlegel a exortar seu irmão a fazer o mesmo, como descreve August Wilhelm em carta de 1801.[7]

A estadia em Paris ainda propicia ao estudioso a proximidade com o sânscrito e o persa, ampliando o escopo de seu panorama da literatura, que passa a abranger as poesias persa e hindu. Devido aos estudos e publicações nessa área, o crítico foi considerado um dos precursores dos estudos indo-germânicos na Alemanha. As preleções de Friedrich Schlegel sobre a história da literatura concretizam a visão romântica da necessidade de aproximação entre história, teoria e crítica, como deixa claro seu irmão August Wilhelm em sua *Doutrina da Arte*:

> Aqui já se manifesta mais nitidamente como a história e a teoria, justamente por serem de natureza diferente e se moverem em direções opostas, aspiram por se encontrarem e a transitarem de uma para a outra. A teoria comprova o que deve acontecer, ela parte da mais universal e suprema exigência e a partir desse estágio se dirige cada vez mais ao particular, sem poder alcançar inteiramente o individual. A história é conduzida de um fenômeno individual a outro, mas a suprema universalidade e o mais elevado sempre estão presentes de modo invisível.[8]

Além da descrição de detalhes linguísticos e da preocupação filológica com as exteriorizações literárias dos mais diversos povos, outro aspecto que fundamenta as teorizações e as conferências de Schlegel sobre a história da literatura europeia é a compreensão da autonomia de cada época da literatura, deduzida pelo crítico da filosofia da história de Herder. Schlegel deve a Herder o reconhecimento do valor intrínseco de cada época. Discutindo a relação entre a filosofia da história e a filosofia da arte na poética de Schlegel, Arlenice Almeida da Silva expõe como a concepção do desenvolvimento orgânico dos povos e culturas, advinda de Herder, influencia o estabelecimento da distinção entre os antigos e os modernos em Schlegel. Para a pesquisadora, a problematização sobre o conceito herderiano de *affectio originalis* – o campo de afinidade entre as épocas, tema que aproxima Herder e Vico – resulta da tentativa de Schlegel de pensar a especificidade da poesia moderna.[9] Ao buscar certas características que, em sua opinião, eram comuns a autores mesmo em diferentes épocas, os irmãos Schlegel abrem caminho para as

[7] August Wilhelm afirma: "Meu irmão se tornou um zeloso português, completamente entusiasmado por Camões. Ele também me exortou a conhecer a obra de Camões." EICHNER, Hans. *Friedrich Schlegels Werdegang als Literaturhistoriker.* In: KA-VI, p. XVI, nota 3.

[8] SCHLEGEL, August Wilhelm. *Doutrina da Arte*, p. 31.

[9] SILVA, Arlenice Almeida da. "O interessante em Friedrich Schlegel". *Trans/Form/Ação*. Marília, v. 34, 2011, p. 77.

discussões modernas sobre a aproximação entre autores distanciados no tempo e no espaço, no que atualmente é conhecido com a noção de filiação literária. August Wilhelm enfatiza esse parentesco entre autores ou obras ao afirmar que, muitas vezes, "apenas após séculos um grande espírito pode talvez dirigir-se a um espírito que lhe é aparentado".[10] O conceito de "progressivo", que no dialeto de Schlegel significa a junção do clássico e do romântico, já aponta para essa possível filiação entre autores distanciados mesmo entre séculos. Como Herder, os românticos concebiam as épocas da literatura em termos de surgimentos e desaparecimentos, e da busca comum pela concretização plena do ideal poético, o qual, de acordo com a teoria da poesia romântica, universal, progressiva, jamais poderia ser plenamente alcançado.

Como foi visto, a consciência histórica que surge a partir da antinomia entre o antigo e o moderno encontra-se no núcleo da teoria romântica de arte. O desenvolvimento dessa conscientização sobre as épocas da literatura deu-se sobretudo em razão do trabalho precursor de estudiosos como Lessing, Herder e Winckelmann. O método utilizado pelos irmãos Schlegel em suas histórias da literatura mescla elementos da filologia, da crítica de literatura, das filosofias da história e da arte. Esses elementos são complementados pelo agudo sentimento artístico e pela percepção de aspectos sociais, econômicos e culturais. Essa forma de se fazer história da literatura caracteriza-se pela observação dos fenômenos artísticos como resultado de forças produtivas e culturais de seu tempo, o que fica patente no manuscrito das preleções de Colônia realizadas por Friedrich Schlegel:

> Aprendemos com eles, os povos, em seu modo de ser e de viver mais verdadeiro. Ouvimos conversarem e os vemos diante de nossos olhos. E assim como a verdadeira história das ações, dos acontecimentos e dos destinos exteriores seria totalmente incompleta e ininteligível caso não levasse em consideração essa caracterização interior de seu espírito, do mesmo modo, a história da literatura também seria incompleta e defeituosa se não levasse em consideração a história política exterior.[11]

O trecho parece ecoar as considerações de Giambattista Vico (1668-1744) sobre a cultura enquanto produto do fazer humano e sua contemplação das mais longínquas épocas como uma imaginária social primitiva concretizada no que Vico chama de sabedoria poética.[12] A questão da confluência entre a formação do espírito de um povo e sua história literária é parte integrante do pensamento de Schlegel. Com isso, o crítico desejava evitar as classificações estanques, as quais dividiam as épocas da literatura através de características retiradas de anais históricos e

[10] SCHLEGEL, August Wilhelm. *Doutrina da Arte*, p. 35.

[11] SCHLEGEL, Friedrich. *Kölner Manuskript*. In: KA-XI, p. 276, nota 26.

[12] VICO, Giambattista. *Ciência Nova*. Trad. Jorge Vaz de Carvalho. Lisboa: Fundação Calouste Gulbenkian, 2005. De acordo com Isaiah Berlin, o tema "poética" é usado por Vico para designar o imaginário social primitivo, a qual nos diz como os o homens se viam a si mesmos. BERLIN, Isaiah. *Vico e Herder*. Trad. Juan Antonio Gili Sobrinho. Brasília: Editora da UnB, 1982, p. 56.

estudos superficiais.[13] Entre as obras históricas que possivelmente o influenciaram em sua busca pelo estabelecimento de uma história da literatura europeia, além naturalmente da *História da arte da Antiguidade*, de Johann Joachim Winckelmann, (1764), encontra-se a *History of Greece* (1784-1818), de William Mitford (1744-1827), e a obra do historiador francês Jean-Jacques Barthélemy (1716-1795), *Voyage de jeune Anacharsis en Grèce, vers le milieu du quatrième siècle avant l'ère chrétienne.*[14]

A fundamentação da história da literatura de Schlegel se apoia igualmente em sua visão da arte literária como lugar privilegiado da formação enciclopédica do homem. O conceito romântico de *Bildung*, não como mera preparação para o mundo burguês, mas enquanto formação enciclopédica, pode ser compreendido como decorrência do pensamento iluminista vigente ainda no final do século.[15] Além de ser parte integrante daquela episteme, Schlegel teria deduzido o conceito de formação da famosa *Enciclopédia ou Dicionário razoado das ciências, das artes e dos ofícios*, organizada por Denis Diderot, Jean le Rond D'Alembert, Louis de Jacourt e Paul-Henri d'Holbach, entre outros, durante os anos 1751 e 1765. Schlegel concebia a literatura como uma enciclopédia pelo fato de abarcar todas as artes e ciências. Através da poesia, afirma o crítico em sua *História da literatura europeia*, é possível tornar mais visíveis as ciências, transformando e aproximando tudo aquilo que na vida cotidiana se encontrava apartado. A literatura representa também o ideal ou ânsia pela formação infinita, pela busca do que é mais elevado na vida.[16]

A concepção de que o discurso literário era um instrumento para o aperfeiçoamento do indivíduo e da sociedade tem naturalmente influência dos ensinamentos de Fichte, principalmente das preleções sobre a destinação do erudito. Os irmãos Schlegel foram contemporâneos das palestras realizadas por Fichte em Iena. No âmbito dos estudos de literatura, os preceitos de Fichte sobre a perfectibilidade se transformam não apenas na tentativa de aperfeiçoamento infinito da obra literária, mas do próprio indivíduo em sociedade. A visão da arte como uma necessidade de todo indivíduo (definido na afirmação de Novalis de que se deveria romantizar o mundo), e enquanto uma das formas de melhoria da sociedade e do homem, é bastante atual. Além disso, para Schlegel, a história da literatura deve ser o instrumento de discussão sobre a cultura e a exteriorização literária dos mais diversos povos e épocas, pois, como em toda parte nos deparamos com questões que não se

[13] "Há classificações que são bastante ruins como classificações, mas dominam nações e épocas inteiras, sendo muitas vezes extremamente características e como mônadas centrais de tal indivíduo histórico." SCHLEGEL, Friedrich. *O dialeto dos fragmentos*, p. 55 [A55].

[14] Hans Eichner afirma que Barthélemy teria começado sua obra no ano de 1757 e apenas concluído trinta anos mais tarde, quando a obra abrangeria sete volumes. Cf. EICHNER, Hans. *Kommentar*. In: KA-XI, p. 283, nota 56. De acordo com carta escrita a seu irmão, Schlegel pretendia traduzir a obra de Mitford: "Eu escrevi para Göschen [o editor] por causa do Mitford, se não der certo vou procurar Plattner". Segundo Ernst Behler, Ernst Platttner era professor de filosofia em Leipzig. SCHLEGEL, Friedrich. *Bis zur Begründung der Romantischen Schule*. In: KA-XXIII, p. 185, carta nffl 98, datada da segunda metade de abril de 1794.

[15] EICHNER, Hans. *Kommentar*. In: KA-XI, p. 272, nota 13.

[16] SCHLEGEL, Friedrich. *Wisssenschaft der Europäischen Literatur*. In: KA-XI, p. 8.

deixam resolver sem a filosofia da história, segundo o estudioso, a melhor teoria da arte seria sua história:

> O método histórico pode conter também o método filosófico, pois a exposição histórica não será prejudicada quando o que foi exposto historicamente sobre as principais épocas for discutido filosoficamente, já que todo acontecimento notável tem como consequência uma reflexão filosófica. Soma-se a isso o fato de que a exposição histórica da literatura, além de ser mais diversificada, universal e inteligível, não é apenas um instrumento de estudo, mas uma parte integrante da própria história. Enquanto história crítica e característica de todos os documentos do espírito humano, ela [a exposição histórica da literatura] é parte integrante da história [...]. Ela nos mostra o espírito da humanidade de todos os tempos e nações, o resultado de sua atuação, assim como suas ideias e inclinações. Através do conhecimento da literatura de um povo conhecemos seu espírito, sua atitude política, seu modo de pensar, e o nível de sua formação, ou seja, conhecemos a verdadeira essência de seu ser, conseguindo, assim, obter uma caracterização que procuraríamos em vão em outra parte.[17]

Ao afirmar que o espírito poético e o espírito filosófico de uma época se encontram em relação recíproca, Schlegel quer dizer que o conteúdo e a forma da literatura estão aproximados.[18] Desde seus escritos sobre a Antiguidade clássica, Schlegel já trabalhava com a relação entre a sociedade, os costumes, as condições econômicas e políticas e a exposição artística. É por essa razão que ao investigar a comédia de Aristófanes o estudioso demonstra que aquele tipo de arte faz parte de um tempo em que a sociedade já se encontrava bem mais desenvolvida (e corrompida) do que na época das narrativas épicas.[19] Essa história da literatura que leva em consideração os aspectos intrínsecos e extrínsecos é completamente inovadora para seu tempo. Os irmãos Schlegel tinham consciência de que realizavam algo inovador no âmbito dos estudos de literatura. Em sua *Doutrina da Arte*, August Wilhelm indica a dificuldade que se impõe a todo aquele que pretende "lidar de modo autêntico com a história da arte", e afirma que muitas vezes é necessário "divinizar (*Divinieren*) o espírito de certa época a partir de um poema que nos restou como único monumento da mesma".[20] Como em outros âmbitos dos estudos de literatura sobre os quais teorizam, os irmãos Schlegel são inovadores no campo da história da literatura. Ao discorrer sobre o conceito moderno de literatura, Luiz Costa Lima afirma que é conhecida a diferença "que separa a concepção de belas-letras na poetologia humanista, propagada a partir do Renascimento, e a vigência moderna do termo "literatura", que se inicia com as duas séries de fragmentos [os fragmentos da *Lyceum* e da *Athenäum*] do então jovem e revolucionário Friedrich Schlegel".[21] Para o pensador romântico, a história da literatura permanece incompleta sem o conhecimento dos aspectos culturais, sociais e econômicos de uma época. Do mesmo modo, a exposição histórica não pode prescindir do conheci-

[17] Ibid., p. 13.

[18] Ibid.

[19] Sobre esse tema, ver: SCHLEGEL, Friedrich. *Sobre o valor estético da comédia grega (1794)*. Trad. Constantino Luz de Medeiros. *Tese*. Belo Horizonte, v. 22, n. 2, maio-ago. 2016, pp. 125-133.

[20] SCHLEGEL, August Wilhelm. *Doutrina da Arte*. Trad. Marco Aurélio Werle. São Paulo: Edusp, 2014, p. 35.

[21] LIMA, Luiz Costa. *História. Ficção. Literatura*. São Paulo: Companhia das Letras, 2006, p. 321.

mento aprofundado da alma do povo (a mente dos antepassados na linguagem de Vico), inclusive de sua literatura, já que "o espírito poético e o sentido filosófico de uma época se encontram em relação recíproca".[22] Como se discutirá a seguir, as conferências sobre história da literatura realizadas pelos irmãos Schlegel auxiliam a tornar mundialmente famosas diversas reflexões que vinham sendo gestadas desde os primeiros anos da década de 1790.

As conferências sobre a literatura europeia

> Tudo o que for histórico sobre um assunto pertence também à sua crítica, e tudo o que for crítico, a uma história. Depende apenas daquilo que determina a forma, e esta é determinada por aquilo que o objeto é. A crítica pertence ao indivíduo enquanto tal; se for parte de um sistema, ao contrário, pertence à história. Na maior parte das vezes ainda é muito cedo para a história.
>
> *Friedrich Schlegel*[23]

As preleções sobre a literatura europeia foram realizadas por Schlegel em Paris, entre os anos 1803 e 1804, e em Viena, no ano de 1812.[24] A década que separa as duas séries de conferências foi decisiva para o casal Friedrich e Dorothea Schlegel, significando, entre outras coisas, o início de uma fase mais tranquila em suas existências. Além de muito produtiva em termos de aprendizado de línguas, a permanência em Paris possibilitou a Schlegel contemplar a literatura francesa de um novo ponto de vista, tendo como consequência a revalorização das obras dos franceses que acontece em suas conferências sobre a história da literatura de Viena. Apesar de originalmente concebidas para um público maior, os cursos de Paris foram apresentados apenas aos irmãos Sulpiz e Melchior Boisserée, a Johann Baptist Bertram e Helmina von Hastfer.[25] Por outro lado, as conferências de Viena sobre a *História da literatura antiga e moderna* foram recebidas por um

[22] SCHLEGEL, Friedrich. *Wissenschaft der Europäischen Literatur*. In: KA-XI, p. 13.

[23] Id. *Fragmentos sobre poesia e literatura (1797-1803) seguido de Conversa sobre a poesia*, p. 183 [721]. Sobre o "conceito de história", a pesquisadora Izabela M. F. Kestler chama a atenção para o fato de que em Schlegel "história" significa sempre "história universal, história da humanidade", ou seja, uma concepção de história como a totalidade da formação humana, "que deve ser considerada não apenas em parâmetros iluministas, mas do ponto de vista de uma antropologia cultural, ou melhor, de uma formação, *Bildung*, do gênero humano". Cf. KESTLER, Izabela Maria Furtado. "História e filosofia da história na obra do jovem Friedrich Schlegel". *Kriterion*. Belo Horizonte, nffl 117, jun. 2008, pp. 79-93.

[24] As conferências de Paris foram publicadas no KA-XI, com o nome de *Wissenschaft der Europäischen Literatur* [Ciência da literatura europeia]. As conferências de Viena foram publicadas no KA-VI, com o nome de *Geschichte der Alten und neuen Literatur* [História da literatura antiga e moderna].

[25] BEHLER, Ernst. *Die Entstehungsgeschichte der Vorlesungen*. In: KA-XI, p. XXX.

público consideravelmente maior. Nas anotações deixadas em seu diário, o barão de Eichendorff, Joseph Freiherr von Eichendorff (1788-1857), descreve com detalhes a figura de Schlegel e a cena pitoresca das preleções:

> Recostado em uma pequena mesa, Schlegel estava vestido todo de preto, lendo atrás de um pódio. Um público admirável encontrava-se reunido. Na frente do salão, um círculo de damas, a princesa de Liechtenstein com suas princesas, e outros nobres, em um total de 39 príncipes. O salão era aquecido com uma madeira de aroma agradável; ao fundo do salão havia uma quantidade enorme de acessórios, como em um baile.[26]

Embora interessante do ponto de vista histórico, o fato de que o público era constituído principalmente por nobres demonstra como Viena ainda se encontrava sob a égide do Ancien Régime, o que, todavia, não invalida o caráter inovador das palestras. Ambas as séries de preleções caracterizam-se pelo desejo do crítico em oferecer um panorama da literatura europeia, estabelecendo a singularidade de cada época e fenômeno literário por meio de seu próprio desenvolvimento histórico. Aliado a isso, a visão de Schlegel sobre os elementos intrínsecos da literatura – tais como a construção das personagens, o desenvolvimento das ações e do enredo, o tempo, o espaço, a presença do maravilhoso, o papel da representação alegórica, o foco narrativo, o tratamento de matéria antiga em roupagem moderna, entre muitos outros – complementa sua história da literatura de um modo ainda muito atual.

Em suas conferências realizadas em Paris, Schlegel busca abarcar as épocas da poesia grega de um modo histórico, indicando que a literatura é um importante instrumento para se conhecer a cultura de um povo, já que são "as melhores e mais acabadas fontes: a língua, a mitologia, a história, ou seja, uma forma de se conhecer toda a vida e a formação do povo grego".[27] Para o crítico, as narrativas homéricas eram monumentos literários e testemunhos históricos "da decadência de dois dos maiores Impérios da Antiguidade: o Império troiano e a casa dos átridas, pois a caracterização que se encontra inserida nesses cantos vai até o mais fino detalhe".[28] Além de considerações antropológicas e históricas, as conferências de Paris abordam questões filológicas e poéticas – como a unidade linguística que caracteriza a obra de Homero, ou a utilização do hexâmetro pelos aedos – e comentários etimológicos.[29] Por influência dos estudos filológicos realizados com Friedrich August Wolf – autor da famosa obra *Prolegomena ad Homerum* (1795), na qual indica que os cantos homéricos remontariam ao século X a.C., sendo transmitidos oralmente pelos aedos –, Schlegel afirma que o conjunto de cantos que se conhece por *Ilíada* e *Odisseia* era, em sua origem, um "conjunto de cantos menores, os quais podem

[26] Ibid., p. LXXXIX.
[27] SCHLEGEL, Friedrich. *Wissenschaft der Europäischen Literatur.* In: KA-XI, p. 35.
[28] Ibid., p. 35.
[29] "*Epos* [épica] significava nos tempos mais antigos, em Homero, apenas *palavra*, depois passou a significar *narrativa*, e após isso *poema narrativo.*" SCHLEGEL, Friedrich. *Wissenschaft der Europäischen Literatur.* In: KA-XI, p. 36.

ser reconhecidos pela diferença do estilo da língua utilizada e da representação artística".[30]

Em relação à estrutura formal e ao tratamento da matéria, as duas séries de preleções diferenciam-se na abordagem dos fundamentos da literatura europeia. Enquanto nas conferências proferidas em Paris – as quais ocorreram antes da época da conversão de Schlegel e Dorothea ao catolicismo – o crítico ainda considerava a Antiguidade grega como o berço da poesia europeia, nas de Viena esse quadro se altera substancialmente, e a ênfase passa da Antiguidade para a Idade Média. Apesar de obedecer a uma sequência cronológica similar de temas, que partem da poesia dos gregos até a poesia dos modernos, as conferências parisienses e as vienenses destoam quanto ao tratamento da matéria. Em seu esforço para fundamentar o projeto nacionalista da monarquia universal cristã, e na crítica à política napoleônica, as conferências de Viena são dedicadas, em grande parte, a estabelecer o modo como a religião cristã defendeu-se tanto dos ataques dos povos nórdicos quanto dos povos árabes, e como sobreviveu à oposição crítica dos filósofos. Ainda que as conferências de Viena sirvam também ao objetivo de fundamentar o projeto da aristocracia austríaca – que fica patente quando se observa a descrição feita pelo barão de Eichendorff sobre o público presente – ao demonstrar como a Idade Média não fora um período de obscuridade completa, onde a arte e a ciência inexistiam, Schlegel realiza uma espécie de reformulação histórica do período:

> A Idade Média é frequentemente concebida como uma lacuna na história do espírito humano, como um espaço vazio entre a formação da Antiguidade e o Iluminismo dos tempos modernos. A arte e a ciência medievais são colocadas completamente de lado, para que, após uma noite milenar, elas possam surgir de repente, de uma forma magnífica. Esse fato é duplamente falso, unilateral e incorreto. O essencial da formação e do conhecimento da Antiguidade nunca sucumbiu, e muito do melhor e mais nobre que os tempos modernos criaram surgiu na Idade Média e do espírito medieval.[31]

Além da metodologia histórica utilizada nas conferências, é grande a abrangência de temas tratados por Schlegel. Nas conferências de Paris, quando caracteriza a poesia grega, o crítico aborda *topoi* como a épica homérica, a era lírico-dramática grega, a matemática, a física, a jurisprudência, a teologia, a medicina; a poesia lírica, a poesia dramática, a caracterização da tragédia grega, a caracterização da comédia grega, a filosofia grega, a origem da prosa grega; e até mesmo a caracterização de Platão, entre outros assuntos. Por outro lado, nas conferências de Viena Schlegel aborda de forma mais detalhada as canções de gesta, as narrativas do ciclo arthuriano, as lendas e sagas nórdicas, os *fabliaux* franceses e outras formas breves de cunho narrativo medievais. O modo com que trata, por exemplo, das mais antigas formas poéticas germânicas indica que um dos principais objetivos das preleções de Viena era a busca pela fundamentação histórica de um projeto de

[30] SCHLEGEL, Friedrich. *Wissenschaft der Europäischen Literatur.* In: KA-XI, p. 36.
[31] Id. *Geschichte der alten und neuen Literatur.* In: KA-VI, p. 170.

nação, principalmente levando-se em consideração o tipo de público ao qual se destinavam as preleções de Viena, ou seja, a aristocracia que fazia frente às alterações político-sociais impostas pela Revolução Francesa. Por essa razão, as conferências de Viena distanciam-se das preleções de Paris no que concerne à valorização do período medieval e da constituição das poesias nacionais dos países europeus. A poesia grega é tratada de um modo muito mais abrangente em Paris do que em Viena. Já a curta duração da literatura romana é descrita tanto nas conferências austríacas quanto nas parisienses, onde o crítico aborda a questão da influência grega sobre a literatura e o pensamento filosófico romano. Do mesmo modo, o conjunto de literaturas que surge após a queda do Império Romano é denominado pelo estudioso de *Literatur der Christlichen Zeiten* [Literaturas das épocas cristãs]:

> A literatura romano-pagã se perde quase completamente na literatura cristão-latina. Esta deve ser observada como o mais antigo ramo e como o ponto central da literatura moderna. Os antigos padres e doutores da Igreja [*Kirchenväter*] ainda pertenciam às épocas tardias da literatura clássica da Antiguidade. O conjunto da literatura da época moderna pode ser dividido em sete ramos principais: o *cristão-latino*, o *francês-antigo*, o *italiano*, o *espanhol*, o *inglês*, o *nórdico* e a *literatura alemã*. A diferença entre a literatura moderna e a literatura dos antigos deve ser explicada mais do ponto de vista das alterações da religião do que das alterações linguísticas.[32]

A literatura francesa antiga, que o crítico chama de *altfranzösische Literatur*, é a fonte original das literaturas italiana, espanhola e, em parte, da literatura inglesa. Essa literatura francesa antiga se divide entre a literatura francesa do Norte e a literatura provençal. Entre a literatura dos franceses do Norte, o crítico situa a origem de diversas exteriorizações literárias que seriam muito valorizadas pelos românticos, principalmente pela presença intensiva do maravilhoso, como os romances de cavalaria e as narrativas do ciclo arthuriano. Ainda nas preleções de Paris, o estudioso compreende as narrativas místico-maravilhosas do Norte da França como a exteriorização da cultura de um povo que se mescla com o cristianismo, afirmando que a filiação dessas narrativas à mitologia nórdica "rapidamente decai para a representação geral da vida real", transformando-se nas novelas e nos *fabliaux*, os quais, por sua vez, influenciaram a poesia de Giovanni Boccaccio.[33] Essa concepção altera-se nas conferências de Viena, quando o crítico passa a acreditar que essas narrativas, as quais denomina de "mística alemã da Idade Média", são a base da cultura moderna (ou romântica) alemã. Quanto à poesia dos franceses, há uma grande diferença entre as conferências de Paris e de Viena. A valorização da arte francesa, cuja presença na obra *Conversa sobre a poesia* (1800) e nas conferências parisienses ainda era insípida,[34] altera-se nas

[32] Id. *Wissenschaft der Europäischen Literatur*. In: KA-XI, p. 138.
[33] Ibid., p. 142.
[34] Ao final do trecho denominado "Épocas da poesia", em que o personagem Andrea tece um panorama da literatura, a personagem Camila pergunta a razão para a ausência da literatura francesa: "Você quase não mencionou os franceses", ao que Andrea responde: "Não foi premeditado, simplesmente não encontrei ocasião". SCHLEGEL, Friedrich. *Gespräch über die poesie*. In: KA-II, p. 303.

preleções de Viena, onde o crítico dedica diversas páginas à arte literária dos franceses, enfatizando, porém, que a exteriorização dramática era sua melhor produção literária:

> O drama dos franceses é na verdade a parte mais brilhante de sua literatura e aquela que, com razão, chamou mais a atenção das outras nações. Sua tragédia representa totalmente seu caráter nacional e forma mais singular de seu sentimento, de modo que é compreensível o alto valor que eles dão a esse gênero, mesmo que a antiga tragédia francesa quase nunca represente assuntos que tenham relação com a história nacional.[35]

Em sua busca por fundamentar o berço da literatura europeia, o crítico aborda igualmente os autores nórdicos, como o poeta islandês medieval Snorri Sturluson (1179-1241), cuja obra *Edda* considera um "sistema completo de mitologias e fábulas nórdicas, uma cosmogonia e teogonia".[36] Entre os poetas ingleses tratados nas conferências de Paris, os versos, novelas e narrativas de Geoffrey Chaucer (1366-1387) são compreendidos pelo crítico como "criações espirituosas, mas um pouco rudes no tratamento artístico",[37] enquanto o poeta Edmund Spenser (1552-1599) é considerado "um dos poetas mais importantes da literatura inglesa pela grande influência exercida sobre Shakespeare".[38] Comparando a obra *Paraíso Perdido*, de John Milton (1608-1674) e a *Divina Comédia*, de Dante Alighieri (1265-1321), Schlegel afirma que a tentativa de idealizar o cristianismo por parte de Milton não alcança a grandeza da obra de Dante, pois, em face da grandiosa obra do profeta do catolicismo, o escrito do poeta inglês parecia uma pálida cópia.[39] Os versos jâmbicos e as sílabas poéticas, bem como a questão da assonância – um recurso poético que consiste na repetição de sons vocálicos próximos uns dos outros, com a intenção de alcançar certa eufonia – são abordados juntamente com a aparição do maravilhoso no poema de Milton.

Ainda em relação às considerações de Schlegel sobre a literatura dos ingleses, como outros membros do primeiro romantismo alemão, o estudioso demonstra um grande entusiasmo pelas obras de William Shakespeare, considerando que a história da literatura romântica inglesa se amalgama à própria história da criação artística de Shakespeare, de modo que "abarcar toda a plenitude de suas obras e o desenvolvimento de seu imenso espírito [*unermeßlichen Geistes*] seria matéria para uma história específica".[40] Enquanto as conferências realizadas em Paris tratam a literatura antiga alemã de um modo muito breve, discutindo quase que exclusivamente a poesia do denominado período da Suábia (séculos XII e XIII),[41] as

[35] Id. *Geschichte der alten und neuen Literatur.* In: KA-VI, p. 229.
[36] Id. *Wissenschaft der Europäischen Literatur.* In: KA-XI, p. 178.
[37] Ibid. KA-XI, p. 168.
[38] Ibid. KA-XI, p. 169.
[39] Ibid.
[40] Ibid. KA-XI, p. 171.
[41] Como indica Marianne Thalmann, a exteriorização literária do período da Suábia, que ocorre nos séculos XII, XIII e XIV, foi também estudada por Ludwig Tieck, em sua antologia *Minnelieder aus dem schwäbischen Zeitalter* [Canções

conferências de Viena dedicam dois capítulos inteiros – os dois últimos capítulos das preleções – a uma revisão da filosofia e da arte literária dos alemães, inclusive tecendo considerações sobre as características linguísticas da língua alemã falada nos séculos XVI e XVII.[42]

Outro aspecto importante a ser considerado é a ênfase que Schlegel coloca no papel do cristianismo no surgimento da poesia alemã. Nas conferências de Paris essa poesia ainda seria o resultado apenas dos movimentos dos povos nórdicos e germânicos, enquanto em Viena o crítico chama a atenção para o caráter cristão da antiga poesia alemã, afirmando que entre os povos alemães no resto da Europa "o amor pela poesia se mostrava também nas tentativas de poetizar esse sentimento cristão e emprestar uma roupagem poética às narrativas das escrituras sagradas".[43] No que concerne à poesia espanhola, as preleções de Paris abordam temas diversos, como a poesia dramática espanhola de Calderón de la Barca (1600-1681), ou mesmo uma das mais importantes obras no gênero do romance de cavalaria: *Amadís de Gaula*, obra que existe desde o século XIV, mas cuja publicação foi realizada nos anos de 1480 a 1495 por Garcí Ordoñez de Montalvo (1440-1504). Entre os grandes escritores espanhóis cuja obra é discutida nas conferências parisienses sobre história da literatura europeia encontram-se Miguel de Cervantes (1547-1616), de quem o crítico trata de diversas obras (além do *Dom Quixote*), e Félix Lope de Vega (1562-1635), em cujas peças teatrais Schlegel encontra "uma mescla de sentimento sublime e força trágica somente comparável às obras dramáticas de Calderón, autor que deve ser considerado o último poeta romântico".[44] Diferentemente das preleções de Paris, onde o crítico menciona apenas de passagem que "Cervantes expôs toda a sua concepção de chiste em seu Dom Quixote",[45] nas conferências de Viena, o crítico aborda essa questão de um modo mais detalhado, levando principalmente em consideração o fato de que o chiste contribui para a concretização da representação simbólica da realidade, e que a representação ou exposição [*Darstellung*] indireta é a melhor forma de exteriorizar o mundo prosaico.[46]

Além de discutir as literaturas da França e da Itália, o estudo sobre a literatura europeia realizado em Paris também contempla as literaturas da Espanha e de Portugal, o que demonstra o esforço do crítico em estabelecer uma visão

de amor da época da Suábia], publicada em 1803 em Berlim. Em sua busca pela fundamentação estética da literatura romântica, os românticos e Schlegel valorizariam as obras dos *Minnensänger*, os poetas do período suábio, como Walther von der Vogelweide (c. 1170-1230), Wolfram von Eschenbach (1170-1220) e Hartmann von Aue (1165-1210). THALMANN, Marianne. "Nachwort". In: TIECK, Ludwig. *Frühe Erzählungen und Romane*. München: Winkler Verlag, 1963, p. 995. Assim, nas conferências de Paris, o período suábio é considerado por Schlegel como uma das mais frutíferas épocas da poesia antiga alemã, "onde prosperaria os gêneros da épica e da lírica, mas onde não existiria poesia dramática". SCHLEGEL, Friedrich. *Wissenschaft der Europäischen Literatur*. In: KA-XI, p. 180.

[42] Id. *Geschichte der alten und neuen Literatur*. In: KA-VI, p. 352.

[43] Ibid. KA-VI, p. 168.

[44] Id. *Wissenschaft der Europäischen Literatur*. In: KA-XI, p. 163.

[45] Ibid. KA-XI, p. 163.

[46] Id. *Geschichte der alten und neuen Literatur*. In: KA-VI, p. 227.

abrangente sobre a história da literatura europeia. A surpreendente facilidade que o crítico possuía em aprender novos idiomas pode ser contemplada em suas considerações detalhadas sobre as obras poéticas dos espanhóis e portugueses, principalmente Camões, Cervantes e Calderón, os quais, para o estudioso, pertenciam a uma segunda época da poesia ibérica.[47] Os comentários sobre a musicalidade, a suavidade e a cadência do estilo das canções de gesta espanholas – nas quais Schlegel afirma ter encontrado o próprio Ideal de canção – e a forma literária da romança, que o crítico acreditava ter um parentesco muito íntimo com as narrativas árabes, apontam para um conhecimento específico dessas línguas e culturas. As conferências parisienses demonstram que Schlegel havia igualmente se ocupado intensamente com as expressões literárias desses povos, sobretudo na admiração que sente pela criação artística do poeta português Luís de Camões (1524 - 1580), em cuja obra *Os Lusíadas* afirmava ter sido representado, como em nenhuma outra narrativa épica heroica, o espírito de um povo:

> A introdução da métrica italiana e o conhecimento de suas maiores composições artísticas aconteceram tanto na poesia portuguesa quanto na espanhola. É no período da arte desencadeado por elas que surge o grande poeta épico Camões, em cujos belos poemas a poesia portuguesa atingiu seu mais elevado florescimento e perfeição. Em suas pequenas obras líricas se encontram todas as qualidades que em geral caracterizam a língua e a poesia portuguesa: graça e sentimento profundo, ingenuidade, ternura, a doçura do prazer, a melancolia mais arrebatadora, toda a matiz dos sentimentos melodiosos, que vão desde o mais suave prazer até o desejo mais selvagem, saudade e tristeza, ironia; tudo isso através da mais clara e pura expressão, cuja beleza não poderia ser mais acabada, e cujo florescimento não poderia estar mais em flor. Seu grande poema, *Os Lusíadas*, é um poema heroico no sentido pleno da palavra. Nessa obra, ele alcançou aquilo que muitas nações e grandes poetas buscaram em vão: o único poema heroico nacional que os modernos têm para apresentar.[48]

A diferença essencial entre as conferências de 1803 e 1804, realizadas em Paris, e as preleções de 1812 de Viena é a fundamentação das literaturas nacionais da Europa a partir da própria Idade Média europeia. A dedicação com que o crítico se debruçou sobre as mais diversas épocas, culturas e povos, e a busca por estabelecer critérios universais de análise e interpretação da obra de arte literária, justificam a admiração que grandes críticos da literatura do Ocidente demonstram por Schlegel. Obras como *História da poesia dos gregos e romanos* (1798), *Conversa sobre a poesia* (1800), principalmente em seu trecho denominado "Épocas da poesia", e as conferências parisienses sobre a *Ciência da literatura* (1803-1804), e as preleções de Viena sobre a *História da literatura antiga e moderna* (1812) demonstram o esforço realizado pelo crítico em busca do estabelecimento de um panorama histórico da

[47] Id. *Wissenschaft der Europäischen Literatur.* In: KA-XI, p. 157.
[48] Ibid.

literatura europeia.[49] Com o intuito de determinar a especificidade dos fenômenos literários em seu tempo histórico, Schlegel coloca-se em uma linha de pensamento à qual pertencem Winckelmann e Herder.

[49] A história da literatura de Viena, de 1812, supera as conferências de Paris e de Colônia não apenas no que se refere à completude, e também não apenas pelo domínio de uma matéria tão extensa. O que ocorre é que próprio juízo de Schlegel se tornou mais equilibrado e maduro; um dos exemplos mais claros disso é a justiça que o crítico faz ao drama clássico francês. Os pontos fracos das conferências de Viena, dos quais as conferências de Paris estão quase livres, podem ser explicados, sobretudo, com referência à época em que elas foram realizadas. Já na época de Paris se concretiza o desenvolvimento decisivo que marcaria os escritos da segunda metade da existência de Schlegel: o fichtiano se transforma em católico; o partidário da Revolução Francesa torna-se um oponente decidido, o cosmopolita europeu vira o patriota alemão. EICHNER, Hans apud SCHLEGEL, Friedrich. *Wissenschaft der Europäischen Literatur.* In: KA-XI, p. XXI.

II. CRÍTICA

1. CRÍTICA LITERÁRIA E PERFECTIBILIDADE INFINITA

Crítica e formação: *Bildung* como missão

Ao final do século XVIII, Friedrich Schlegel levanta a questão da necessidade de se realizar uma revolução estética na atividade crítico-literária, de modo a acompanhar as mudanças ocorridas na poesia moderna.[1] A crítica dogmática e normativa de seu tempo não conseguia compreender toda a dimensão de uma literatura que misturava gêneros, aproximava poesia e filosofia e questionava inclusive a própria crítica. Como deixa claro no ensaio que escreveu sobre *Os anos de aprendizado de Wilhelm Meister*, de Goethe, o romance moderno traz em seu bojo a própria crítica. A consequência disso é que "talvez se deva criticá-la e não criticá-la ao mesmo tempo, o que não parece ser tarefa simples, pois se trata daqueles livros que criticam a si mesmos".[2] Como fica claro no escrito de Schlegel sobre a obra de Goethe, o crítico de seu tempo precisava estar em sintonia com essa literatura que refletia sobre sua própria condição, algo que não era inteiramente novo, mas que surge com força inovadora na literatura da época romântica. O fato de a literatura refletir sobre ela mesma já aparece antes da época romântica, por exemplo, no *Dom Quixote*, de Miguel de Cervantes, publicado entre os anos 1605 e 1615, uma das obras favoritas dos românticos, traduzida para o alemão por Ludwig Tieck. Ainda que existam exemplos anteriores, o que ocorre a partir do final do século XVIII é a afirmação, cada vez mais presente, de obras que não se submetem mais a diversas regras tradicionais de composição literária. A ausência de linearidade no enredo, a quebra da expectativa de acontecimentos causais, a recusa da representação mimética tradicional, o surgimento de acontecimentos e paisagens grotescas e a constante presença da ironia romântica são alguns dos elementos que tornam as obras modernas um grande desafio para a crítica de literatura da época romântica.

Schlegel tinha consciência de que algo havia se alterado profundamente em seu século, e que era "um grande mérito da poesia moderna o fato de que muitas coisas boas e grandes que haviam sido desprezadas pela sociedade e pelo academicismo encontraram nela proteção, asilo e cuidado".[3] Entre os elementos que saúda na poe-

[1] "Para sair desse domínio [do interessante] é necessário uma verdadeira revolução estética." SCHLEGEL, Friedrich. "Über das Studium der Griechischen Poesie". In: KA-I, p. 254.

[2] SCHLEGEL, Friedrich. *Über Goethes Meister*. In: KA-II, p. 133.

[3] Id. *Über das Studium der griechischen Poesie*. In: KA- I, p. 218.

sia dos modernos como positivo encontra-se a representação do feio, do grotesco e do assustador. A época moderna, com toda a sua confusão e desespero existencial carecia de novas formas de representação artística. O estudioso pressentia em seus escritos toda a dimensão revolucionária da arte moderna, uma arte que abandona as regras seculares de representação mimética e a obediência às leis do Belo. Lessing destacou-se em seu tempo por diferenciar as artes plásticas da poesia em termos do *medium* no qual essas artes se concretizam, afirmando que a poesia, ao contrário da escultura, não necessitava imitar o Belo, enquanto Schlegel descobre o principal atributo da literatura moderna exatamente naquilo que até então criticava. Ao constatar a grandeza da literatura moderna, o pensador afirma que nela há uma representação "da confusão em seu mais alto grau, do desespero em toda a sua abundância, os quais exigem a mesma (ou até mais alta) força criadora e sabedoria artística do que a representação da plenitude e força em perfeita harmonia".[4] Sua afirmação indica não apenas a urgência de mudanças no paradigma crítico-literário de seu tempo, mas ecoa também uma época de alterações sociais, econômicas e políticas.

Diversos pensadores dessa época, como o próprio Schlegel, Novalis ou Friedrich Schiller, acreditam que a arte deve assumir um papel formativo e libertador, de modo a acompanhar a grande mudança dos tempos. Como os demais membros do primeiro romantismo alemão, Schlegel integra o grupo dos primeiros leitores de Fichte, cuja filosofia anuncia o alvorecer de uma nova era na busca por autonomia e liberdade de espírito.[5] O crítico também pertence à geração de jovens que presencia a revolução na exposição da arte realizada por Goethe, e que é contemporânea de um dos mais importantes acontecimentos políticos da história moderna: a Revolução Francesa. Do mesmo modo que outros membros do movimento romântico, Schlegel é herdeiro dos valores da *Aufklärung*, sobretudo aqueles relacionados à formação e ao aperfeiçoamento do homem. O descontentamento dos românticos com a sociedade burguesa de seu tempo parece encontrar uma saída nas ideias libertadoras da filosofia de Fichte. Com Fichte eles aprendem que a tarefa do erudito é buscar em sua existência a potenciação do ser, o que também significa compreender a si mesmo através do convívio em sociedade.

Essa concepção fichtiana é transposta por Schlegel para os termos literários, transformando-se na concepção de que a crítica literária é uma espécie de complemento da literatura. É com esse sentido que Schlegel afirma que apenas a poesia pode falar sobre a poesia. A partir de então, criticar uma obra significa compreender o todo e as partes, apreender o espírito e a letra da obra. Através de obras ensaísticas, romanescas e de fragmentos literários, os românticos buscam concretizar a ideia de Schlegel de que a crítica deve ser poesia elevada à segunda

[4] Ibid., p. 219.

[5] "A perfeição é a meta suprema e inacessível do homem; mas o aperfeiçoamento até o infinito é sua vocação." FICHTE, J. G. *A vocação do sábio*. Trad. Artur Mourão. Lisboa: Edições 70, 1999, p. 28.

potência, uma π^2, no dialeto schlegeliano. O texto crítico torna-se uma extensão do literário, em termos modernos. Para Schlegel, no núcleo da atividade crítica encontra-se a noção de pluralidade de perspectivas. Esse jogo irônico implícito na atividade crítico-literária foi captado por Ginette Verstraete, ao indicar que a obra de arte romântica é revelação negativa de sua própria aparência que se desnuda como procedimento mimético, afirmando sua verdadeira natureza: a de ser mera aparência ou ilusão. A crítica de literatura romântica propõe a contemplação do jogo irônico que envolve o todo e as partes e se constitui a partir do movimento de distanciamento e elevação por sobre a obra, de destruição de qualquer pretensão metafísica de restituição completa do sentido.[6]

Em termos de formação do homem, no primeiro romantismo alemão a crítica literária inspira-se na busca pela unidade entre teoria e *praxis*, ou, nas palavras fichtianas, na concordância entre o Eu empírico e o Eu puro. O famoso *sapere aude*, isto é, a máxima kantiana de que o homem deveria se servir de seu próprio entendimento para sair da minoridade intelectual pela qual ele mesmo era responsável, foi intensificado através da filosofia de Fichte.[7] A noção de que liberdade é atividade e identidade aproxima o que Kant havia apartado em dois âmbitos ou duas razões, ou seja, a razão pura e a razão prática, passando a designar entre os românticos uma razão sentimental que busca o autoconhecimento e a perfectibilidade. Um dos conceitos mais recorrentes nos escritos dessa época está contido na palavra *Bildung*, que significa formação, educação, cultura, desenvolvimento. A convicção sobre o processo educador da humanidade é considerada pelos românticos como uma missão, como atestam as palavras de Friedrich von Hardenberg:

> Estamos numa missão. Para a formação da terra fomos chamados. Se um espírito nos aparecesse, então nos apoderaríamos prontamente de nossa própria espiritualidade – seríamos inspirados, por nós e pelo espírito ao mesmo tempo; sem inspiração não há aparição de espíritos. Inspiração é aparição e contra-aparição. Apropriação e comunicação ao mesmo tempo.[8]

A compreensão da necessária formação do homem também está implícita na concepção da crítica literária enquanto atividade infinita. Refletindo a busca pela perfectibilidade na obra de arte literária, e na existência do próprio homem, esse *modus faciendi* de crítica é também o fruto da esperança iluminista na educação através da razão e da sensibilidade. Além disso, ao considerar a exegese crítico-literária como uma espécie de complementação da criação, os românticos contemplavam a crítica como um processo que deve auxiliar o público leitor a compreender e formar [*bilden*] seu gosto para a arte. O processo de aprendizagem ao qual o homem precisa se submeter, segundo os ditames do Iluminismo ainda vigentes na época

[6] VERSTRAETE, Ginette. "Friedrich Schlegel's Practice of Literary Theory". *The Germanic Review*. Limburg, v. 1, 2001, p. 31.
[7] KANT, Immanuel. *Beantwortung der Frage: Was ist Aufklärung?* Hamburgo: Felix Meiner Verlag, 1999, p. 20.
[8] HARDENBERG, Friedrich von. *Pólen. Fragmentos, diálogos, monólogo*, p. 57, fragmento [32] da *Pólen*.

do primeiro romantismo, abrange igualmente a necessária contemplação das obras de arte literária.

O processo de formação do gosto para a literatura também se relacionava com a alteração da experiência de mundo das novas classes burguesas no século XVIII. O desenvolvimento intelectual das camadas ascendentes da sociedade, para a qual Lessing já chamara a atenção em sua *Dramaturgia de Hamburgo*, é a concretização de um processo que atravessa o século, formando o pequeno extrato social da *intelligentsia* alemã. A palavra *Bildung* espelha, de certo modo, o lento processo de formação da classe erudita alemã no século XVIII. No contexto da educação desses eruditos, os quais representavam uma minúscula parcela da sociedade da época, buscar a formação era considerado uma verdadeira destinação.[9] Aliado a isso tudo, a atitude filosófica e religiosa de Schlegel tinha como consequência a compreensão do aperfeiçoamento do homem como o mais alto e supremo bem, o *summum bonum*. Ao considerar que "o mais elevado bem e a única coisa útil é a formação",[10] o crítico ecoava as ideias de Schiller, para quem a estética deveria cumprir um papel essencial no desenvolvimento da espécie humana.[11] Fichte inspira os românticos em razão de uma filosofia que tem em seu centro o conceito de liberdade e de atividade do espírito, enquanto Schiller acredita no papel prático da filosofia da arte na "formação das almas", e questiona se não estava "fora de época preocupar-se com as necessidades do mundo estético, quando os acontecimentos do mundo político apresentam um interesse tanto mais próximo".[12] Com a mesma afinação espiritual, os românticos acreditavam que o bem supremo da existência humana residia na educação da sociedade, em sua formação. A noção de tarefa infinita imputada à arte está intimamente relacionada com a certeza romântica de que a plenitude do ser pode ser alcançada através do contato íntimo do homem com o objeto artístico. É também por essa razão que a palavra *Bildung* surge com tanta frequência nos escritos desses pensadores. Ao aperfeiçoar a obra através da crítica, o romântico tem a esperança de despertar o homem para a sensibilidade, e formá-lo racionalmente através da arte. Discutindo as peculiaridades que envolvem a palavra "formação" no século XVIII, Hans-Georg Gadamer indica como, no Iluminismo, o conceito de *Bildung* estava relacionado ao âmbito religioso da busca pela semelhança com a imagem divina:

> A ascensão da palavra *formação* [*Bildung*] desperta a antiga tradição mística, de acordo com a qual o homem traz em sua alma a imagem de Deus segundo a qual ele foi criado, e tem de desenvolvê-la em si mesmo. O equivalente latino para formação é *formatio* e corresponde noutros idiomas, p. ex.,

9 Sobre o processo de formação das classes eruditas alemães no século XVIII e o significado de palavras como *Bildung*, *Kultur* e *Zivilisation*, ver: ELIAS, Norbert. *O processo civilizador. Uma história dos costumes*, v. 1. Rio de Janeiro: Zahar, 1994.

10 SCHLEGEL, Friedrich. *Ideen Fragmente*. In: KA-II, p. 259 [37].

11 Essa concepção sobre o bem supremo remonta a Aristóteles, o qual indica a felicidade como o *summum bonum*, pois, segundo o filósofo grego, "nós procuramos a felicidade como um fim em si, mais do que qualquer outra coisa, e nunca por outra razão". ARISTÓTELES. *The Nicomachean Ethics*. Londres; Penguin Classics, 1982, p. 14 [1097b].

12 BECKENKAMP, Joãozinho. *De Kant a Hegel*, p. 141.

no inglês (em Shaftesbury) a *form* e *formation*. Também no alemão existem as correspondentes derivações do conceito de forma, p. ex., *Formierung* e *Formation*, há muito tempo em concorrência com a palavra *Bildung* (formação). *Forma* vem sendo inteiramente desvinculada de seu significado técnico desde o aristotelismo da Renascença, sendo interpretada de uma maneira puramente dinâmica e natural. Desse modo, o triunfo da palavra *formação* sobre *forma* não parece só acaso. Porque em *formação* (*Bildung*) encontra-se a palavra *imagem* (*Bild*). O conceito de forma fica recolhido por trás da misteriosa duplicidade, com a qual palavra *imagem* (*Bild*) abrange ao mesmo tempo *cópia* (*Nachbild*) e *modelo* (*Vorbild*).[13]

Além da palavra *Bildung*, outro termo importante para a época é *Selbstbildung*, isto é, autoformação ou formação do indivíduo a partir de si mesmo, em seu processo de autorrealização e crescimento. Na Alemanha do final do século XVIII, esse tipo de formação e cultura não era privilégio de todos, mas apenas dos nobres. É por essa razão que Wilhelm, personagem central do romance *Wilhelm Meister*, ao sair pelo mundo a fim de descobrir novos lugares, viver aventuras, conhecendo outras línguas, comportamentos e pessoas, afirma que essa era a única forma que lhe possibilita engrandecer e formar seu espírito.[14] Segundo os ideais da época de Schlegel, a realização da formação humana como o mais alto bem na existência seria também alcançada pela educação estética. A referida obra de Schiller é importante na medida em que busca fornecer uma complementação sensível para a aspereza conceitual da filosofia moral kantiana, e, por outro lado, estabelecer alguma forma de organização, segurança e sensibilidade ao temor do caos e da violência que tomara conta da sociedade após a Revolução Francesa. Além disso, se o imperativo categórico de Kant soa muito áspero ao espírito humano, ele deve ser suavizado pela cultura e pelo jogo que se estabelece entre a sensibilidade e a razão. De acordo com alguns estudiosos, o que Schiller critica no sistema kantiano não é apenas a falta de graciosidade e a rigidez, mas também a concepção de uma vida moral que se torna estranha a qualquer exteriorização da sensibilidade.[15] Ao buscar uma função prática para a fruição estética na formação do homem, Schiller compreende o papel da apreciação estética em termos diferentes de Kant.[16]

No que tange ao aperfeiçoamento da comunidade dos homens, Schlegel foi influenciado principalmente pelos escritos de Fichte, Georg Forster e o advento

[13] GADAMER, Hans-Georg. *Verdade e método. Traços fundamentais de uma hermenêutica filosófica*. Trad. Flávio Paulo Meurer. Petrópolis: Vozes, 1999, p. 50.

[14] GOETHE, Johann Wolfgang. *Wilhelm Meisters Lehrjahre. Wilhelm Meisters Wanderjahre*. Düsseldorf: Albatros, 2005, p. 260.

[15] WILKINSON, E. M.; WILLOUGHBY, L. A. "Introduction". In: SCHILLER, Friedrich. *On the Aesthetic Education of Man. In a Series of Letters*. Oxford: Clarendon Press, 1985, p. XCI.

[16] "O princípio do julgamento, que em Kant constitui o fundamento da apreciação do belo, figura agora apenas como uma ideia da razão prática que permite colocar os objetos na perspectiva adequada para que se possa apreciar sua espontaneidade ou liberdade. No desenvolvimento ulterior de suas ideias, Schiller continuará explorando elementos desta concepção 'sensível-objetiva' da beleza; mas ao mesmo tempo opera com noções que se enquadram mais precisamente em outros contextos. E, na verdade, pode-se indicar nitidamente dois destes contextos, estando o primeiro associado à concepção subjetivista da beleza, desenvolvida por Kant, e o segundo, ao propósito, característico do assim chamado classicismo de Weimar (Schiller e Goethe), de enquadrar a apreciação estética em uma função prática, tendo em vista a formação ou cultura dos indivíduos, dos povos e da humanidade." BECKENKAMP, Joãozinho. *De Kant a Hegel*, p. 138.

da Revolução Francesa. Um dos fatores que contribuíram para que o primeiro romântico se tornasse imbuído do espírito revolucionário que soprava do outro lado do Reno foi o contato com os ideais revolucionários de Georg Forster,[17] e dos escritos de Marie Jean Antoine Nicolas de Caritat, Marquis de Condorcet, também conhecido como Nicolas de Condorcet (1743-1794). Em sua obra *Esboço de um quadro histórico dos progressos do espírito humano*, escrita entre 1793 e 1794, quando se refugiava da radicalidade dos jacobinos, Condorcet desenvolve a tese de que a humanidade se desenvolve através de diversas etapas, de forma progressiva e gradual, de modo que a busca incessante por melhorar sua condição e a ânsia por perfectibilidade a diferenciam dos animais. As ideias de Condorcet sobre a necessidade de aperfeiçoamento na vida humana foram deduzidas, em parte, do conceito de perfectibilidade em Rousseau. Na primeira parte de seu *Discurso sobre a origem e os fundamentos da desigualdade entre os homens*, após enumerar as diferenças entre o animal e o homem – inclusive com a curiosa alusão de que tanto o animal quanto o homem selvagem, quando domesticados, perdem muito de sua virilidade e força –, Rousseau insere o termo "perfectibilidade" para distinguir o homem do animal, afirmando que o homem teria o privilégio de poder se aperfeiçoar por toda a vida, enquanto os animais permaneceriam sempre iguais.[18] O tema da perfectibilidade do homem e da sociedade é uma tópica recorrente no século XVIII, sendo também parte integrante do aparato de concepções que a *Aufklärung* utiliza para justificar sua missão de formar e educar a humanidade segundo os preceitos da razão. Os escritos de Johann Gottlieb Fichte apontam para a efetivação da destinação humana em sua busca por perfectibilidade. No entanto, enquanto em Condorcet ou Rousseau, o conceito está relacionado mais ao âmbito antropológico, político e social, em Fichte a perfectibilidade também é parte do processo de conhecimento e dos modos de ação da consciência. Ao abordar a questão da *Bildung* enquanto formação (ou autoformação) do indivíduo, Novalis chama a atenção para o fato de que apenas aquele que tem consciência de si terá sentido para os outros. O jovem romântico afirma que a grande tarefa da formação é "apoderar-se de seu si-mesmo transcendental, ser o eu de seu eu", pois, "sem autoentendimento perfeito e acabado nunca se aprenderá a entender verdadeiramente os outros".[19]

Além de significar que o homem deve sempre buscar aperfeiçoar-se e contribuir para o desenvolvimento de outros seres humanos, de acordo com Fichte, o termo *Bildung* tem o caráter de uma elevação da consciência no processo de conhecimento

[17] Johann Georg Adam Forster (1754-1794). Foi um naturalista, etnólogo, aventureiro e simpatizante da Revolução Francesa.

[18] "Entretanto, quando as dificuldades que circundam todos esses problemas deixarem de motivar disputas sobre a diferença entre o homem e o animal, haverá outra qualidade bastante específica que os distingue e sobre a qual não pode haver contestação: é a faculdade de aperfeiçoar-se, faculdade que, com a ajuda da circunstância, desenvolve sucessivamente todas as outras, e reside, entre nós, tanto na espécie, quanto no indivíduo; ao passo que o animal atinge ao cabo de alguns meses aquilo que será durante toda a vida, e sua espécie, ao cabo de mil anos, será o que foi no começo do milênio". ROUSSEAU, Jean-Jacques. *Discurso sobre a origem e os fundamentos da desigualdade entre os homens*. In: *O contrato social e outros escritos*. Trad. Rolando Roque da Silva. São Paulo: Cultrix, 1975, p. 154.

[19] HARDENBERG, Friedrich von. (Novalis). *Pólen. Fragmentos, diálogos, monólogo*, p. 55 [28].

pela "perfeita consonância de um ser racional consigo mesmo".[20] Em sua essência, afirma o autor de *A vocação do sábio*, o homem se constitui pela busca incessante e infinita da perfeição, mesmo sabendo de antemão que essa é uma tarefa impossível. Do mesmo modo, a crítica literária desenvolvida por Friedrich Schlegel tinha como pressuposto básico o sentido para a impossibilidade de conhecimento completo da comunicação humana. Esse aspecto, desenvolvido principalmente em seu ensaio *Über die Unverständlichkeit* (*Da Ininteligibilidade*) caracteriza o fazer crítico enquanto atividade divinatória que busca apreender os diversos sentidos da obra, e até mesmo levar em consideração a impossibilidade de compreensão de certos aspectos. A percepção daquilo que se situa entre a letra e o espírito das obras é determinante na configuração da hermenêutica que surge no primeiro romantismo alemão, principalmente com Schlegel e Schleiermacher, os quais acreditavam que "na maioria das vezes, não compreender algo advinha não da falta de entendimento, mas de sentido".[21] A compreensão está intimamente relacionada a um sentido (ou intuição) em relação ao assunto, obra ou mesmo conjunto de obras de um autor. Para Schlegel, apenas a plena afetação pode ser capaz de gerar o fruto do conhecimento no homem, pelo fato de que "o sentido só é capaz de compreender algo quando o recebe em si mesmo como germe, e o alimenta e deixa crescer até tornar-se flor e fruto".[22] Enquanto tarefa infinita de interpretação, a crítica no primeiro romantismo alemão se imbuía da missão de aperfeiçoamento e formação destinada ao homem por Fichte. A hermenêutica de Schlegel reflete a noção fichtiana do Eu como atividade e reflexão infinita, pois, para o filósofo da *Doutrina-da-ciência*, "todo conhecimento é apenas conhecimento de si mesmo".[23] A importância da obra de arte literária para a missão de aperfeiçoamento infinito e a formação do homem é central nos escritos e teorizações dos românticos. Ecoando os preceitos filosóficos de Fichte e a tópica kantiana do *Besservestehen*, isto é, do entender um autor até mesmo melhor do que ele mesmo se entendeu, Schlegel indica que, "na verdade, crítica nada mais é que a comparação entre o espírito e a letra de uma obra, a qual é tratada como infinito, como absoluto e como indivíduo. Criticar significa entender um autor melhor do que ele próprio se entendeu".[24]

[20] FICHTE, Johann Gottlieb. *A vocação do sábio*, p. 27.
[21] SCHLEGEL, Friedrich. *Athenäum Fragmente*. In: KA-II, p. 176 [78].
[22] Id. *Ideen Fragmente*. In: KA-II, p. 256 [5].
[23] FICHTE, J. G. *A vocação do sábio*, p. 45.
[24] SCHLEGEL, Friedrich. *Fragmentos sobre poesia e literatura (1797-1803) seguido de Conversa sobre poesia*, p. 214 [992].

Crítica literária e aperfeiçoamento infinito

Os escritos de Fichte sobre a filosofia representam um dos alicerces da fundamentação crítico-literária de Schlegel. Desde o ano de 1794, quando assume o posto de professor de filosofia na Universidade de Iena, o pensador se torna uma espécie de mentor espiritual dos jovens do primeiro romantismo alemão. Seus ensinamentos são recebidos com entusiasmo e seu nome se transforma em sinônimo de reflexão filosófica. Ainda em 1795, em carta dirigida a seu irmão, Schlegel considera Fichte o "maior pensador metafísico de seu tempo, aquele por quem Hamlet suspira em vão".[25] O entusiasmo dos jovens de Iena pelo filósofo pode ser constatado pelo verbo utilizado para definir a reflexão filosófica: *fichtizar* significava o mesmo que *filosofar* no dialeto dos primeiros românticos. Em carta de maio de 1797, Schlegel escreve ao amigo Novalis: "Ah, como seria bom se pudéssemos nos reunir novamente, apenas nós dois, e *fichtizar* por alguns dias como costumávamos fazer".[26]

Entre os fundamentos da filosofia de Fichte que atraem os membros do grupo se encontra a crença absoluta na liberdade e na independência do espírito humano. Essa ânsia por autonomia, e a vontade de observar claramente o que acontece nos mecanismos complexos da consciência, de modo a compreender que o homem não é mera passividade, mas, ao contrário, pura atividade, pauta a maioria dos escritos do autor de *Doutrina-da-ciência*.[27] Os escritos de Fichte inspiram Schlegel a desenvolver sua concepção de perfectibilidade infinita no âmbito da crítica de literatura, principalmente a obra *O destino do erudito*.[28] Concebida originalmente como uma série de palestras, que foram apresentadas no verão de 1794 a um público de jovens universitários, um dos assuntos centrais dessas palestras é o papel do erudito no aperfeiçoamento da sociedade:

> Como sem dúvida é do conhecimento de todos vós, as ciências não foram descobertas para uma ociosa ocupação do espírito e para os carecimentos de um luxo mais refinado. Pois então o erudito pertenceria justamente à classe à qual pertencem todos os instrumentos vivos deste luxo, que não é nada mais que luxo, e mesmo nesta classe poderiam lhe negar o posto mais alto. Toda a nossa pesquisa deve dirigir-se ao fim supremo da humanidade, ao enobrecimento da espécie de que somos membros, e os discípulos da ciência têm de difundir ao seu redor, como a partir de um centro, a humanidade no sentido supremo da palavra.[29]

[25] "O maior pensador metafísico que agora vive é um escritor muito popular [...] ele é aquele por quem Hamlet suspira em vão; cada traço de sua vida pública parece dizer: esse é um *homem!*" SCHLEGEL, Friedrich. *Bis zur Begründung der romantischen Schule.* In: KA-XXIII, p. 248, carta de 17 de agosto de 1795. [Itálico de Schlegel.]

[26] SCHLEGEL, Friedrich. *Bis zur Begründung der romantischen Schule.* In: KA-XXIII, p. 248, carta de Schlegel para Novalis, datada de 5 de maio de 1797. [Itálico nosso.]

[27] PREUSS, Peter. *Translator's Introduction.* In: FICHTE, Johann Gottlieb. *The Vocation of Man.* Cambridge: Hackett Publishing Company, 1987, p. XII.

[28] FICHTE, Johann Gottlieb. *O destino do erudito.*

[29] Ibid., p. 15.

Para exercer o papel de que trata Fichte, o erudito deve buscar continuamente a consonância consigo e com a sociedade, contemplando a ciência como um instrumento de melhoria da humanidade. Fichte identifica essa relação do erudito com a sociedade em que se encontra inserido como "a unidade absoluta, a identidade incessante, a consonância racional consigo mesmo", e afirma que a identidade absoluta "é a forma do eu puro e a sua única forma verdadeira".[30] O fundamento dessa concepção fichtiana desenvolvido em *O destino do erudito* indica que para estar em harmonia consigo mesmo é necessário que o erudito também busque a concordância com outros seres racionais como ele. Essa aproximação entre teoria e prática demonstra que o fim último da existência humana é o aperfeiçoamento infinito do homem em sociedade.[31] Na segunda dessas preleções, que trata especificamente da destinação do homem em sociedade, o autor afirma que a ânsia por perfectibilidade não é apenas a destinação, mas o impulso supremo do homem em identificar-se com outros seres racionais como ele.[32] Uma das conclusões a que Fichte chega é a de que, como na natureza tudo existe e opera segundo leis necessárias, no âmbito da razão, o fundamento primeiro de todas as ações e estados do ser é a liberdade.[33]

A admiração e o entusiasmo que essas concepções sobre autonomia, liberdade e busca pela identidade consigo mesmo devem ter causado entre os jovens filósofos que ouviam as conferências de Fichte no ano de 1794 em Iena podem ser constatados no fragmento 216 da revista *Athenäum*, no qual Schlegel afirma que as maiores tendências de sua época são "A Revolução Francesa, a *Doutrina-da-ciência* de Fichte e o *Meister* (*Os anos de aprendizado de Wilhelm Meister*) de Goethe".[34] Nesse fragmento é possível perceber as grandes forças revolucionárias presentes na época romântica, ou seja, as profundas alterações que ocorrem nas últimas décadas do século: a revolução no campo da política e da sociedade, com a Revolução Francesa; a revolução epistemológica e moral representada pela filosofia teórica e prática de Fichte; e a revolução no âmbito da literatura, com o romance de Goethe. Anos mais tarde, em 1907, Georg Lukács aponta para a lucidez de Schlegel em meio a uma época tão conturbada: "Essa afirmação de Schlegel, considerada à luz da época e das circunstâncias, é surpreendente, justa e objetiva; é incrível que ele tenha dado tanta importância à revolução, pois, para a intelectualidade alemã, Goethe e Fichte eram as grandes e efetivas tendências da vida real, e a revolução, por sua vez, não podia significar nada de muito concreto".[35] Lukács constata que o citado fragmento aponta para um fato curioso, o de que ninguém pensava seriamente na Alemanha de então em uma revolução verdadeira, mas apenas no interior do

[30] Ibid., p. 24.
[31] Ibid., p. 27.
[32] Ibid., p. 36.
[33] Ibid.
[34] SCHLEGEL, Friedrich. *Fragmente. Athenäum*. In: KA-II, p. 198 [216].
[35] LUKÁCS, Georg. *Sobre a filosofia romântica da vida: Novalis*. In: *A alma e as formas*. Trad. Rainer Patriota. Belo Horizonte: Autêntica, 2015, p. 84.

espírito. Mas o filósofo também indica que aquele país "de poetas e pensadores" (*Land der Dichter und Denker*) logo haveria de superar todos os demais em profundidade, sutileza e força espiritual, embora a contradição entre os que chegavam ao topo da sociedade e os que continuavam em seu atraso secular tivesse como consequência uma solidão mortal.[36]

Herdeiro das determinações da *Aufklärung*, Fichte acreditava que o caminho para concretizar a unidade entre o ideal e o real na existência humana passava pela formação e pelo conhecimento, e que o erudito tinha a obrigação social de partilhar seu conhecimento e de contribuir para o desenvolvimento da sociedade em que vivia. Pensando essa aproximação em termos literários, Schlegel demonstra que a crítica de literatura deve estabelecer se a obra de arte literária foi capaz de concretizar a identidade absoluta entre o real e o ideal. Em termos fichtianos, Schlegel quer compreender se a obra cumpriu sua destinação e concretizou o ideal que seu autor propôs ao criá-la. O crítico de literatura, de acordo com essa concepção, sabe que "toda poesia é idealmente absoluta", e que "a poesia ideal surge apenas da unificação absoluta entre o conceito de poesia e a poesia individual".[37] O uso do conceito de ação recíproca entre o real e o ideal também é resultado da ocupação de Schlegel com os escritos de Schiller, principalmente com a obra *Poesia ingênua e sentimental*. Fichte demonstra que o processo infinito do "pensar sobre o pensar" fundamenta-se na liberdade e na atividade do Eu empírico em busca da consonância consigo mesmo, com o mundo (não-Eu) e com o Eu puro. Mas, em termos românticos, a dialética do Eu deve ser compreendida como algo que é sempre atravessado pela reflexão do próprio Eu, como explicita Walter Benjamin:

> O todo do Eu fichtiano, que é oposto ao Não-Eu, à natureza, significa para Schlegel e para Novalis apenas uma forma inferior entre as infinitas formas de si mesmo. Para os românticos não existe, do ponto de vista do absoluto, nenhum não-Eu, nenhuma natureza no sentido de uma essência que não se torne si mesmo. "A si-mesmidade" é o fundamento de todo conhecimento, afirma Novalis. A célula germinal de todo conhecimento é, então, um processo de reflexão numa essência pensante, através do qual ela conhece a si mesma. Todo ser-conhecido de uma essência pensante pressupõe seu autoconhecimento. Tudo o que se pode pensar pensa a si.[38]

A possibilidade de buscar na arte a identidade entre o ideal e o real aproxima os românticos de Schiller. Como os jovens de Iena, Schiller acreditava no aperfeiçoamento humano através da experiência estética, expressando o desejo "de ver elevado à posição de uma ciência filosófica o mais eficaz de todos os móbeis do espírito humano, a arte formadora da alma".[39] Naturalmente, essas concepções sobre a necessidade de formação e de aperfeiçoamento infinito do homem são também herança do projeto racionalista e pragmático da *Aufklärung*, o qual buscava

[36] LUKÁCS, Georg. *Novalis*. In: SCHULZ, Gerhard (Org.). *Novalis. Beiträge zu Werk und Persönlichkeit Friedrich von Hardenbergs*. Darmstadt: Wissenschaftliche Buchgesellschaft, 1970, p. 21.

[37] SCHLEGEL, Friedrich. *Fragmentos sobre poesia e literatura (1797-1803) seguido de Conversa sobre poesia*, p. 143 [413].

[38] BENJAMIN, Walter. *O conceito de crítica de arte no romantismo alemão*. Trad. Márcio Seligmann-Silva. São Paulo: Iluminuras, 2011.

[39] BECKENKAMP, Joãozinho. *De Kant a Hegel*, p. 140.

conformar a classe burguesa a seus fins. Entre os temas recorrentes no Iluminismo, as questões envolvendo a formação, o desenvolvimento e o aperfeiçoamento do homem são concebidas como uma ânsia natural que deve nortear a vida humana. Em suas *Conferências filosóficas sobre a filosofia transcendental* (1800-1801), Schlegel descreve o conceito de *Bildung* como o mais elevado mediador entre a natureza e a liberdade na existência humana, o qual é responsável, entre outras coisas, pelo desenvolvimento da consciência e da autonomia.[40] Friedrich von Hardenberg, Novalis, foi tão enfático quanto Schlegel em sua determinação do conceito de formação ou educação do homem, definindo a *Bildung* como a única maneira de se alcançar a liberdade, isto é, como o fundamento de toda a existência humana.[41]

Essa visão de mundo romântica (*Weltanschauung*), que contempla a formação do homem como a saída da condição da minoridade autoimputada, segundo a referida fórmula kantiana, tem suas raízes na revolução provocada pelos escritos e conferências de Johann Gottlieb Fichte, principalmente pelo ideal radical de um Eu uno consigo mesmo. Um Eu que contribui para a formação da sociedade através da busca por autonomia e liberdade. O impulso pela perfectibilidade também é denominado por Friedrich Schlegel como uma *Sehnsucht nach dem Unendlichen* (Ânsia de infinito), seguindo a mesma concepção do eterno anseio do Eu empírico em harmonizar-se consigo mesmo e com o Eu puro, definido por Fichte em *O destino do erudito*. Na descrição da aproximação infinita a ser realizada pela humanidade, Fichte afirma que é próprio ao homem a impossibilidade de alcançar a perfeição, e que o caminho na direção desse objetivo deve ser refeito inúmeras vezes.

Em sua teorização sobre o aperfeiçoamento da crítica literária, Schlegel utiliza termos como: "aproximação infinita", "ação recíproca", "determinação recíproca", "ânsia pelo infinito", os quais são deduzidos dos escritos de Fichte, sobretudo da *Doutrina-da-ciência* e de *O destino do erudito*, obras que Schlegel admirava.[42] Outra acepção cara aos românticos que foi desenvolvida por Fichte é a questão da sociabilidade. O tema do encontro social é central para Schlegel, tendo igualmente relação com os conceitos de ironia romântica e de aperfeiçoamento humano.[43] Todo aquele que busca sua formação deve fazê-lo em meio à sociedade, tornando-se, assim, um polo de conhecimento e de aperfeiçoamento para si, e para os outros:

> Por conseguinte, a vocação do homem na sociedade é uma associação que, quanto à intimidade, se torna sempre mais sólida e, quanto à extensão, mais ampla: mas esta associação só é possível mediante

[40] SCHLEGEL, Friedrich. *Transzendentalphilosophie. Jena. 1800-1801*. In: KA-XII, p. 57.

[41] BEISER, Frederick C. *The Romantic Imperative*. Cambridge: Harvard University Press, 2003, p. 100.

[42] BEHLER, Ernst. *Einleitung*. In: KA-II, p. XXVII. Sobre a questão da incorporação de temas da filosofia de Fichte na teorização crítico-literária de Schlegel, ver: RADRIZZANI, Ives. "Zur Geschichte der romantischen Ästhetik: Von Fichtes Transzendentalphilosophie zu Schlegels Transzendental poesie". In: SCHRADER, Wolgang H. *Fichte und die Romantik. Fichte-Studien. Band 12*. Amsterdam: Rodopi, 1997, p. 181. FRISCHMANN, Bärbel. *Vom Transzendentalen zum Frühromantischen Idealismus. J. G. Fichte und Fr. Schlegel*. Paderborn: Ferdinand Schöningh, 2005, p. 80.

[43] "Chiste é espírito social incondicionado, ou genialidade fragmentária." SCHLEGEL, Friedrich. *O dialeto dos fragmentos*, p. 22 [L9].

o aperfeiçoamento, pois os homens só são concordes e podem unir-se a propósito de sua destinação última. Por conseguinte, poderíamos igualmente dizer: aperfeiçoamento comum, aperfeiçoamento de si mesmo, por meio da influência livremente utilizada dos outros sobre nós, e aperfeiçoamento dos outros, por efeito retroativo sobre eles enquanto seres livres – eis nossa vocação na sociedade.[44]

O erudito não apenas desenvolve toda a potência de suas faculdades para o fim último de melhorar a ciência à qual se dedica, ou aperfeiçoar-se enquanto ser humano, mas também contribui para a formação de outros seres. O instrumento imprescindível que o autor da *Doutrina-da-ciência* verifica ser necessário para a realização dessa meta é a capacidade de sociabilidade, pois "o sábio só é sábio enquanto se considera em sociedade".[45] Esse propósito é seguido firmemente pelos românticos, pois seus textos confirmam a imperiosa necessidade de comunicação e diálogo. Muitos escritos dessa época trazem em seu título a vocação sociabilizante destinada ao erudito. Em suas conversas, nos diálogos, nas cartas, nos fragmentos criados de maneira sinfilosófica e simpoética, nos ensaios e nos romances, os românticos buscam dar vazão ao ideal de unificação e de harmonia que perseguem.

Os neologismos *sinfilosofia* e *simpoesia* são criações singulares do primeiro romantismo alemão que expressam a ânsia por complementaridade e dialogismo desse *Zeitgeist*. Além disso, remetem ao fato de que os românticos partilham da inspiração fichtiana de que seria possível conviver em uma comunidade de espíritos irmanados pelo mesmo desejo de aperfeiçoamento mútuo. De acordo com essa afinação espiritual, o destino de todo aquele que se forma é contemplar o indivíduo (e a arte) como um todo orgânico, o qual, ainda que autônomo e independente, compreende seu papel na harmonia e na formação do todo. O próprio fragmento romântico é considerado a expressão mais acabada dessa ânsia por complementaridade, já que possibilita a composição em conjunto e o acabamento infinito. Schlegel usa a metáfora do porco-espinho para demonstrar que o fragmento é parte autônoma e acabada, mas faz parte de um todo maior: "como uma pequena obra de arte, perfeito e acabado em si mesmo, o fragmento deve ser inteiramente separado do mundo que o circunda, como um porco-espinho".[46]

Os termos "sinfilosofia" e "simpoesia" remetem ao sonho utópico dos românticos de sintetizar não apenas gêneros literários e aproximar poesia e filosofia, mas até mesmo de produzir seres harmônicos.[47] Através dessa espécie de panteísmo

[44] FICHTE, Johann Gottlieb. *A vocação do sábio*, p. 40.

[45] Ibid., p. 43.

[46] SCHLEGEL, Friedrich. *Athenäum Fragmente*. In: KA-II, p. 197 [206].

[47] "Se a ideia em si mesma é sedutora, quão mais impressionante é descobrir que os românticos alemães conseguiram praticar essa sinfilosofia (conscientemente ou não). A sinfilosofia romântica tem, em primeiro lugar, uma base material; é a comunidade de vida, durante os últimos cinco anos do século XVIII, do núcleo que se cristaliza ao redor da revista *Athenäum*. A fraternidade real de August Wilhelm e de Friedrich Schlegel torna-se o germe de uma fraternização mais ampla, que abrange, com interrupções e matizes, Novalis, Schleiermacher, Schelling, Tieck e outros. Durante cinco anos, esses homens vão frequentar as mesmas casas [...] trocarão inúmeras palavras e cartas. As obras escritas ou dirigidas por Friedrich Schlegel (a *Conversa sobre a poesia*, os *Fragmentos da Athenäum*) conservam, em especial, o rastro dessa atividade sinfilosófica." TODOROV, Tzvetan. *Teorias do símbolo*. Trad. Roberto Leal Ferreira. São Paulo: Editora Unesp, 2013, p. 267.

romântico, os românticos contemplam as artes, a vida e o universo como interpenetrados e aproximados de forma recíproca. A noção de ação recíproca, advinda da filosofia de Fichte, transforma-se no primeiro romantismo alemão na concepção de que mesmo elementos opostos e antagônicos partilham de algo em comum. Abrindo espaço para discussões da modernidade, os românticos rejeitam as dualidades cartesianas e kantianas e buscam estabelecer a aproximação recíproca entre os mais diversos aspectos. Além disso, esses jovens dividem um sentimento especial que os congrega em torno da crença de que a arte pode ser uma instância formadora do homem. Esse sentimento pode ser contemplado em obras que são perpassadas pela aproximação entre o maravilhoso, a aventura, a peregrinação.

O despertar dos personagens para um mundo interior muito rico, o desenvolvimento de ambientes e enredos que fogem ao universo burguês e o lugar especial dedicado à imaginação criativa são características das obras dessa época. O curioso é que, embora acreditem e propaguem as ideias de Fichte sobre a destinação do homem em sociedade, em suas obras os românticos também buscam expor o desenvolvimento interior de personagens que viajam e peregrinam solitariamente, sem auxílio de ninguém.[48]

São diversos os escritos da época que evocam a mudança, o papel do desconhecido na formação do homem, seja na forma de uma viagem mítica e maravilhosa, como realiza Heinrich von Ofterdingen, personagem do romance de Novalis, nas viagens solitárias de Franz Sternbald, de Ludwig Tieck, ou nas descobertas de Wilhelm Meister, outro famoso viajante. A urgência de liberdade e autonomia que ecoa no primeiro romantismo encontra sua forma de expressão literária em obras que discutem o problema da inadaptação romântica ao universo dos filisteus, como era chamado o mundo burguês. Mesmo que considerassem o mundo burguês muito pobre em suas determinações, e que criticassem seu finalismo, os românticos não evitavam viver em sociedade. Em seu escrito *Über die Philosophie* [Sobre a filosofia], também conhecido como *Carta a Dorothea*, publicado em 1799, Schlegel afirma admirar a popularidade de Fichte, principalmente por aproximar a filosofia e a sociedade, fazendo lembrar que "é entre os homens que o homem vive".[49] De acordo com essa ideia, alguns escritos dos românticos descrevem o encontro e a sociabilidade do grupo. É possível encontrar um exemplo dessa visão dialógica do mundo, por exemplo, em *Conversa sobre a poesia*, escrito no qual Friedrich Schlegel enfatiza a necessidade de comunicação e de correspondência em sociedade, e, corroborando as lições de Fichte, afirma que o poeta é um ser sociável, que deve ensejar essa troca mútua de percepções e sentidos, parte integrante da infinita tarefa do ser humano em sua procura por aperfeiçoamento mútuo:

> O jogo da comunicação e da aproximação é a ocupação e a força da vida, e o acabamento absoluto só existe na morte. Por isso, também ao poeta não pode ser suficiente deixar em obras duradouras a expressão de

[48] VOLOBUEF, Karin. "Individualismo e sentimentalismo. (Novalis e José de Alencar): Duas formas de subjetividade no romantismo". *Itinerários. Revista da Universidade Estadual Paulista*, v. 15/16, 2000, p. 78.

[49] SCHLEGEL, Friedrich. *Über die Philosophie. An Dorothea*. Hamburgo: Felix Meiner, 2007, p. 91.

sua poesia característica, como nele surgiu e se formou. Ele precisa se esforçar por ampliar eternamente sua poesia e sua visão da poesia, aproximando-as daquilo que de mais elevado possa haver na Terra mediante o esforço de encaixar o mais precisamente a sua parte no grande todo: pois a generalização mortal tem precisamente o efeito oposto. Quando encontra o centro, ele consegue fazer isso comunicando-se com aqueles que igualmente o encontraram, a partir de outro lado, e de outra forma. O amor tem necessidade de ser correspondido. Pois, para o verdadeiro poeta, mesmo o trato com aqueles que se divertem apenas na alegre superficialidade pode ser saudável e instrutivo. *Ele é um ser sociável.*[50]

Embora saiba de antemão que seu destino não permitirá atingir a finalidade da perfeição absoluta, o homem (e o poeta-filósofo) precisa aproximar-se desse objetivo.[51] O aperfeiçoamento infinito da obra de arte literária, para o qual o crítico deve contribuir, espelha a vocação do sábio inserida nos escritos de Fichte. Enquanto lugar de reflexão potenciada, a arte almeja seu aperfeiçoamento, e a crítica literária, por sua vez, é o instrumento através do qual essa obra de arte pode ser problematizada e aperfeiçoada, sempre de novo, em uma atividade infinita. A filosofia de Fichte é um dos elementos centrais da teoria de literatura de Friedrich Schlegel, principalmente em sua ênfase no processo infinito da reflexão, que o romântico traduz para a ocupação com as obras literárias. A importância do conceito fichtiano de reflexão como um pensar potenciado foi captado de forma magistral por Walter Benjamin.[52] Entre os grandes responsáveis pela revalorização da obra de Schlegel no século XX, Benjamin foi o primeiro a compreender, de fato, a dedução que os românticos realizaram da questão da reflexão na filosofia de Fichte. Como propõe Márcio Seligmann-Silva, ao utilizar a questão da reflexão romântica como fundamento de sua tese de doutorado, Benjamin tinha plena consciência das consequências do método reflexivo e daquilo que Schlegel chamava de método cíclico ou ciclicizante, ou seja, o processo infinito da reflexão. Esse fato não escapou ao interesse de diversos estudiosos da modernidade:

Daí o interesse de autores como Jean-Luc Nancy e Philippe Lacoue-Labarthe e W. Menninghaus por esta obra de Benjamin. Nela, esses autores se interessaram pela desconstrução do modelo tradicional de razão – e de verdade –, assim como pela desconstrução, no âmbito da filosofia da linguagem,

[50] Id. *Fragmentos sobre poesia e literatura (1797-1803) seguido de Conversa sobre poesia*, p. 485. [Itálico nosso.]

[51] FICHTE, Johann Gottlieb. *A vocação do sábio*, p. 27.

[52] Apesar de longo, o trecho é significativo, pois sintetiza o processo de aproximação entre o primeiro romantismo e a filosofia da reflexão em Fichte: "O pensamento na autoconsciência refletindo a si mesmo é o fato fundamental do qual partem as considerações gnosiológicas de Friedrich Schlegel e, em grande parte, também as de Novalis. A relação consigo mesmo do pensamento, presente na reflexão, é vista como a mais próxima do pensamento em geral, a partir do qual todas as outras serão desenvolvidas. Schlegel diz num trecho do *Lucinde*: 'o pensar tem a particularidade de, próximo a si mesmo, pensar de preferência naquilo sobre o que ele pode pensar sem fim'. Com isso, entende-se também que o pensamento, fora a reflexão sobre si mesmo, poderia encontrar um fim. A reflexão é o tipo de pensamento mais frequente nos primeiros românticos; sustentar esta tese implica remeter a seus fragmentos. Imitação, maneira e estilo, três formas que se deixam de bom grado aplicar aos românticos, encontram-se cunhadas no conceito de reflexão. Ora ele é imitação de Fichte (como sobretudo no primeiro Novalis), ora maneira (por exemplo, quando Schlegel dirige a seu público a exigência de 'compreender a compreensão'), mas é reflexão em especial o estilo do pensamento, no qual os primeiros românticos pronunciam suas mais profundas concepções, não de maneira arbitrária, mas necessária. O 'espírito romântico parece fantasiar agradavelmente sobre si mesmo', diz Schlegel sobre o *Sternbald* de Tieck, e ele o faz não apenas nas obras de arte do primeiro romantismo como, ainda que de maneira mais rígida e abstrata, também e principalmente, no pensamento do primeiro romantismo". BENJAMIN, Walter. *O conceito de crítica de arte no romantismo alemão*, p. 29.

> da concepção que reivindicava a existência de um significado transcendental conectado aos significantes; desconstruções essas executadas pelos românticos de Iena e reatualizadas e redescobertas por Benjamin. Ou seja, esses autores valorizam o fato de Benjamin acentuar o papel da "filosofia cíclica" de Schlegel, a noção de "desdobramento infinito" da Reflexão: e da própria verdade – ou do absoluto, como Reflexão, movimento. Também a concepção, descrita aqui por Benjamin, da arte como núcleo desse movimento de Reflexão infinito é saudada pela crítica mais recente. Com efeito, diferentemente de Fichte, Schlegel e Novalis colocaram a arte e não o "Eu" no núcleo da reflexão.[53]

A teorização de Schlegel sobre a crítica literária enquanto atividade infinita se fundamenta em grande parte nos escritos de Fichte. Mas, também é consequência de seus estudos filológicos, que começaram ainda no início da década de 1790, culminando com a época de Dresden, entre 1794 e 1796. Influenciado pelas investigações filológicas de Friedrich August Wolf (1759-1824) sobre a épica de Homero, e a publicação da obra *Prolegomena ad Homerum* (1795), Schlegel desenvolve a concepção de que a crítica literária e o trabalho filológico são instrumentos imprescindíveis para a completude e o aperfeiçoamento da própria literatura, sendo "toda filologia nada mais do que crítica".[54] Enquanto arte da hermenêutica, a a exegese crítico-literária schlegeliana se inspira nitidamente na noção de reflexão infinita advinda de Fichte. Outro campo em que o romântico busca inspiração para desenvolver sua teoria da filosofia filológica é a obra dos antigos *kritikoi* de Alexandria, os responsáveis pelo estabelecimento dos cantos homéricos. Nesses estudiosos, Schlegel encontra o exemplo perfeito e acabado de tarefa complexa e árdua de reposição de textos afastados no tempo. Como se verá a seguir, através do contato com o trabalho de "reposição" dos cantos homéricos realizado pelos *diaskeuastas*, como eram denominados os críticos de Alexandria, Schlegel desenvolve a concepção de que o exercício de crítica literária deve ser uma tarefa infinita.

Diaskeuase

Em sua origem, o termo *diaskeuase* faz referência aos estudiosos do período alexandrino, quando aqueles que tinham por atividade o estudo da literatura e a reposição dos textos homéricos, apesar de atenderem pelo nome de gramáticos e críticos, eram também chamados de *diaskeuastas*. Em sua origem, a *Διασκευή* (*diaskeuase*) significa a "ação de construir, organizar, por em ordem, revestir, disfarçar alguém com vestes, preparar uma pessoa para ação ou guerra, revestir

[53] SELIGMANN-SILVA, Márcio. "A redescoberta do idealismo mágico". In: BENJAMIN, Walter. *O conceito de crítica de arte no romantismo alemão*, p. 11.

[54] SCHLEGEL, Friedrich. *Fragmentos sobre poesia e literatura (1797-1803) seguido de Conversa sobre poesia*, p. 33 [154].

com ornamentos ou apetrechos, e manipular medicamentos".[55] O termo também designa a organização para a guerra, para a ação, sendo tomado, mais tarde, como a organização e crítica textual:

> Os nomes *diaskeuastas* e *diaskeuase* foram utilizados principalmente pelos críticos de Alexandria para denominar os antecessores que se ocuparam com a crítica textual de Homero. Incumbidos da organização do texto homérico por Pisístrato (605-527 a.C.) e seu filho Hiparco (550-490 a.C.) [ambos governantes de Atenas], entre esses eruditos encontrava-se Onomacrito de Atenas, Orfeu de Crotona, Zófiro, de Heraclea, entre outros. Os *diaskeuastas* assinalam o início da filologia grega. Por sua imensa contribuição para a história intelectual, através do estabelecimento da primeira crítica textual científica, seu nome é frequentemente utilizado por Schlegel também em um sentido figurado. Nessa acepção simbólica eles são até mesmo um conceito central de sua poética e de sua filosofia da cultura.[56]

Para alguns críticos como Denis Thouard e Ulrich Breuer, Schlegel teria estudado as concepções de Johann Wolfgang Goethe sobre a transformação no campo dos fenômenos da natureza e inserido em sua teoria a atividade hermenêutica dos *diaskeuastas*. Dessa maneira, a concepção de *diaskeuase* pode ser entendida como a transformação da obra de arte literária através da crítica, no sentido que lhe emprestara Goethe, em seu escrito *Sobre a metamorfose das plantas*, ou seja, como a eterna mutação de formas no âmbito da natureza.[57] Enquanto tarefa interminável de (re)leitura do texto literário, a crítica também equivale a uma infinita metamorfose da obra. Como afirma Ernst Behler, Schlegel foi igualmente um organizador, um compilador e, portanto, um *diaskeuasta*.[58] Em decorrência de suas investigações sobre a obra dos *diaskeuastas*, o crítico desenvolve a concepção de que a obra de arte literária não pode prescindir do trabalho crítico como forma de sua complementação e acabamento.

A descrição da atividade dos *diaskeuastas* de Alexandria surge já nos primeiros escritos de Schlegel. Nesses textos, o crítico afirma que, "embora a poesia homérica tenha sido *diaskeuasiada* [tenha sofrido algum tipo de tratamento], não se sabe ao certo o que os *diaskeuastas* podiam ou não fazer com os cantos de Homero".[59] A crítica dos antigos eruditos de Alexandria e sua importância para o estabelecimento do texto homérico na Grécia antiga fazem com que o estudioso considere a *diaskeuase* imprescindível para a relação da crítica de literatura com a obra de arte literária. Na obra *Geschichte der Poesie der Griechen und Römer* [História da poesia

[55] NEVES, M. H. de Moura; DEZOTTE, M. C.; MALHADAS, D. *Dicionário grego-português*. São Paulo: Ateliê, 2010, p. 338.

[56] BEHLER, Ernst. *Kommentar*. In: SCHLEGEL, Friedrich. *Wissenschaft der europäischen Literatur*. KA-XI, p. 288, nota 78.

[57] GOETHE, Johann Wolfgang. *Versuch die Metamorphose der Pflanzen zu erklären*. Gotha: Carl Wilhelm Ettinger, 1790. THOUARD, Denis. *Der unmögliche Abschluss. Schlegel, Wolf und die Kunst der Diaskeuasten*. In: BENNE, Christian; BREUER, Ulrich. *Antike-Philologie-Romantik. Friedrich Schlegels altertumswissenschaftliche Manuskripte*. Paderborn: Ferdinand Schöningh, 2011, pp. 57 e 92.

[58] BEHLER, Ernst. *Friedrich Schlegel. Schriften und Fragmente. Ein Gesamtbild seines Geistes*. Stuttgart: Alfred Kröner, 1956, p. XIII.

[59] SCHLEGEL, Friedrich. *Geschichte der Poesie der Griechen und Römer*. In: KA-I, p. 517.

dos gregos e romanos], de 1796, Schlegel descreve como foram estabelecidos os cantos homéricos a partir do trabalho dos denominados *diaskeuastas:*

> Como fonte do que descreverei se encontra a obra de Friedrich August Wolf, *Prolegomena ad Homerum*, que nos trouxe uma luz sobre a antiga poesia helênica. Os trabalhos de Wolf podem ser considerados originais e importantes por haver demonstrado que os cantos homéricos, antes espalhados em cantos individuais e singulares, foram coletados, rearranjados, editados e organizados pelos denominados *diaskeuastas*, no que agora se conhece como a *Odisseia* e a *Ilíada* [...]. Os cantos homéricos existiram por séculos, separados, em cantos divulgados pelos aedos das diferentes escolas de arte, até que foram colecionados e arranjados pelos *diaskeuastas*.[60]

A tarefa de reposição do texto representada pela *diaskeuase* é também transferida do âmbito da crítica literária e da filologia para outras esferas da vida, passando a definir a atividade reflexiva em geral. Como faz com outros termos da tradição literária, o estudioso ressignifica o conceito de *diaskeuase*, transformando-o em metáfora de prática textual, criatividade crítico-literária, reflexão filológica e criação literária em segunda potência. Como os antigos *diaskeuastas*, o crítico literário deve buscar em sua exegese estabelecer o sentido do texto. Através da arte crítico-literária dos *diaskeuastas* modernos, representada pela busca incessante de aperfeiçoamento da obra literária, por meio de uma crítica literária que leve em consideração o detalhe filológico, a percepção histórica e a relação entre o espírito e a letra dos textos, Schlegel aponta para os fundamentos de uma ciência da crítica literária, no sentido moderno do termo, como apenas foi estabelecida muitos anos após sua morte. Ernst Robert Curtius assevera a importância da crítica literária de Schlegel para a história da literatura, principalmente por sua tentativa de aproximação dos âmbitos da crítica, da história e da teoria.[61] Ao transferir o conceito de *diaskeuase* do âmbito da filologia e dos estudos de literatura para outros campos do saber, transformando-o em metáfora de atividade infinita, Schlegel recupera para a crítica literária a noção de estabelecimento e reposição do texto dos antigos gramáticos alexandrinos. As atividades de interpretação, complementação e tratamento da obra transformam-se em um processo que transfere o ponto central da reflexão do Eu para a arte, como bem observou Walter Benjamin:

> No sentido primeiro romântico, o ponto central da reflexão é a arte e não o Eu [...]. A reflexão livre-do-Eu é uma reflexão no absoluto da arte [...]. O pensar do pensar como esquema originário de toda reflexão também está na base da concepção crítica de Schlegel. Esta Fichte já determinara de maneira decisiva como forma. Ele mesmo interpretou esta forma como o Eu, como a célula originária do conceito intelectual do mundo. Friedrich Schlegel, o romântico, interpretou-a por volta de 1800 como a forma estética, como a célula originária da ideia da arte.[62]

[60] Ibid., p. 510.

[61] CURTIUS, E. R. *Literatura europeia e Idade Média latina*. Trad. Teodoro Cabral e Paulo Rónai. São Paulo: Hucitec-Edusp, 1996, p. 48.

[62] BENJAMIN, Walter. *O conceito de crítica de arte no romantismo alemão*, p. 48.

Assim como os antigos críticos de Alexandria, os quais buscaram diminuir a distância imensurável entre sua época e a de Homero, a noção de exegese literária de Schlegel aproxima conhecimento e reflexão, crítica e criação. Nessa tarefa infinita, o papel do estudioso de literatura é intensificar o diálogo entre autor, obra e leitor. Se a obra de arte representa, segundo apontou Benjamin, o medium-de-reflexão, a crítica é a possibilidade de elevação e potenciação, instrumento de reflexão sobre a arte e a própria crítica, a qual torna-se então "o medium no qual a limitação da obra singular liga-se metodicamente à infinitude da arte e, finalmente, é transportada para ela, pois a arte é, como já está claro, infinita enquanto medium-de-reflexão".[63] Partindo do conceito schlegeliano de que apenas o incompleto pode ser conhecido e "nos levar mais além", Walter Benjamin discute a questão da complementação da obra pela crítica e, citando o próprio Schlegel, afirma: "Essa crítica poética exporá novamente a exposição, desejará formar ainda uma vez o já formado [...], irá completar a obra, rejuvenescê-la, configurá-la novamente".[64] A tarefa infinita do crítico enquanto um *diaskeuasta* se aproxima do trabalho realizado pelos antigos críticos, cujo método Schlegel descreve:

> Mesmo depois que a era dos grandes poetas acabou, o sentido para a poesia não pereceu de todo. Em decorrência da grande quantidade de monumentos escritos que permaneceram, graças em parte à sua curiosidade e a um extenso amor, logo surgiu uma ciência para conhecer todas essas obras, o que não seria possível sem uma organização definida [...] uma ocupação que deveria preencher as lacunas dos antigos manuscritos, comparando diferentes versões [...]. O método de seu estudo era perfeito: a leitura constante e repetida dos escritos clássicos, reiterando todo o ciclo de leitura desde o início; isso significava ler de verdade; apenas assim poderiam surgir resultados frutíferos, bem como o sentimento e o julgamento da arte, os quais apenas são possíveis pela compreensão do conjunto da obra de arte e da formação da mesma.[65]

O caráter inovador das concepções de Fichte sobre a destinação do erudito e a atividade dos *diaskeuastas* são alguns dos aspectos que guiam Schlegel na composição de seu conceito de crítica literária. A arte representa um modo privilegiado de conhecimento, o medium-de-reflexão como indicou Benjamin, pois nela o pensamento se desdobra, tornando-se um pensar sobre o pensar. Os românticos, sobretudo Schlegel e Novalis, contemplam crítica e criação literária como movimentos complementares do espírito criador. Como se verá a seguir, a ironia romântica revela toda a dimensão dessa arte que reflete sobre a própria arte, o que, embora não tenha surgido apenas com o primeiro romantismo alemão, sem dúvida encontra nas teorias do movimento romântico um de seus momentos mais singulares.

[63] Ibid., p. 76.
[64] Ibid., p. 78.
[65] SCHLEGEL, Friedrich. *Vom Wesen der Kritik. Lessings Gedanken und Meinungen (1804)*. In: KA-III, p. 53.

2. A IRONIA ROMÂNTICA

Ironia socrática e ironia romântica

> A ironia socrática nasce da unificação do sentido artístico da vida e do espírito científico, do encontro da perfeita e acabada filosofia-de-natureza e de perfeita e acabada filosofia-de-arte.
>
> *Friedrich Schlegel*[1]

Ao publicar sua coleção de fragmentos críticos da *Lyceum* no ano de 1797, Schlegel trouxe à tona uma nova concepção de ironia, iniciando um debate que desde então tem ocupado a crítica literária.[2] Os fragmentos estabelecem um momento singular na discussão sobre o tema, ampliando seu significado para além do âmbito da retórica clássica. Apontando para o caráter inovador do conceito em Schlegel, René Wellek indica o equivoco da crítica de Hegel à ironia romântica:

> Friedrich Schlegel introduziu o termo "ironia" na moderna discussão literária. Dantes, havia apenas vagos prenúncios em Hamann. Schlegel emprega o termo num sentido diverso do anterior e puramente retórico, diverso do conceito da trágica ironia de Sófocles, desenvolvido no começo do século XIX por Connop Thiriwall. O conceito de Schlegel foi adotado por Solger, com o qual assumiu pela primeira vez uma posição central para a teoria da crítica e para o qual toda arte se torna ironia. Hegel e depois Kierkegaard criticaram o conceito de Schlegel de um modo inteiramente errôneo.[3]

Ao final do século XVIII, o conceito de ironia romântica passa a descrever não apenas o discurso da dissimulação retórica, mas adentra igualmente os âmbitos da crítica literária, da criação artística, da hermenêutica e da filosofia. Em sua teoria da ironia, Schlegel utiliza elementos da tradição literária, da história da filosofia e da filosofia transcendental. Termos como "autolimitação", "autocriação", "autoaniquilamento", "forma do paradoxo", "bufonaria transcendental", "parábase", "bufão transcendental", "bufão comum", "beleza lógica", "aproximação recíproca", entre outros, são centrais na compreensão do conceito. Além da complexidade terminológica, os fragmentos da *Lyceum*, aos quais se somam no ano de 1798 os

[1] SCHLEGEL, Friedrich. *O dialeto dos fragmentos*, p. 36 [L108].
[2] BEHLER, Ernst. *Die Theorie der romantischen Ironie in Lichte der Handschruftlichen Fragmente Friedrich Schlegels.* "Deutsche Philologie". Sonderheft: Band 88, 1970, pp. 90-114 [p. 90].
[3] WELLEK, René. *História da crítica moderna.* II. *Romantismo.* São Paulo: Herder, 1967, p. 14.

fragmentos da *Athenäum*, e em 1800 as *Ideias*, revelam diferentes significados do conceito de ironia romântica para Schlegel.[4] Em sua primeira acepção, o termo remete às diversas estratégias narrativas que estabelecem um diálogo entre o narrador e o leitor. Esse tipo de ironia pode igualmente sinalizar a quebra proposital da ilusão ficcional ou a problematização da representação artística (por exemplo, quando o próprio narrador de *Dom Quixote* questiona a verossimilhança da fala rebuscada de Sancho Pança em alguns trechos da segunda parte da obra, ou quando põe em dúvida a autenticidade do capítulo sobre o "Curioso Impertinente" na primeira parte). Através do tratamento das personagens, da descrição de lugares e acontecimentos, o narrador concebe em sua práxis literária a representação do jogo irônico de um modo semelhante ao que Sócrates utilizava. Nesse caso, a ironia romântica está relacionada às artimanhas narrativas de desaparecimento ou surgimento repentino do autor na narrativa através de alguma personagem, entre outros procedimentos possíveis; nessa acepção, o que se costuma chamar de ironia romântica surge como estrutura poética que indica a presença do autor dentro do texto.[5] Entre os exemplos mais conhecidos de ironia romântica enquanto intromissão ou aparição autoral (bem antes de Friedrich Richter, Laurence Sterne ou Machado de Assis) encontra-se o romance de Miguel de Cervantes, *Dom Quixote de La Mancha*, no qual é possível encontrar inúmeras variações do fenômeno da ironia, como no caso do que mais tarde se designou como autor onisciente intruso, isto é, o narrador que guia a atenção do leitor: "Mas deixemos o estalajadeiro, que não faltará quem o socorra, ou se não, que sofra e cale quem se atreve a mais do que suas forças lhe prometem, e voltemos atrás cinquenta passos, para ver que foi o que D. Luis respondeu ao ouvidor".[6]

O segundo modo de ironia romântica é aquele que surge como problematização sobre a arte inserida na própria arte. Nesse caso, a obra pode expor, por exemplo, a teorização sobre o fazer artístico, sobre procedimentos literários, efeitos estéticos ou sobre a crítica de obras. Nos *Fragmentos sobre poesia e literatura (1797-1803)*, Schlegel denomina essa instância criada pela atuação da ironia romântica enquanto arte que reflete sobre a própria condição de π^2 (Poesia elevada à segunda potência ou poesia da poesia).[7] Essa segunda acepção de ironia romântica pode ser encontrada em muitas obras da época de Schlegel, como *Conversas de emigrantes alemães*, de Johann Wolfgang Goethe, (1795), na qual, ao discutir ideias teóricas sobre o gênero ou forma literária da novela, o narrador questiona: "Pergunte a si

[4] Os fragmentos da *Lyceum* saíram na revista *Lyceum der schönen Künste* (Liceu das belas-artes) em 1797. Os fragmentos da *Athenäum* foram publicados na revista *Athenäum* em 1798. Enquanto os fragmentos das *Ideias* foram publicados na revista *Athenäum* no ano de 1800, no volume III. As três coleções de fragmentos se encontram no volume II da edição crítica das obras de Schlegel. [KA-II].

[5] VOLOBUEF, Karin. *Frestas e arestas*, p. 91.

[6] CERVANTES, Miguel de. *Dom Quixote de La Mancha*. Trad. Sérgio Molina. São Paulo: Editora 34, 2002, p. 629.

[7] SCHLEGEL, Friedrich. *Fragmentos sobre poesia e literatura (1797-1803) seguido de Conversa sobre poesia6*, p. 157 [520].

mesmo e pergunte aos outros o que empresta a um acontecimento sua atração?".[8] Um exemplo de ironia romântica como contemplação teórica sobre os gêneros literários está inserido na obra *Os anos de aprendizado de Wilhelm Meister*, também de Goethe, no trecho em que o protagonista Wilhelm e Serlo discutem qual gênero artístico seria preferível, o drama ou o romance, ao que Serlo responde que "cada um dos gêneros poderia ser perfeito (*vortrefflich*) se acaso se mantivesse nos limites de seu gênero".[9] Outro exemplo desse tipo de uso da ironia romântica em Schlegel é seu romance *Conversa sobre a poesia*, obra dialógica na qual ele concretiza sua concepção de que a teoria do romance deve ser ela mesma um romance: "Se tais exemplos viessem à luz, eu criaria coragem para compor uma *teoria do romance* que fosse uma teoria no sentido original da palavra: uma intuição espiritual do objeto".[10] Embora destacados aqui para efeito didático, esses modos de usar, ou formas de surgimento da ironia romântica podem ocorrer simultaneamente, como é o caso do referido romance de Miguel de Cervantes.

A terceira concepção de ironia romântica representa um princípio filosófico ou simbólico de compreensão dos limites da existência e da comunicação humana, ao mesmo tempo que aponta para o jogo lúdico que possibilita a intuição do todo. Nesse caso, a ironia é a percepção do caos infinito onde se harmonizam elementos aparentemente contraditórios e a consciência de que, apesar de impossível, é preciso buscar a comunicação total. Essa forma de ironia romântica aponta para o fato de que tanto a criação artística quanto a própria comunicação humana, além de englobarem aspectos ininteligíveis (discutidos por Schlegel em seu ensaio *Sobre a ininteligibilidade*), não são inteiramente controláveis. O ponto central, segundo Schlegel, é que "entre todas as coisas relacionadas à comunicação de ideias, o mais atraente é saber se essa comunicação tem alguma possibilidade".[11] Ao discorrer sobre o paradoxo da necessidade e da impossibilidade de comunicação e de controle sobre o discurso, Schlegel aproxima-se de diversos pensadores modernos, os quais se debruçaram sobre essa mesma questão. Em termos de distinção entre ironia romântica e ironia clássica o que está em jogo é a questão do controle sobre o discurso: "A distinção-chave do que está em jogo aqui é aquela entre o discurso controlável e o incontrolável: a ironia clássica pertence ao primeiro grupo, a ironia romântica ao segundo".[12] A importância do fenômeno da ironia para a reflexão sobre a literatura perpassa o romance *Conversa sobre a poesia*, mas surge especialmente em um trecho no qual os personagens de Antônio (que representa

[8] GOETHE, Johann Wolfgang. *Unterhaltungen deutscher Ausgewanderten*. In: Id. *Sämtliche Werke*, v. 9. Frankfurt am Main: Deutscher Klassiker Verlag, 1992, p. 1112.

[9] Id. *Wilhelm Meisters Lehrjahre. Wilhelm Meisters Wanderjahre*. Düsseldorf: Albatros Verlag, 2005, p. 275.

[10] SCHLEGEL, Friedrich. *Fragmentos sobre poesia e literatura (1797-1803) seguido de Conversa sobre poesia*, p. 523.

[11] Id. *Über die Unverständlichkeit*. In: KA-II, p. 363.

[12] FREITAS, Homero. "Sócrates, a criança irônica (Tieck, Schlegel, Novalis)". *Viso. Cadernos de Estética Aplicada*. Ouro Preto, jan./dez. 2011, n. 10, p. 64.

artisticamente Schlegel) e Ludovico (que faz o papel do filósofo Schelling) discutem a poesia romântica e suas determinações:

> Exigimos ironia até nos gêneros inteiramente populares, como, por exemplo, no espetáculo teatral; exigimos que os acontecimentos, os seres humanos, em resumo, todo o jogo da vida seja realmente apreendido e exposto também como um jogo. Isso nos parece o mais essencial, e tudo não se encontraria aí? – Nós nos atemos apenas ao significado do todo; o que, isoladamente, estimula, emociona, ocupa e apraz os sentidos, o coração, o entendimento e a imaginação, nos parece apenas um sinal, um meio para a intuição do todo, no instante em que a ele nos elevamos.[13]

Os fragmentos das revistas *Lyceum* e *Athenäum* são exemplos práticos da tentativa de Schlegel de aproximar, através da ironia romântica, os âmbitos da poesia e da filosofia, da crítica e da criação literária em forma dialógica. Ao propiciar o distanciamento estético do artista em relação à sua obra, a ironia torna-se um elemento importante tanto para a criação literária quanto para a crítica de literatura, favorecendo a compreensão dos meandros e dos limites da criação. Em sua resenha sobre as obras poéticas de Giovanni Boccaccio, Schlegel demonstra a relação dialética entre autor e obra estabelecida pela ironia com a afirmação de que "a arte forma, mas ela também é formada; não apenas o que é formado, mas também o próprio criador é um todo orgânico".[14] Através do fenômeno da ironia romântica o artista é capaz de distanciar-se de um assunto, de modo a retornar a ele, alçando-se acima da própria criação para se expressar com a lucidez de espírito (*Besonnenheit*) necessária.

Em seu sentido original, a palavra grega *εἴρων* (*eiron*) remetia àquele que agia de forma dissimulada, mascarando suas ações com o intuito de esquivar-se ou de ocultar algo, fingindo não saber ou não conhecer o assunto tratado.[15] Originário do indo-europeu *uerh*, no qual denotava falar seriamente, o termo foi incorporado ao substantivo grego *eironeia*, que, por sua vez, relaciona-se ao verbo *eromai*, que significa perguntar, passando apenas mais tarde ao campo semântico da dissimulação.[16] Na comédia grega, a personagem do irônico representava o ocultamento ocorrido através da ação do homem que não se mostrava inteiramente à luz, diminuindo-se intencionalmente em face do oponente, o *alazon*, o sujeito fanfarrão que supunha saber mais do que em realidade sabia.[17] Através do deslocamento intencional do discurso e relacionada ao ataque verbal, nas comédias de Aristófanes a palavra remetia às artimanhas criadas para ridicularizar o oponente. A ironia dizia respeito ao âmbito da injúria, e o *eiron* indicava alguém de caráter manhoso e pérfido, caracterizado em paralelo ao *alazon* na Antiguidade.[18]

[13] SCHLEGEL, Friedrich. *Fragmentos sobre poesia e literatura seguido de Conversa sobre poesia*, p. 523.
[14] Id. *Relato sobre as obras poéticas de Giovanni Boccaccio*. Trad. e estudo preliminar de Constantino Luz de Medeiros. São Paulo: Humanitas/USP, 2015, p. 89.
[15] CUDDON, J. A. *Dictionary of Literary Terms and Literary Theory*. Londres: Penguin Reference Books, 1999, p. 428.
[16] BEEKS, Robert. *Etymological Dictionary of Greek*, v. I. Boston: Brill, 2010, p. 393.
[17] CUDDON, op. cit., p. 429.
[18] BEHLER, Ernst. *Klassische Ironie. Romantische Ironie. Tragische Ironie. Zum Ursprung dieser Begriffe*. Darmstadt: Wissenschaftliche Buchgesellschaft, 1972, p. 17.

Como é possível perceber, em sua origem, a ironia contrasta decisivamente daquela ideia de urbanidade e de diálogo reflexivo que viria a ter mais tarde com Sócrates (séc. IV a.C.). Mas é com o filósofo grego que o conceito ganha a dimensão e a importância que conserva na posteridade, de modo que o desenvolvimento do conceito de ironia em Schlegel não pode ser separado da personalidade e da influência de Sócrates. Estabelecido pelo filósofo grego para determinar a validade de seus argumentos, a ironia pressupunha a estratégia de ocultar intencionalmente o que se sabia sobre determinado assunto para levar o oponente ao conhecimento da verdade. Todavia, diferentemente da acepção originária do *eiron*, o qual buscava desqualificar o adversário de um modo muitas vezes grosseiro, Sócrates é exemplo de urbanidade, de conversação agradável e respeitosa. É por essa razão que a ironia socrática representa uma nova possibilidade de exteriorização e reflexão filosófica para Friedrich Schlegel, não como ataque a um suposto adversário, mas como reflexão realizada em conjunto, de forma sinfilosófica e simpoética. Schlegel acreditava que a ironia socrática era a única "dissimulação inteiramente espontânea e ainda assim inteiramente lúcida [e que] nela tudo deve ser gracejo e tudo deve ser sério: tudo sinceramente aberto e tudo profundamente dissimulado".[19] Esse fragmento é muito importante para compreender como Schlegel diferencia a ironia, tratando-a não como um meio para outros fins, mas como fim em si mesma.[20]

Utilizando um termo fichtiano muito caro a Schlegel é possível afirmar que a ironia romântica aponta para a ação recíproca (*Wechselwirkung*) entre o sério e o cômico, o filosófico e o chistoso, na arte e na existência humana. A urbanidade e o dialogismo da ironia socrática também foram incorporados pela ironia romântica. Mas, enquanto em Sócrates, a estratégia irônica visava demonstrar ao interlocutor o equívoco de sua suposta certeza do conhecimento, na ironia romântica esse diálogo se realiza entre o artista, sua consciência e um leitor imaginário. Aristóteles acreditava que a ironia pertencia ao âmbito da retórica e da ética, pois, como era uma estratégia de persuasão, seu uso não poderia ser indiscriminado, sendo necessário saber até que ponto era conveniente, bom ou decoroso persuadir. Por essa razão, na *Ética a Nicômaco*, o filósofo grego trata da ironia como forma negativa de desvio da verdade, enquanto na *Retórica* a descreve como uma nobre forma de gracejo ou brincadeira.[21]

[19] SCHLEGEL, Friedrich. *Fragmente. Lyceum*. In: KA-II, p. 160 [108].

[20] Como adverte Romeiro Freitas, eis o que poderíamos chamar de "paradoxo romântico da comunicação": "Se a conversação irônica é uma das formas mais próprias da filosofia e da literatura (pois 'os romances são os diálogos socráticos de nossa época'), isso não quer dizer, no entanto, que a ironia socrática possa ser algo que se possa apreender plenamente, seja na filosofia, na arte da conversação, no teatro ou no romance. O caráter opaco da ironia autorreferente – que Schlegel chama sempre de 'socrática', mas que a tradição convencionou chamar de romântica – não existiria se ela fosse, como às vezes se supõe, um artifício retórico. Nada mais contrário à posição de Schlegel, que estrutura toda a sua argumentação em torno da oposição entre 'ironia retórica' e 'ironia socrática' [...]. A ironia é nesse caso um meio para atingir um fim e não, como no romantismo, um fim em si mesmo, uma forma própria de arte e de pensamento". FREITAS, Homero. "Sócrates, a criança irônica (Tieck, Schlegel, Novalis)", p. 64.

[21] BEHLER, Ernst. *Ironie und literarische Moderne*. Paderborn: Ferdinand Schöningh, 1972, p. 18.

Em seu sentido de persuasão e dissimulação, a ironia foi incorporada às estratégias da retórica clássica. A questão do decoro, ou seja, a importância de reconhecer se era adequado utilizar a ironia como forma de persuasão, também foi levantada por Cícero (106-43 a.C.), autor responsável pela introdução do termo em língua latina. Cícero descreve a ironia como uma forma de *dissimulatio urbana*, ou seja, enquanto mescla de "seriedade e jogo, que percorre todo o discurso sem que seja possível isolar os elementos de que é composta, pois se passa o tempo todo dizendo o contrário do que se pensa".[22] Nos livros VIII e IX de sua *Institutio Oratoria*, Quintiliano (35-95 d.C.) também trata da ironia como forma de se dizer o oposto do pensado. Sua compreensão do fenômeno remete também à dissimulação de Sócrates.[23] O conceito clássico de ironia permanece praticamente inalterado até o século XVIII, quando passa também a ter o significado de uma "atitude e consciência do jogo que se dá na obra sobre a própria obra".[24] A aparição da ironia em qualquer lugar, não se restringindo apenas ao discurso na assembleia, ao foro privilegiado das discussões do tribunal, indica outra característica singular da atitude irônica no filósofo grego: a *atopía*.[25] Assimilando essa noção socrática da *atopía*, a ironia romântica se revela como uma atitude de espírito presente em toda parte, podendo se encontrar nas mais diversas formas de exteriorização literária.[26] Mas enquanto em Sócrates o debate de ideias ocorre com um interlocutor "real", na ironia romântica o artista reflete a partir do diálogo realizado no interior da obra de arte literária. Como pressupõe a elevação dos interlocutores acima do tema escolhido, de modo a possibilitar a observação de uma questão a partir de diversos ângulos, ela também leva em consideração o fato de que "a maioria dos artistas seria capaz de se elevar acima de suas próprias obras".[27] A urbanidade associada ao conceito de ironia socrática é concretizada no primeiro romantismo alemão através de uma profusão de obras com eminente viés dialógico. São escritos que se intitulam carta, ensaio, relato, descrição, diálogo, fragmento, confissão e conversa, exteriorizando a atmosfera de expansão da consciência e busca pelo conhecimento que a ironia socrática propiciava, e que foi incorporada e praticada pelos jovens

[22] SUZUKI, Márcio. *O gênio romântico. Crítica e história da filosofia em Friedrich Schlegel*. São Paulo: Iluminuras, 1998, p. 173.

[23] QUINTILIANO apud BEHLER, Ernst. *Ironie und literarische Moderne*, p. 37.

[24] BEHLER, Ernst. *Ironie und literarische Moderne*, p. 45.

[25] Nesse sentido, Márcio Suzuki afirma: "Como nenhum outro homem, Sócrates é *atópos*, 'atópico', isto é: está fora de lugar, fora do caminho ou do comum, é estranho, extraordinário, singular, paradoxal. Se não se quer cortar pela raiz as ambiguidades e riquezas da figura desse meio homem, meio sátiro, então é preciso admitir, como faz Alcibíades, que não é fácil dar conta dessa sua singularidade. Sócrates jamais perde seu aspecto incompreensível, e seria por isso ingênuo tentar separar nele o fundo da superfície. O mesmo ocorre com a ironia romântica: não tem cabimento querer separar a intenção sincera de sua expressão involuntária, distinguindo rigorosamente a seriedade de todo aspecto lúdico. Tentar estabelecer uma demarcação rigorosa entre a intenção sincera e a expressão involuntária, a seriedade e o jogo, é por a perder as duas coisas". SUZUKI, Márcio. *O gênio romântico. Crítica e história da filosofia em Friedrich Schlegel*, p. 178.

[26] BEHLER, Ernst. *Die Theorie der romantischen Ironie in Lichte der Handschruflichen Fragmente Friedrich Schlegels*. "Deutsche Philologie". Sonderheft: Band 88, 1970, pp. 90-114.

[27] SCHLEGEL, Friedrich. *O dialeto dos fragmentos*, p. 33 [L87].

românticos. O que caracteriza os textos dos integrantes do grupo é a atmosfera de liberalidade – no sentido utilizado por Schlegel para designar um ânimo de espírito no qual predomina a compreensão e a tolerância –, onde é possível contemplar e discutir temas filosóficos e crítico-literários de uma forma menos grave, através de diversos pontos de vista. A ironia é igualmente encontrada no filosofar e poetizar em conjunto, harmonicamente, denominado por Schlegel e Novalis como o *simpoetizar* e *sinfilosofar*. Esse amalgamar de ideias, concepções filosóficas e reflexões poéticas leva Schlegel a formular, não sem a típica atitude irônica, que era mesmo possível fundir indivíduos em busca de uma formação conjunta. Como afirma Tzvetan Todorov, o interessante é que os românticos "não apenas teorizaram sobre a possibilidade de amalgamar indivíduos, mas a concretizaram em sua concepção de sinfilosofia e simpoesia".[28] Anunciando o alvorecer de um novo tempo para a arte e a ciência, o autor de *Lucinde* teoriza sobre a experiência de aproximar dois indivíduos até a completa fusão:

> Uma época inteiramente nova das ciências e artes começaria talvez quando sinfilosofia e simpoesia tivessem se tornado tão universais e tão interiores que já não seria nada raro se algumas naturezas que se complementam reciprocamente constituíssem obras em conjunto. Muitas vezes não se pode evitar o pensamento de que dois espíritos poderiam no fundo pertencer um ao outro, como metades separadas, e só juntos ser tudo o que pudessem ser. Se houvesse uma arte de fundir indivíduos, ou se a crítica desejosa conseguisse algo mais que desejar, para isso encontrando em toda parte muita ocasião, então gostaria de ver combinados Jean Paul e Peter Leberecht [Ludwig Tieck]. Tudo aquilo justamente que fala a um, o outro possui: juntos, o talento grotesco de Jean Paul e a formação fantástica de Peter Leberecht produziriam um notável poeta romântico.[29]

A partir de Schlegel, a ironia passa também a significar a problematização artística, descrevendo a atitude autocrítica daquele que cria perante sua obra, sendo igualmente uma forma de reflexão filosófica. A relação dialógica e progressiva do autor consigo mesmo é o paralelo romântico da ironia socrática, e, portanto, deve ser contemplada sob o mesmo viés de brincadeira séria, que mantém eternamente o suspense sobre aquilo que se diz. Através do jogo irônico estabelecido nos mais diversos gêneros ou formas literárias, os românticos problematizaram não apenas o fazer artístico e a reflexão crítico-literária, mas até mesmo a própria possibilidade de comunicação. Abrindo o caminho para os postulados pós-estruturalistas sobre a impossibilidade de estabelecimento pleno de sentido nos textos, Schlegel afirma que a ironia, como a própria figura de Sócrates, realiza o efeito de uma suspensão de qualquer pressuposição metafísica de verdade:

> A ironia socrática é a única dissimulação inteiramente involuntária e, no entanto, inteiramente lúcida. Fingi-la é tão impossível quanto revelá-la. Para aquele que não a possui, permanece um

[28] "A sinfilosofia romântica tem em primeiro lugar uma base material: é a convivência, durante os cinco últimos anos do século XVIII, do núcleo que se cristaliza em torno da revista *Athenäum*." TODOROV, Tzvetan. *Teorias do símbolo*, p. 213.

[29] SCHLEGEL, Friedrich. *O dialeto dos fragmentos* [A139].

enigma, mesmo depois da mais franca confissão. Não se deve enganar ninguém, a não ser aqueles que a tomam por engodo e que, ou se alegram com a grande pândega de se divertir com todo mundo, ou ficam fulos, quando pressentem que também estão sendo visados. Nela tudo deve ser gracejo e tudo deve ser sério: tudo sinceramente aberto e tudo profundamente dissimulado. Nasce da unificação do sentido artístico da vida e do espírito científico, do encontro de perfeita e acabada filosofia-de-natureza e de perfeita e acabada filosofia-de-arte. Contém e excita um sentimento do conflito insolúvel entre incondicionado e condicionado, da impossibilidade e necessidade de uma comunicação total. É a mais livre de todas as licenças, pois por meio dela se vai além de si mesmo; e, no entanto, é também a mais sujeita à lei, pois é incondicionadamente necessária. É muito bom sinal se os harmoniosamente triviais não sabem de modo algum como lidar com essa constante autoparodia, na qual sempre acreditam e da qual novamente sempre desconfiam, até sentir vertigens, tomando justamente o gracejo como seriedade, e a seriedade como gracejo.[30]

A ironia socrática pressupunha a elevação de ambos os interlocutores, de modo que fosse possível observar uma questão a partir de diversos ângulos. A ironia romântica, por seu lado, ao possibilitar ao artista um ponto de vista privilegiado do producente, do processo e do produto, leva em consideração o fato de que a maioria dos artistas é capaz de se elevar acima de suas próprias obras.[31] Em sua essência, a ironia socrática apontava para a busca incessante do conhecimento e da verdade através do diálogo. Inserida no primeiro romantismo, essa dimensão dialógica da ironia socrática transparece principalmente na escolha das formas literárias do fragmento, do diálogo e da conversa. Como resultado de sua ocupação com os escritos platônicos, em suas *Preleções filosóficas*, realizadas entre os anos 1800 e 1807, Schlegel define a dialética não apenas como método filosófico, mas como a forma de toda filosofia. O romântico chama ainda a atenção para o fato de que, em Sócrates e Platão, o conceito de dialética possui um sentido diferente daquele relacionado a uma arte metódica e regular de disputas filosóficas:

> De todo modo, através da expressão "dialética", Sócrates e Platão indicaram algo diverso. Como acreditavam e afirmavam que o refletir sobre assuntos filosóficos nada mais é do que um contínuo diálogo interior, eles denominaram dialética a arte de pensar por si mesmo e de refletir. Pode-se aqui questionar como é possível que o homem estabeleça um diálogo consigo mesmo, pois, ao diálogo pertencem dois seres, de modo que para estabelecer o diálogo o mesmo homem precisaria ser dois ou mais homens.[32]

Enquanto capacidade de elevação e clareza de consciência, a ironia propicia o diálogo interior, que Schlegel denomina de "comércio do eu consigo mesmo". Através dos citados processos de autocriação, autoaniquilamento e autolimitação, o artista estabelece em sua obra literária o *locus* onde se manifesta a sinfilosofia e a simpoesia de espíritos irmanados. O eu do poeta filósofo entra em si para sair ao mundo, buscando o diálogo com o leitor. Mas essa relação dialógica foi incompreendida por Hegel, para quem o fenômeno significava algo completa-

30 Ibid., p. 36 [L108].

31 "Artista algum concebe a arte de uma maneira excessivamente grandiosa, pois isso é impossível, mas há os que são suficientemente livres para se elevar acima daquilo que há de mais alto." Ibid., p. 33 [L87].

32 SCHLEGEL, Friedrich. *Philosophischer Vorlesungen*. (1800-1807). In: KA-XIII, p. 204.

mente diverso. O autor da *Fenomenologia do espírito* considerava a ironia romântica uma subjetividade sem substância, a mera expressão do subjetivismo vazio, e do aniquilamento de qualquer possibilidade de conhecimento do mundo. De acordo com o filósofo, "do alto da retórica mística de suas pequenas certezas, o irônico romântico contempla o mundo ao redor como quem despreza qualquer conhecimento".[33] Para Hegel, quem defendesse o ponto de vista dessa ironia romântica schlegeliana, segundo a qual tudo o mais não passava de uma substância vazia, observaria os outros de uma forma superior, como se sua verdade mística fosse inalcançável.[34] A leitura que Hegel faz da ironia romântica de Schlegel é, de certo modo, intermediada pelas considerações de outro filósofo, Karl Wilhelm Ferdinand Solger (1780-1819), cuja teoria sobre a ironia serve de base não apenas para as considerações hegelianas, mas influencia também grande parte da recepção do conceito. Segundo os escritos hegelianos, "Solger se apoderou do conceito de ironia romântica de Schlegel, e o levou até onde este não conseguira alcançar, pois se paralisara no mais extremo âmbito da subjetividade".[35] Além disso, Hegel afirmava que a ironia romântica era uma "figura que não apenas torna fútil todo conteúdo ético dos direitos e deveres, das leis, não é apenas o mal, o mal em si mesmo totalmente universal, mas também o saber desse mal".[36] O filósofo atacava o que considerava ser a "incorporação errônea da negatividade da filosofia de Fichte", acusando Schlegel de superficialidade, ausência de reflexão filosófica, e de não haver compreendido os conceitos fichtianos em sua teoria da ironia.[37] Em decorrência disso, Hegel possuía uma visão completamente crítica e negativa sobre a assimilação da ironia socrática à ironia romântica, imputando a Schlegel o fato de haver pervertido a "inocente ironia socrática".[38] Identificando a ironia com o sujeito fichtiano, Hegel não observara em sua crítica o duplo movimento do fenômeno, também descrito por Schlegel como um comércio interior do Eu consigo mesmo:

> É bem verdade, contudo, que a partir de Hegel a ironia foi durante muito tempo identificada com uma versão exacerbada do sujeito fichtiano, a qual aniquila e futiliza tudo o que este ainda conservava de moralmente relevante. E de certa forma, dependendo da ênfase, algumas passagens parecem corroborar essa leitura, quando se faz, por exemplo, a identificação da ironia com o entusiasmo, do gênio com o virtuosismo. Dizer, porém, que a ironia romântica é a presunção de uma individualidade que quer ocupar o lugar do sujeito absoluto significa esquecer que "ter gênio, ser um *daimon*" não constitui uma prerrogativa concedida a poucos, mas é "o estado natural do homem".

[33] HEGEL, Georg Wilhelm Friedrich. *Die Ironie. Von der Poesie im allgemeinen und ihrer Einteilung*. In: HASS, H. E.; MOHRLÜDER, G. A. (Orgs.) *Ironie als literarisches Phänomenon*. Köln: Kiepenheuer & Witsch, 1973, p. 348.

[34] Ibid., p. 347.

[35] WALZEL, Oskar. *Methode? Ironie bei Friedrich Schlegel und bei Solger*. In: SCHANZE, Helmut. (Org.). *Friedrich Schlegel und die Kunsttheorie seiner Zeit*. Darmstadt: Wissenschaftliche Buchgesellschaft, 1985, p. 91.

[36] HEGEL, G. W. F. apud SUZUKI, Márcio. *O gênio romântico. Crítica e história da filosofia em Friedrich Schlegel*, p. 152.

[37] WALZEL, Oskar, op. cit., 1985, p. 93.

[38] "Para inversão da verdade em aparência, a inocente ironia socrática teve de deixar que seu nome fosse pervertido." HEGEL, G. W. F. apud SUZUKI, Márcio. *O gênio romântico. Crítica e história da filosofia em Friedrich Schlegel*, p. 167, nota 3. Márcio Suzuki ainda aponta para a leitura negativa da ironia romântica que se constituiu após a crítica de Hegel: "A despeito de todo o esforço de Schlegel em aproximar uma da outra, a distinção hegeliana entre ironia socrática e ironia romântica fez escola". Ibid.

> A leitura hegeliana não leva em conta, talvez por desconhecimento dos textos, que a tendência à interiorização contida na ironia representa apenas uma de suas faces, que nada é sem o seu reverso: assim como a descoberta do demônio interior é a "escola para a universalidade [...]. Longe, pois, de ser o aniquilamento do outro, a ironia socrática é a preservação das diferenças em constante aperfeiçoamento mútuo graças ao diálogo permanente com o eu superior e à "paródia recíproca": quanto mais genialidade, tanto mais sentido para os outros; quanto mais compreensão dos outros, tanto mais desenvolvimento individual. A ironia se encontra no cruzamento dessas duas direções, e sua moralidade (*Sittlichkeit*) consiste em ser "ao mesmo tempo autonomia e amor, isto é, sentido para o universo.[39]

Mesmo muito tempo após as severas restrições impostas por Hegel aos românticos, suas palavras ainda ecoavam nos discursos mais diversos, desde Heinrich Heine até Kierkegaard. A compreensão hegeliana do conceito de ironia em Schlegel tem consequências negativas para a recepção de sua obra crítico-literária, sendo em parte responsável pela ausência de estudos aprofundados sobre Schlegel até praticamente meados do século XX. Da mesma forma que pode surgir em qualquer lugar, a ironia representa a possibilidade de um emergir da voz autoral em meio ao discurso. Discute-se a seguir como o Schlegel deduz o termo "parábase" do movimento do antigo teatro grego e o insere em sua teoria da ironia romântica.

Parábase

A ironia é uma parábase permanente.[40]

A assimilação da ironia socrática à ironia romântica foi uma das formas encontradas por Schlegel na criação de seu conceito de ironia romântica. Do mesmo modo, a incorporação de diversos *topoi* da tradição literária também faz parte desse esforço. Termos como "parábase", "bufão", ou ainda "bufonaria transcendental" auxiliam o crítico em sua transposição da ironia socrática para a ironia romântica. Segundo a tradição, o bufão era um dos personagens da *commedia dell'arte*, gênero de teatro popular que vigorou entre os séculos XVI e XVII na Europa. Esse tipo de encenação teatral foi desenvolvido principalmente na Itália medieval, onde grupos ou associações de artesões, os "arti", de onde o gênero deriva seu nome, apresentavam-se nas praças e nos mercados populares.[41] As aparições bufonescas tinham o

[39] SUZUKI, Márcio. *O gênio romântico. Crítica e história da filosofia em Friedrich Schlegel*, p. 165.
[40] SCHLEGEL, Friedrich. *Zur Philosophie. Philosophische Lehrjahre. 1796-1828.* In: KA-XVIII, p. 85, fragmento [668].
[41] CUDDON, J. A. *Dictionary of Literary Terms and Literary Theory*, p. 160. José Eduardo Vendramini afirma que, apesar de sua origem obscura, a *commedia dell'arte* influenciou mais tarde o teatro de grandes dramaturgos como Molière. VENDRAMINI, José Eduardo. "A *commedia dell'arte* e sua reoperacionalização". *Trans/Form/Ação*. Marília, v. 24, nffl 1, 2001, pp. 57 e 62.

intuito de entreter o público nessas feiras e praças, e de preparar a entrada em cena de outros atores, de modo que sua atuação era calcada no improviso e no arranjo espontâneo.[42] O bufão representava ainda o papel do dramaturgo, apontando para eventuais enganos ou excrescências na encenação. Ao atuar como o próprio autor, a figura do bufão personificava o deslocamento do âmbito da crítica para o centro da encenação. Schlegel deduz essa ideia da crítica realizada pelo bufão e a introduz em sua teoria da ironia romântica na qual passa a exemplificar também o desenvolvimento do discurso irônico.

No fragmento 42 da revista *Lyceum*, Schlegel acrescenta uma variação ao termo "bufão", introduzindo o conceito inusitado de bufonaria transcendental. O crítico afirma que "há poemas antigos e modernos que respiram, do início ao fim, no todo e nas partes, o divino sopro da ironia. Neles vive uma bufonaria realmente transcendental".[43] O adjetivo transcendental significa que nesse tipo de bufonaria a reflexão sobre o processo de criação artística ocupa o lugar central, assim como o Eu para a *Doutrina-da-ciência* de Fichte. A bufonaria transcendental indica o autor que reflete sobre seu *modus faciendi* de composição. O referido fragmento explicita também uma dupla operação realizada pela ironia romântica. Internamente, ela tem o sentido de problematização do artista sobre sua obra, e sobre o processo de criação literária, ou seja, é reflexão filosófica e crítico-literária, denominada por Schlegel como bufonaria transcendental. Já no exterior, em seu *modus* de exposição, é forma da ironia, descrita pelo crítico como a "maneira mímica [*mimische Manier*] de um bufão italiano costumeiro e bom".[44] Dito de outro modo, enquanto o bufão transcendental, em uma atitude filosófica,"se eleva acima de si mesmo, acima de sua própria arte, virtude ou genialidade", o bufão italiano comum, "ri de seus pensamentos excessivamente sérios, e não deixa, com isso, que o filósofo se afaste da vida".[45]

Outro conceito advindo da tradição literária e incorporado à concepção de ironia romântica de Schlegel é a parábase. Originária da comédia grega, encontrando-se presente nas comédias de Aristófanes (séc. IV a.C.), a palavra representa uma das seções da estrutura da comédia na qual o coro se dirige diretamente à audiência. Assim, enquanto parte da performance do coro na antiga comédia grega, a parábase geralmente ocorria próximo ao fim da encenação, quando o coro, despido das máscaras, se dirigia ao público.[46] A atuação do coro na parábase geralmente se dava através de falas que continham o ponto de vista do autor sobre temas como religião ou política, de modo que Schlegel a utiliza para definir também a presença autoral ou a reflexão crítica na criação literária. A ruptura na encenação realizada pelo coro na parábase é compreendida pelo crítico como uma atitude análoga ao

[42] Ibid.
[43] SCHLEGEL, Friedrich. *O dialeto dos fragmentos*, p. 26 [L42].
[44] Id. *Fragmente. Lyceum*. In: KA-II, p. 152 [42].
[45] SUZUKI, Márcio. *O gênio romântico. Crítica e história da filosofia em Friedrich Schlegel*, p. 171.
[46] CUDDON, J. A. *Dictionary of Literary Terms and Literary Theory*, p. 634.

emergir do autor a partir de sua obra.[47] Em razão de seu caráter atópico e fluido a ironia é como uma atitude espontânea do espírito, de modo que o autor não pode ter controle sobre ela.

Com o significado mais profundo de um emergir em meio à encenação ou na obra e arte literária, tanto o bufão italiano quanto o coro na parábase grega são uma espécie de instância crítica e autoral, representando a atitude reflexiva inserida pelo estudioso no centro de sua teorização. Essa relação foi denominada de "realmente dialética" por Schlegel, ao afirmar que o "realmente dialético tem seu campo de atuação lá onde a liberdade e a necessidade são o mais alto bem. Ali a ironia é tudo".[48] Mas para que o artista seja capaz de refletir e criar simultaneamente, e para que também possa representar a ironia como forma de exposição da arte em sua obra, uma série de movimentos do espírito é necessária.

Esses movimentos do espírito criador são denominados por Schlegel de autocriação (*Selbstschöpfung*), autolimitação (*Selbstbeschränkung*) e autoaniquilamento (*Selbstvernichtung*). A terminologia e a sistemática utilizadas por Schlegel para definir os modos de atuação do espírito criador no âmbito da arte são deduções que o crítico fez a partir de seus estudos da filosofia de Fichte.[49] Por meio do procedimento irônico, a criação artística pode elevar-se a uma consciência superior, a um pensar elevado à segunda potência, na terminologia fichtiana, o qual permite uma instância privilegiada para a reflexão. A ironia romântica caracteriza-se por possibilitar esse "pensar sobre o pensar", e a teoria de arte romântica, como explicitou Walter Benjamin, "repousa sobre a determinação do medium-de-reflexão enquanto arte, ou, melhor dizendo, enquanto Ideia da arte".[50]

A autolimitação surgida da relação recíproca entre a autocriação e o autoaniquilamento é igualmente responsável pelo distanciamento estético necessário para a reflexão, e para a construção de sentido na criação artística, já que "sentido é autolimitação, ou seja, um resultado de autocriação e autoaniquilamento".[51] Elementos essenciais no processo criativo, autocriação, autolimitação e autoaniquilamento determinam a apreciação de uma obra de arte literária para Schlegel. O crítico afirma que o que não se aniquila não tem valor. O termo "autoaniquilar" também é utilizado em diversos fragmentos de Schlegel como sinônimo de ironizar, o que pode parecer uma tautologia, já que o autoaniquilamento é um dos processos da

[47] BEHLER, Ernst. *Ironie und literarische Moderne*, p. 108.

[48] SCHLEGEL, Friedrich. *Philosophische Fragmente*. In: KA-XVIII, p. 393, fragmento [878].

[49] BEHLER, Ernst. *Ironie und literarische Moderne*, p. 110.

[50] BENJAMIN, Walter. *O conceito de crítica de arte no romantismo alemão*. Trad. Márcio Seligmann-Silva. São Paulo: Iluminuras, 2011, p. 94.

[51] "Sentido é autolimitação, ou seja, um resultado de autocriação e autoaniquilamento." SCHLEGEL, Friedrich. *Fragmentos sobre poesia e literatura seguido de Conversa sobre poesia*, p. 117 [207]. Schlegel traz concepção similar no fragmento [28] do *Lyceum*: "Sentido [para uma arte, ciência, um homem particular etc.] é espírito dividido; autolimitação, resultado, portanto, de autocriação e autoaniquilamento". SCHLEGEL, Friedrich. *O dialeto dos fragmentos*, p. 24 [L28].

denominada ironia romântica.[52] Em diversos fragmentos em que trata da história da literatura, Schlegel cita o autoaniquilamento histórico da poesia clássica, enquanto na poesia progressiva o crítico concebe um sistema de autocriação e autoaniquilamento que se repete no ato de criação.[53] Para o autor de *Lucinde*, o processo irônico de autolimitação é muito valoroso, pelo fato de elevar o artista e sua criação, evitando a cegueira e o dogmatismo:

> Com isso, desconhecerá o valor e a dignidade da autolimitação, que é porém, tanto para o artista quanto para o homem, aquilo que há de primeiro e último, o mais necessário e o mais elevado. O mais necessário: pois em toda parte em que alguém não limita a si mesmo, é o mundo que o limita, tornando-se, com isso, um escravo. O mais elevado: pois só se pode limitar a si próprio nos pontos e lados em que se tem força infinita, autocriação e autoaniquilamento [...].[54]

A partir dos mecanismos de autocriação, autoaniquilamento e autolimitação, a atitude irônica se assemelha à contemplação desinteressada do filósofo Sócrates. No movimento de se alçar por sobre si mesmo em sua criação, o artista é movido pela energia reflexiva do bufão transcendental e pela leveza do bufão comum. Essa parábase permanente é um instrumento importante na busca pela ação recíproca entre os modos de ação do artista, que "contém e excita um sentimento do conflito insolúvel entre o condicionado, da impossibilidade e necessidade de uma comunicação total".[55] Enquanto consciência crítica e liberdade de espírito, a ironia é igualmente necessária para o processo artístico, pelo fato de ser "a mais livre das licenças, pois através dela se poderia ir além de si mesmo".[56] Através da ironia romântica ocorre um deslocamento intencional da representação mimética, que é, em si, essencial para a literatura moderna. Ao deslocar os sentidos de um texto, a ironia romântica pode provocar grandes problemas para a exegese literária, já que se torna muito difícil determinar o pleno significado de certos trechos com alguma exatidão. A escolha muitas vezes proposital de se ocultar por detrás das estratégias do *eiron*, como ocorre em Miguel de Cervantes, contribui para tornar uma obra clássica, na opinião de Schlegel. A ironia romântica relaciona-se ainda a outro problema muito importante para a crítica de literatura moderna: a ininteligibilidade. A questão da incompreensibilidade de certos aspectos do texto literário fundamenta e diferencia a hermenêutica de Schlegel daquela postulada por Schleiermacher. Ao

[52] "Um escrito filosófico não pode acabar de modo algum com mera retórica. A conclusão deve ser feita pela ironia (aniquilando ou ironizando)." SCHLEGEL, Friedrich. *Fragmentos sobre poesia e literatura (1797-1803) seguido de Conversa sobre poesia*, p. 197 [833]. Do mesmo modo, Schlegel afirma que "apenas um sistema é, na verdade, uma obra. Qualquer outro escrito não é capaz de concluir, apenas cortar, ou cessar; eles sempre terminam de uma forma necessariamente aniquiladora ou irônica". Ibid., p. 205 [902].

[53] "A poesia clássica se autoaniquilou historicamente; a poesia sentimental de Shakespeare também se autoaniquilou totalmente. Apenas a poesia progressiva não; isto é, ela se autoaniquila, mas, logo em seguida se autocria novamente." SCHLEGEL, Friedrich. *Fragmentos sobre poesia e literatura (1797-1803) seguido de Conversa sobre poesia*, p. 108 [150].

[54] Id. *O dialeto dos fragmentos*, p. 25 [L37].

[55] Ibid., p. 36 [L108].

[56] Ibid.

contrário de Schleiermacher, Schlegel não vê problema algum na obscuridade de certos trechos, e postula que é parte integrante da linguagem a busca impossível pela comunicação total. O romântico chegava mesmo a acreditar que "em geral não entender não provém da falta de entendimento, mas da falta de sentido".[57] A literatura que reflete sobre ela mesma, problematizando o próprio fazer literário e a condição humana, que na época romântica parecia ser um produto do caráter excêntrico dos irmãos Schlegel, torna-se uma *conditio sine qua non* dos textos da modernidade. Em sua obra *O conceito de crítica de arte no romantismo alemão*, ao discutir as razões que o levaram a tomar a teoria de Schlegel como a de todo o grupo romântico, Walter Benjamin aponta para o fato de que o fará em razão de seu caráter representativo, mas adverte sobre a incompreensibilidade das teorias de Schlegel até mesmo para seus amigos: "Não que todos os primeiros românticos tivessem concordado com ela, ou simplesmente a levassem em conta: Friedrich Schlegel, também para seus amigos, permaneceu muitas vezes incompreensível".[58] A seguir se verá como a incompreensão em torno de seus escritos leva Schlegel a discutir as bases mesmas do problema da ironia e da ininteligibilidade.

Ironia e ininteligibilidade

A crítica literária de Friedrich Schlegel integra uma nova maneira de compreensão dos fenômenos literários que surge ao final do século XVIII, quando a atividade de exegese crítico-literária deixa de se fundamentar em normas e dogmas atemporais, e passa a contemplar a obra de arte levando em consideração seus aspectos intrínsecos, a relação entre as partes e o todo, bem como o contexto histórico. Assim, entender um autor implica compreender a letra de sua obra, mas significa igualmente intuir – através de uma crítica divinatória e genial – o que se encontra entre a letra e o espírito. A ironia romântica deve auxiliar na visão da relação orgânica entre as partes da obra e seu conjunto, já que "a intuição do todo é a primeira condição do entendimento".[59] Schlegel chama de "cíclico" o processo de estudo de uma obra a partir da observação das relações entre as partes e o todo. Para o estudioso, através da leitura cíclica de um texto é possível intuir a intenção, a tendência e o ideal da obra literária. Em seus *Fragmentos sobre poesia e literatura*, Schlegel define o método cíclico de leitura como a busca pelo sentido filológico, um

[57] Ibid., p. 58 [A78].

[58] BENJAMIN, Walter. *O conceito de crítica de arte no romantismo alemão*, p. 22.

[59] "A primeira condição de todo entendimento, assim como o entendimento de uma obra de arte é a intuição do todo." SCHLEGEL, Friedrich. *Lessings Gedanken und Meinungen* (1804). In: KA-III, p. 56.

amor pela palavra, entusiasmo, sensibilidade.[60] Jure Zovko sustenta que se deve usar com a obra de Schlegel a mesma metodologia defendida pelo crítico em seus estudos sobre filosofia da filologia, isto é, contemplar a obra a partir de uma leitura cíclica, considerando a relação entre as partes, mas sempre com a intuição do todo, no sistema das obras de um autor, através de uma intuição que se dá sobretudo pela ironia.[61]

A discussão sobre a intuição do todo da obra e o *topos* da importância da ironia romântica no desenvolvimento do sentido para a arte indicam que Schlegel considerava a ironia comouma forma elevada de consciência, como o chiste, ou seja, enquanto espírito reflexivo e faculdade filosófica específica. Entre os aspectos que caracterizam a teorização crítico-literária schlegeliana se encontra a questão da ininteligibilidade da obra literária. Na concepção de hermenêutica desenvolvida pelo romântico é necessário observar que é inerente à comunicação humana algum resquício de ininteligibilidade, pois, "todos os artistas e sábios concordam que o que é mais elevado é indizível".[62] O problema da ininteligibilidade e sua relação com a ironia foi tratado pelo crítico em um escrito do ano de 1800. Com o intuito irônico de auxiliar àqueles que tinham certa dificuldade em compreender seus fragmentos e que consideravam seu estilo hermético e enigmático, Schlegel publica *Da ininteligibilidade* (*Über die Unverständlichkeit*), texto no qual realiza uma classificação sistemática da ironia. De acordo com sua taxonomia irônica da ironia, o fenômeno compreende desde a ironia grosseira ou rude (*Grobe Ironie*); a ironia fina ou delicada (*die feine oder die delikate Ironie*); a ironia extrafina (*die extrafeine*); a ironia séria (*redliche Ironie*); a ironia dramática (*die dramatische Ironie*); a ironia dupla (*die doppelte Ironie*); até chegar à ironia da ironia (*die Ironie der Ironie*).[63] Através dessa tentativa irônica de classificar os possíveis tipos de ironia Schlegel chega à conclusão de que a falta de entendimento integra a comunicação humana, de modo que "a ininteligibilidade não é mesmo tão reprovável e ruim".[64] De um modo extremamente irônico e jogando com as palavras alemãs *Verstand* (entendimento, compreensão) e *Unverstand* (ininteligibilidade, incompreensão), Schlegel postula sua verdadeira aversão a qualquer forma de incompreensão, seja a dos leigos ou a dos entendidos sobre algum assunto:

> O bom senso, o qual se deixa levar de tão bom grado pelo fio condutor das etimologias, desde que elas estejam bem próximas, poderia facilmente ser levado a supor que o motivo do que é incompreensível (*Unverständlichen*) repousa na incompreensão (*Unverstand*). Ocorre que tenho a particularidade de realmente não suportar a incompreensão, inclusive a incompreensão dos que não compreendem, e menos ainda a incompreensão dos que compreendem.[65]

[60] Id. *Fragmentos sobre poesia e literatura (1797-1803) seguido de Conversa sobre poesia*, p. 32 [148].
[61] ZOVKO, Jure. *Friedrich Schlegel als Philosoph*. Paderborn: Ferdinand Schöningh, 2010, p. 35.
[62] SCHLEGEL, Friedrich. *Lessings Gedanken und Meinungen (1804)*. In: KA-III, p. 100.
[63] Id. *Über die Unverständlichkeit*. In: KA-II, p. 369.
[64] Id. *Über die Unverständlichkeit*. In: KA-II, p. 370.
[65] Ibid., p. 362.

De certo modo, a ironia utilizada por Schlegel no escrito *Da ininteligibilidade* serve igualmente ao propósito de questionar a suposta transparência da linguagem, ou seja, a convicção de que através da linguagem seria possível a comunicação total da verdade, sem interferência da própria linguagem, do interlocutor ou do receptor. Em um de seus fragmentos da revista *Athenäum*, o crítica afirma que "o meio mais seguro de ser ininteligível ou, antes, de ser mal entendido, é quando se usam as palavras, especialmente as das línguas mais antigas, em seu sentido original".[66] A ironia do fragmento demonstra toda a desconfiança de Schlegel na possibilidade de comunicação plena, manifesta no texto sobre a ininteligibilidade através da expressão "sem inclinação para o misticismo".[67] O termo "misticismo" surge aqui como uma crítica à crença na comunicabilidade total e irrestrita que teria afetado toda a história da filosofia, a qual depende de condições ideais "onde se poderia transmitir o conteúdo integral de uma doutrina".[68] Com a questão da ininteligibilidade surgem novas formas de exegese crítico-literária, as quais não se pautam mais pela necessidade de se estabelecer o sentido único ou exclusivo do texto, mas em apontar, entre outros fatores, para o que o estudioso chama de impressão absoluta da obra de arte literária.

A evidência de que certos aspectos das obras de literatura podem ser ininteligíveis deixa de ser uma barreira para a exegese crítico-literária, pois "é esse resíduo de incompreensão que garante a própria comunicação".[69] Para ser capaz de compreender o que se situa entre a letra e o espírito de um texto, o estudioso de literatura deve considerar que na comunicação humana sempre resta "algum resíduo, mínimo que seja, de mal-entendido".[70] É por essa razão que Schlegel afirma "que não se deve procurar entender apenas os belos trechos da obra, mas sua relação com o todo".[71] O crítico acreditava que o específico da linguagem era que ela, acima de tudo, "se ocupa consigo mesma".[72] Ao indicar a relação entre a ininteligibilidade e a ironia, Schlegel aponta para o fato de que a linguagem é antes de tudo um jogo de signos onde muitas vezes "as palavras se entendem melhor a si mesmas que aqueles pelas quais são empregadas".[73] Além de problematizar a hermenêutica tradicional, a teorização de Schlegel sobre a ininteligibilidade indica que apenas

[66] Id. *O dialeto dos fragmentos*, p. 49 [A19]

[67] Id. *Über die Unverständlichkeit*. In: KA-II, p. 363.

[68] SUZUKI, Márcio. "Sobre música e ironia". *Revista Dois Pontos*. Curitiba/São Carlos, v. 4, n. 1, 2007, p. 181.

[69] Ibid., p. 182.

[70] Ibid.

[71] SCHLEGEL, Friedrich. *Abschluß des Lessing-Aufsatz*. In: KA-II, p. 410.

[72] Em um de seus escritos chamado *Monólogo*, Novalis aponta apara o caráter arbitrário da linguagem: "O que se passa com o falar e escrever é propriamente uma coisa maluca; o verdadeiro diálogo é um mero jogo de palavras. Só é de admirar o ridículo erro: que as pessoas julguem falar em intenção das coisas. Exatamente o específico da linguagem, que ela se aflige apenas consigo mesma, ninguém sabe. Por isso ela é um mistério tão prodigioso e fecundo – de que quando alguém fala apenas por falar pronuncia exatamente as verdades mais esplêndidas, mais originais. Mas se quiser falar de algo determinado, a linguagem caprichosa o faz dizer o que há de mais ridículo e arrevesado. Daí nasce também o ódio que tem tanta gente séria contra a linguagem". HARDENBERG, Friedrich von. (Novalis). *Pólen. Fragmentos, diálogos, monólogos*, p. 195.

[73] SCHLEGEL, Friedrich. *Über die Unverständlichkeit*. In: KA-II, p. 364.

através da compreensão da intenção do autor é possível estabelecer a impressão absoluta da obra. Demonstrando que a ironia romântica é clareza de consciência e beleza lógica, e se assemelha à intuição intelectual, Schlegel aponta para seu caráter reflexivo, em razão do qual o crítico afirma ser a filosofia o lugar da ironia:

> A filosofia é a verdadeira pátria da ironia, que se poderia definir como beleza lógica: pois onde quer que se filosofe em conversas faladas ou escritas, e apenas não de todo sistematicamente, se deve obter e exigir ironia; e até os estoicos consideravam a urbanidade uma virtude. Também há, certamente, uma ironia retórica que, parcimoniosamente usada, produz notável efeito, sobretudo na polêmica; mas está para a sublime urbanidade da musa socrática, assim como a pompa do mais cintilante discurso artificial está para uma tragédia antiga em estilo mais elevado. Nesse aspecto, somente a poesia pode também se elevar à altura da filosofia, e não está fundada em passagens irônicas, como a retórica. Há poemas antigos e modernos que respiram, do início ao fim, no todo e nas partes, o divino sopro da ironia. Neles vive uma bufonaria realmente transcendental. No interior, a disposição que tudo supervisiona e se eleva infinitamente acima de todo condicionado, inclusive a própria arte, virtude ou genialidade; no exterior, na execução, a maneira mímica de um bom bufão italiano comum.[74]

A teorização schlegeliana sobre a ironia romântica aproxima os âmbitos da poesia e da filosofia, da crítica e da criação literária, demonstrando as artimanhas do narrador e a problemática questão sobre a necessidade e a impossibilidade de comunicação. Atitude séria e reflexiva do bufão transcendental e brincadeira do bufão comum, "a ironia não é nem somente elevação ao transcendental, nem somente riso comum, mas as duas coisas ao mesmo tempo".[75] Colocando-se em sintonia com teorias modernas, Schlegel chama o fenômeno irônico de beleza lógica e afirma que "a ironia é a forma do paradoxo. Paradoxo é tudo aquilo que é ao mesmo tempo bom e grande".[76] Nesse mesmo sentido, o estudioso indica que a ironia é o âmbito da clareza de consciência e da agilidade da mente, engenhosidade momentânea, *Witz-Blitz* do espírito chistoso em um momento epifânico de criação artística. Trata-se então de um dos modos de ação do espírito, o qual, através da reflexão infinita no medium-de-reflexão que é a arte, como indicado por Walter Benjamin, "parece fantasiar agradavelmente sobre si mesmo".[77]

[74] Id. *O dialeto dos fragmentos*, p. 26 [L42].

[75] SUZUKI, Márcio. *O gênio romântico. Crítica e história da filosofia em Friedrich Schlegel*, p. 180.

[76] SCHLEGEL, Friedrich. *O dialeto dos fragmentos*, p. 28 [L48].

[77] Ibid., p. 131 [418]. "A arte é uma determinação do medium-de-reflexão, provavelmente a mais fecunda que ele recebeu. A crítica de arte é o conhecimento do objeto neste medium-de-reflexão." BENJAMIN, Walter. *O conceito de crítica de arte no romantismo alemão*, p. 71.

3. CARACTERIZAÇÃO

Caracterização: A obra de arte crítico-literária[1]

> Assim como os homens não são capazes de abranger tudo com sua visão, também suas palavras, discursos e escritos podem significar algo que eles próprios não tiveram a intenção de dizer ou escrever, e, portanto, quando se busca compreender seus escritos, pode-se chegar a pensar e, com razão, em coisas que aos autores não ocorreram.
>
> *Johann Martin Chladenius*[2]

> A caracterização é um mimo crítico.
>
> *Friedrich Schlegel*[3]

Através da caracterização crítico-literária, a denominada *Charakteristik*, Schlegel busca concretizar a máxima de que um texto crítico-literário deve ser ele mesmo uma obra de arte, isto é, um complemento da criação artística, tornando a poesia mais poética e a crítica ainda mais crítica. Instrumento de reflexão sobre a literatura, a caracterização deve favorecer uma visão do todo da obra, de modo a estabelecer se ela alcançara seu ideal. Para tal fim, o crítico observa diversos aspectos: o contexto histórico da obra, a tradição literária; os elementos estéticos, estilísticos, linguísticos, filológicos, biográficos; a relação entre as partes e o todo da obra; e o lugar do escrito entre as outras criações do autor. Aliado aos aspectos formais, estruturais, e a matéria tratada, a caracterização leva igualmente em consideração algo que transita entre a letra e o espírito da obra. Entre as principais caracterizações de Schlegel encontram-se: a resenha sobre *Os anos de aprendizado de Wilhelm Meister*, romance de Johann Wolfgang Goethe, também conhecida como *Über Meister*, ou *Meister-Aufsatz*; a caracterização sobre as obras de Giovanni Boccaccio: *Nachricht von den poetischen Werken des Johannes Boccaccio* [Relato sobre as obras poéticas de

[1] Uma versão do presente capítulo foi publicada na revista *Pandaemonium Germanicum*, v. 18, n. 25, 2015.

[2] CHALDENIUS, Johann Martin. *Introdução à interpretação correta de discursos e escritos racionais* apud GADAMER, Hans-Georg. *Verdade e método-I. Traços fundamentais de uma hermenêutica filosófica*, p. 253.

[3] SCHLEGEL, Friedrich. *Fragmentos sobre poesia e literatura (1797-1803) seguido de Conversa sobre a poesia*, p. 170 [624].

Giovanni Boccaccio]; a caracterização sobre Forster: *Georg Forster, Fragment einer Charakteristik der deutschen Klassiker* [Georg Forster, fragmento de uma caracterização do clássico alemão]; e, finalmente, a caracterização sobre Gotthold Ephraim Lessing: *Über Lessing* [Sobre Lessing].[4]

O termo *Charakter* advém do francês *caractère*, que, por sua vez, tem origem no grego *charaktér*, uma variação de *charássein*, que significa "cunhar", "marcar", "designar".[5] A palavra já possuía em grego um sentido literal e outro abstrato, isto é, ao mesmo tempo que tinha o significado de "marcar" algo, também denotava "marca moral", uma "qualidade principal" de um homem.[6] Na época romântica, o termo tinha a acepção de "sinal diferenciador" (*Unterscheidendes Merkmal*), o que indica que Schlegel utilizou um termo da tradição histórica ou literária, inserindo-o no contexto de sua teorização crítico-literária.[7] Assim, em sintonia com a acepção original do termo "caráter", a caracterização schlegeliana tem uma relação íntima com a determinação da "marca característica" da obra literária, apontando os traços singulares da obra e do autor. Por outro lado, o nome pode ter sido uma influência advinda do âmbito das artes plásticas, onde a palavra *Charakter* se aproxima de "arte do retrato" [*Porträtkunst*], ou seja, a arte de delinear ou retratar as singularidades de alguém.[8] Todavia, a mais provável razão para a escolha da denominação "caracterização" por Schlegel advém da tradição filosófica e literária encontrada pelo crítico nas obras de Teofrasto, Casaubon, La Bruyère, Joseph Hall e Shaftesbury, entre outros. Em *Les caractères* (1670), Jean de La Bruyère (1645-1696), retoma a tradição de criar retratos sociais ou de costumes que surgira ainda na Antiguidade com o filósofo grego Teofrasto (c. 370-288 a.C.), cujo nome verdadeiro era Tírtamo de Ereso.[9]

A caracterização de perfis sociais inaugurada por Teofrasto é retomada pelo humanista Isaac Casaubon (1559-1614), que, ainda no ano de 1592, publica *Prolégomènes à l'édition des Caractéres de Théophraste*, cuja influência sobre Joseph Hall (1574-1656) e sua obra *Characters of Vertues and Vices* (1608) espalha o gênero

[4] As caracterizações de Friedrich Schlegel foram publicadas nos anos de 1796 [*Caracterização sobre o Woldemar, de Jacobi*]; 1797 [*Caracterização sobre Georg Forster*]; 1797 [*Caracterização de Lessing*]; 1798 [*Caracterização do Wilhelm Meister, de Goethe*]; 1801[*Caracterização sobre as obras poéticas de Giovanni Boccaccio*]. Todas essas caracterizações encontram-se inseridas no volume II da *Kritische Friedrich Schlegel Ausgabe*, KA-II.

[5] KLUGE, Friedrich. *Etymologisches Wörterbuch der deutschen Sprache*. Berlim/Nova York: Walter de Gruyter, 2002, p. 167.

[6] Ibid.

[7] ADELUNG, Johann Chistoph. *Grammatisch-Kritischen Wörterbuch der Hochdeutschen Mundart*. Wien: Bauer Verlag, 1811, p. 1321. THIBAUT, M. A. *Wörterbuch der französichen und deutschen Sprache*. Braunschweig: Georg Westermann, 1804, p. 89. Dorit Messlin defende a tese de que a caracterização de Schlegel remonta à busca grega pela determinação do éthos na obra de arte. Para o autor, Schlegel buscava concretizar sua filosofia moral em suas caracterizações. Cf. MESSLIN, Dorit. *Antike und Moderne. Friedrich Schlegels Poetik, Philosophie und Lebenskunst*. Berlim/Nova York: Walter de Gruyter, 2011, p. 364.

[8] EICHNER, Hans. *Einleitung. Die Athenäums-Fragmente*. In: KA-II, p. XLVII.

[9] BURY, Emmanuel. *Introdution et notes*. In: LA BRUYÈRE, Jean de. *Les caractères ou les moeurs de ce siècle*. Paris: Librairie Générale Française, 1995, p. 15.

da caracterização por toda a literatura europeia.[10] É nessa tradição que se insere igualmente outra obra que provavelmente serviu de inspiração a Schlegel, o escrito de Anthony Ashley Cooper, 3ffl Conde de Shaftesbury (1671-1713), intitulado *Characteristicks of Men, Manners, Opinions and Times*, obra que teve treze edições até o ano 1790.[11] Após as diversas edições da obra de Shaftesbury o termo foi incorporado ao léxico crítico-literário, de modo que, na época de Schlegel, ele já possuía o significado de "descrição de um quadro, situação, exposição e delineação das qualidades de uma pessoa ou obra".[12]

A análise das caracterizações de Schlegel demonstra que esse tipo de exegese crítico-literária não se atém a um objeto único, podendo abarcar uma obra (*Wilhelm Meister, Woldemar*); um conjunto de obras (*Relato sobre as obras poéticas de Giovanni Boccaccio*); a produção crítica (ou política) de um autor (*Georg Forster, Lessing*); e até mesmo um panorama da poesia (*A poesia antiga e a poesia moderna*). O caráter inédito da caracterização enquanto discurso sobre a literatura reside tanto na busca por algo além do que está "dado" no texto literário, ou seja, sua tendência, seu ideal, quanto no estabelecimento de modernos preceitos de crítica literária. Entre os aspectos inovadores desse tipo de exegese está a observação dos fenômenos de literatura em relação ao tempo histórico e os fatores político-sociais nos quais a obra se insere. Essa forma de crítica é inteiramente inovadora para a época de Schlegel. Ao postular que o ideal imanente à própria obra deve ser compreendido em sua relação recíproca com fatores extrínsecos, tais como as instituições sociais e políticas de uma época (como afirma sobre a comédia de Aristófanes), Schlegel inaugura uma tradição seguida por críticos como Arnold Hauser, Erich Auerbach, Leo Spitzer, Damaso Alonso, entre outros. De modo semelhante a outros aspectos de sua teoria de literatura, a caracterização revela o esforço de Schlegel por estabelecer uma crítica universalmente válida. Em alguns de seus *Fragmentos sobre poesia e literatura*, o estudioso busca sistematizar o gênero através de um esquema que denomina "dedução das categorias críticas, ou, filosofia da caracterização".[13] Nessa espécie de concepção arquitetônica da crítica literária, o autor de *Lucinde* divide a *Charakteristik* em tópicos. O esquema tem o intuito de classificar as categorias que devem ser consideradas na análise de uma obra de arte literária. Assim o fundamento da caracterização schlegeliana é o estabelecimento do "caráter" ou "essência" da obra:

[10] LA BRUYÈRE, Jean de. *Les caractères ou les moeurs de ce siècle*, p. 15; FAURITE, Frederic. *L'heritage des satiristes latins Horace et Juvenal dans Les caractères de La Bryuère*. Grenoble: Université Stendhal, 2011, p. 17.

[11] "Os escritos de Shaftesbury tiveram grande papel no desenvolvimento do conceito de belo na Alemanha, onde era considerado como Leibniz e Espinosa. Sua influência pode ser encontrada nos escritos de Lessing, Schiller, Goethe, Kant, Wieland e Herder." SHAFTESBURY, Anthony Ashley Cooper. *Characteristicks of Men, Manners, Opinions, Times*. Org. Philip Ayres. Oxford: Clarendon Press, 1999, p. XXVIII.

[12] BERNSTEIN, John Andrew. *Shaftesbury, Rousseau and Kant. An Introduction to the Conflict between Aesthetic and Moral Values in Modern Thought*. Londres: Associated University Press, 1980, p. 42.

[13] SCHLEGEL, Friedrich. *Fragmentos sobre poesia e literatura (1797-1803) seguido de Conversa sobre poesia*, p. 163 [567].

> O essencial, a parte substancial de uma obra de arte (o núcleo de sua existência) é o elemento para onde tudo aponta. É de lá que surge a obra, a razão de seu existir, bem como o fim último e a primeira razão do todo. A caracterização necessita de algo como uma geografia, um esqueleto da obra; precisa de uma arquitetura estética da obra, sua essência, seu tom, e, finalmente, uma gênese psicológica, a razão de seu surgimento pelas leis e condições da natureza humana.[14]

Essa análise crítica, filológica, filosófica, histórica, estilística – pois a caracterização observa igualmente os detalhes linguísticos e estilísticos de um autor, como é o caso da caracterização de Boccaccio – deve se constituir em uma criação em segunda potência, sendo, ao mesmo tempo, crítica e crítica da crítica. Esses aspectos demonstram a singularidade do sistema crítico-literário de Schlegel, principalmente se for levado em consideração as poéticas normativas que vigoraram até pouco tempo antes de suas caracterizações. Ocupando a posição central nesse sistema encontra-se a essência da obra analisada, que para o crítico deve ser a primeira coisa a ser encontrada pelo crítico e caracterizador.[15] Partindo dessa posição central ocupada pela essência [*Wesen*] ou caráter [*Charakter*] da obra, o crítico deve então analisar os aspectos intrínsecos e extrínsecos, ou seja, os elementos inerentes à obra, e sua inserção no contexto histórico e social em que foi produzida. Subordinados à essência ou caráter central da obra, o espírito e a letra são níveis hierárquicos com os quais outros elementos estão relacionados, conforme é possível observar no quadro:

Quadro 1 – Dedução das categorias críticas na filosofia da caracterização

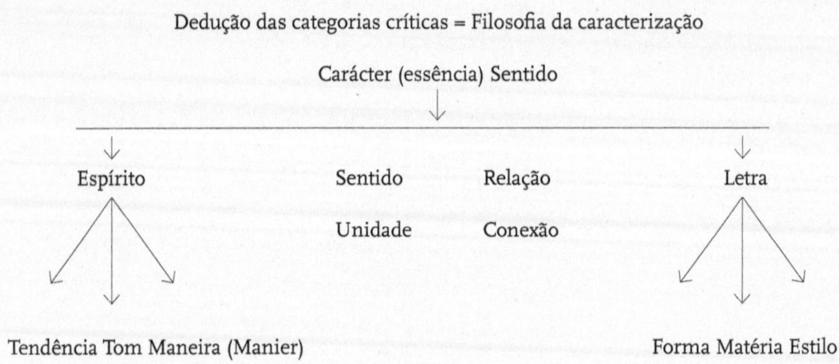

De acordo com o quadro acima, a tendência da obra, o tom e a maneira estão subordinados ao espírito, enquanto a forma, a matéria e o estilo se subsumem à letra do fenômeno literário.[16] Schlegel também chama esses elementos de "estru-

[14] Id. *Fragmente zur Poesie und Literatur.* [I] In: KA-XVI, p. 9, fragmento [24].

[15] Id. *Fragmentos sobre poesia e literatura (1797-1803) seguido de Conversa sobre poesia*, p. 163 [567].

[16] "O espírito de uma obra é sempre algo indeterminado, e, assim, incondicionado. Espírito é unidade e totalidade determinada de uma maioria indeterminada de singularidades incondicionadas. Tom é uma unidade indeterminada

tura secundária".[17] Entre a letra e o espírito da obra caracterizada, o crítico ainda insere o sentido, a unidade, a relação e a conexão.[18] Apesar da estrutura formal desse organograma, o qual divide a caracterização entre espírito e letra, Schlegel assevera em diversos trechos de sua obra que a caracterização de uma obra necessita de uma crítica divinatória, que possa levar em consideração algo que se move entre esses dois âmbitos. Assim, elementos como a tendência e o ideal não podem ser derivados apenas de um dos lados da obra, isto é, somente de sua letra ou de seu espírito, mas de uma aproximação recíproca entre os dois âmbitos. Outro aspecto interessante da filosofia da caracterização schlegeliana é o fato de que essa forma de crítica contempla um ponto de vista comum e outro transcendental.[19] Em analogia ao bufão comum e o transcendental, os quais atuam através da atitude irônica, o crítico e caracterizador deve problematizar a obra de arte literária e, ao mesmo tempo, refletir de um modo autocrítico sobre sua própria atividade.[20] A caracterização também se diferencia de outros gêneros crítico-literários, como a resenha, por seu caráter divinatório, pois, segundo o estudioso, a resenha se ocupa com obras de seu tempo, enquanto a caracterização também deve buscar o estabelecimento de algo que ainda inexiste, ou que se encontra ainda em tendência:

> Uma caracterização é uma obra de arte da crítica, um *visum repertum* da filosofia química. Uma resenha é uma caracterização aplicada ou que se aplica em vista do estado atual da literatura e do público. Panoramas, anais literários, são somas ou séries de caracterizações. Paralelos são grupos críticos. Da junção de ambos nasce a seleção de clássicos, o sistema cósmico crítico para uma dada esfera da filosofia ou poesia.[21]

A tentativa de definir a individualidade da obra literária transforma a caracterização em uma extensão, um complemento da literatura. Esse fato pode ser observado na afirmação de que apenas indivíduos podem e devem ser caracterizados, pois, "tudo o que deve ser criticado tem de ser um indivíduo, mas a individualidade não deve ser exposta na caracterização de modo histórico, mas de modo mímico".[22] O crítico se questiona sobre a possibilidade de se caracterizar outra coisa que não

de especificidades. Forma é uma totalidade de limites absolutos. Matéria é uma parte da realidade absoluta, Escritos clássicos, enquanto tais, não têm tom, apenas estilo." SCHLEGEL, Friedrich. *Fragmentos sobre poesia e literatura (1797-1803) seguido de Conversa sobre poesia*, p. 148 [443]. Em outro fragmento, Schlegel faz uma relação dos itens que compõem o caráter: "*Caráter* é espírito, tom, forma, matéria, estilo e tendência juntos." Ibid., p. 148 [445].

[17] "Na caracterização que escreveu sobre o *Wilhelm Meister*, Schlegel afirma que tudo o que o poeta pensou ou realizou [...] e mesmo o mais fino traço da estrutura secundária parece existir por si." SCHLEGEL, Friedrich. *Über Goethes Meister.* In: KA-II, p. 132.

[18] Id. *Fragmentos sobre poesia e literatura (1797-1803) seguido de Conversa sobre poesia*, p. 163 [567].

[19] "O caracterizar unifica os pontos de vista comum e transcendental, como a estética de Fichte." Id. *Philosophische Lehrjahre. Zur Philosophie* [IV]. In: KA-XVIII, p. 294, fragmento [1190].

[20] Por essa razão, o autor de *Lucinde* afirma que a "caracterização era um experimento crítico". SCHLEGEL, Friedrich. *Vermischte Gedanken*. In: KA-XVIII, p. 141, fragmento [224]. Sobre a atividade do bufão comum e o bufão transcendental, ver o capítulo sobre a ironia na presente tese (capítulo 4). Ver também: SUZUKI, Márcio. *O gênio romântico. Crítica e história da filosofia em Friedrich Schlegel*, pp. 180-181.

[21] SCHLEGEL, Friedrich. *O dialeto dos fragmentos*, p. 140 [A439].

[22] Id. *Fragmentos sobre poesia e literatura (1797-1803) seguido de Conversa sobre poesia*, p. 163 [634].

indivíduos.[23] Na terminologia de Schlegel, a concepção de indivíduo pode significar um ser humano, uma obra, um trecho de obra, uma personagem, ou mesmo um conjunto de obras. Mas, de acordo com o crítico, apenas indivíduos clássicos, fossem eles obras ou homens, deveriam ser o assunto da caracterização. O mesmo ideal de indivíduo se aplica ao ideal de crítico para Schlegel. Inspirando-se na questão dos movimentos do Eu na filosofia de Fichte, o romântico afirma que apenas aquele que é ele mesmo e ao mesmo tempo outra pessoa será capaz de caracterizar uma obra individual. Assim, o crítico caracterizador deve igualmente ser capaz de compreender todo o desenvolvimento de uma obra, descrevendo cada passo de sua formação, pois "caracterizar significa compreender profundamente um assunto, uma obra, entendendo seu espírito".[24] É espantosa a descrição de Schlegel sobre as disposições de espírito e habilidades que esse novo crítico de literatura deve possuir:

> O bom crítico e caracterizador (*Charakteristiker*) deve ser fiel e observar de modo escrupuloso e diversificado como o físico, mensurar de modo preciso como o matemático, classificar detalhadamente como o botânico, desmembrar como o anatomista, dividir como o químico, sentir como o músico, imitar como o ator, abarcar de forma prática como o amante, ter uma visão panorâmica como um filósofo, estudar ciclicamente como um artista plástico, ser severo como um juiz, ser religioso como um antiquário e entender o momento como um político.[25]

No que concerne à estrutura, as caracterizações de Schlegel obedecem à sequência descrita em sua filosofia da caracterização, isto é, a busca pela singularidade da obra, de seu caráter central, ou, como no caso de indivíduos, a procura por traços significativos que diferenciam esse indivíduo de outros. Nessa primeira etapa da caracterização, um termo utilizado frequentemente é *Grundzüge*, que pode ser traduzido como "traço característico". Essa palavra é empregada pelo crítico para definir o que considera característico na obra, ou seja, o que a diferencia de outros escritos. Na caracterização de *Georg Forster*, um dos traços característicos é a liberdade do espírito desse homem universal; na caracterização sobre o *Woldemar* de Jacobi, a reflexão filosófica; nas *Obras poéticas de Giovanni Boccaccio*, a representação indireta de experiência histórica ou subjetiva através da forma breve; na caracterização de *Lessing*, o argumento de que Lessing foi um espírito revolucionário que provocou imensas erupções onde quer que tenha atuado. Do mesmo modo, na caracterização do *Wilhelm Meister*, Schlegel afirma que o caracterizador deve buscar o espírito, ou seja, a individualidade absoluta que paira sobre o escrito. Após a delimitação do traço característico, o exegeta deve prosseguir em sua análise, buscando refletir sobre a relação entre forma e conteúdo, indicar os acertos e erros,

[23] "Pode-se caracterizar outra coisa que indivíduos?". SCHLEGEL, Friedrich. *O dialeto dos fragmentos*. Tradução de Márcio Suzuki. São Paulo: Iluminuras, 1997, p. 89. [A242].

[24] SCHLEGEL, Friedrich. *Lessings Gedanken und Meinungen (1804)*. In: KA-III, p. 60.

[25] SCHLEGEL, Friedrich. *Fragmentos sobre poesia e literatura (1797-1803) seguido de Conversa sobre poesia*. Tradução de Constantino Luz de Medeiros e Márcio Suzuki. São Paulo: Editora Unesp, 2011, p. 172. [635].

e verificar se o artista foi capaz de alcançar o objetivo proposto. Todos esses aspectos auxiliam a definir a essência da obra, a partir da qual é possível observar outros elementos estruturais. Além disso, o conhecimento histórico é imprescindível, pois "para poder caracterizar um autor é necessário conhecer seu mundo, caso contrário não será possível conhecer a tendência, isto é, o interior da obra, o que ela deseja e o âmbito ao qual pertence".[26] Essa mesma preocupação com o contexto histórico é demonstrada na caracterização sobre as obras poéticas de Giovanni Boccaccio:

> Não se pode jamais acertar com precisão o caráter de um poeta em todos os seus aspectos antes que se tenha encontrado o círculo da história da arte ao qual ele pertence, o todo, do qual ele próprio é apenas um membro. Com tais construções, que são o único fundamento de toda história da arte real, deve-se experimentar até que se possa garantir, através de diversas confirmações, que se encontrou a coisa certa se apenas se possui o espírito da arte, do qual se procura uma história, e se também não falta um incansável estudo e seriedade, então não se deve queixar de um resultado medíocre na tentativa de compreender a origem, a organização interna e a constituição do que foi efetivamente formado.[27]

As caracterizações seguem uma série de ações: a definição da obra e do objetivo da caracterização; a busca por traços singulares; o estabelecimento da essência ou caráter da obra; a análise minuciosa dos escritos do autor; a discussão sobre os elementos relacionados ao contexto histórico; a procura pela tendência e pela intenção da obra; os argumentos sobre a forma e a matéria tratadas na obra; a definição da impressão absoluta que a obra pode deixar no leitor de qualquer época ou lugar; e, por fim, o estabelecimento do ideal individual. Mas, além dessa série de procedimentos formais, a caracterização pressupõe um crítico que tenha sentido para o todo, e que seja capaz de "entender um autor melhor do que ele próprio se entendeu".[28]

Entre as inovações crítico-literárias postuladas por Schlegel em sua filosofia da caracterização encontram-se a tendência, a impressão e o ideal da obra literária. Esses aspectos da exegese crítico-literária surgem igualmente em outros textos do autor, mas, no contexto da teoria sobre a caracterização, eles adquirem um significado especial. A palavra "tendência", por exemplo, foi utilizada pelo estudioso para definir não apenas fenômenos literários, mas também obras filosóficas e até mesmo adventos políticos de sua época.[29] O termo surge algumas vezes com o

[26] Id. *Philosophische Lehrjahre*.[II]. In: KA-XVIII, p. 98, fragmento [840].

[27] Id. *Nachricht von den poetischen Werken des Johannes Bocaccio*. In: KA-II, p. 391.

[28] "Através dessa capacidade de ser um indivíduo plural (ao mesmo tempo "si mesmo" e outros), se chega também àquela meta que Kant propõe para a atividade de interpretação, que deve procurar *entender um autor melhor do que ele próprio se entendeu.*" SUZUKI, Márcio. *O gênio romântico. Crítica e história da filosofia em Friedrich Schlegel*, p. 185.

[29] A palavra "tendência" também se encontra inserida no centro da polêmica envolvendo o fragmento 216 da *Athenäum*, o qual afirmava que a "Revolução Francesa, o *Meister*, de Goethe, e a doutrina-da-ciência, de Fichte, eram as maiores tendências da época". SCHLEGEL, Friedrich. *O dialeto dos fragmentos*, p. 83 [216]. Em seu escrito *Da Ininteligibilidade* [*Über die Unverständlichkeit*], Schlegel afirma que toda a confusão relacionada ao fragmento se encontra na palavra "tendência", que, naquele contexto, tinha o significado de "algo que aponta em uma direção", "um ideal que ainda não se concretizara", e que seu tempo poderia também ser chamado de "época das tendências". Id. *Über die Unverständlichkeit*. In: KA-II, p. 367.

sentido de "intenção do todo", indicando a essência daquilo que o autor se propôs a criar e que o crítico deve deduzir. É por essa razão que Schlegel também trata da tendência como "essência que advém da força interior":

> Denomina-se tendência ao que advém da força interior [...]. A *tendência* compreende a essência interior do objeto caracterizado. A palavra foi escolhida intencionalmente, ao invés da palavra essência, porque na palavra tendência está contida ao mesmo tempo a concepção de uma força que aspira a algo, sendo aquilo mesmo que constitui a essência interior.[30]

Assim, o conceito de tendência está intimamente relacionado à intenção do conjunto da obra. Na conclusão de seu ensaio sobre Lessing, o estudioso indica igualmente que "há tendências secundárias e tendências principais, assim como existem intenções secundárias e principais, sendo que a junção de todos esses elementos compõe a intenção do todo".[31] Para Schlegel, encontrar e delimitar a tendência de uma obra é uma das tarefas mais difíceis que se coloca ao caracterizador. De acordo com essa ideia, é possível saber tudo sobre a arte de Lessing e, no entanto, não se fazer a mínima ideia sobre o espírito de sua doutrina. O estudioso afirma ainda que em muitas obras a tendência e a intenção são a mesma coisa. Nesse tipo de obras, a única coisa que pode ser encontrada e fundamentada é a tendência do todo, que representa seu elemento mais importante.[32] Ao estabelecer a relação recíproca entre as partes, chegando a uma intuição do conjunto, o crítico deve então definir o "caráter da obra".

É por essa razão que uma das palavras mais frequentes nas caracterizações dos irmãos Schlegel é *Eigentümlichkeit* (singularidade, particularidade ou característica). De acordo com essa visão, como todo indivíduo representa um microcosmo em relação ao todo, especificar a singularidade do indivíduo é caracterizar o universo.[33] O singular, seja em uma obra de arte literária, um indivíduo ou mesmo no conjunto de obras de um autor, é um dos fundamentos do conceito de tendência. Um segundo aspecto a ser analisado pelo crítico de literatura na composição da caracterização é a impressão (*Eindruck*) da obra. Todavia, a impressão de que trata Schlegel não se assemelha à teoria do efeito da obra sobre o leitor, como era comum no século XVIII alemão.[34] O estudioso almeja estabelecer a impressão absoluta que qualquer leitor, em qualquer época, pode apreender, e não a mera impressão momentânea e passageira. A falsa tendência que a primeira impressão de uma

[30] Id. *Philosophische Vorlesungen (1800-1807)*. In: KA-XIII, p. 269.

[31] Id. *Abschluss des Lessings-Aufsatz*. In: KA-II, p. 412.

[32] Ibid., p. 413.

[33] "Toda caracterização é um revelação do universo. Apenas sob essa luz pode surgir uma caracterização. Pois, todo indivíduo apenas é o que é através do universo; nada existe de forma isolada". Id. *Philosophische Lehrjahre*.[IV]. In: KA-XVIII, p. 292, fragmento [1157].

[34] Segundo Hans Eichner, a teorização sobre a impressão da obra de arte literária realizada por Schlegel tem em comum com os denominados críticos impressionistas apenas o ponto de partida. EICHNER, Hans. *Friedrich Schlegels Theorie der Literaturkritik*. In: VON WIESE, Benno; MOSER, Hugo. *Deutsche Philologie*. Berlim: Erich Schmidt Verlag, 1970, v. 88, p. 11.

obra pode exercer sobre o leitor é teorizada por Schlegel em sua caracterização sobre Lessing:

> A primeira impressão dos fenômenos literários não é somente indefinida: ela também é raramente o efeito puro da própria coisa, mas o resultado comum de diversas influências e condições reunidas e atuantes. Apesar disso, costuma-se atribuir essa impressão totalmente ao autor, o que tem por consequência o fato de, não raramente, esse autor ser compreendido sobre uma luz completamente falsa.[35]

Ao afirmar que a crítica de uma obra deve ser capaz de expor ao leitor a impressão absoluta, o crítico chama a atenção para o caráter universal ou objetivo dessa impressão, já que não é qualquer impressão, mas apenas aquela que for necessária, evitando que a exegese literária se perca em juízos subjetivos. Segundo Hans Eichner, ao inserir a problematização sobre a impressão absoluta, isto é, um elemento universalmente válido em sua caracterização, e ao demonstrar que a exposição dessa impressão é a principal tarefa da exegese crítico-literária, Schlegel indica uma nova forma de se fazer crítica literária.[36] Embora faça restrições à crítica criativa dos românticos, René Wellek ainda assim aponta para a originalidade do conceito de impressão absoluta na caracterização:

> Schlegel sugere principalmente sólidos e sóbrios princípios de interpretação [...]. Em geral, define o objeto da crítica como sendo para nos dar um reflexo da obra, comunicar seu espírito peculiar, apresentar a impressão pura, de modo que, na sua apresentação, se verifique a cidadania artística do autor: não apenas um poema sobre um poema, a fim de deslumbrar por um momento; não meramente a impressão que uma obra produziu ontem ou produz hoje sobre esta ou aquela pessoa, mas a impressão que deverá sempre produzir sobre todas as pessoas cultas. Isto é reconhecer o apelo universal de todo julgamento crítico.[37]

Ao tornar-se o instrumento de exposição da impressão necessária (*Darstellung des notwendigen Eindrucks*), a caracterização revela a singularidade da obra de arte literária.[38] Assim, um de seus objetivos principais é transmitir ao leitor essa impressão absoluta da obra literária, cuja essência encontra-se entre o espírito e a letra.[39] Para tal fim, o crítico precisa penetrar na obra de arte literária, de modo a

[35] SCHLEGEL, Friedrich. *Über Lessing*. In: KA-II, p. 101.

[36] EICHNER, Hans. *Friedrich Schlegels Theorie der Literaturkritik*. In: VON WIESE, Benno; MOSER, Hugo. *Deutsche Philologie*, v. 88, p. 11.

[37] WELLEK, René. *História da Crítica Literária. Friedrich Schlegel*, p. 6, v. III. Sobre as restrições de Wellek à crítica criativa dos românticos, ver: SCHEEL, Márcio. *Poética do romantismo. Novalis e o fragmento literário*. São Paulo: Editora Unesp, 2010, pp. 140-141.

[38] SCHLEGEL, Friedrich. *Fragmente zur Poesie und Literatur*. [V] In: KA-XVI, p. 122, fragmento [447].

[39] Id. *Abschluss des Lessings-Aufsatz*. In: KA-II, p. 414. Em sua *Doutrina da Arte*, August Wilhelm Schlegel afirma que o ajuizamento sobre a literatura se fundamenta na capacidade de reter e conservar na memória a mais íntima essência da impressão da obra, a qual apenas seria possível pela composição de um mosaico de impressões que se reúnem em um todo: "A capacidade de julgar se fundamenta na compreensão da impressão essencial [...]. Essa estratégia de observação pode ser chamada de crítica atômica, em analogia à física atômica, pois ela observa uma obra de arte como um mosaico, como uma reunião trabalhosa de pequenas partículas mortas; onde todas as que merecem o nome têm natureza orgânica, e onde o indivíduo apenas existe graças ao todo [...]". SCHLEGEL, August Wilhelm. *Die Kunstlehre*. Stuttgart: W. Kohlhammer Verlag, 1963, p. 27.

estabelecer a essência, a tendência do escrito e a impressão absoluta.[40] De modo a se obter uma visão de como eram esses ensaios crítico-literários inovadores dos irmãos Schlegel, a seguir se discutirá alguns dos principais aspectos de suas mais famosas caracterizações.

O *Meister*, de Johann Wolfgang Goethe

A caracterização escrita por Schlegel sobre *Os anos de aprendizado de Wilhelm Meister*, de Johann Wolfgang Goethe, também chamada de *Meister-Aufsatz*, é um dos escritos crítico-literários mais famosos de Schlegel. Expressão do entusiasmo de um crítico de literatura, o qual encontra *in concreto* algo que havia muito tempo procurava, o ensaio traz uma concepção inovadora do romance de Goethe.[41] Considerada pela crítica literária como uma obra-prima dos estudos sobre literatura, a caracterização do *Wilhelm Meister* representa um exemplo prático de obra de arte crítico-literária (como o crítico denominava a caracterização) capaz de abordar os elementos intrínsecos e extrínsecos da obra, o contexto histórico, e oferecer uma compreensão panorâmica sobre as relações entre as partes e o todo. Nas palavras de René Wellek, "o ensaio sobre *Wilhelm Meister* é justamente famoso porque consegue definir a atitude do autor, a impressão geral e o caráter particular de cada parte, bem como os principais caracteres da ação".[42] Publicado no ano de 1798 na revista *Athenäum*, a caracterização parte da análise sobre o modo como as personagens são tratadas, o desenrolar de cada capítulo e os aspectos estruturais da narrativa. Através disso, Schlegel demonstra como esse tipo de escrito crítico-literário deve sondar não apenas os aspectos formais e estruturais, mas também "o espírito do conjunto da obra que se revela [também] através dos personagens".[43] Para o romântico, contrariando a regra clássica de representação de personagens das classes mais

[40] Schlegel utiliza até mesmo o termo "habitar a obra por um tempo": "Devo confessar que a surpresa e a admiração foram os meus sentimentos, toda vez que eu habitei os escritos de Lessing por algum tempo". SCHLEGEL, Friedrich. *Über Lessing*. In: KA-II, p. 102. Para que o crítico caracterizador concretize essa etapa de sua análise é necessário um contato profundo com a obra, o que apenas ocorre após diversas releituras. O autor das *Charakteristiken* critica os estudiosos que buscam fazer uma exegese crítico-literária sem ter tido um contato prévio com a obra a ser resenhada: "É também bastante paradoxal que se queira resenhar um autor sem conhecimento prévio de seus escritos individuais, os quais foram compostos a partir de um espírito, pois, apenas o estudo reiterado de todas as suas obras é capaz de fornecer o verdadeiro ponto de vista de onde tudo se fundamenta". SCHLEGEL, Friedrich. *Georg Forster. Fragment einer Charakteristik der deutschen Klassiker*. In: KA-II, p. 90.

[41] MENNEMEIER, Franz Norbert. *Friedrich Schlegels Poesiebegriff dargestellt anhand der literaturkritischen Schriften. Die romantische Konzeption einer objektiven Poesie*. München: Wilhelm Fink Verlag, 1971, p. 221. [Itálico do autor.]

[42] WELLEK, René. *História da crítica moderna. O Romantismo*, v. II, p. 29.

[43] SCHLEGEL, Friedrich. *Über Goethes Meister*. In: KA-II, p. 130.

altas, a denominada *Ständeklausel*,[44] a narrativa do romance goetheano principia com personagens comuns: "O que acontece e é discutido aqui não é extraordinário, e as primeiras figuras que surgem não são nem grandes e nem maravilhosas".[45] A mesma simplicidade ocorre em termos de narrativa, que começa de um modo sutil e despretensioso:

> Sem presunção e sem barulho, como se desenvolve a formação de um espírito esforçado, e como o mundo em devir surge a partir de seu interior, principia a clara história. O que ocorre e é dito aqui não é excepcional, e as figuras que primeiro aparecem não são nem grandiosas e nem maravilhosas [...] os traços são leves e simples, mas eles são exatos, nítidos e seguros. Mesmo o menor traço é significativo, cada linha é como um leve aviso, sendo tudo destacado por meio de contrastes claros e vivos.[46]

De acordo com a leitura de Schlegel, ao expor personagens comuns em situações nada excepcionais, o romance de Goethe busca arrebatar a simpatia do leitor. Essa aproximação pode ser sentida na afirmação do crítico de que "através da narrativa serena, o espírito se sente tocado de um modo suave, em toda parte, e mesmo sem conhecer as personagens ele as considera como conhecidas".[47] O sentimento de proximidade entre a matéria narrada e o leitor é descrito pelo autor da caracterização como o resultado feliz do modo de exposição [*Die Art der Darstellung*] que o narrador foi capaz de desenvolver, e que faz com que "qualquer pessoa formada tenha a impressão de se reencontrar na obra".[48] A identificação do público leitor com a obra faz com que o acompanhamento das peripécias que acontecem no desenvolvimento do protagonista Wilhelm Meister, um típico filho da burguesia comerciante, ocorra de um modo despretensioso, "com um sorriso benevolente do leitor".[49] Ao revelar o desenvolvimento espiritual de um jovem burguês em busca de aventuras e de formação, o romance de Goethe também tem o mérito de levantar questões sobre a sociedade de seu tempo.[50] O fato de as personagens se parecerem

[44] A *Ständeklausel* [cláusula de classe social] é um princípio poético aplicado ao âmbito do drama, frequentemente associado ao nome de Johann Christoph Gottsched, autor que buscou inserir diversas regras do classicismo francês no palco alemão. De acordo com a cláusula, em certos gêneros dramáticos como a tragédia apenas o destino de reis, rainhas, condes e outras personagens elevadas deveria ser representado no teatro.

[45] Id. *Über Goethes Meister.* In: KA-II, p. 130.

[46] Ibid., p. 126.

[47] Ibid.

[48] *"Das ist eben das Große, worin jeder Gedildete nur sich selbst wiederzufinden glaubt."* Ibid., p. 127. Para Schlegel, as aventuras do personagem Wilhelm Meister em sua busca por formação conquistam a simpatia do leitor [*gewinnt das ganze Wohlwollen des Lesers*], o que demonstra a identificação do público burguês com a obra de Goethe. Id. *Über Goethes Meister.* In: KA-II, p. 129.

[49] *"Mit wohlwollendem Lächeln folgt der heitre Leser."* Ibid., p. 126.

[50] "Com meios estéticos até então inéditos na literatura alemã, Goethe empreendeu a primeira grande tentativa de retratar e discutir a sociedade de seu tempo de maneira global, colocando no centro do romance a questão da *formação* do indivíduo, do desenvolvimento de suas potencialidades sob condições históricas concretas. Fez assim com que a obra paradigmática do *Bildungsroman* avultasse também como a primeira manifestação alemã realmente significativa do romance social burguês, na época já amplamente desenvolvido na Inglaterra e na França." MAZZARI, Marcus Vinicius. "Apresentação". In: GOETHE, Johann Wolfgang. *Os anos de aprendizado de Wilhelm Meister.* Trad. Nicolino Simone Neto. São Paulo: Editora 34, 2006, p. 9.

homens de verdade e não "qualquer um"[51] colabora para a identificação do leitor com o romance. Outro aspecto singular da caracterização é a questão da importância das personagens para o entendimento da obra. De acordo com Schlegel, as personagens interessam apenas enquanto instrumento para compreensão do conjunto da obra e não como mera especulação sobre os aspectos sociais que levaram Goethe a utilizar esse ou aquele procedimento. O crítico acredita que também não deve ter sido a intenção do autor/narrador apresentar as personagens em um grau mais intenso do que aquele necessário à verossimilhança e a representação do todo da obra:

> Não pode ter sido essa a intenção dele [do autor/narrador], representar as personagens de um modo mais profundo e completo do que o necessário e útil; e menos ainda teria sido sua obrigação assemelhar a obra a uma determinada realidade de modo a cumprir o objetivo do todo. Mesmo que, devido ao modo de representação, as personagens nesse romance se pareçam com retratos, ainda assim, segundo sua essência, elas são todas mais ou menos genéricas e alegóricas. Por isso mesmo, elas são matéria inesgotável e a mais perfeita coleção de exemplos para investigações morais e sociais.[52]

Apesar de afirmar que a obra oferece "matéria inesgotável", ou seja, a "mais completa coleção de exemplos para investigações morais e sociais",[53] Schlegel adverte para o perigo de investigações que buscassem reduzir seu escopo a esses elementos. O autor de *Lucinde* assevera que uma crítica que se concentrasse apenas em juízos morais sobre a particularidade das personagens "seria a mais infrutífera das tentativas".[54] Como demonstrou em sua filosofia da caracterização, uma das tarefas do crítico é buscar a impressão absoluta que a obra de arte pode exercer sobre qualquer leitor em qualquer tempo.

Após haver reconhecido e discutido diversos aspectos da estrutura do romance de Goethe, Schlegel aponta para o núcleo da narrativa, isto é, aquilo que organiza o conjunto da obra. Nesse caso, inserida no romance de Goethe se encontra a aproximação recíproca entre uma doutrina-da-arte e uma doutrina-da-formação, as quais fundamentam os acontecimentos e a composição das personagens. De acordo com essa lógica, através do mundo do espetáculo em que o protagonista do romance se insere, o narrador tem o mote para refletir sobre as artes, os gêneros poéticos e a formação do homem burguês. O crítico acredita que a inserção do *topos* do teatro no romance de Goethe parece ter sido a maneira que o autor utilizou para aproximar os temas da arte e da formação, principalmente por sua semelhança com o universo das relações sociais:

[51] A expressão utilizada por Schlegel na caracterização é *"Nicht wie Hinz und Kunz"*. "Hinz und Kunz" são abreviações de Heinrich e Konrad, significando "qualquer um", "qualquer homem", ou ainda a expressão mais coloquial "sicrano ou seltrano". SCHLEGEL, Friedrich. *Über Goethes Meister.* In: KA-II, p. 127.

[52] Id. *Über Goethes Meister.* In: KA-II, p. 143.

[53] Ibid.

[54] Ibid.

Se olharmos para os assuntos favoritos de todas as conversas, e de todos os desenvolvimentos ocasionais, e para as relações favoritas em todas as ocasiões, os homens e seu meio: salta aos olhos o fato de que tudo gira em torno do espetáculo, da encenação, da arte e da poesia. Essa foi a verdadeira intenção do poeta, estabelecer uma completa doutrina poética, ou melhor, expô-la [*darzustellen*] através de exemplos e opiniões vivas [...]. Com essa intenção, o mundo teatral tinha de tornar-se o meio e o fundamento do todo, não apenas porque essa arte é a mais variada, mas também a mais sociável de todas as artes, e porque nela se aproximam da melhor maneira poesia, vida, época e mundo, enquanto a oficina solitária do artista plástico oferece menos matéria, e os poetas vivem como poetas apenas interiormente, já não formando mais uma classe artística especial.[55]

Ao comentar o desenvolvimento e a adequação e aprendizado do protagonista em sua procura pela compreensão da sociedade de seu tempo, Schlegel afirma que cada traço singular de Wilhelm Meister é exposto através de outro lado notável, e em uma nova luz, pois ele precisa aprender em toda parte.[56] A experiência do protagonista é descrita com detalhes que indicam a importância desse tipo de formação para o homem burguês do final do século XVIII alemão. Nessa sociedade constituída por estratos sociais estanques, a tentativa de conseguir uma visão de mundo cosmopolita e universal era um privilégio apenas dos nobres.[57] O duplo movimento realizado por Wilhelm Meister, ao sair de si e entrar no mundo, na sociedade, é descrito por Schlegel em termos da experiência "que mescla recordações alegres e dolorosas, pairando entre a plenitude dos desejos, a melancolia e a esperança".[58] Assim, os anos de formação do protagonista também representam o conflito entre dois aspectos diametralmente opostos, ou seja, uma "incongruência entre a atividade burguesa que ele deve assumir, voltada para o acúmulo de dinheiro e propriedades, e o forte impulso de autoaprimoramento".[59] A experiência representada pelo personagem principal da obra de Goethe em face do mundo burguês dos filisteus é, de certo modo, traumática. Ao abandonar a formação destinada pelos pais e buscar um mundo de aventuras, sobretudo, com um grupo teatral, Wilhelm Meister é signo de um grande paradoxo no universo dos jovens do final do século XVIII e começo do XIX.[60]

[55] Ibid., p. 132.

[56] Ibid., p. 129.

[57] Essa característica da sociedade alemã no século XVIII pode ser observada no diálogo entre Wilhelm Meister e Serlo: "Se eu fosse um nobre, nosso conflito logo se resolveria, porém, como sou apenas um burguês, devo então trilhar meu próprio caminho, e espero que você possa me compreender. Não sei como deve ser em países estrangeiros, mas, na Alemanha, apenas ao nobre é dada a possibilidade de conseguir uma formação pessoal e, se posso dizer, universal. Um burguês pode adquirir méritos e desenvolver seu espírito ao extremo, mas, sua personalidade estará perdida, apresente-se ele do modo que quiser". GOETHE, Johann Wolfgang. *Wilhelm Meister. Die Lehrjahre. Die Wanderjahre.* Düsseldorf: Patmos Verlag, 2005, p. 260.

[58] SCHLEGEL, Friedrich. *Über Goethes Meister.* In: KA-II, p. 129.

[59] MAZZARI, Marcus Vinicius. "Apresentação". In: GOETHE, Johann Wolfgang. *Os anos de aprendizado de Wilhelm Meister*, p. 12.

[60] A exposição da busca por aperfeiçoamento interior e a problematização da experiência do homem é um dos méritos desse *Bildungsroman*, ou romance de formação. Segundo Marcus Mazzari, o termo "romance de formação" teria sido empregado pela primeira vez por Karl Morgenstein (1770-1852), em uma conferência proferida em 1810. Cf. MAZZARI, Marcus Vinicius. "Apresentação". In: GOETHE, Johann Wolfgang. *Os anos de aprendizado de Wilhelm Meister*, p. 7.

A descrição do desenvolvimento espiritual de Wilhelm Meister segue a mesma lógica conflituosa que caracteriza a dualidade entre o universo interior do jovem sonhador e a dura realidade do mundo burguês. Essa oposição já se encontra muito viva no final do primeiro capítulo do livro, no qual, segundo Schlegel, "o entendimento maduro desse homem culto parece estar separado por um imenso abismo da imaginação florescente do jovem amante".[61] Apesar disso, o intuito da formação da personagem é o aprendizado, mesmo sabendo de antemão que "não lhe faltarão tentações probatórias".[62] O desacerto entre a formação destinada pelos pais de Wilhelm e a vontade do protagonista pode ser compreendido quando se leva em consideração a biografia da maioria dos jovens do primeiro romantismo alemão. Basta que se pense no conflito entre o desejo dos pais de Schlegel em torná-lo hábil para o mundo financeiro (Schlegel é enviado bem jovem para aprender finanças com um banqueiro, tentativa essa que se frustra); ou no pai de Novalis, obrigado a buscar o filho em Leipzig, onde vivia uma vida desregrada com Schlegel, e forçá-lo a virar intendente de seus negócios com mineração. Lothar Pikulik descreve esse desacerto com a realidade burguesa como um estado que marca diversos escritos dos românticos, denominando esse processo de descompasso entre o espírito romântico e seu tempo.[63]

Além de se ocupar com a descrição das principais características de cada personagem, o crítico aborda de um modo singular como os acontecimentos e as personagens se misturam no romance de um modo mágico e coeso, demonstrando a relação entre as partes e o todo da obra, ou, em sua linguagem, "como o espírito dessa massa se revela".[64] Um aspecto formal analisado pelo crítico em seu ensaio sobre o *Meister* (que não havia surgido em sua filosofia da caracterização) é o conceito de "desenvolvimento secundário" (*Nebenausbildung*) da narrativa, o qual pode ser descrito como um movimento duplo do autor. Em um plano ocorre o desenvolvimento dos personagens e os acontecimentos, enquanto em um plano secundário são preparados eventos posteriores. Esse movimento acontece sem que um plano interfira no outro, "sem atrapalhar nem o mínimo deleite com o acontecimento presente".[65] Verificando a presença do desenvolvimento secundário principalmente no encerramento do primeiro livro, Schlegel faz uso da comparação, muito frequente nessa caracterização, entre o universo literário e o musical, e afirma que "o final se assemelha à uma música espiritual".[66] De acordo com o estudioso, tão importante como compreender cada detalhe e se deixar levar pela imaginação poética do artista é não perder de vista o conjunto, o todo da obra. É

[61] SCHLEGEL, Friedrich. *Über Goethes Meister.* In: KA-II, p. 128.
[62] Ibid., p. 129.
[63] PIKULIK, Lothar. *Romantik als Ungenügen an der Normalität.* Frankfurt am Main: Suhrkamp, 1979, p. 20.
[64] SCHLEGEL, Friedrich. *Über Goethes Meister.* In: KA-II, p. 130.
[65] "*Ohne doch je den ruhigsten Genuß des Gegenwärtigen zu stören.*" Ibid., p. 128.
[66] Ibid. Schlegel utiliza em diversos trechos da caracterização a comparação com o universo da música: "O segundo livro principia repetindo o resultado do primeiro de um modo musical". Ibid., p. 129.

a contemplação do todo que fornece a impressão absoluta. A referência à relação entre as partes e o todo na obra de arte literária é uma constante nas caracterizações:

> É belo e necessário se entregar completamente à impressão de um poema, deixar o artista fazer conosco o que ele quiser, e, por meio da reflexão, apenas confirmar o sentimento em detalhes, elevando-o ao pensamento, de modo a poder decidir e complementar qualquer dúvida ou conflito remanescente. Esse é o primeiro e mais importante passo. Mas não é menos necessário poder abstrair de todo o detalhe, compreender o que paira suspenso, passando os olhos pela parte, e apreendendo o todo, de modo a investigar até o mais recôndito e relacionar o mais remoto [...]. Nós gostamos muito de nos libertar da magia do poeta, depois que nos deixamos de boa vontade cativar por ele, apreciamos, sobretudo, espiar o que ele quis afastar de nosso olhar, ou não quis logo nos mostrar, aquilo que posteriormente mais contribuiria para torná-lo um artista: os desígnios secretos que ele silenciosamente segue, e que nós, em se tratando do gênio, cujo instinto tornou-se arbítrio, jamais poderemos pressupor quantos são. O impulso nato da obra completamente organizada e organizadora, de modo a se transformar em um todo, exterioriza-se tanto nas partes maiores, quanto nas menores. Nenhuma pausa é ocasional e insignificante; e aqui, onde tudo é ao mesmo tempo meio e fim, não será incorreto considerar a primeira parte, sem prejuízo de sua relação com o todo, uma obra em si.[67]

Apesar de considerar que o romance conseguiu concretizar seu ideal individual de obra, tornando-se até mesmo o paradigma de um novo gênero, o reconhecimento positivo de Schlegel sobre o *Wilhelm Meister* encontra-se no fato de que a obra não busca apenas teorizar sobre as artes, os gêneros poéticos, ou estabelecer novos padrões sociais. Além disso, o romance tem a intenção de revelar "o grande espetáculo da própria humanidade e a arte de todas as artes, a arte de viver".[68] O encontro propício entre a doutrina da arte e a doutrina da vida, entre a criação artística e a reflexão crítico-literária, que se encontra inserido nos *Anos de aprendizado de Meister* foi abordado por Schlegel também em um trecho denominado "Ensaio sobre as diferenças de estilo nas obras juvenis e tardias de Goethe", da obra *Conversa sobre a poesia*. No escrito, o personagem de Marcus afirma que o romance foi inicialmente pensado apenas como um romance artístico, no qual se representa uma doutrina da arte, mas, ainda de acordo com o personagem, "a própria obra teria sido surpreendida pela tendência de seu gênero, se transformando em algo muito maior do que sua primeira intenção, de modo que se junta a seu plano inicial uma doutrina da formação da arte da vida".[69] Indicando que uma das principais qualidades do *Wilhelm Meister* é a individualidade com que o autor trata as diferentes personagens do romance, e o tratamento moderno que Goethe empresta ao espírito antigo, Marcus afirma que "essa grande combinação abre uma perspectiva completamente nova e infinita sobre o que parece ser a tarefa suprema de toda arte poética, a harmonia entre o clássico e o romântico".[70] Assim, ao ultrapassar as fronteiras de sua intenção original e fundamentar um novo gênero de romance, a obra representa os anos

67 Ibid., p. 131.
68 Ibid., p. 143.
69 Id. *Fragmentos sobre poesia e literatura (1797-1803) seguido de Conversa sobre a poesia*, p. 548.
70 Ibid., p. 549.

de aprendizado "onde nada será aprendido a não ser existir e viver de acordo com seus princípios singulares e sua natureza indômita".[71] De certo modo, o romance de Goethe inaugura uma nova fase nos estudos literários, não apenas por ser "a primeira manifestação do romance social burguês em língua alemã, introduzindo o conceito de romance de formação",[72] mas por contribuir de forma significativa para a alteração no modo com que se praticava a crítica literária de seu tempo:

> Talvez seja necessário julgar e não julgar esse livro; o que não parece ser uma tarefa fácil. Por sorte, esse é exatamente um daqueles livros que julgam a si mesmos, poupando o crítico de qualquer esforço. Na verdade, ele não apenas se julga como também expõe a si mesmo. Uma mera exposição da impressão, mesmo se não fosse uma das piores obras do gênero descritivo, além de supérflua, estaria em desvantagem não somente em relação ao poeta, mas até mesmo em face do pensamento do leitor que possuísse o sentido para o que é mais elevado, que tem a capacidade de adorar, e, mesmo sem arte ou ciência, sabe o que deve adorar, a quem a justiça atinge feito um raio.[73]

Quando se leva em consideração a teoria sobre poesia romântica é possível compreender a importância que o *Wilhelm Meister* adquire para Schlegel. Goethe é considerado como aquele que inaugura a terceira fase da poesia romântica, e seu romance indica o início de um caminho que levará a uma forma futura de exteriorização literária denominada poesia romântica, universal e progressiva. É também com vistas ao lugar histórico da obra que se compreende a afirmação de Schlegel de que "aquele que caracterizasse devidamente o *Meister* teria em verdade dito o que ocorre agora na poesia. E, no que concerne à crítica poética, não precisaria fazer mais nada".[74]

A universalidade de Georg Forster

Forster pertence à terceira geração da literatura alemã, que denomino geração revolucionária.[75]

Em sua caracterização de Johann Georg Adam Forster (1754-1794), Schlegel chama a atenção para o caráter didático da escrita de Forster. Seus textos, segundo salienta o crítico, adentram o espírito do leitor de tal modo que não é possível deixá-los de lado sem antes impregnar-se da progressividade e da liberdade de

[71] Id. *Über Goethes Meister.* In: KA-II, p. 141.

[72] "Não foi, todavia, como romance social, filosófico ou de teses estético-literárias, nem como romance de viagens, aventuras ou de amor que *Os anos de aprendizado de Wilhelm Meister* conquistaram o seu lugar na literatura universal, mas sim, sem deixar de ser tudo isso, enquanto protótipo e paradigma do *Bildungsroman.*" MAZZARI, Marcus Vinicius. "Apresentação". In: GOETHE, Johann Wolfgang. *Os anos de aprendizado de Wilhelm Meister.* São Paulo: Editora 34, 2006, p. 11.

[73] SCHLEGEL, Friedrich. *Über Goethes Meister.* In: KA-II, p. 133.

[74] Id. *Kritische Fragmente. Lyceum.* In: KA-II, p. 162, fragmento [120].

[75] Id. *Geschichte der alten un neuen Literatur.* In: KA- VI, p. 393.

seu pensamento. Na época de Schlegel o termo "progressivo" remete ao que é moderno, ao espírito da Revolução Francesa e aos ideais de liberdade humana.[76] O caráter formativo da escrita de Forster corrobora a concepção de aperfeiçoamento infinito que Schlegel determina como uma das tarefas de todo estudioso de literatura enquanto "trabalhador do espírito". Schlegel também pode ser considerado um revolucionário em seu tempo, pois, como seus dois irmãos em espírito, os iluministas Lessing e Forster, buscou por toda a sua vida ser um escritor livre e universal. No que concerne à discussão sobre a liberdade e à busca de autonomia do espírito humano, a caracterização de Forster aproxima-se de outro texto importante de Schlegel, o *Ensaio sobre o conceito de republicanismo* (*Versuch über den begriff des Republikanismus*), publicado em 1796, no qual o crítico discute questões semelhantes a partir de um diálogo com a obra *Da paz eterna* (*Zum Ewigen Frieden*) de Immanuel Kant.[77]

Assim, é possível perceber que as caracterizações dos irmãos Schlegel dedicam-se a obras de literatura, mas também a discussões e análises de personalidades e da conjuntura política de seu tempo. A caracterização sobre Georg Forster é exemplo de texto que analisa e discute não apenas a prosa do pensador, mas também suas ideias sobre a necessidade urgente de mudanças político-sociais, ao mesmo tempo que observa o papel de suas obras na formação e na libertação do espírito humano. Além disso, Forster representa o ideal de homem público, cujas estatura e progressividade Schlegel havia vislumbrado igualmente em Fichte. Na concepção de exegese literária do jovem romântico, cabe a todo estudioso de literatura estabelecer a universalidade e a singularidade de um autor, obra ou conjunto de obras. O ensaio crítico-literário indica que uma das principais características de Forster é seu conceito de liberdade. Essa qualidade é descrita por Schlegel como algo que perpassa os escritos do pensador, para quem "ser livre significava ser humano".[78] Em sua tentativa de caracterizar apropriadamente toda a dimensão humana do pensamento e das obras desse crítico ao conservadorismo alemão, Schlegel busca compreendê-lo enquanto filósofo, homem universal e cosmopolita, e não apenas como o aventureiro que atravessou os oceanos com o capitão James Cook (1728-1779). Dessa forma, Schlegel caracteriza Forster como alguém que defendia os ideais republicanos, e que buscava acima de tudo a liberdade e a grandeza humana.[79] Uma das personalidades mais marcantes dessa época, Forster influenciara os jovens do primeiro romantismo alemão com sua defesa entusiasmada dos ideais revolucionários. A aproximação de Schlegel aos ideais republicanos e às concepções políticas de Forster acontece, sobretudo, por

[76] Id. *Georg Forster. Fragment einer Charakteristik der deutschen Klassiker.* In: KA-II, p. 81.

[77] ZIMMERMANN, Harro. *Friedrich Schlegel oder die Sehnsucht nach Deutschland*, p. 13; RESE, Frederike. *Republikanismus, Geselligkeit und Bildung. Zu Friedrich Schlegels "Versuch über den Begriff des Republikanismus"*. Paderborn: Jahrbuch für Romantik, 1997, pp. 37-71.

[78] SCHLEGEL, Friedrich. *Georg Forster. Fragment einer Charakteristik der deutschen Klassiker.* In: KA-II, p. 81.

[79] Ibid., p. 97.

influência de Caroline Böhmer, futura esposa de August Wilhelm (e mais tarde de Schelling). No ano de 1793, Forster aproveita a proteção das tropas francesas que sitiaram a cidade de Mainz e busca refúgio na França. Caroline, então residindo com os Forster, tenta abandonar a cidade, mas ao deixar o cerco é presa pelas tropas alemãs.[80] A solução do problema envolvendo Caroline vem de August Wilhelm, o qual retorna de Amsterdam para socorrer a jovem, então grávida de dois meses (de um *affair* com um oficial francês), levando-a para a segurança de uma cidadezinha desconhecida.[81] É possível reconhecer na caracterização sobre Forster essa atmosfera de liberdade e de busca por autonomia que emana do *Zeitgeist*. As qualidades que o crítico encontra em Forster são deduzidas a partir da análise de sua obra como um todo, e não somente de sua personalidade ou do contexto histórico. A caracterização é um exemplo prático de exegese que busca compreender e deduzir as características principais de uma obra e de um autor a partir da reflexão do que se encontra em seu todo, entre o espírito e a letra do indivíduo caracterizado.[82] O entusiasmo com que Schlegel aborda a obra do revolucionário também indica como a geração dos primeiros românticos se envolvera com as mudanças sociais e políticas de seu tempo. A visão política arrojada e o sentido clássico que Schlegel afirma encontrar em Forster fundamentam sua concepção de poesia romântica progressiva. Do mesmo modo como deduzira o conceito de reflexão infinita da atividade do "Eu" fichtiano, a ocupação política de Forster, sua coragem e sua prosa cosmopolita são saudadas com muito entusiasmo pelo jovem romântico:

> Entre todos os verdadeiros prosadores [*Prosaisten*], os quais reivindicam um lugar na seleção de clássicos alemães, nenhum outro respira mais o espírito da livre progressividade que Georg Forster. A maioria de seus escritos não pode ser abandonada sem que se tenha o sentimento de que se é reavivado, impelido à reflexão, e de que se cresceu.[83]

Schlegel afirma que há um entusiasmo pela humanidade nos escritos de Forster. De certo modo, esse ideal é vivido pelos próprios jovens do movimento romântico. A busca incessante pela transformação do homem, por sua sensibilização através da arte e do conhecimento do Absoluto são paradigmas que nascem com os escritos de Fichte, Moritz, Goethe, Schiller, Herder e "do espírito aventureiro de Georg Forster".[84] A caracterização também é útil a Schlegel no desenvolvimento de sua teoria do romance. Apoiando-se no que considerava ser a "prosa magistral de Forster",[85] o estudioso indica que o romance deve buscar tal elevação na prosa, mesclando todos

[80] BEHLER, Ernst. *Friedrich Schlegel*, p. 27.
[81] Ibid.
[82] O termo "indivíduo" pode significar para Schlegel tanto um ser humano quanto uma obra, um conjunto de obras, trechos de obras, entre outras denominações.
[83] SCHLEGEL, Friedrich. *Georg Forster. Fragment einer Charakteristik der deutschen Klassiker.* In: KA-II, p. 81.
[84] Ibid., p. 81.
[85] Ibid., p. 80.

os gêneros. Seguindo a lógica descrita em sua filosofia da caracterização, o crítico busca inicialmente apontar qual ou quais seriam os elementos essenciais que designam a obra e o pensamento de Forster. Como foi exposto, um dos conceitos que surgem com frequência nas caracterizações schlegelianas faz referência ao momento em que o crítico caracterizador deve contemplar não apenas um trecho da obra, mas o conjunto. Schlegel chama esse momento de *Blick aufs Ganze* (olhar sobre o todo).[86] No caso de Forster, o resultado desse olhar para o todo da obra revela que, "por ser o traço mais essencial de Forster, a liberdade completa serve como a estrutura da característica".[87]

Em sua teoria da caracterização, após indicar a importância de se descobrir a essência ou o elemento nuclear do escrito (ou indivíduo) analisado, Schlegel descreve como o crítico deve desenvolver uma investigação detalhada dos aspectos intrínsecos e extrínsecos da obra. Para que concretize essa etapa de sua análise é necessário que o crítico mantenha um contato profundo com a obra, o que apenas ocorre após diversas releituras.[88] Ainda de acordo com Schlegel, grande parte da incompreensão sobre os textos considerados clássicos surge da incapacidade de se observar um escrito diretamente, o que faz com que muitas obras sejam compreendidas a partir da crítica e da inserção de conceitos por outros estudiosos. Além disso, assim como em outras caracterizações, Schlegel busca determinar se as obras foram capazes de se aproximar do ideal individual de obra. No caso específico das obras prosaicas de Forster, o crítico analisa se os escritos adequam-se perfeitamente ao tipo de gênero ao qual pertencem. A admiração de Schlegel pelo estilo da prosa de Georg Forster em sua caracterização pode ser contemplada na comparação com os maiores autores de seu tempo, e mesmo em prosadores anteriores ao pensador, como Lessing. Ao comparar as obras de Forster umas com as outras, Schlegel chega à conclusão de que sua escrita se encontra em um padrão de qualidade não alcançado por nenhum outro escritor de seu tempo, de modo que "as características essenciais desse prosaista clássico ainda não foram superadas".[89]

É grande o entusiasmo de Schlegel não apenas pela personalidade de Forster, mas também por sua escrita. Tal entusiasmo pela prosa de Forster tem relação com a admiração que Schlegel nutria pela figura do estudioso e pesquisador enquanto homem de seu tempo, ou seja, um revolucionário cosmopolita e defensor da liberdade do homem:

[86] Id. *Über Goethes Meister*. In: KA-II, p. 131.

[87] Id. *Georg Forster. Fragment einer Charakteristik der deutschen Klassiker*. In: KA-II, p. 87.

[88] Schlegel adverte os críticos que almejam fazer uma exegese literária sem o contato intenso com a obra: "É também bastante paradoxal que se queira resenhar um autor sem conhecimento prévio de seus escritos individuais, os quais foram compostos a partir de um espírito, pois, apenas o estudo reiterado de todas as suas obras é capaz de fornecer o verdadeiro ponto de vista de onde tudo se fundamenta". Ibid., p. 90.

[89] Ibid., p. 93.

> Quanto ao espírito cosmopolita e à sociabilidade, nenhum outro prosador alemão foi capaz de aproximar-se dele [de Georg Forster], nem mesmo aqueles entre os melhores [...]. Nenhum outro é um escritor tão sociável quanto ele. Até mesmo Lessing, o Prometeu da prosa alemã [...]. Do mesmo modo que em uma obra estritamente científica deve se inserir muita coisa que a sociedade culta acredita não ter importância ou ser desinteressante, também nas obras escritas para a sociedade deve-se deixar de lado bastante coisa, mas, ainda assim, é possível permanecer um clássico em seu gênero, e ser até mesmo uma obra genial.[90]

A simpatia de Schlegel por Forster é igualmente consequência de ele ter sido "um dos poucos pensadores de seu tempo que se ocupa, até as mais graves consequências, com uma práxis política arriscada".[91] Da mesma forma que descreve Lessing como um exemplo de "espírito único e insuperável",[92] Schlegel encontra no revolucionário Forster um exemplo de homem progressivo em busca do aperfeiçoamento infinito. Anos mais tarde, nas preleções intituladas *História da literatura antiga e moderna*, realizadas em Viena (1812), refletindo sobre o caráter revolucionário da época em que entrou em contato com os escritos de Forster, Schlegel afirma que não poderia citar outro nome que não o dele para descrever um espírito livre e corajoso, que perdeu a vida em nome de seus ideais revolucionários.[93]

As obras poéticas de Giovanni Boccaccio

> Quando se lê o Decamerão com atenção, vê-se não apenas um talento resoluto, uma mão exercitada e segura no detalhe, mas percebe-se, igualmente, o propósito e a organização do todo: um ideal de obra claramente pensado, concebido com inteligência e realizado com sensatez.
>
> *Friedrich Schlegel*[94]

A caracterização de Schlegel intitulada *Relato sobre as obras poéticas de Giovanni Boccaccio* (*Nachricht von den poetischen Werken des Johannes Boccaccio*) analisa o conjunto de obras do poeta italiano Giovanni Boccaccio (1313-1375), buscando discutir sua importância enquanto um dos precursores da forma literária da novela na literatura ocidental. Publicada no ano de 1801, no segundo volume das *Charakteristiken und Kritiken* (*Caracterizações e críticas*), o escrito crítico-literário de Schlegel expõe, entre outros assuntos, o diálogo entre as novelas boccaccia-

[90] Ibid., p. 92.
[91] MENNEMEIER, Franz Norbert. *Friedrich Schlegels Poesiebegriff dargestellt anhand der Literaturkritischen Schriften. Die romantische Konzeption einer objektiven Poesie.* München: Wilhelm Fink Verlag, 1971, p. 181.
[92] SCHLEGEL, Friedrich. *Über Lessing.* In: KA-II, p. 104.
[93] Id. *Geschichte der alten un neuen Literatur.* In: KA- VI, p. 393.
[94] Id. *Relato sobre as obras poéticas de Giovanni Boccaccio*, p. 89.

nas e a tradição das formas poéticas breves de cunho narrativo, apresentando uma pequena teorização sobre a novela enquanto gênero que teria a tendência de expor matéria histórica de um modo objetivo e universal. A caracterização analisa igualmente o tratamento de diversos temas literários da Antiguidade, os quais ressurgem nas narrativas de Giovanni Boccaccio. A familiaridade com que Schlegel discorre sobre o conjunto de obras de Boccaccio, e a rapidez das análises sobre as mais diversas obras da Antiguidade expõem um crítico não apenas familiarizado com a literatura boccacciana, mas também um estudioso incansável da poesia europeia.

A caracterização sobre as obras de Boccaccio segue os mesmos procedimentos de outros ensaios de Schlegel, ou seja, o crítico busca estabelecer o caráter essencial das composições artísticas do poeta italiano, para depois discorrer sobre os elementos que integram o espírito (tendência, tom, modo ou maneira) e a letra (forma, matéria e estilo) da obra. Analisando a vida dos florentinos no século XIV italiano, Schlegel chega à conclusão de que Boccaccio – como ele mesmo – "viveu apenas para sua arte, e, já em tenra juventude, rompeu com todas as barreiras com as quais se queria restringi-lo, arrebatando-o para uma felicidade burguesa".[95] Antes de passar propriamente às obras do poeta italiano, Schlegel trata dos principais aspectos da vida e da época em que o poeta viveu, bem como de suas relações sociais com a alta aristocracia napolitana e florentina. Os aspectos históricos sobre a vida do autor do *Decamerão* interessam a Schlegel, mas apenas na medida em que possam auxiliar, de alguma forma, na compreensão do estilo ou de algum outro elemento da criação boccacciana. Além disso, o diálogo constante entre o histórico, a obra individual e o conjunto de obras do autor – no movimento denominado de "crítica absoluta" por Schlegel[96] – auxilia na empreitada de caracterizar as obras poéticas de Boccaccio, e tem o intuito de estabelecer o caminho que o poeta italiano trilhou até chegar à sua principal obra, o *Decamerão*. A caracterização traça um perfil biográfico de Boccaccio, que serve como fundamento para que o autor de *Lucinde* discuta, por exemplo, a presença constante da personagem de Fiametta em suas obras. O crítico alemão também compara a vida de Giovanni Boccaccio com a de dois outros grandes poetas italianos, Dante Alighieri (1265-1321) e Francesco Petrarca (1304-1374):

> Ele viveu na época em que a antiga literatura começava a reviver na Itália, quando a poesia italiana estava em seu mais elevado e magnífico auge, e os poemas e narrativas dos franceses e provençais, em versão original ou em traduções e imitações, eram as leituras favoritas das classes mais elevadas em toda a Europa. Ele nasceu em 1313, oito anos antes da morte de Dante e nove depois do nascimento de Petrarca, morrendo exatamente no mesmo ano que este, em 1374.[97]

[95] Ibid., p. 92.

[96] "Ideias críticas são matemática prática, análise absoluta e hermenêutica absoluta." SCHLEGEL, Friedrich. *Philosophische Lehrjahre*. In: KA-XVIII, p. 132, fragmento [568].

[97] Id. *Relato sobre as obras poéticas de Giovanni Boccaccio*, p. 92.

O fato de se ocupar em detalhar a vida e o contexto histórico da época de Boccaccio é considerado imprescindível para o conhecimento da essência de sua criação artística, pois, como afirma o estudioso, "não é insignificante ou indigno, quando repetimos, por assim dizer, sua vida em fantasia, e participamos de todas as expansões e limitações de seu ser".[98] De acordo com Schlegel, apenas assim é possível perceber o sentido e o propósito elevados no contexto, na composição e no tratamento de uma obra literária. De modo a compreender como o poeta italiano alcançara a perfeição em sua obra mais famosa, o *Decamerão*, o crítico busca estabelecer o sentido de outros escritos, caracterizando os elementos formais, a métrica, a sonoridade, ou mesmo a matéria tratada, e o modo como essa matéria – muitas vezes advinda de narrativas da Antiguidade – é transformada por Giovanni Boccaccio. Outro aspecto interessante na caracterização é a abrangência da análise crítico-literária. Demonstrando um fôlego surpreendente, o crítico analisa todas as obras do poeta italiano, fazendo relações com as obras de outros autores – como no caso das narrativas de Chaucer –, ou mesmo abordando as relações comuns entre os escritos de Boccaccio. Essa visão do conjunto da obra de um autor difere essencialmente do ensaio sobre o romance *Wilhelm Meister*, o *Meister-Aufsatz*, em que Schlegel analisou e discutiu apenas aquela obra. É possível perceber que a caracterização schlegeliana pode tanto servir para se analisar uma obra ou o conjunto de obras de um autor, sempre com a intenção de determinar o caráter central, a essência, a tendência e a impressão absoluta. A originalidade dessa caracterização schlegeliana vincula-se, assim, não apenas ao modo de análise, mas também à determinação da concordância entre as diversas fases do poeta italiano. Por outro lado, o *Relato sobre as obras poéticas de Giovanni Boccaccio* é igualmente uma espécie de defesa da novela, a qual busca demonstrar como esse gênero específico de narrativa é capaz de propiciar ao poeta o meio necessário à exteriorização indireta e universal até mesmo de experiências ou histórias individuais:

> Eu afirmava que a novela é muito apropriada para representar indireta e simbolicamente a visão e disposição subjetivas, sobretudo as mais singulares dentre elas. Eu poderia recorrer a exemplos e perguntar: Por que dentre as novelas de Cervantes, apesar de todas serem belas, algumas sejam decididamente mais belas? Através de qual magia elas excitam nosso íntimo, dele se apoderando com divina beleza, senão pelo fato de porque em toda parte brilha o sentimento invisível do poeta, sua mais íntima peculiaridade, ou porque ele, como no "Curioso Impertinente", exprimiu pontos de vista que, em razão de sua originalidade e profundidade, não poderiam ter sido expostos de outra maneira? Por que o *Romeu* situa-se em um nível mais elevado do que outras novelas dramatizadas do mesmo poeta, a não ser pela razão de que ele, cheio de entusiasmo juvenil, encontrou aí, mais do que em qualquer outra novela, um belo receptáculo que pudesse ser completamente preenchido e penetrado por ele? Além disso, não é necessária uma discussão para mostrar que em alguns casos essa maneira indireta de apresentação do subjetivo pode ser bem mais adequada e elegante do que a apresentação imediata lírica, pois é exatamente o que há de indireto e velado nessa forma narrativa que lhe empresta um encanto superior.[99]

[98] Ibid., p. 93.
[99] Ibid., p. 112.

O crítico acreditava que a novela fosse uma forma literária singular para a apresentação de matéria subjetiva de forma indireta pelo fato de ter a tendência de expressar acontecimentos e informações locais e subjetivas de um modo universal. Essa característica da novela, ainda segundo o estudioso, está relacionada à sua própria constituição, "pois ela tende bastante para o objetivo, e, embora determine com precisão o costume e o local, não obstante, ela também se atém facilmente ao universal".[100] Em sua origem, as narrativas das quais a novela se desenvolveu foram difundidas de forma oral, em grupos que se reuniriam ao redor de um ancião, do viajante que trazia notícias (*Nachrichten*) de terras distantes; em volta da fogueira em noites de vigília, nos momentos de descontração das viagens, ou nas peregrinações dos povos em busca de alimento espiritual. Além disso, a novela é herdeira das mais diversas formas breves, cujas diferentes configurações – seja na representação oral, escrita, cortês ou popular – revelam as múltiplas manifestações da oralidade de que trata Paul Zumthor.[101] Assim, a forma ou gênero literário da novela carrega em sua própria constituição esse caráter espontâneo, coletivo, universal, o qual unifica e aproxima as experiências de quem narra e de quem ouve:

> Mas esta propriedade da novela pode ser imediatamente deduzida de seu caráter original. A novela é uma anedota, uma história ainda desconhecida, narrada de tal maneira como se narraria em sociedade uma história que em si e por si só precisa poder interessar, sem olhar para a relação das nações e das épocas, para o progresso da humanidade e a circunstância de sua formação. Uma história que, estritamente falando, não pertence à história, e que já traz ao mundo, desde seu nascimento, a disposição para a ironia. Uma vez que ela deve interessar, precisa conter em sua forma algo que para muitos prometa ser estranho ou amável. A arte de narrar pode apenas aumentar um pouco alguma coisa, de maneira que o narrador procurará mostrá-la com um agradável nada e nos entreter enganosamente com uma anedota, que, a rigor, nem mesmo seria uma anedota, e saber adornar tão ricamente aquilo que no todo era apenas um nada através da plenitude de sua arte, de tal maneira que nos enganemos de bom grado, e nos deixemos até mesmo interessar somente por ele.[102]

De acordo com Schlegel, o caráter inaudito que a novela é capaz de expressar, ou seja, a utilização do efeito da novidade, do desconhecido, como mote para a representação indireta de acontecimentos individuais, é uma das características fundamentais dessa forma literária. Através da caracterização sobre as obras poéticas de Boccaccio, o crítico alemão contribuiu para a compreensão das origens e do desenvolvimento histórico dessa forma breve, inaugurando a teoria da novela em solo alemão.[103] Além disso, ao realizar uma defesa entusiasmada da novela em seu ensaio crítico-literário sobre Giovanni Boccaccio, Schlegel prestou uma singela

[100] Ibid.

[101] ZUMTHOR, Paul. *Introdução à poesia oral*. Tradução de Jerusa Pires Ferreira, Maria Lúcia Diniz Porchat e Maria Inês de Almeida. Belo Horizonte: Editora UFMG, 2010, p. 29.

[102] SCHLEGEL, Friedrich. *Relato sobre as obras poéticas de Giovanni Boccaccio*, p. 113.

[103] "A teoria da novela surge na Alemanha apenas a partir do primeiro romantismo alemão, principalmente após o ensaio de Schlegel sobre Boccaccio." EICHNER, Hans. *Der Aufsatz über Boccaccio*. In: KA-II, p. CII.

homenagem ao autor do *Decamerão*, reivindicando àquele, que foi o objeto de sua caracterização, "a glória de ser considerado o pai e mestre do gênero".[104]

Crítica e polêmica: Gotthold Ephraim Lessing

> O sinal distintivo universal principal das obras-primas gregas na pintura e na escultura o sr. Winckelmann localiza numa nobre simplicidade e numa grandeza quieta tanto no posicionamento quanto na expressão.
>
> *G. E. Lessing*[105]

A caracterização que Schlegel escreveu sobre Lessing, *Über Lessing*, foi publicada na revista *Lyceum der Schönen Künste* [Liceu das belas-artes], no ano de 1797, em Berlim. A caracterização ainda teve uma conclusão, publicada no ano de 1801 com o título de *Abschluss des Lessing-Aufsatzes* [Conclusão do ensaio sobre Lessing], na qual Schlegel afirma que escrevera o ensaio de 1797 com o intuito de salvar o nome daquele grande homem da vergonha de ter se tornado o símbolo da mediocridade de alguns críticos.[106] A ocupação de Schlegel com as concepções crítico-literárias de Gotthold Ephraim Lessing (1729-1781) principia na época de sua estadia em Berlim, no ano de 1797. Considerada um verdadeiro centro de irradiação das ideias iluministas, a cidade era muito influenciada pelas ideias do autor de *Laocoonte*.[107] Os escritos de Lessing representam para Schlegel, de certo modo, aquilo que ele próprio buscava realizar em sua atividade crítico-literária, décadas mais tarde: a mescla de arte literária, polêmica, ironia e filosofia. O estudioso admirava a crítica de Lessing, sobretudo por seu caráter universal e multifacetado, e por sua atuação nas mais diversas áreas do espírito humano.

A crítica literária e a atividade dramatúrgica de Lessing se inserem em um contexto de refutação das concepções normativas herdadas da tradição clássica e do neoclassicismo francês. Diversos conceitos poetológicos advindos da Antiguidade, como, por exemplo, a questão da *Ständeklausel*, a referida cláusula de condição social, ou a necessidade de se ater de modo restrito às unidades de tempo, espaço e ação, começam a se tornar questionáveis. Nos escritos da *Dramaturgia de Hamburgo*

[104] Ibid., p. 116.

[105] LESSING, Gotthold Ephraim. *Laocoonte ou sobre as fronteiras da pintura e da poesia*, p. 85.

[106] SCHLEGEL, Friedrich. *Abschluss des Lessing-Aufsatzes*. In: KA-II, p. 397.

[107] A admiração por Lessing era tamanha em Berlim que a esposa do médico e filósofo iluminista Marcus Herz (1747-1803), Henriette Herz (1764-1847) – em cujo salão os principais pensadores da época circulavam, incluindo os membros do primeiro romantismo alemão –, chegou a afirmar que "aquilo que não fosse escrito com a clareza de Lessing não merecia atenção, devendo ser refutado". EICHNER, Hans. *Einleitung*. In: KA-II, p. XXX.

(1769), ao invés de buscar uma fundamentação exterior para a obra de arte, Lessing entende que a verossimilhança é fundamental para que a obra se torne digna de confiança [*glaubwürdig*].

De acordo com Schlegel, uma das razões para tratar de Lessing advinha do fato de que, apesar de sua fama e importância, "uma caracterização completa de seu espírito não seria de todo inútil, pois, uma natureza tão rica e diversificada como a dele jamais poderia ser caracterizada em toda a sua plenitude, pelo fato de ser inesgotável".[108] Reconhecendo no autor da *Dramaturgia de Hamburgo* um conhecedor absoluto da poesia e das artes dramáticas, Schlegel censura os críticos por se ocuparem apenas com a forma polêmica de seus trabalhos, e assevera que seria importante estabelecer de forma detalhada a recepção de sua crítica:

> Lessing foi único e insuperável, um conhecedor quase perfeito da poesia, isso é um fato. Nele, o ideal e o conceito de indivíduo parecem ter quase se amalgamado. E ambos são frequentemente confundidos. Um Lessing: é o que se afirma para caracterizar a perfeição de um crítico de poesia. Não é todo homem que se expressa assim, como Kant e Wolf, mestres da filosofia crítica [...]. São bem poucas as pessoas que têm o sentido para a ironia e a prosa como Lessing.[109]

Schlegel também afirma que Lessing certamente se surpreenderia se pudesse retornar e verificar como seu nome era utilizado por críticos medíocres.[110] A discussão sobre a recepção das obras de Lessing, e de como se apoderaram de suas ideias críticas para fundamentar doutrinas completamente avessas a seu espírito liberal, toma grande parte da caracterização. Schlegel discute o fato de que a maioria dos leitores críticos das obras de Lessing havia compreendido o espírito da polêmica que perpassa seus escritos de forma equivocada. Do mesmo modo, o jovem romântico elogia o fato de que Lessing exerceu essa crítica polêmica "em um tempo em que uma das coisas que mais se tinha medo, além do misticismo, era a polêmica, no qual o princípio que dominava era o de deixar tudo para lá, e se tolerar tudo".[111] A forma polêmica dos escritos de Lessing tem uma finalidade eminentemente crítica, é a maneira encontrada pelo crítico para lutar contra o dogmatismo que envolvia as considerações sobre arte em seu tempo. No contexto da crítica, a polêmica serve "para afastar o que é falso, e para dar lugar ao melhor".[112] Para Lessing, era muito comum principiar seus escritos fazendo referências polêmicas a outros estudiosos. Esse método é utilizado em vários trechos da *Dramaturgia de Hamburgo* toda vez que o autor pretende esclarecer um assunto, contrapondo suas concepções às de outros pensadores, como no caso de Voltaire ou Corneille. Esse exercício de dialé-

[108] SCHLEGEL, Friedrich. *Über Lessing*. In: KA-II, p. 100.
[109] Ibid., p. 104.
[110] "Lessing ficaria abismado ao perceber que os poetas medíocres, os literatos moderados e os virtuosos da mediocridade, os quais enquanto vivera, ele nunca se cansara de odiar e perseguir, agora ousavam endeusá-lo como um virtuoso da áurea mediocridade." Ibid., p. 102.
[111] Ibid., p. 108.
[112] WELLEK, René. *História da crítica moderna. Friedrich Schlegel*, p. 9.

tica perpassa os escritos de Lessing, sendo descrito por Schlegel como uma espécie de prosa genial do espírito combinatório:

> Os escritos de Lessing têm um efeito semelhante aos escritos dos filósofos da Antiguidade, e, embora através de um caminho diferente, eles têm o mesmo sucesso. O que ele escreve tem tal magia que se pode, certamente, colocá-lo entre os maiores escritores, não apenas porque é genial nos detalhes, mas também porque o próprio movimento de seu pensamento é genial. É possível descrever a forma desse procedimento do seguinte modo: Ele parte sempre de um vivo interesse preestabelecido em algo; seja isso uma pedra talhada, uma peça de teatro ou a maçonaria, isto é, o que o destino ou a ordem do dia trouxer; qualquer que seja o assunto ele sabe relacionar ideias elevadas. Então, com intensa vivacidade, ele considera esse seu interesse, iniciando o desenvolvimento de seu pensamento, criando, agindo e abraçando os temas que o circundam; contrapondo novos modelos teóricos às concepções preestabelecidas e pontos de vista especulativos às visões individuais [...] seu pensamento penetra cada vez mais profundamente, alargando-se mais e mais; se já nos primeiros passos é possível reconhecer o paradoxo, a sensação agora é de completa dissolução no espírito combinatório.[113]

O método polêmico de Lessing é perpassado pelo efeito da espirituosidade (*Wirkung des Witzes*), o que ocasiona uma confluência entre poesia, dialética e reflexão filosófica.[114] Outro aspecto interessante discutido pelo crítico em sua caracterização é a classificação feita por Lessing sobre os diferentes tipos de artistas e as possibilidades de critica que se poderia fazer de acordo com o nível de cada um. Lessing afirmava que a crítica deve se adequar a cada tipo de artista, de modo que "um poeta miserável não se deve criticar de forma alguma; já com os medíocres, deve se agir de forma suave, e com os grandes artistas é necessário ser implacável".[115] De acordo com Schlegel, era necessário ter certo distanciamento das obras de Lessing de modo a criticá-las com a mesma sinceridade que o autor da *Dramaturgia de Hamburgo* tivera em relação à obra de outros artistas.[116] É exatamente o caráter desinteressado dos estudos posteriores que permitiu a Schlegel compreender "que o mais interessante e fundamental nos escritos de Lessing é exposto apenas como aceno e insinuação, ou seja, o mais desenvolvido e perfeito fragmento de fragmentos".[117] A relação entre as partes e o conjunto da obra surge novamente, como na caracterização do romance *Wilhelm Meister*, indicando que para compreender a obra de Lessing era preciso conhecer o espírito de sua filosofia através da intuição do todo:

> Honro Lessing pela grande tendência de seu espírito filosófico, e pela forma simbólica de suas obras. Em razão dessa tendência eu o acho genial. A meu ver, por causa da forma simbólica, suas obras pertencem ao âmbito da arte elevada, pois é exatamente isso, segundo a minha opinião, a característica principal das mesmas. Quando vocês tentarem compreender autores ou obras, ou seja, construí-las levando em consideração aquele grande organismo vocês perceberão [...] que a essência da arte elevada é composta na relação com o todo.[118]

[113] SCHLEGEL, Friedrich. *Vom Wesen der Kritik. Lessings Gedanken und Meinungen (1804)*. In: KA-IIII, p. 50.
[114] Ibid., p. 84.
[115] Id. *Über Lessing*. In: KA-II, p. 109.
[116] Ibid., p. 110.
[117] Ibid., p. 112.
[118] Id. *Abschluss des Lessing-Aufsatzes*. In: KA-II, p. 415.

Assim como acreditava que as mais interessantes exteriorizações de Lesssing foram realizadas na forma fragmentária, Schlegel também postulava que o crítico não era o poeta que muitos dos "bajuladores da mediocridade áurea" acreditavam. Esse fato pode ser comprovado nas próprias palavras de Lessing, que afirmava que "às vezes me concedem a honra de me considerarem um poeta, *mas apenas porque não me conhecem*".[119] Ao discordar da opinião corrente, Schlegel chama a atenção para um escrito de Lessing onde é discutido o fato de que o crítico de arte não precisa necessariamente ser um poeta. Em *Der Rezensent braucht nicht besser machen zu können was er tadelt* [O resenhista não precisa saber fazer melhor aquilo que ele critica], escrito entre 1767 e 1769, Lessing levanta uma interessante discussão sobre as considerações do homem de gosto e do juiz de arte, o *Kunstrichter*. O dramaturgo afirma que, "embora não tenhamos controle sobre nossos sentimentos, ainda assim, temos o direito de dizer o que sentimos",[120] e discorre sobre "os fundamentos da crítica do juiz de arte, que conclusões ele deve retirar de seus sentimentos, e como ele deve comparar seus sentimentos sobre a arte com o de outros críticos".[121]

Realizando ele mesmo a crítica polêmica contra as afirmações de Lessing, Schlegel discute em sua caracterização o fato de que, embora não precise ser um artista, o crítico deve ainda assim buscar os fundamentos de sua atuação, "de modo a exercer uma visão crítica não apenas das épocas remotas, mas também das exteriorizações literárias de seu tempo".[122] Outra importante questão levantada por Schlegel é a restrição que Lessing faz aos autores franceses em seu apego aos ditames atemporais da poética clássica. Lessing criticava nos franceses sua adesão cega à regras que muitas vezes não cabiam no teatro francês. Do mesmo modo, Schlegel mais tarde define como a loucura dos poetas alemães (*der Wahn der deutschen Dichter*) a insistente busca por "imitar os franceses e trabalhar segundo as regras dos antigos".[123] Era exatamente esse equívoco que Lessing tentava evitar ao enfatizar em sua crítica teatral as teorias de Aristóteles e não dos franceses. Sua aversão ao domínio do teatro francês na Alemanha (que persistia desde a época de Gottsched) reflete seu desejo de fundamentar uma teoria da arte dramática não em princípios atemporais e dogmáticos, como é o caso de Boileau, Batteaux, Corneille, Racine, Dacier, mas na discussão dessas ideias e de sua aplicação prática.

Como era um grande estudioso da práxis teatral, Lessing busca respostas práticas na *Poética* de Aristóteles para que possa questionar as teorias francesas. Assim, por exemplo, na discussão que ele, Moses Mendelssohn e Friedrich Nicolai travam

[119] Id. *Über Lessing*. In: KA-II, p. 112. [Itálico de Schlegel].

[120] LESSING, Gotthold, Ephraim. *Der Rezensent braucht nicht besser machen zu können, was er tadelt*. In: Id. *Werke. 1767-1769*. Frankfurt am Main: Deutscher Klassiker Verlag, 1985, p. 711.

[121] Ibid., p. 711.

[122] SCHLEGEL, Friedrich. *Über Lessing*. In: KA-II, p. 114.

[123] Ibid., p. 115. Essa concepção completamente negativa das obras dos franceses se altera após a estadia de Schlegel em Paris, entre os anos 1803 e 1804, como pode ser verificado nas *Conferências sobre a história da literatura antiga e moderna* de Viena, de 1812. Sobre esse assunto ver o capítulo 7 da presente tese, intitulado "As conferências sobre história da literatura de Friedrich Schlegel".

em torno da questão aristotélica da compaixão e do temor, o que sobressai é a preocupação com o efeito sobre a audiência.[124] Essa problemática está intimamente relacionada com as alterações ocorridas na sociedade alemã no decorrer do século XVIII. Ao postular que Aristóteles tratava da compaixão e do temor enquanto algo que sentimos quando alguém "como nós" sofre de forma não merecida, Lessing tinha também a específica intenção de justificar a inserção de personagens da nova camada social no drama burguês.[125] A teorização de Lessing (como de outros iluministas) tem uma finalidade eminentemente prática: provocar novos efeitos no espectador. Discutindo a questão da necessária mudança nos paradigmas das artes dramáticas no século XVIII, Márcio Suzuki afirma que aquele tempo exigia outras formas de representação e "novas formas de despertar a comoção do público, é por isso que tanto Diderot quanto Lessing pretendem introduzir novos gêneros dramáticos, capazes de provocar um efeito diferente no espectador".[126] Para Schlegel, o método mais eficiente de conhecer toda a grandeza do espírito de Lessing era a partir dele mesmo, ou seja, da leitura de seus textos. Ao contrário do que havia dito sobre a atuação de Lessing no âmbito da poesia, Schlegel contempla a obra *Emilia Galotti* como ponto de partida excelente para tentar compreender o crítico e o dramaturgo, pois nela ele teria colocado muito de si:

> Em nenhuma outra área Lessing colocou tanta experiência, erudição, estudo, exercício, esforço e formação de todo tipo do que na poesia. Nenhuma obra sua se aproxima de *Emilia Galotti* no que concerne à aplicação e ao esmero artísticos, mesmo que outras obras possam expor mais maturidade de espírito. Na verdade, há mesmo poucas obras trabalhadas com tal agudez, delicadeza e detalhe [...]. Por isso, na verdade, *Emilia Galotti* é sua obra-prima, principalmente quando se quer determinar até onde Lessing chegou na arte da poesia.[127]

A caracterização sobre Lessing descreve ainda de forma admirável a obra *Nathan, o sábio*, afirmando que quem fosse capaz de entender essa obra "quase impossível de se classificar e rubricar seria capaz de compreender Lessing".[128] Schlegel lamenta o fato de que a recepção crítica dessa obra se ocupa de um trabalho inútil em saber se pertence ao gênero dramático ou didático, enquanto o essencial se perde, ou seja, que "o *Nathan* é um poema de Lessing. É o Lessing de Lessing [*ist Lessings Lessing*], a obra por excelência entre suas obras".[129] Da mesma forma que deixara

[124] LESSING, G. E. *Briefwechsel über das Trauerspiel zwischen Lessing, Mendelssohn und Nicolai*. In: Id. *Werke*. Frankfurt am Main: Deutscher Klassiker Verlag, 1985.

[125] "A compaixão, diz Aristóteles, exige que alguém sofra de algo que não mereceu, enquanto o temor exige que seja um de nós." LESSING, Gotthold Ephraim. *Hamburgische Dramaturgie*. In: Id. *Werke*. *1767-1769*. Frankfurt am Main: Deutscher Klassiker Verlag, 1985, p. 553. Aristóteles trata dessa questão da compaixão e do temor no capítulo XIII da *Poética*. Cf. ARISTÓTELES. *Arte Poética*. In: ARISTÓTELES, HORÁCIO, LONGINO. *A Poética Clássica*. Tradução de Jaime Bruna. São Paulo: Cultrix, 2008, p. 31.

[126] SUZUKI, Márcio. *A tragédia e a verdade de Laocoonte*. In: ROSENFIELD, Denis L. *Filosofia e literatura: O trágico*. Rio de Janeiro: Jorge Zahar, 2001, p. 37.

[127] SCHLEGEL, Friedrich. *Über Lessing*. In: KA-II, p. 116

[128] Ibid., p. 118.

[129] Ibid., p. 118.

obras-primas no âmbito do gênero dramático, Lessing também tem um papel preponderante na história do teatro alemão. Em muitos de seus escritos, como em *Über Lessing*, Friedrich Schlegel o descreve como um "espírito revolucionário, que espalhava as mais apaixonadas e polêmicas discussões, ocasionando rupturas e cisões em toda e qualquer direção em que centrasse sua atuação".[130] Diversos aspectos das teorizações de Lessing podem ser igualmente encontrados na obra crítica de Schlegel: o espírito da polêmica transformado em método retórico de observar uma questão por diversos ângulos, a busca pela superação da crítica normativa e dogmática, o amor incondicional pelas artes e ciências, o espírito combativo, entre outras características. Assim como Winckelmann e Herder contribuíram de forma singular na formação de Schlegel, as ideias de Gotthold Ephraim Lessing permanecem como uma fonte inesgotável de inspiração, indicando que a crítica de literatura, como a essência de toda grande arte, se fundamenta na relação entre as partes e o todo.[131]

[130] Ibid., p. 101.
[131] Id. *Abschluss des Lessing-Aufsatzes*. In: KA-II, p. 414.

III. TEORIA

1. A POESIA ROMÂNTICA

O conceito de romântico

> Um romance perfeito deveria ser uma obra de arte muito mais romântica que *Meister*; moderno e antigo, filosófico, ético e político-poético, sociável, universal e liberal.
>
> *Friedrich Schlegel*[1]

Ao indicar que um romance perfeito deve ser uma obra bem mais romântica do que *Os anos de aprendizado de Wilhelm Meister*, de Johann Wolfgang Goethe, Schlegel enumera alguns traços que, em sua concepção, compõem o que denomina de romântico. A aproximação entre antigo e moderno, filosofia e poesia, a mescla de temas e formas literárias, o entrecruzar de política e estética (na concepção de revolução estética) são algumas das características que o estudioso imputa ao romântico. Do mesmo modo, em sua obra *Conversa sobre a poesia*, Schlegel afirma que "um romance é um livro romântico destinado à leitura desde os tempos mais antigos".[2] Além de levantar diversas questões relacionadas ao estabelecimento da forma literária do romance no século XVIII alemão, a sentença indica que nem todo livro romântico pode ser considerado um romance, de modo que se deve levar em consideração o fato de que o conceito de romance é tão antigo quanto as palavras "romance" e "romântico", pois, na Antiguidade, "já existiam romances entre os gregos, romanos, chineses e hindus, do mesmo modo como, mais tarde, surgiriam romances na Idade Média latina".[3] Por outro lado, embora a palavra "romântico" ainda conservasse alguns sentidos antigos, como aquele que a relaciona às narrativas de cavalaria e ao espírito medieval, ela ainda não estava associada ao devaneio, ao exagero amoroso, nem tampouco ao sentimental e ao piegas, conotações que adquire mais tarde.[4] O que se conclui é que, ao final do século XVIII, o termo

[1] SCHLEGEL, Friedrich. *Fragmentos sobre poesia e literatura(1797-1803) seguido de Conversa sobre poesia*, p. 126 [289].

[2] "Ontem, no momento mais caloroso da discussão, você pediu uma definição de romance. Não considero o problema insolúvel. O romance é um livro romântico [...] foi destinado à leitura desde os tempos mais antigos." Ibid., p. 536.

[3] VOSSLER, Karl. *Der Roman bei den Romanen*. In: KLOTZ, Volker. *Zur Poetik des Romans*. Darmstadt: Wissenschaftliche Buchgesellschaft, 1965, p. 3.

[4] De acordo com um dicionário da época, o *Grammatisch-kritisches Wörterbuch der hochdeutschen Mundart* (1774–1786) de Johann Christoph Adelung, a palavra era utilizada tanto como adjetivo "paisagem romântica, atmosfera

"romântico" encontra-se em um período de transição, possuindo uma abrangência distinta daquela utilizada até então, mas que difere também da que viria a assumir na modernidade.

A diversidade de significados do termo "romântico" pode ser constatada em carta escrita por Schlegel a seu irmão August Wilhelm, na qual o crítico afirma que "não pode enviar o significado de romântico pois a explicação teria 125 páginas".[5] Entre outras acepções, entendia-se por romântico o que tinha relação com o maravilhoso, o fantástico, as narrativas de origem medieval, o que se relacionava ao amor, à paixão, ao arrebatamento.

Exemplos assim são encontrados ainda em 1794. Na época, um autor anônimo alemão publica uma coleção de narrativas com o título de "Histórias românticas para leituras confortáveis", as quais também são chamadas de "histórias fantasiosas para ler".[6] Do mesmo modo, poemas que não correspondiam à métrica clássica, ou textos escritos em língua vulgar, eram considerados "formas românticas".[7] A palavra *roman* origina-se de *romanz, romant* em francês arcaico, denominando o que era escrito em língua popular romana.[8] Desde o século XV, o termo *romanz* passa a descrever as obras épicas com matéria aventureira, traduzidas do latim para as línguas vulgares.[9] Segundo Ernst Robert Curtius, na Idade Média a palavra "românico" designa as línguas vulgares neolatinas, que se contrapunham ao latim:

> São derivações desse tipo o francês antigo *romanz*, o espanhol *romance*, o italiano *romanzo*. São criações da camada social latina erudita e serviam para designar todas as línguas românicas, concebidas em face do latim, como uma unidade. *Enromancier, romançar, romanzare* significavam: traduzir livros na língua vulgar ou escrevê-los nela. Esses livros se chamavam *romanz, romant, roman, romance, roman*, significando "romance cortesão em versos", e, literalmente, livro popular. As palavras "romance" e "romântico" estão intimamente ligadas. Em inglês e alemão, na linguagem usual, ainda no século XVIII, romântico é alguma coisa "que poderia acontecer em romances". O equivalente italiano do francês antigo *roman* é o galicismo *romanzo* ("romance"). Com esse sentido o emprega Dante. Em francês e italiano *romanice* converte-se em nome de um gênero literário. Idêntica evolução verificou-se em espanhol. Aqui também *romance* significava primeiramente "língua popular" [...]. A partir do século XV *romance* aparece como designação do gênero poético, ainda hoje assim chamado, e desde o século XVI colecionado em *romanceros*.[10]

Essa antiga acepção de romance – como língua vulgar neolatina – ainda era utilizada no século XVI. Em carta escrita em 1559, o padre jesuíta Antonio de Sá, enviado ao Brasil para catequizar os índios, emprega a palavra "romance" com o

romântica" ou advérbio, "A cidade situava-se romanticamente próxima ao mar". ADELUNG, Johann Christoph. *Grammatisch-Kritisches Wörterbuch der hochdeutschen Mundart*, 1. ed. Leipzig: Bernhard Christoph Breitkopf und Sohn, 1774.

5 SCHLEGEL, Friedrich. *Die Period des Athenäums. 1797-1799*. In: KA-XXIV, p. 53, carta nffl 37, datada de 1 de dezembro de 1797.

6 EICHNER, Hans. *Einleitung*. In: KA-II, p. LIV.

7 Ibid.

8 KLUGE, Friedrich. *Etymologisches Wörterbuch der deutschen Sprache*. Berlim/Nova York: Walter de Gruyter, 2002, p. 770.

9 Ibid.

10 CURTIUS, Ernst Robert. *Literatura europeia e Idade Média latina*, p. 65.

significado de língua vulgar neolatina: "Eu ensino agora cá a doutrina cristã e as nossas orações *em nosso romance*, como sempre fizemos".[11] Os cognatos "romance" e "romântico" também podem ser encontrados na obra *Dom Quixote de La Mancha*, de Miguel de Cervantes Saavedra, publicada em dois volumes entre 1605 e 1615. No escrito de Cervantes, o fidalgo, transformado pela própria imaginação em cavaleiro andante, assim que se vê em apuros principia a pensar em alguma passagem daqueles "romances" que o levaram ao desvario: "Dom Quixote pensou sem dúvida que era aquele o marquês de Mântua, seu tio, e, assim, não lhe respondeu outra coisa senão o seguimento de seu *romance*, onde dava conta de sua desgraça e dos amores do filho do Imperante com sua esposa, tudo do mesmo jeito que o romance canta".[12]

Na Inglaterra, ainda no século XVII, o termo "romântico" foi associado ao efeito de transportar os leitores para um universo distante, estranho, desconhecido, repleto de mistérios e maravilhas. Assim, quando se queria descrever obras imaginativas, cheias de fantasia, chamavam-nas de *Romantick inventions*.[13] Em descrições de cenários rurais de 1640, a expressão *"romantick country"* era utilizada para designar a vastidão das planícies, a imensidão das paisagens.[14] Nesse sentido, "romântico" significava a transferência da mente do leitor para lugares distantes, onde ocorriam aventuras maravilhosas, "virtudes extraordinárias, paixões intensas, as quais permitiriam que a liberdade sem limites da natureza selvagem e primitiva pudesse fornecer um alívio à monotonia da vida urbana moderna".[15]

No que concerne aos âmbitos da crítica e da história literária, René Wellek afirma que o termo "poesia romântica" foi utilizado pela primeira vez na França, em 1669. Ainda segundo o crítico, o conceito é introduzido na Inglaterra em 1674, e em 1766 na Alemanha.[16] Todos esses significados do termo "romântico" contribuíram para o estabelecimento do conceito de poesia romântica por Schlegel, e mesmo para determinadas concepções utilizadas pós-Novalis, como, por exemplo, o termo "romantizar".[17] Para os românticos, afirmar que o mundo precisava ser romantizado era também constatar a necessidade de aproximar o elevado e o comum, o erudito e o popular:

[11] LEITE, Serafim. *História da Companhia de Jesus no Brasil*. Século XVI, t. II. Lisboa: Livraria Portugália; Rio de Janeiro: Civilização Brasileira, 1938, p. 549. [Itálico nosso.]

[12] SAAVEDRA, Miguel de Cervantes. *O engenhoso fidalgo Dom Quixote de La Mancha*, v. I. Tradução de Sérgio Molina. São Paulo: Editora 34, 2002, p. 90.

[13] "*I speak especially of that imagination, which is most free, such as we use in Romantick inventions.*" HÜBENER, Gustav. *Theorie der Romantik*. In: PRANG, Helmut (Org.). *Begriffsbestimmung der Romantik*. Darmstadt: Wissenschaftliche Buchgesellschaft, 1968, p. 217. [A expressão é de 1659.]

[14] IMMERWAHR, Raymond. "Romantic and Its Cognates in England". In: EICHNER, Hans (Org.). *Romantic and its cognates*. Toronto: University of Toronto Press, 1972, p. 20.

[15] Ibid., p. 18.

[16] WELLEK, René. *Concepts of criticism*, p. 131.

[17] Como explica Walter Benjamin, o termo "romantizar" é utilizado por Novalis para designar a reflexão mediadora como procedimento da arte: "Absolutização, universalização, classificação do momento individual [...] são a própria essência do romantizar". "Na medida em que eu [...] dou ao finito uma aparência infinita, eu o romantizo." BENJAMIN, Walter. *O conceito de crítica de arte no romantismo alemão*, p. 76.

O mundo precisa ser romantizado. Assim reencontrar-se o sentido originário. Romantizar nada é senão uma potenciação qualitativa. O si-mesmo inferior é identificado com um si-mesmo melhor nessa operação. Assim como nós mesmos somos uma tal série potencial qualitativa. Essa operação é ainda totalmente desconhecida. Na medida em que dou ao comum um sentido elevado, ao costumeiro um aspecto misterioso, ao conhecido a dignidade do desconhecido, ao finito um brilho infinito, eu o romantizo. – Inversa é a operação para o superior, desconhecido, místico, infinito – através dessa conexão este é logaritmizado – Adquire uma expressão corriqueira, filosofia romântica. *Língua romana*. Elevação e rebaixamento recíprocos.[18]

O termo remete ao universo das lendas e narrativas medievais tão caras aos primeiros românticos, nas quais o maravilhoso e o cotidiano se interpenetram e os mistérios da vida e dos sonhos, da poesia e do mundo, se amalgam em histórias de aventura e de amor. A atmosfera que os contos de Ludwig Tieck buscam recriar é parte desse mundo que se quer romantizar. Do mesmo modo que Novalis demonstra que é preciso romantizar o mundo, Schlegel busca essa mesma aproximação recíproca entre o poético e o prosaico, entre o elevado e o cotidiano, pois acredita que "toda vida e toda poesia devem ser colocadas em contato. Toda poesia deve ser popularizada e toda vida poetizada".[19] Essas afirmações demonstram a sintonia dos jovens de Iena com a tradição histórica da palavra "romântico", a qual, como foi discutido, denotava, entre outras acepções, a tradução de obras latinas para as línguas vulgares. Novalis concebia o romantizar do mundo como a busca pela unidade mística de tudo o que se encontra apartado. Em sua crítica contra o dogmatismo e os exageros da razão iluminista, ainda que por um período de tempo relativamente curto, esses pensadores encontram nas determinações da arte o sentido profundo e elevado da vida. A partir dessa mesma época, a distinção entre o clássico e o romântico, estabelecida por Schiller e Goethe, e tornada mundialmente famosa pelos irmãos Schlegel, torna a palavra "romântico" um polo oposto ao termo clássico, passando então a caracterizar não apenas uma época da literatura, mas até mesmo um sentimento ou modo de vida. É com esse sentido que termos como "sentimento romântico", "escrita romântica", "espírito romântico" chegam até nossos dias.

[18] HARDENBERG, Friedrich von. *Fragmentos I e II*, p. 105 apud SUZUKI, Márcio. *O gênio romântico. Crítica e História da Filosofia em Friedrich Schlegel*. São Paulo: Iluminuras, 1998, p. 103.

[19] SCHLEGEL, Friedrich. *Fragmentos sobre poesia e literatura (1797-1803) seguido de Conversa sobre poesia*, p. 272 [27].

A poesia romântica, universal, progressiva

O gênero poético romântico ainda está em devir; sua verdadeira essência é mesmo a de que só pode vir a ser, jamais ser de maneira perfeita e acabada.
Friedrich Schlegel[20]

O conceito de poesia romântica de Friedrich Schlegel se fundamenta em uma visão abrangente do termo "poesia", a qual, segundo o crítico, abarca as mais diferentes formas ou gêneros de expressão literária, englobando até mesmo outros âmbitos que não o da literatura. Em *Conversa sobre a poesia*, no trecho intitulado "Épocas da poesia", o estudioso reúne sob o conceito de poesia a obra de autores tão diversos como Homero, Sófocles, Aristófanes, Ésquilo, Píndaro, Safo, Horácio, Lucrécio, Empédoles, Dante, Petrarca, Boccaccio, Guarini, Cervantes, Shakespeare, Lope de Vega, Goethe, entre outros. A sequência de autores elencada no trecho é tão abrangente que, ao final da exposição de Andrea, identificado pelos estudiosos como August Wilhelm, a personagem Amália, que representa artisticamente Caroline Schlegel, questiona se realmente tudo poderia ser considerado poesia:

> *Amalia.* Se continuar assim, cada coisa, uma após a outra, antes mesmo de nos darmos conta, transformar-se-á em poesia. Então tudo é poesia?
> *Lotário.* Quando praticadas com arte em vista de si mesmas, e quando atingem o ponto mais alto, toda arte e toda ciência que atuam por meio de discurso aparecem como poesia.
> *Ludovico.* E mesmo aquelas que não atuem com as palavras da língua têm um espírito invisível, e este é a poesia.[21]

Refletindo sobre a ideia da arte no primeiro romantismo alemão, Walter Benjamin constata que o conceito de poesia romântica reúne todo tipo de exteriorização artística, crítico-literária e mesmo âmbitos da arte e da vida aparentemente distanciados entre si, e conclui que, através da teoria da poesia romântica, "o *continuum* de formas artísticas não poderia ser indicado de modo mais claro".[22] Em *Conversa sobre a poesia* essa multiplicidade de formas e gêneros literários que a poesia romântica pode adquirir engloba também em um mesmo grupo autores separados por séculos. Assim, são considerados pertencentes à poesia romântica poetas como Dante, Petrarca, Boccaccio, Cervantes, Shakespeare e até mesmo Goethe.

Schlegel divide as épocas da poesia romântica em três fases. Na primeira fase encontram-se os denominados "antigos românticos", ou, como expresso em um dos *Fragmentos sobre poesia e literatura*, os expoentes do estilo antigo da arte

[20] SCHLEGEL, Friedrich. *O dialeto dos fragmentos*, p. 64 [A116].
[21] SCHLEGEL, Friedrich. *Fragmentos sobre poesia e literatura (1797-1803) seguido de Conversa sobre poesia*, p. 507.
[22] BENJAMIN, Walter. *O conceito de crítica de arte no romantismo alemão*, p. 95.

moderna: Petrarca, Boccaccio e Dante Alighieri, este último considerado "sagrado fundador e pai da poesia moderna".[23] Schlegel denomina poesia tanto os sonetos de Petrarca quanto gêneros prosaicos, como as novelas de Boccaccio ou os romances de cavalaria. A visão do crítico sobre o romance e as misturas mais inusitadas de formas literárias que esse gênero pode abarcar é bastante original para sua época. Ao afirmar que toda prosa também é poética, Schlegel tem a intenção de refutar a concepção de que o romance, em razão de sua qualidade prosaica, não pode ser considerado uma espécie de poesia: "A opinião de que o romance não é uma poesia fundamenta-se na frase: *toda poesia deve ser métrica*. A partir desta frase pode-se fazer uma exceção para a progressividade, mas apenas para esta. O romance é uma poesia mista".[24] De certo modo, ocorre o mesmo com a determinação do conceito de poesia romântica. Em razão da proximidade semântica entre a palavra romântico e o gênero do romance, alguns estudiosos concluem que a poesia romântica se refere apenas ao romance enquanto forma ou gênero literário. De acordo com Hans Eichner, as duas mais famosas tentativas de estabelecer o significado de poesia romântica em Schlegel foram as de Rudolf Haym (1870) e a de Arthur Lovejoy (1916):

> A opinião de Haym era de que nos escritos de Schlegel dos anos 1797 e 1800 "romântico" tinha principalmente o significado de "relativo ao romance" [*romanartig*]. De acordo com essa concepção, Schlegel havia deduzido do *Wilhelm Meister* o ensinamento de que o verdadeiro romance nada mais seria do que a soma de todo o poético, e, consequentemente, descrito esse ideal poético com o nome de "poesia romântica". Lovejoy recusava completamente essa concepção, demonstrando que a caracterização da poesia moderna feita por Schlegel no *Studium-Aufsatz* concordava completamente com sua caracterização da poesia romântica da *Athenäum*. A "poesia romântica", a qual se ouve tanto após 1798, era simplesmente a "poesia interessante" do período da juventude de Schlegel. O que havia se alterado, de acordo com Lovejoy, foi apenas a valoração dessa forma de poesia. Arthur Lovejoy também buscou demonstrar que o *Wilhelm Meister* não teria tido a influência decisiva sobre a teoria da poesia romântica de Schlegel que Haym descrevera.[25]

A confusão na recepção do conceito de poesia romântica talvez decorra do fato de Schlegel ter aproximado o romance da ideia de uma poesia que seja a mescla de todos os gêneros e a expressão da individualidade. Mas há igualmente outros significados inseridos no conceito de poesia romântica, entre eles, o sentido ou

[23] SCHLEGEL, Friedrich. *Fragmentos sobre poesia e literatura (1797-1803) seguido de Conversa sobre poesia*, p. 409. Como demonstra Erich Auerbach, a redescoberta de Dante Alighieri para a modernidade é obra dos românticos: "E pela primeira vez desde o fim da onipotência da imagem de mundo católica, os Schlegel, Schelling e Hegel experimentaram a unidade do grande poema, sentiram a *Comédia* não como uma antologia de belas passagens, mas como o poderoso edifício poético uniforme de nossa era". AUERBACH, Erich. "A descoberta de Dante no romantismo". In: *Ensaios de literatura ocidental*. Trad. Samuel Titan Jr. e José Marcos Mariani de Macedo. São Paulo: Editora 34, 2007, p. 295.

[24] Ibid., p. 88 [4].

[25] EICHNER, Hans. *Friedrich Schlegels Theorie der Romantischen Poesie*. In: SCHANZE, Helmut. *Friedrich Schlegel und die Kunsttheorie seiner Zeit*. Darmstadt: Wissenschaftliche Buchgesellschaft, 1985, p. 162. HAYM, Rudolf. *Die Romantische Schule. Ein Beitrag zur Geschichte des Deutschen Geistes*. Hildesheim/Nova York, 1977 [1870], p. 251. LOVEJOY, A. O. "On the Meaning of 'romantic'". In: *Early German Romanticism. Modern Language Notes*, v. 31, nffl 7, nov. 1916, pp. 385-396.

sentimento que pode estar em qualquer forma artística, e ainda a referência ao romance não apenas como gênero, mas como forma histórica (romances de cavalaria, por exemplo). Assim, além dessas concepções, ou seja, o romance enquanto forma histórica e como gênero, o conceito de poesia romântica também se refere a um elemento romântico, que Schlegel afirma ser imprescindível para a exteriorização literária. O crítico afirma que "a única diferença é que o romântico não é tanto um gênero quanto um elemento da poesia, que pode dominar ou retroceder um pouco mais ou um pouco menos, mas nunca faltar de todo".[26] Enquanto elemento ou sentimento poético, a poesia romântica pode estar até mesmo no romance de cavalaria, nas lendas e sagas medievais, nas formas breves de cunho narrativo, como os *lais*, de Marie de France, os *fabliaux* franceses, na poesia de Petrarca, de Dante, nas novelas de Boccaccio, nos romances de Friedrich Richter, entre outras formas.

A segunda fase da poesia romântica é situada nas criações chistosas e engenhosas de Miguel de Cervantes e de William Shakespeare, às quais Schlegel contrapõe as obras de seu tempo, encontrando seu representante mais importante na obra de Goethe. Schlegel acredita que falta ainda muito para que a literatura de seu tempo alcance o mesmo grau de objetividade e força alcançada pela poesia dos antigos, por isso é necessário tratar a matéria antiga como Goethe o faz. Isso não significa, como Winckelmann postula nas *Reflexões sobre a arte antiga*, que se deve apenas imitar os antigos de modo a alcançar a plenitude na arte. O que Schlegel propõe é reviver o espírito dos antigos (já que em sua opinião não é mais possível reviver a letra, inclusive em razão da métrica), ou seja, é preciso retomar a matéria antiga sob nova roupagem, algo concretizado por seu amigo Ludwig Tieck:

> O que falta aos alemães é apenas continuar utilizando esses meios e seguir o modelo estabelecido por Goethe, de investigar por toda parte as formas de arte até a sua origem, a fim de poder revivificá-las ou recombiná-las; é voltar às fontes de sua própria língua e poesia e libertar mais uma vez a antiga força, o alto espírito que ainda agora dorme desconhecido em documentos de épocas remotas da nação, da canção dos *Nibelungos* até Flemming e Weckerlin: assim a poesia, que não foi trabalhada de modo tão original e esmerado em nenhuma outra nação moderna, tendo sido primeira saga heroica, depois jogo de cavalheiros e, finalmente ofício burguês, será agora e continuará sendo entre eles uma ciência sólida de verdadeiros letrados e uma arte vigorosa de poetas inventivos.[27]

Ao enfatizar que a poesia romântica é tanto um gênero quanto um elemento da poesia que pode se encontrar em épocas distintas, Schlegel problematiza a dicotomia lançada por Goethe e Schiller entre o clássico e o romântico. Por outro lado, quando afirma que os modernos devem retomar a matéria (ou o espírito) antigo em nova roupagem, Schlegel expande sua teoria da poesia romântica através do uso do conceito de "progressivo". Um dos representantes dos modernos considerado progressivo por Schlegel é Goethe. O exemplo do autor dos *Anos de aprendizado de*

[26] SCHLEGEL, Friedrich. *Fragmentos sobre poesia e literatura (1797-1803) seguido de Conversa sobre poesia*, p. 536.
[27] Ibid., p. 506.

Wilhelm Meister é singular, já que, enquanto Schiller o considera ingênuo, Schlegel afirma que "Goethe não é um moderno, mas um progressivo, portanto, é ao mesmo tempo antigo".[28] A visão dos românticos sobre Goethe se altera significativamente no decorrer da década de 1790, passando do polo positivo ao negativo, principalmente porque, segundo Schlegel, falta em sua obra a mesma aproximação entre poesia e religião encontrada em Dante. Ainda que tenha saudado o romance *Os anos de aprendizado de Wilhelm Meister* como o alvorecer de uma nova época para a literatura, Schlegel acredita que a forma futura, expressa com o nome de poesia romântica, universal e progressiva irá transcender a obra de Goethe: "Um romance perfeito deveria ser uma obra de arte muito mais romântica que o *Wilhelm Meister*; mais moderno, mais antigo, mais filosófico, mais ético e político-poético, mais sociável, universal e liberal".[29]

Por se tratar também de um elemento que perpassa as mais diversas representações e exteriorizações humanas, o conceito de poesia romântica de Schlegel expande seu significado para além dos limites históricos, tipológicos e textuais, avançando até mesmo sobre outras artes que não a literatura. Por intermédio do termo "poesia romântica", Schlegel descreve também uma forma de expressão literária para a qual a literatura moderna e "interessante" (reflexiva, subjetiva, problematizadora) de seu tempo apenas aponta. Nos *Fragmentos sobre poesia e literatura*, esse gênero literário em devir é também concebido como a mescla entre o fantástico, o sentimental e o mímico. A poesia romântica realizará a síntese de todas as formas e gêneros, unificando âmbitos até então separados da arte e da existência humanas.

Através da concepção de poesia romântica enquanto mescla dos elementos do fantástico (imaginação criativa), mímico (representação objetiva do histórico) e sentimental (reflexão do sujeito), o crítico descreve a idealidade de uma forma poética ainda inexistente em seu tempo, mas que, em sua opinião, um dia poderá ser alcançada.[30] É por essa razão que a poesia romântica, como a elegia, também pertence ao âmbito no qual o real e o ideal podem se aproximar. A teoria da poesia romântica de Schlegel deixa entrever, de forma divinatória, alguns aspectos que o gênero do romance irá adquirir no futuro, além de enfatizar a presença do que chama de "elemento romântico" nas mais diversas épocas. Assim, seja enquanto romance, elemento poético, forma ou denominação histórica, ou ainda como poesia em devir, o conceito de poesia romântica é central na teoria de literatura do primeiro romantismo alemão. Em *Conversa sobre a poesia*, Schlegel insere a "Carta sobre o romance" logo após o "Discurso sobre a mitologia". Esse fato é importante porque parece indicar que é na forma ou gênero literário do romance que a poesia

[28] Ibid., p. 116 [203].
[29] Ibid., p 126 [289].
[30] "A poesia romântica é dividida segundo os elementos absolutos da poesia; sentimental, fantástico, mímico e patético. Toda a poesia romântica é indiferente e elegíaca." Ibid., p. 187 [755].

romântica concretizará a nova mitologia, a qual, surgida a partir da razão sentimental, da filosofia do Idealismo alemão, representará a beleza e o mistério de forma alegórica, pois, "o que há de mais elevado, justamente por ser inefável, só pode ser dito alegoricamente".[31]

Se o termo "poesia romântica" já engloba diversos fatores, ao acrescentar os adjetivos "universal" e "progressivo", Schlegel expande ainda mais o conceito. Por universal, o crítico entende o indivíduo ou a expressão artística que seja "liberal" (no sentido da época romântica) na forma e no conteúdo, ou seja, um indivíduo cosmopolita, moderno e revolucionário. Já o termo "progressivo", como se explicitou, remete ao espírito capaz de compreender as épocas e os povos, mesclando e aproximando o antigo e o moderno, como o faz Goethe em suas obras. Universalidade é também progressividade, uma condição absoluta da poesia moderna, pela razão de que esse tipo de exteriorização literária jamais pode alcançar o máximo absoluto, ou seja, a perfeição e o acabamento da poesia natural dos gregos. A poesia romântica, universal e progressiva, concebida pelo crítico enquanto um vir-a-ser, também busca compreender o conflito entre as épocas da poesia, aproximando os sistemas circular e progressivo. Parte integrante das doutrinas da *Aufklärung*, os conceitos de universal e progressivo pertencem ainda à ideia de que era preciso formar o homem. Além de apontar para a retomada do antigo em roupagem moderna, ou seja, em seu aperfeiçoamento artístico, a noção de progressivo é herança dos escritos de Rousseau sobre o progresso e a corrupção na sociedade, e tem relação com a questão de que o homem tem uma infinita "capacidade de aperfeiçoamento".[32] Por "universal" Schlegel compreende ainda o filosófico, ou seja, o que é oposto ao "particular", e a presença ou atitude de espírito cosmopolita, progressiva, afeita aos mais diversos costumes, épocas e povos.

O ideal de progressividade da poesia romântica e a noção de perfectibilidade são questões que Schlegel deduz igualmente dos escritos e conferências filosóficas de Fichte. Como foi visto, em suas preleções sobre o destino do erudito, Fichte enfatiza o papel de todo estudioso em sua sociedade e critica severamente a ocupação com a erudição apenas por mero exercício intelectual. Os ideais de aperfeiçoamento e universalidade espelham ainda o que Reinhart Koselleck afirma ser a temporalização da experiência histórica do homem, que tem um papel preponderante na noção de formação na Alemanha do século XVIII.[33] Ecoando os preceitos de Schiller, a teorização sobre a formação enciclopédica ou universal indica a crença de Schlegel na destinação da poesia romântica enquanto formadora do homem. O termo expressa "um novo paradigma poético e intelectual", ampliando a dimensão

[31] Ibid., p. 524.

[32] ROUSSEAU, Jean-Jacques. "Discurso sobre a origem e os fundamentos da desigualdade entre os homens". In: Id. *O contrato social e outros escritos*, p. 154.

[33] VOSSKAMP, Wilhelm. *La Bildung dans la tradition de la pensée utopique*. In: ESPAGNE, Michel; WERNER, Michael. *Philologiques-I. Contribuition à l'histoire des disciplines littéraires en France ei en Allemagne au XIXe siècle*. Paris: Editions de la Maison des Sciences de l'Homme, 1990, p. 49.

da *Bildung* iluminista para além da mera formação individual.[34] Segundo essa acepção, a literatura se torna uma importante aliada na formação do homem por auxiliar no desenvolvimento de sua capacidade criativa. Hans Eichner afirma que Schlegel teria deduzido o conceito de enciclopédia de Denis Diderot (1713-1784). A obra de Diderot e Alembert, *Encyclopédie ou dictionnaire raisonné des sciences, des arts et des métiers par une sociéte de gens de lettres*, influencia o crítico a buscar o ideal de formação universal inserido em seu conceito de poesia romântica, universal, progressiva.[35] Considerada por Ernst Behler como um "verdadeiro programa de formação do homem",[36] a teoria schlegeliana sobre a poesia romântica é descrita no fragmento 116 da *Athenäum* em termos da aproximação ou reunificação de diversos âmbitos da arte e da vida:

> A poesia romântica é uma poesia universal e progressiva. Sua destinação não é apenas reunificar todos os gêneros separados da poesia e pôr a poesia em contato com filosofia e retórica. Quer e também deve ora mesclar, ora fundir poesia e prosa, genialidade e crítica, poesia-de-arte e poesia-de-natureza, tornar viva e sociável a poesia, e poéticas a vida e a sociedade, poetizar o chiste, preencher e saturar as formas da arte com toda espécie de sólida matéria para o cultivo, e as animar pelas pulsações do humor. Abrange tudo o que seja poético, desde o sistema supremo da arte, que por sua vez contém em si muitos sistemas, até o suspiro, o beijo que a criança poetizante exala em canção sem artifício. Pode se perder de tal maneira naquilo que expõe que se poderia crer que caracterizar indivíduos de toda espécie é um e tudo ela; e no entanto ainda não há uma forma tão feita para exprimir completamente o espírito do autor: foi assim que muitos artistas, que também só queriam escrever um romance, expuseram por acaso a si mesmos. Somente ela pode se tornar, como a epopeia, um espelho do mundo circundante, uma imagem da época. E, no entanto, é também a que mais pode oscilar, livre de todo interesse real e ideal, no meio entre o exposto e aquele que expõe, nas asas da reflexão poética, sempre de novo potenciando e multiplicando essa reflexão, como numa série infinita de espelhos. É capaz da formação mais elevada e mais universal, não apenas de dentro para fora, mas também de fora para dentro, uma vez que organiza todas as partes semelhantemente a tudo aquilo que deve ser um todo em seus produtos, com o que se lhe abre a perspectiva de um classicismo crescendo sem limites. A poesia romântica é, entre as artes, aquilo que o chiste é para a filosofia, e sociedade, relacionamento, amizade e amor são na vida. Os outros gêneros poéticos estão prontos e agora podem ser completamente dissecados. O gênero poético romântico ainda está em devir; sua verdadeira essência é mesmo a de que só pode vir a ser, jamais ser de maneira perfeita e acabada. Não pode ser esgotado por nenhuma teoria, e apenas uma crítica divinatória poderia ousar pretender caracterizar-lhe o ideal. Só ele é infinito, assim como só ele é livre, e reconhece, como sua primeira lei, que o arbítrio do poeta não suporta nenhuma lei sobre si. O gênero poético romântico é o único que é mais do que gênero e é, por assim dizer, a própria poesia: pois, num certo sentido, toda poesia é ou deve ser romântica.[37]

34 Wilma Patricia Maas indica que Schlegel amplia o conceito de *Bildung*: "Schlegel afirma que a poesia universal progressiva 'é capaz da formação mais aprimorada e universal', aproximando assim o tema da *Bildung* de um campo semântico mais amplo e menos datado pelo anseio da burguesia por uma formação pessoal e universal, como no romance de Goethe. A *Bildung* tem, no texto do fragmento [o fragmento 116 da *Athenäum*], um sentido de formação de um novo paradigma poético e intelectual, expressado sob o termo de 'poesia universal progressiva'". MAAS, Wilma Patricia. *O cânone mínimo. O bildungsroman na história da literatura.* São Paulo: Editora da Unesp, 1999, p. 124.

35 EICHNER, Hans. *Kommentar.* In: KA-XI, p. 272, nota 13. A *Encyclopédie ou dictionnaire raisonné des sciences, des arts et des métiers, par une société de gens de lettres* foi publicada entre 1751 e 1772 por Denis Diderot (1713-1784) e Jean le Rond d'Alembert (1717-1783).

36 BEHLER, Ernst. *Friedrich Schlegels Theorie der Universalpoesie.* In: SCHANZE, Helmut. *Friedrich Schlegel und die Kunsttheorie seiner Zeit.* Darmstadt: Wissenschaftliche Buchgesellschaft, 1985, p. 194.

37 SCHLEGEL, Friedrich. *O dialeto dos fragmentos*, p. 64 [A116].

Articulando os mais variados temas que se encontram espalhados na obra de Schlegel, o fragmento deve ser compreendido como um verdadeiro manifesto teórico da poesia romântica. Em razão da multiplicidade de assuntos inseridos no texto, faz-se necessário separar alguns tópicos para que se possa melhor compreender toda a gama de significados e o diálogo estabelecido pelo fragmento com outros momentos da teoria de literatura de Schlegel.

O primeiro desses assuntos é a mistura de gêneros. Como se afirmou, o jovem romântico possui uma visão muito singular sobre as formas ou gêneros literários, e até mesmo sobre a discursividade em meios que não o literário (algo surpreendentemente moderno). Schlegel considera os dramas de Shakespeare novelas dramatizadas; contempla no romance uma forma de poesia sem métrica; afirma que não há diferença alguma entre o poético e o prosaico; concebe como poesia até mesmo a dança, a música, a escultura e a arquitetura; compreende o romance *Dom Quixote* como um belo conjunto de novelas; mescla em sua visão de formas literárias as mais inusitadas possibilidades; aproxima o lírico, o épico e o dramático de tal forma que parece querer transcender por completo a antiga distinção aristotélica sobre a poética dos gêneros, entre muitas outras singularidades. A questão da mistura de gêneros literários levantada no fragmento 116 é retomada em diversas obras de Schlegel. Nos *Fragmentos sobre poesia e literatura* o tema surge como verdadeira máquina de gêneros, aproximando, mesclando e fundindo as mais diversas formas literárias.

O romance pode ser compreendido como a forma literária na qual Schlegel contempla a possibilidade de concretizar todo esse universo de misturas, essa máquina de gêneros. Por essa razão, alguns estudiosos identificam o conceito de poesia romântica com o romance. Um exemplo da compreensão singular de Schlegel sobre a diferença dos gêneros literários encontra-se em *Conversa sobre a poesia*, na conclusão de que "há tão pouca oposição entre drama e romance que, pelo contrário, o drama, tomado e tratado de forma tão profunda e histórica, como o fez Shakespeare, torna-se o verdadeiro fundamento do romance".[38] Ao afirmar que a poesia romântica quer não apenas aproximar, mas até reunificar âmbitos aparentemente apartados, como as artes e as ciências, a poesia e a filosofia, e mesmo poesia e prosa, o crítico realiza o movimento de síntese de contrários, espécie de ação recíproca de aproximação de elementos singulares, que é uma das características mais interessantes do movimento romântico.

O segundo aspecto levantado pelo fragmento relaciona-se à ironia romântica. Ao demonstrar que a poesia romântica dissolve-se em sua própria representação ("pode perder-se de tal maneira naquilo que expõe"), Schlegel remete às operações chistosas e maravilhosas que se pode encontrar, por exemplo, no romance de Miguel de Cervantes, no qual, em certos trechos, tem-se a noção de que o autor

[38] Id. *Fragmentos sobre poesia e literatura (1797-1803) seguido de Conversa sobre poesia*, p. 537.

brinca de se ocultar em suas estratégias narrativas. Como assevera nesse mesmo trecho do fragmento, através da ironia romântica muitos autores acabaram por expor sua própria existência de maneira indireta ("muitos artistas, que também só queriam escrever um romance, expuseram por acaso a si mesmos"). Essa característica da poesia romântica é também descrita por Schlegel através do termo "mímico", que representa um dos aspectos do romance perfeito (que ele também chama de romance absoluto). Ao expor a si mesmo de forma indireta e objetiva, o artista cria novos caminhos e possibilidades para a literatura moderna. De fato, a partir da época romântica, a maioria das obras literárias já não tem o compromisso de se pautar pela mimese tradicional. Essa literatura não busca mais representar a realidade circundante, ao contrário, ocupa-se, quase sempre, com problemas formais ou existenciais. Mas esse processo apenas se insinuava na época romântica.

Ainda de acordo com o fragmento 116, é por intermédio da representação indireta e objetiva de experiências subjetivas e históricas que a poesia romântica (ou o romance) pode buscar a mesma perfeição dos antigos ("livre de todo interesse real e ideal, no meio entre o exposto e aquele que expõe"). A ironia romântica pode favorecer as estratégias narrativas pela atuação dos mecanismos de autocriação, autodistanciamento e autodestruição inseridos na própria obra. É nesse ponto do fragmento que se pode reconhecer que a arte romântica torna-se o que Walter Benjamin apontou como medium-de-reflexão por excelência ("nas asas da reflexão poética, sempre de novo potenciando e multiplicando essa reflexão, como numa série infinita de espelhos"). A série infinita de espelhos remete ao pensar sobre o pensar, que é deduzido pelos românticos da filosofia de Fichte e inserido como instrumento de elevação da arte ao status de formadora do homem.

Assim como a concepção de atividade em Fichte aponta para o movimento do Eu no processo infinito de reflexão, o fragmento remete à literatura enquanto *poiesis* constante, atividade crítica e criadora, gênero literário em constante devir ("o gênero poético romântico ainda está em devir; sua verdadeira essência é mesmo a de que só pode vir a ser, jamais ser de maneira perfeita e acabada"). A menção ao aspecto "progressivo" da poesia romântica, isto é, seu caráter em devir, indica uma espécie de *work in progress*, e tem relação com a citada impossibilidade da literatura moderna de alcançar o mesmo grau de perfeição e acabamento da arte dos antigos. Em razão das determinações sociais, subjetivas e históricas serem inteiramente diversas, a literatura dos modernos jamais pode chegar ao mesmo grau daquela dos antigos, mas sua destinação é exatamente a busca constante por aperfeiçoamento, no que Schlegel define como a diferença entre o máximo absoluto dos antigos e o máximo relativo dos modernos.

Outro tema que surge no fragmento 116 é o que trata da necessidade de uma crítica literária capaz de dar conta dessa nova forma de literatura. As ideias de universalidade e de progressividade também estão relacionadas a um novo *modus faciendi* de crítica literária. A poesia romântica, universal, progressiva se revela como a arte que traz em seu bojo a própria teoria e crítica, de modo que apenas uma crítica especial e inovadora pode compreender toda a sua complexidade. O crítico moderno não pode mais se ater apenas à crítica subjetiva, biográfica ou dogmática da obra, deve compreender o espírito e a letra do texto literário, tentando abarcar e complementar suas determinações ("não pode ser esgotado por nenhuma teoria, e apenas uma crítica divinatória poderia pretender caracterizar-lhe o ideal"). De certo modo, as caracterizações crítico-literárias dos irmãos Schlegel encontram-se entre os primeiros exemplos desse novo tipo de estudo de literatura, no sentido moderno do termo. A renovação dos discursos sobre a literatura no primeiro romantismo alemão tem no fragmento 116 um de seus momentos mais férteis, como explica Márcio Suzuki:

> Schlegel está plenamente convencido de que é preciso conceber a crítica de uma maneira totalmente diferente do que se fez até então. Essa convicção se apoia numa percepção histórica. Diferentemente do que ocorreu na Grécia, onde a literatura floresceu muito tempo antes de surgir a crítica, entre os modernos, e sobretudo entre os alemães, é possível dizer que crítica e literatura não apenas nasceram simultaneamente, mas aquela veio à luz um pouco antes desta [...]. Uma tal crítica não se limita ao estudo de casos isolados, mas quer e deve despertar os gênios individuais para a verdadeira universalidade e constituir e organizar a literatura em toda a sua amplitude, pois somente ela pode ter "uma intuição e uma ordenação do todo que deve ser produzido, e em vista do qual se deve agir". Sendo a única a ter clareza sobre a meta a ser buscada, a crítica pode proporcionar os meios para chegar até ela, dividindo o que cabe individualmente a cada ciência ou arte. Ela seria *enciclopédia* ou *saber do saber*. Não seria preciso insistir muito aqui para mostrar o quanto essa concepção de crítica está ligada ao programa que o famoso fragmento 116 do *Athenäum* traça para a poesia romântica, entendida como a "poesia universal e progressiva.[39]

O aspecto transitório da poesia moderna já havia sido abordado no *Studium-Aufsatz*, obra na qual Schlegel indica que "o predomínio do interessante era apenas uma crise passageira de gosto".[40] A conclusão aparentemente desoladora de que a literatura na modernidade encontra-se destinada à eterna incompletude – desenvolvida por Schlegel no referido *Studium-Aufsatz* – surge de forma positiva no fragmento 116, demonstrando que a liberdade da (e na) criação artística moderna é a maior conquista do gênero poético romântico ("só ele é infinito, assim como só ele é livre, e reconhece como sua primeira lei que o arbítrio do poeta não suporta nenhuma lei sobre si"). Schlegel conclui seu mais famoso fragmento demonstrando que a poesia romântica, ou seja, o gênero poético romântico "é o único que é mais que um gênero e é, por assim dizer, a própria poesia: pois, num certo sentido, toda poesia é ou deve ser romântica".[41] Em razão de congregar tantos aspectos da poética romântica, esse fragmento de Schlegel pode ser considerado um de seus mais significativos. Assim, seja enquanto programa de formação enciclopédica

[39] SUZUKI, Márcio. *O gênio romântico. Crítica e História da Filosofia em Friedrich Schlegel*, p. 194.
[40] SCHLEGEL, Friedrich. *Über das Studium der Griechischen Poesie*. In: KA-I, p. 254.
[41] Ibid.

e universal do homem, forma futura de expressão literária, mistura de todos os gêneros, exposição ou representação (*Darstellung*) indireta e objetiva do subjetivo e histórico, ou mesmo como possibilidade de estabelecimento de novos discursos sobre a literatura, o conceito de poesia romântica remete a algo novo e inusitado que desponta no primeiro romantismo alemão. Assim, se é correta a afirmação de Philippe Lacoue-Labarthe e Jean-Luc Nancy de que o romantismo é o primeiro movimento de vanguarda da história, o fragmento 116 é um de seus manifestos mais importantes.[42]

Poesia transcendental

> Na poesia transcendental predomina a ironia, na poesia romântica predomina a paródia, na poesia ética absoluta predomina a urbanidade.
>
> *Friedrich Schlegel*[43]

Em sua teoria sobre a poesia transcendental, Schlegel descreve a arte literária na qual a ironia romântica ocupa o lugar central. Essa literatura, que é tanto exteriorização literária como teorização e problematização da própria literatura, é também chamada pelo crítico de poesia transcendental, ou seja, "poesia que é ao mesmo tempo poesia e teoria da poesia".[44] A poesia transcendental, como a bufonaria transcendental, indica a consciência do autor no ato de criação artística, sendo ela também uma encenação dentro da encenação, um jogo autocrítico, reflexivo, que o artista inventa para resolver problemas estéticos e problematizar a atividade de criação literária. Da mesma forma que a concepção de "bufonaria transcendental", a palavra foi provavelmente deduzida dos ensinamentos de Immanuel Kant sobre a estética transcendental, da *doutrina-da-ciência*, de Johann Gottlieb Fichte, e da tradição literária. Em sua *Crítica da razão pura*, Kant denomina de transcendental o conhecimento que não se ocupa com objetos, mas com a forma "pura", ou seja, o que não pertence à sensação: "Denomino *puras* (em sentido transcendental) todas as representações em que não for encontrado nada pertencente à sensação".[45] Em Kant, o termo "transcendental" não indica o conhecimento direto das coisas no mundo exterior, mas as condições para esse conhecimento.

[42] LACOUE-LABARTHE, Philippe; NANCY, Jean-Luc. *El absoluto literario*, p. 27.
[43] SCHLEGEL, Friedrich. *Fragmente zur Poesie und Literatur.* [V] In: KA-XVI, p. 148, fragmento [731].
[44] ENDERS, Carl. *Friedrich Schlegel*, p. 375.
[45] KANT, Immanuel. *Crítica da razão pura*. Trad. Valério Rohden e Udo Baldur Moosburger. São Paulo: Nova Cultural, 1999, p. 72. Primeira parte. Da doutrina transcendental dos elementos. [Itálico de Kant.]

Essas condições devem se dar, *a priori*, no sujeito do conhecimento. O conceito de poesia transcendental também tem origem na acepção fichteana da consciência transcendental, pois, como nos ensinamentos do autor da *doutrina-da-ciência*, a poesia transcendental revela a predominância do movimento de aproximação recíproca entre a autocriação e o autoaniquilamento na criação literária. O conceito fichtiano de um "eu que se determina a partir do pensamento em si mesmo" é apreendido por Schlegel e inserido em sua concepção da arte literária que se constitui enquanto se determina.[46] Ao afirmar que na poesia transcendental predomina a ironia, o estudioso indica um processo contínuo onde a poesia transcendental é potenciada até o infinito. De maneira idêntica à reflexão potenciada da filosofia de Fichte, onde o pensar se torna reflexão da reflexão, a poesia transcendental revela um tipo de exteriorização literária que se problematiza através da crítica e da contemplação filosófica, sendo ao mesmo tempo poesia e reflexão sobre a poesia.[47] A aproximação entre crítica e criação literária possibilitada pela poesia transcendental se constitui em um fazer artístico privilegiado, no qual a arte se transforma em algo semelhante ao "conhecimento do conhecimento" fichtiano:

> O conceito de poesia transcendental é análogo à filosofia transcendental advinda de seus contemporâneos Fichte e Schelling. Fichte ensinava que aquilo que aparece enquanto mundo na verdade é um produto da imaginação criadora inconsciente [*bewußtlos hervorbringenden Einbildungskraft*] do próprio Eu absoluto. No conhecimento filosófico progressivo do mundo, observando sua própria atividade, o eu se percebe não enquanto aquele que sofre a ação das coisas, mas como o produtor delas. Schlegel transfere esse conceito para a poesia. Graças à sua fantasia, o poeta transcendental (irônico) penetra a realidade com a clara convicção de tê-la criado; ele tem certeza de ter determinado essa realidade através da qual ele próprio deve ser necessariamente determinado.[48]

Apesar da clara filiação da poesia transcendental de Schlegel à filosofia transcendental de Fichte, o conceito de uma "poesia da poesia" que toma a si mesma como objeto da especulação crítico-literária em sua exposição artística foi compreendido por alguns críticos como uma tentativa de transposição da antiga tópica do criador que se insere de modo invisível na obra criada. A dificuldade de compreensão a respeito do que representava esse conceito de poesia transcendental já ocorre na época dos românticos. Essa exteriorização literária que voltava simultaneamente a si mesma foi compreendida por seus críticos como um delírio místico de Schlegel,

[46] BEHLER, Ernst. *Frühromantik*, p. 245.

[47] Bärbel Frischmann defende a tese de que Schlegel se apropriou da filosofia fichteana e a transferiu para o âmbito da poesia. Segundo a autora, Schlegel considerava um dos grandes méritos de Fichte o fato de ter descoberto a "liberdade interior da reflexão". FRISCHMANN, Bärbel. *Vom Transzendentalen zum Frühromantischen Idealismus*. Paderborn: Ferdinand Schöningh, 2005, p. 310. Como foi exposto no trecho em que se tratou da questão da influência de Fichte no conceito de aperfeiçoamento infinito de Schlegel, diversos autores defendem a tese da incorporação de conceitos fichtianos na poética de Schlegel, entre eles a citada autora, assim como Ives Radrizzani. Cf. RADRIZZANI, Ives. "Zur Geschichte der romantischen Ästhetik: Von Fichtes Transzcendentalphilosophie zu Schlegels Transzendentalpoesie". In: SCHRADER, Wolgang H. *Fichte und die Romantik. Fichte-Studien. Band 12*. Amsterdam: Rodopi, 1997, p.181.

[48] MENNEMEIER, Franz Norbert. *Friedrich Schlegels Poesiebegriff dargestellt anhand der Literaturkritischen Schriften. Die Romantische Konzeption einer objektiven Poesie*. München: Wilhelm Fink Verlag, 1971, p. 239.

o que leva August Wilhelm Schlegel a afirmar que "apenas aqueles que tivessem sentido para o espiritual teriam a capacidade de compreender esse fenômeno [...] e que na verdade toda poesia deve também ser poesia da poesia".[49] Enquanto expressão da atividade criadora do artista, a poesia transcendental busca, na verdade, um ideal de arte ainda não existente na época de Schlegel, ou seja, uma forma de literatura que critica e caracteriza a si mesma.[50] Na poesia transcendental, o jovem romântico busca a unificação da poesia e da filosofia através da ironia romântica, almejando a aproximação entre o real e o ideal. Essa questão da relação recíproca entre o real e o ideal é central para essa poesia, indicando o processo que vai desde a separação completa até a identidade absoluta. Em analogia à filosofia transcendental kantiana, a poesia transcendental representa aquele tipo de literatura que traz em seu bojo a reflexão sobre a criação, o criado e o criador (que Schlegel também chama de producente e produto) e as próprias condições de seu surgimento:

> Há uma poesia cujo um e tudo é a proporção entre o ideal e o real e que, portanto, por analogia com a linguagem técnica filosófica, teria de se chamar poesia transcendental. Começa como sátira, com a diferença absoluta entre ideal e real, oscila no meio como elegia, e termina como idílio, com a identidade absoluta de ambos. Mas assim como se daria pouco valor a uma filosofia transcendental que não fosse crítica, não expusesse também o producente com o produto e contivesse ao mesmo tempo, no sistema dos pensamentos transcendentais, uma caracterização do pensamento transcendental: assim também aquela poesia deveria unir, aos materiais transcendentais e aos exercícios preliminares para uma teoria poética da faculdade criadora, uns e outros não raros nos poetas modernos, a reflexão artística e o belo autoespelhamento que se encontram em Píndaro, nos fragmentos líricos dos gregos e na elegia antiga, mas, entre os modernos, em Goethe, e expor também a si mesma em cada uma das suas exposições e em toda parte ser, ao mesmo tempo, poesia e poesia da poesia.[51]

Um dos exemplos clássicos de literatura que reflete sobre sua própria criação ao mesmo tempo que expõe o conflito entre o ideal e o real é a referida obra de Miguel de Cervantes, *Dom Quixote*.[52] Na obra, a beleza e a fantasia do universo dos romances de cavalaria idealizado pelo personagem se contrapõem à realidade que o circunda. Enquanto jogo infinitamente chistoso e muitas vezes satírico, o qual expõe as frágeis condições de cognoscibilidade da existência humana, a poesia transcendental também deixa entrever outro aspecto interessante: a precariedade da certeza objetiva da realidade. É por essa razão que, através do distanciamento irônico, o leitor descobre que o riso inicial em relação às loucuras do protagonista no *Dom Quixote* logo se transforma em um sentimento de compaixão pela fragilidade da existência humana, dando lugar à sensação de que a realidade é algo inusitado

[49] SCHLEGEL, August Wilhelm. *Die Kunstlehre*. Stuttgart: W. Kohlhammer, 1963, p. 226.

[50] "Obras perfeitas têm o costume de caracterizar a si mesmas." SCHLEGEL, Friedrich. *Notizen*. In: KA-II, p. 273.

[51] SCHLEGEL, Friedrich. *O dialeto dos fragmentos*, p. 88 [A238].

[52] "O exemplo mais acabado e perfeito da contradição entre o real e o ideal na poesia transcendental encontra-se no *Don Quixote*, de Miguel de Cervantes." BELGARDT, Raimund. *Romantische Poesie. Begriff und Bedeutung bei Friedrich Schlegel*. Paris: Mouton, 1969, p. 162.

e fugidio.[53] As astúcias da narrativa cervantina revelam o jogo irônico e espirituoso da poesia transcendental, expondo o autor e a obra a um só tempo:

> Aqui pinta o autor todas as circunstâncias da casa de D. Diego, pintando nelas o que contém a casa de um cavaleiro lavrador e rico. Mas o tradutor desta história houve por bem passar estas e outras semelhantes minúcias em silêncio, por não se ajustarem bem ao assunto principal da história, cuja força mais está na verdade do que nas frias digressões.[54]

Para Schlegel, outro exemplo de tal obra é o *Wilhelm Meister*, de Goethe, "romance tão completo e acabado que talvez nem fosse mesmo necessário apreciá-lo criticamente".[55] Essa forma de exteriorização literária deve ser ao mesmo tempo arte e crítica da arte, mesclando e aproximando os âmbitos separados da poesia e da filosofia, da criação e da crítica, da arte e da vida, "como o beijo que a criança poetizante exala em canção sem artifício".[56] Ao enfatizar que a poesia transcendental deve expor a si mesma, enquanto criação e instância apreciadora, Schlegel aponta para o fato de que, enquanto poesia transcendental, a obra literária problematiza a própria literatura.

[53] A questão do distanciamento irônico no *Dom Quixote*, de Cervantes, é tratada por José Antonio Pascual. Cf. PASCUAL, José Antonio. *Los Registros Linguísticos del "Quixote": La distancia irônica de la realidade*. In: CERVANTES, Miguel de. *Don Quijote de la Mancha*. Madri: Santillana Ediciones Generales, 2004, p. 1130.

[54] SAAVEDRA, Miguel de Cervantes. *O engenhoso cavaleiro Dom Quixote de La Mancha*, v. II. Tradução de Sérgio Molina. São Paulo: Editora 34, 2007, p. 228.

[55] SCHLEGEL, Friedrich. *Über Goethes Meister*. In: KA-II, p. 133.

[56] Id. *O dialeto dos fragmentos*, p. 64 [A116].

2. A TEORIA DO ROMANCE[1]

O romance no século XVIII alemão

> Ontem, no momento mais caloroso da discussão, você pediu uma definição do romance, como se já soubesse que não receberia uma resposta satisfatória. Não considero o problema insolúvel. Romance é um livro romântico. Para você, isso não passará de uma tautologia que não diz nada. Mas quero primeiro chamar a sua atenção para o fato de que, quando pensamos num livro, pensamos numa obra, num todo existente por si mesmo.
>
> *Friedrich Schlegel*[2]

Em sua obra *Conversa sobre a poesia* (1800), Schlegel afirma que "um romance é um livro romântico destinado à leitura desde os tempos mais antigos".[3] A concepção levanta diversas questões relacionadas ao estabelecimento dessa forma literária no século XVIII alemão. Apesar da aparente tautologia da afirmação, é necessário levar em consideração o fato de que nem todo livro romântico pode ser considerado um romance, e que o conceito de romance é tão antigo quanto as palavras "romance" e "romântico", pois, "já existiam romances entre os antigos gregos e romanos, chineses e hindus, do mesmo modo como, mais tarde, surgiriam romances na Idade Média latina".[4] A importância dessa forma literária no pensamento crítico-literário de Schlegel pode ser constatada em sua visão de que o gênero se adéqua perfeitamente à exposição do que Márcio Suzuki denomina de "dupla reflexão: o indivíduo pelejando concretamente na vida e espelhando em si um mundo inteiro".[5]

A reflexão sobre o romance é introduzida na Alemanha com as teorizações de críticos estrangeiros, no começo do século XVIII. Um dos exemplos dessa influência, que permanece vigente por quase toda primeira metade do século, é a obra de Pierre Daniel Huet (1630-1721), *Traité de l'origine des romans*, publicada em 1670. O escrito de Huet, considerado por Wilhelm Vosskamp uma obra clássica do

[1] Uma versão do presente capítulo foi publicada com algumas alterações na *Revista Discurso*, v. 1, n. 47, 2017. Departamento de Filosofia da Universidade de São Paulo.
[2] SCHLEGEL, Friedrich. *Fragmentos sobre poesia e literatura (1797-1803) seguido de Conversa sobre poesia*, p. 536.
[3] Ibid.
[4] VOSSLER, Karl. *Der Roman bei den Romanen*, p. 3.
[5] SUZUKI, Márcio. *O gênio romântico. Crítica e história da filosofia em Friedrich Schlegel*, p. 115.

barroco, serve de fundamento para a teoria do romance do Iluminismo, exercendo sua influência sobre críticos como Johann Christoph Gottsched (1700-1766), Johann Elias Schlegel (1719-1749), Christian Fürchtegott Gellert (1715-1769), e os críticos suíços Johann Jakob Bodmer (1698-1783) e Johann Jakob Breitinger (1701-1766).[6] A caracterização de Huet sobre o romance leva em consideração aspectos bem distintos daqueles postulados por Schlegel no final do século XVIII. Assim, sua teorização sobre o gênero envolve a presença da sentimentalidade (no sentido iluminista da *Empfindsamkeit*), a necessidade de cuidado na estruturação interna da obra de arte, a obediência extrema às regras aristotélicas de causalidade e verossimilhança e a aplicação do *prodesse et delectare* clássicos.[7] O que Huet denomina com o nome de romance é composto de histórias de amor, "realizadas com arte, descritas em prosa, de um modo muito livre, mas organizadas artisticamente e destinadas, sobretudo, para doutrinar e divertir o leitor".[8]

Entre os teóricos alemães que foram influenciados por Huet encontra-se Johann Christoph Gottsched. Em sua ocupação com o romance, Gottsched enfatiza, sobretudo, a necessidade de o autor de seguir as regras clássicas da causalidade, da verossimilhança e das unidades de espaço e de ação, pois acredita que "um romance bem escrito é aquele que não contém nada contraditório, e não representa histórias de outros mundos".[9] Para Gottsched, o que interessava não era a exposição do histórico no romance, nem tampouco a experiência subjetiva do protagonista, revelada como vivência autêntica de acontecimentos. O que movia o crítico é a necessidade de fundamentar sua teoria sobre o romance a partir da lógica racionalista advinda de Leibniz e Wolf. Por essa razão, ele procura igualmente afastar a presença do maravilhoso, afirmando que não se devem representar outros mundos no romance.

Além de demonstrar a filiação de Gottsched ao racionalismo leibniziano, essa adesão estrita ao lógico e racional, ao que se encontra no âmbito do possível e provável, é parte da crítica contra as aberrações e os grotescos do romance barroco. Pela preocupação em formar e doutrinar, grande parte dos críticos de literatura do período da *Aufklärung* contemplava a representação do maravilhoso como algo proibitivo, que levava o homem para fora dos limites da realidade e do cotidiano, fazendo perder-se em elucubrações, fantasias e invenções grotescas. No entanto, alguns pensadores defendiam a presença do maravilhoso na exteriorização artística. Esse foi o caso dos críticos suíços Bodmer e Breitinger, que justificavam sua defesa com o argumento de que os tais novos mundos criados pelo poeta, os quais

6 VOSSKAMP, Wilhelm. *Romantheorie in Deutschland. Von Martin Opitz bis Friedrich von Blanckenburg*. Stuttgart: J. B. Metzlersche Verlagsbuchhandlung, 1973, p. 72.

7 HUET, Pierre Daniel. *Traité de l'origine des romans*, p. 13, apud VOSSKAMP, Wilhelm. *Romantheorie in Deutschland*, p. 71.

8 Ibid., p. 72.

9 GOTTSCHED, Johann Christoph. *Versuch einer critischen Dichtkunst*. Darmstadt: Wissenschaftliche Buchgesellschaft, 1962, p. 151. [Reprodução fotomecânica da 4ffi edição da obra, de 1751.]

Gottsched criticava severamente, pois acreditava que não auxiliavam o desenvolvimento do homem, e apenas contribuíam para a disseminação da ilusão, poderiam muito bem ser povoados por outros habitantes cuja moralidade e leis serviriam tão bem de exemplo como as leis do homem na terra.[10] Ao justificar o maravilhoso na poesia de John Milton perante os ataques dos críticos da escola de Gottsched, os críticos suíços antecipam diversas questões que tomam corpo apenas no final do século, com as teorias dos primeiros românticos alemães.

A mudança do romance antigo, isto é, o romance cortês, picaresco, galante, para o novo romance burguês, o qual passa a representar histórias de acontecimentos da esfera do particular e do cotidiano, principiou na Alemanha como uma crítica ao romance barroco, concretizando-se no decorrer da primeira metade do século XVIII.[11] Nessa mesma época, na Inglaterra, os romances começam a representar personagens como Robinson Crusoé, ou seja, heróis que buscam dominar a natureza através de suas ações corajosas, enfatizando a virtude do indivíduo e a vida burguesia. A introdução dos valores burgueses e do ambiente cotidiano nas narrativas dos romances ingleses é observada pelo estudioso francês Louis de Jaucourt (1704-1779), que, em 1752, afirma que finalmente os ingleses descobriram um gênero de ficção que serve maravilhosamente às coisas úteis, "um gênero que eles utilizam para inspirar o amor pelos bons modos e pela virtude através das coisas simples, naturais e engenhosas e dos acontecimentos da vida (*événements de la vie*)".[12]

Os acontecimentos da vida de que trata Jancourt são encontrados, sobretudo, nas obras inglesas, principalmente no romance exemplar de Samuel Richardson, Daniel Defoe e Henry Fielding, os quais têm grande influência na primeira metade do século XVIII na Alemanha.[13] Mas, apesar dessas inovações que surgem no romance inglês, na Alemanha a produção do romance burguês ainda é muito escassa. Uma das raras exceções é o romance *Das Leben der Schwedischen Gräfin von G.* [A vida da condessa sueca de G.], de Christian Fürchtegott Gellert, publicado em 1746 e considerado o primeiro romance burguês alemão.[14] Discutindo as narrativas caras aos românticos, Karin Volobuef afirma que entre os romances mais importantes do século XVIII alemão encontram-se a *História de Agathon* (1766-1767), de Martin Wieland, *Os sofrimentos do jovem Werther* (1774), de Goethe, e seu romance

[10] ERMATINGER, E. *Dichtung und Geistesleben der deutschen Schweiz*. München: C. H. Beck, 1933, p. 327.
[11] VOSSKAMP, Wilhelm. *Romantheorie in Deutschland*, p. 141.
[12] Ibid., p. 142.
[13] Sobre o romance inglês no século XVIII, ver: WATT, Ian. *A ascensão do romance*. São Paulo: Companhia das Letras, 2002. Ver também: MCKEON, Michael. *The Origins of the English Novel. 1600-1740*. Baltimore: The John Hopkins University Press, 1987.
[14] GELLERT, Christian Fürchtgott. *Das Leben der schwedischen Grafin von G*. Frankfurt am Main: Insel Verlag, 1979. Segundo Reihard Wittmann, o romance de Gellert é considerado o primeiro romance burguês alemão. Cf. WITTMANN, Reinhard. *Existe uma revolução da leitura no final do século XVIII*. In: CHARTIER, Roger; CAVALLO, Guglielmo (Orgs.). *História da leitura no mundo ocidental*. São Paulo: Ática, 1999, p. 147.

Os anos de aprendizado de Wilhelm Meister, "um romance vital para os românticos".[15] A limitação na produção de romances na Alemanha explica a ausência de teorizações sobre o gênero, o que somente viria acontecer após a introdução das obras de autores ingleses e franceses. O surgimento desse novo tipo de romance burguês, que tem como objetivo a narração de acontecimentos individuais e o destino do homem em sua esfera privada, é uma das consequências do desenvolvimento da classe média burguesa. Um exemplo da privatização da vida burguesa é o surgimento dos denominados semanários moralizadores, que exercem uma influência vital no desenvolvimento do romance e na formação do público leitor:

> Um meio fundamental dessa propaganda de leitura eram os "semanários moralizadores" de 1720 a 1750, que, significativamente, eram publicados essencialmente nas cidades mercantis do norte protestante; ao lado de Leipzig, Hamburgo representou um papel decisivo como porta de entrada do pensamento iluminista inglês. De acordo com o modelo dos *moral weeklys*, como *Spectator, Tatler* e *Guardian*, essas revistas difundiam uma mensagem de virtude especificamente burguesa e o ideal de formação do Iluminismo como rejeição do estilo de vida cortesão e galante. Com títulos programáticos como *Der Patriot* (O Patriota), *Der Weltbürger* (O cidadão do mundo); *Der Biedermann* (O homem do bem); *Der Menschenfreund* (O amigo dos homens); *Der Freygeist* (O livre-pensador); *Der Gesellige* (O bom companheiro), *Die vernünftigen Tadlerinnen* (As censoras racionais), e com estratégias de leitura dos antigos livros edificantes, elas divulgavam, a título de diversão, conteúdos frívolos e profanos. A leitura que promovia uma moral útil à sociedade e, ao mesmo tempo, individual, era, tanto para o abastado comerciante como para o estudante esforçado, para a mulher culta como para o funcionário sisudo, não uma diversão ociosa, mas um dever moral.[16]

Os semanários moralizadores preparam não apenas o solo fértil onde essa nova forma de literatura se espalha, mas também servem como um ótimo instrumento de divulgação dos valores que eram representados nos romances. O romance burguês familiar, como no caso de *Pamela*, de Samuel Richardson, publicado pela primeira vez em 1740, satisfaz a necessidade de concepções morais por parte desse público. Diferentemente do que ocorre na Inglaterra, as alterações políticas, sociais e econômicas que propiciam o desenvolvimento de uma camada burguesa já no começo do XVIII demoram ainda um longo tempo para ocorrer em solo alemão.

Uma das consequências da separação da Alemanha em dezenas de principados, a denominada *Kleinstaaterei*, a fragmentação territorial em múltiplos principados, é a ausência de um centro unificador da vida cultural do país, como o foram Londres e Paris.[17] A pujança nas construções dos mais esplendorosos castelos e palácios, em uma Alemanha que ainda era um aglomerado de príncipes que, de acordo com Arnold Hauser, "acreditavam que a humanidade fora criada apenas para

[15] "Um romance vital para os românticos foi *Os anos de aprendizagem de Wilhelm Meister* [...] Logo, não é de estranhar que uma das formas mais recorrentes do romance romântico seja justamente o *Bildungsroman* ou romance de formação." VOLOBUEF, Karin. *Frestas e arestas*, p. 43.

[16] WITTMANN, Reinhard. *Existe uma revolução da leitura no final do século XVIII*, p. 143.

[17] BRUFORD, W. H. *Germany in the Eighteenth Century. The Social Background of the Literary Revival*. Cambridge: Cambridge University Press, 1952, p. 299.

eles",[18] contrastava com uma literatura quase inexistente e sem temática nacional.[19] Outro fato decorrente dessa separação territorial alemã é o desenvolvimento tardio de uma camada burguesa comerciante e industrial, de modo que até meados da segunda metade do século, os artistas ainda eram completamente dependentes do auxílio financeiro de nobres, restando à literatura, naturalmente, uma forma submissa e dependente dessas classes; um quadro bem diferente do que pode ser traçado na Inglaterra.[20]

Como atestam as listas de publicações dos periódicos, no século XVIII, a produção literária era muito insípida se comparada com o que era produzido na Inglaterra no mesmo período, principalmente no que concerne ao gênero do romance.[21] Até as últimas décadas do século XVIII, a literatura ainda era ocupação de ministros e oficiais no interior do país, ou de membros de grupos pequenos em cidades provincianas.[22] A maior parte dos estudiosos de literatura anteriores à época do primeiro romantismo não se ocupou de uma teoria do romance. Pela predominância do gênero dramático entre as cortes alemãs, os críticos iluministas privilegiaram principalmente o tratamento do drama, por considerar o gênero mais elevado. Em sua *Dramaturgia de Hamburgo* (1767-1769), Gotthold Ephraim Lessing avalia positivamente o romance, embora se ocupe mais da questão de saber se a forma literária deve ser chamada de "história" ou "romance", e não propriamente com suas características.[23]

Um dos primeiros escritos teóricos em língua alemã a tratar exclusivamente do romance foi o *Versuch über den Roman* [Ensaio sobre o romance], publicado em 1774 por Christian Friedrich von Blanckenburg (1744-1796). Na obra, o crítico afirma que ao romance interessa "a representação dos sentimentos, os quais seriam provocados pelos mais diversos acontecimentos".[24] A preocupação com a forma literária do romance por parte de Blanckenburg carrega um tom eminentemente iluminista, ainda que tenha o mérito de chamar a atenção para a necessidade de o romancista desenvolver traços realistas em sua obra. O estudioso acredita que

[18] HAUSER, Arnold. *História social da arte e da literatura*. São Paulo: Martins Fontes, 2003, p. 601.

[19] "*According to Goethe's 'Dichtung und Wahrheit, German literature in the eighteenth century was sadly lacking in national subjects.*" Ibid., p. 296.

[20] A força política desses nobres na composição literária do século XVIII pode ser observada na dedicatória que Martin Wieland faz nas primeiras páginas de sua obra *História de Agathon* (1766-1767). O autor agradece o patrocínio a quase quarenta nobres, em diferentes principados alemães. Cf. WIELAND, Martin. *Geschichte des Agathon*. Leipzig: Georg Joachin Göschen, 1794, pp. 3-5.

[21] Um estudo da produção material de livros e periódicos da época e sua influência na esfera intelectual alemã pode ser encontrado em: BERGHAHN, Klaus L. *Von der klassizistischen zur klassischen Literaturkritik. 1730-1806*. In: HOHENDAHL, Peter Uwe. *Geschichte der deutschen Literaturkritik. 1730-1980*. Stuttgart: J. B. Metzlersche Verlagsbuchhandlung, 1985, p. 19.

[22] BRUFORD, W. H. *Germany in the Eighteenth Century. The Social Background of the Literary Revival*, p. 300.

[23] Tratando do romance *História de Agathon* (1766-1767), de Martin Wieland, Lessing afirmaria: "É o primeiro e único romance para as cabeças pensantes, para o gosto clássico. Romance? Daremos esse título para que, talvez, através disso, alguns leitores aprendam um pouco mais". LESSING, G. E. apud BECKER, Eva D. *Der deutsche Roman um 1780*. Stuttgart: J. B. Metzlersche Verlagsbuchhandlung, 1964, p. 6.

[24] BLANCKENBURG, Friedrich von. *Versuch über den Roman*. Stuttgart: J. B. Metzlersche Verlagsbuchhandlung, 1965, p. 60. [Reprodução original da obra de 1774.]

essa forma literária deve expor, do modo mais natural possível, o desenvolvimento interno de pessoas reais, com o objetivo de fornecer exemplos verossímeis para a educação e a formação do homem.[25] Blanckenburg fala a partir de um otimismo iluminista, o qual pretende que o gênero do romance seja um instrumento para a educação da camada burguesa que principia a despontar na Alemanha. É por essa razão que o autor do *Ensaio sobre o romance* afirma que o romancista deve "auxiliar na missão da busca pelo desenvolvimento e pela completude da humanidade".[26]

O *Ensaio sobre o romance* de Blanckenburg se alinha à tendência de interiorização do romance, que passa da exibição afetada das cortes, na esfera pública, para a quietude e a solidão da vida privada do sujeito burguês. Para Blanckenburg, o importante é a exposição do universo interior do homem, observando toda a cadeia de movimentos de seu desenvolvimento intelectual e espiritual. A representação de caracteres reais já havia sido apontada por Lessing em sua *Dramaturgia de Hamburgo*, quando o dramaturgo indica a necessidade de se abandonar a exposição dos personagens e as falas afetadas da corte, e a adoção da unidade de ação como núcleo central da narrativa. Assim, a concordância entre Lessing e Blanckenburg se encontra também na concepção literária da representação da vida interior das personagens. O que interessa no romance, para Blanckenburg, é a exposição natural das virtudes e dos defeitos das personagens, devendo ser observada a regra da causalidade aristotélica.[27] É por essa mesma razão que o crítico desaprova certos aspectos do romance de Richardson, pois considera que o romancista inglês expunha seus heróis de forma modelar, evitando os defeitos, o que, para Blanckenburg, não contribui para a formação do homem, fim último do romance. Blanckenburg é considerado um dos precursores da teorização do *Bildungsroman* na Alemanha:

> Mesmo que não o denomine como tal, Blanckenburg descreve um romance de formação [*Bildungsroman*], em sua obra *Ensaio sobre o romance*, de 1774. O autor ainda não conhece o conceito de *Bildungsroman*, mas chega bem próximo dele, quando postula que a essência de um romance é descrever a história interior de um herói, e não a mera representação de acontecimentos exteriores. Blanckenburg descreve um tipo de romance que ainda não existia, mas que representava uma forma ou tipo ideal de narrativa em prosa – que ainda era muito desprezada em face do drama –, de modo que sua obra pode ser considerada como uma tentativa de elevar o romance à estatura do drama.[28]

Outro aspecto essencial no *Ensaio sobre o romance* é a questão do histórico na representação artística. Ao teorizar sobre a autenticidade e a verossimilhança na exposição do romance, Blanckenburg também propunha, de certo modo, a historicização da representação do homem e de seus costumes. O próprio crítico

[25] Ibid., p. 546.
[26] Ibid., p. XV.
[27] "*Ursache und Wirkung* [causa e efeito] são essenciais ao romance para dar a dimensão exata do homem." Ibid., p. 9.
[28] SELBMANN, Rolf. *Historische Bestimmungen. Von Blanckenburg bis Hegel. Der deutsche Bildungsroman*. Stuttgart: J. B. Metzler, 1994, p. 7. Wilma Patricia Maas acredita que é preciso levar em consideração a historicidade do termo *Bildungsroman*, ou seja, observar as condições em que se deu "o projeto pedagógico que se delineia durante a *Aufklärung*". MAAS, Wilma Patricia. *O cânone mínimo. O bildungsroman na história da literatura*, p. 16.

afirma que "a diferença entre a epopeia e o romance é histórica",[29] de modo que o romancista deve expor personagens e costumes de seu tempo, preocupando-se não com uma série de acontecimentos exteriores, de episódios aventureiros, mas em representar o desenvolvimento do herói, pois "é o interior do homem que interessa".[30] A controvérsia sobre a presença do maravilhoso e do histórico nas artes, na qual tomam parte os maiores dramaturgos, poetas, romancistas e críticos do *Zeitgeist* iluminista, atravessa o século XVIII alemão. Martin Wieland, na segunda edição de seu romance *História de Agathon*, em 1773, publica um texto introdutório com o título sugestivo: *Über das Historische im Agathon* [Sobre o histórico em Agathon]. Apesar do título do escrito, na verdade o autor procura justificar a presença do maravilhoso e rebater eventuais críticas contra a inverossimilhança na inserção de figuras históricas em seu romance, afirmando que "tudo que foi dito de personagens históricas, como Péricles, Aspásia e Alcibíades, nos chegou através de Plutarco e outros escritores e historiadores".[31] Como seus mestres suíços Bodmer e Breitinger, Martin Wieland se filia à concepção aristotélica do "possível, do ponto de vista da verossimilhança ou da necessidade".[32]

Mais tarde, em sintonia com críticos que o antecederam na defesa do maravilhoso na exteriorização artística, como seu tio Johann Elias Schlegel, Bodmer, Breitinger, Christian Gellert e Wieland, Schlegel também chamaria a atenção para o fato de que "não é a matéria do romance que deve ser histórica, mas o espírito do todo".[33] Todavia, na época de Blanckenburg o que interessava ao estudioso era buscar um caminho de elevar o romance ao mesmo nível do drama, de modo a poder utilizá-lo como um meio para a formação das novas classes sociais e para o desenvolvimento progressivo do público leitor. Ao permanecer estritamente no âmbito do racional, o gênero do romance representa um instrumento didático muito útil na formação de leitores, principalmente pela manutenção da regra clássica da causalidade e da verossimilhança. De acordo com essa ideia, enquanto representação possível fundamentada no nexo causal, o romance se torna igualmente um catalisador da imaginação do leitor burguês, ao mesmo tempo que o faz sentir-se representado nessa forma de exteriorização artística.[34] De certo modo, a insistência de Blanckenburg em observar que o romancista deveria se pautar pela busca de verossimilhança e se ater às regras de causalidade é uma tentativa de escapar ao sentimentalismo da estética da *Empfindsamkeit*, predominante em grande

[29] BLANCKENBURG, Friedrich von. *Versuch über den Roman*, p. 15. [Reprodução original da obra de 1774.]

[30] Ibid., p. 546.

[31] WIELAND, Martin. *Über das historische im Agathon*. In: Id.. *Geschichte des Agathon*. Leipzig: Georg Joachim Göschen, 1773, p. 14.

[32] "É claro, também, pelo que atrás foi dito, que a obra do poeta não consiste em contar o que aconteceu, mas sim coisas quais podiam acontecer, possíveis no ponto de vista da verossimilhança ou da necessidade". ARISTÓTELES. *Poética*, p. 28, capítulo IX.

[33] SCHLEGEL, Friedrich. *Fragmentos sobre poesia e literatura (1797-1803) seguido de Conversa sobre poesia*, p. 133 [340].

[34] HAHL, Werner. *Reflexion und Erzählung. Ein Problem der Romantheorie von der Spätaufklärung bis zum programmatischen Realismus*. Stuttgart: W. Kohlhammer, 1971, p. 12.

parte do século XVIII nas camadas sociais mais elevadas. Ao restringir o efeito da representação artístico-literária aos ditames racionais, Blanckenburg também intenta emprestar ao gênero do romance uma finalidade instrutiva e formadora, e não apenas um deleite aristocrático. Um dos elementos principais nessa busca é o denominado nexo causal:

> O poeta deve ensinar através do prazer. Ele deve excitar o sentimento e a criatividade de seus leitores, de modo a auxiliar o homem em sua busca por perfeição. Quais são os instrumentos do poeta? Os acontecimentos e as personagens. Como pode ele atingir esse fim? Através do prazer. E o maior prazer é criado onde os acontecimentos surgem relacionados uns aos outros. Acontecimentos que são causas de outros e acontecimentos que têm origem em outros.[35]

Como Blanckenburg, outros teóricos do Iluminismo tratam do romance enquanto possibilidade de doutrinação e exemplo moral para o homem. Friedrich Bouterwek (1766-1828) acredita que essa forma literária dá continuidade à fábula e que, assim como ela, deve ensinar uma verdade de modo contemplativo, embora afirme também que o romance, diferentemente da fábula, não ensina a partir de um único princípio fundamental, pois "esse gênero necessita de um desenvolvimento complexo de acontecimentos e personagens".[36] Do mesmo modo, outros teóricos iluministas, como Moses Mendelssohn e Friedrich Nicolai, descrevem o romance como um espelho da vida real, que deve doutrinar e moralizar através de exemplos práticos.[37] Em sua caracterização do *Wilhelm Meister*, o crítico chamara a atenção para o fato de que diversos episódios na obra de Goethe têm um fim em si mesmo, o que frustra o leitor ou crítico que procura se orientar apenas pela regra clássica da causalidade. Do mesmo modo, Schlegel afirma que é necessário observar e intuir a totalidade da obra, e não apenas as regras estruturais advindas da tradição, "como é comum em um romance onde os personagens e os acontecimentos são o fim último".[38] Com isso, o estudioso busca refutar a fórmula clássica do *prodesse et delectare*, ou seja, a regra do educar e deleitar utilizada por Blanckenburg, a qual determinava que todo personagem e acontecimento no romance deve ser passível de compreensão segundo as regras de uma lógica estritamente racional. Mas, de acordo com Schlegel, a lógica do *Wilhelm Meister* pressupunha um leitor com capacidade e sentido para o todo. Essa ruptura com a tradição clássica é também o sintoma de um desacordo maior que ocorre naquele *Zeitgeist*. Da mesma forma que o romance de Goethe inaugura uma nova época para os estudos literários, os escritos dos românticos procuram expor a inadequação que sentem em relação ao mundo limitado e pragmático do

[35] BLANCKENBURG, Friedrich von. *Versuch über den Roman*, p. 288. [Reprodução original da obra de 1774.]

[36] HAHL, Werner. *Reflexion und Erzählung. Ein Problem der Romantheorie von der Spätaufklärung bis zum programmatischen Realismus*, p. 14.

[37] Ibid.

[38] SCHLEGEL, Friedrich. *Über Goethes Meister*. In: KA-II, p. 133.

universo burguês, chamado por eles de *mundo dos filisteus*, exteriorizando, assim, seu desconforto em face da realidade que os sufoca e imobiliza:

> Percorrendo a literatura romântica, torna-se evidente que o ritmo de vida dos filisteus desperta em seus autores uma profunda sensação de insuficiência. Com o espírito irrequieto, sempre à caça daquilo que é novo, diferente e único, o romântico encara o dia a dia do filisteu – previsível, uniforme, estagnado – como algo sufocante e insuportável. O retorno ininterrupto sempre das mesmas coisas satura o romântico, afogando-o em amargura e tédio. A típica vida do filisteu – na qual não têm lugar o imprevisto, o surpreendente, o incomum – contrasta com as máximas de fantasia, criatividade e imaginação do romântico, sendo portanto experimentado pelo artista como uma prisão que cerceia sua liberdade e seu poder de inovação. É, pois, um cárcere ao qual ele não consegue se adaptar e do qual ele busca a todo custo escapar.[39]

Através de romances como *Conversa sobre a poesia*, *Heinrich von Ofterdingen* e *Lucinde*, os românticos exteriorizam um descompasso não apenas em relação à tradição crítico-literária e às normas sociais até então vigentes, mas também um conflito com o próprio conceito de normalidade. É igualmente através desse gênero, ou mistura de todos os gêneros, que Schlegel encontra uma maneira de concretizar sua teoria da poesia romântica, pelo fato de que, como demonstra, "os romances são os diálogos socráticos de nossa época. Nessa forma liberal a sabedoria da vida se refugiou da sabedoria escolar".[40]

O romance enquanto teoria

Na visão de Schlegel, o romance é a poesia romântica mais originária, cuja diferença em relação a outros gêneros reside na capacidade de ser uma mistura de todas as formas literárias, mesclando em suas determinações o lírico, o épico e o dramático.[41] Essa afirmação aproxima o romance da concepção de poesia romântica. Enquanto forma literária que concretiza a teoria romântica de literatura, o romance permite pensar os problemas literários de um modo dialógico, leve e artístico, evitando, assim, o que os românticos consideravam como o estilo empolado da academia e o dogmatismo do juiz de arte (*Kunstrichter*). O gênero possibilita aos pensadores do primeiro romantismo alemão realizar, em termos estéticos, a unificação de todas as esferas da vida e da arte em um jogo lúdico e social, como os havia ensinado a filosofia da liberdade de Fichte. O romance também encarna a visão revolucionária da arte literária do grupo de Iena. Obras como *Conversa sobre a poesia* e *Lucinde*, de Schlegel, ou *Heinrich von Ofterdingen*, de Novalis, e os

[39] VOLOBUEF, Karin. *Frestas e arestas*, p. 102.
[40] SCHLEGEL, Friedrich. *O dialeto dos fragmentos*, p. 23 [L 26].
[41] Id. *Wissenschaft der Europäischen Literatur*. In: KA-XI, p. 160.

romances de Friedrich Richter (autor que não pertence ao círculo de Iena, mas que é parte do mesmo *Zeitgeist* romântico) atestam a busca por inovações formais e a autonomia em face das regras da poética dogmática e normativa até então vigente. Esses escritos colocam em marcha a revolução estética de que trata Schlegel, a qual almeja alterar os modos de sentir, compreender e criar no âmbito da arte, atingindo todos os campos da existência, "tornando mais viva e sociável a poesia, e poéticas a vida e a sociedade", como diz o fragmento 116 da revista *Athenäum*.[42]

É sobretudo em *Conversa sobre a poesia*, publicado em 1800, portanto um ano após a publicação de *Lucinde*, que Schlegel coloca em prática sua teoria de que apenas a literatura pode falar da literatura. Utilizando um artifício literário muito caro aos românticos, o diálogo, o autor propõe uma obra na qual é possível contemplar a representação artística do ambiente no qual se forjou o primeiro romantismo alemão, o grupo de jovens entusiastas da poesia e da filosofia que discutia os mais diversos temas literários e existenciais na forma leve da conversa e do embate de ideias, denominadas por eles de sinfilosofia e simpoesia. Através de diálogos chistosos e espirituosos, da linguagem leve e cenas amenas, o romance permite imaginar como eram esses encontros românticos na residência do então professor de estética da Universidade de Iena, August Wilhelm Schlegel e de sua esposa, Caroline Böhmer Schlegel.[43]

> Amália e Camila haviam acabado de entabular uma conversa cada vez mais animada sobre um novo espetáculo quando dois dos amigos esperados, que chamaremos de Marcus e Antonio, se juntaram à sociedade com uma sonora gargalhada. Com a chegada dos dois se completou o grupo que costumava se reunir na casa de Amalia para se dedicar livre e alegremente a seu passatempo comum. Sem combinação ou regra, na maioria das vezes espontaneamente, a poesia acabava sendo o assunto, o motivo, o centro de seus encontros.[44]

Conversa sobre a poesia é todo ele pensado como uma contemplação teórica, no sentido original da palavra grega *theōria*, sobre as mais diversas questões literárias, mas sobretudo sobre as formas poéticas e prosaicas. Entre os trechos da obra que se dedicam ao romance encontra-se a famosa "Carta sobre o romance", exposta pelo personagem Antonio, que, segundo os estudiosos da obra, representa artisticamente o próprio Schlegel.[45] A *Carta* começa com uma divertida discussão dos amigos sobre os romances de Friedrich Richter (1763-1825), o qual tem o pseudônimo de Jean-Paul em homenagem a Jean-Jacques Rousseau. Richter era um autor muito querido na época de Schlegel, escrevendo diversos romances e narrativas chistosas, como *Siebenkäs*, *Hesperus*, *Leben des Quintus Fixlein*, e uma obra teórica

[42] Id. *O dialeto dos fragmentos*, p. 64 [A116].

[43] Como esclarece Marco Aurélio Werle, August Wilhelm se dirige a Iena no ano de 1798, onde é nomeado professor extraordinário de estética pelo duque de Weimar e por recomendação de Goethe. SCHLEGEL, August Wilhelm. *Doutrina da arte*, p. 9.

[44] SCHLEGEL, Friedrich. *Fragmentos sobre poesia e literatura (1797-1803) seguido de Conversa sobre poesia*, p. 486.

[45] Segundo a tradição os personagens de *Conversa sobre a poesia* representam: Ludovico (Schelling), Amalia (Caroline), Marcus (Tieck), Antônio (Schlegel), Lotário (Novalis), Andrea (August Wilhelm), Camila (Dorothea).

intitulada *Vorschule zur Aesthetik* (Curso preparatório de estética), publicada no ano de 1804. Como foi dito, embora não pertença diretamente ao grupo do primeiro romantismo alemão, Jean-Paul é muito admirado por Schlegel. No trecho da "Carta sobre o romance" em que aborda a obra romanesca do autor, o personagem Antonio faz menção ao chiste doentio e à ausência de vínculo narrativo, isto é, a "ausência de histórias", na linguagem de Schlegel.

A menção à ausência de linearidade narrativa demonstra o nível de distanciamento que os autores da época romântica procuram manter em termos das regras aristotélicas de verossimilhança e causalidade. Diversos romances da época portam em sua matéria as mais fantásticas e inverossímeis narrativas, em cujo enredo não se encontra facilmente a antiga estrutura romanesca. Do mesmo modo, uma das técnicas mais utilizadas pelos autores românticos é a de desenvolver uma narrativa que, na verdade, ou não contém nenhuma narrativa, ou porta diversas narrativas que se interpenetram nas mais variadas formas, como em *Lucinde*, de Schlegel, ou *Siebenkäs*, de Friedrich Richter. Em razão da aparente ausência de um enredo claro e de direcionalidade do narrado, esse tipo de romance mantém uma tensão que perpassa toda a narrativa, caracterizando desde então a literatura moderna. Através da profusão de trocadilhos e de pilhérias em torno da própria linguagem, e do enredo repleto de novidades, a imaginação criativa de Friedrich Richter torna a leitura de seus romances um desafio até mesmo para estudiosos, o que não impede Antonio de considerar sua obra o exemplo mais perfeito de produto romântico em sua época:

> Nossa conversa começou quando você afirmou que os romances de Friedrich Richter não são romances, mas uma mistura de todo tipo de chiste doentio. As poucas histórias são tão mal apresentadas que, para passar por histórias, seria preciso advinhá-las. E mesmo que quiséssemos tomá-las em conjunto e simplesmente narrá-las, dali resultariam, no máximo, confissões! A individualidade do homem é visível demais e, ainda por cima, que individualidade! Passo por alto este último ponto porque é novamente apenas uma questão individual. Concordo com você no que concerne à mistura de todo tipo de chiste doentio, mas tomando-a em defesa, afirmo decididamente que tais grotescos e confissões são os únicos produtos românticos de nossa época não romântica.[46]

Através de sua imaginação criativa, Friedrich Richter diferencia-se de outros romancistas citados por Schlegel, como Laurence Stern, Henry Fielding, Jonathan Swift, Denis Diderot, entre outros. Após demonstrar que mesmo o gênero literário das confissões é um produto romântico (Schlegel pensa naturalmente em Rousseau), pois representa o subjetivo e histórico muitas vezes de modo artístico, o personagem Antonio reprova a ausência do elemento "fantástico" e o realismo exagerado de romances como *Cecília* (1782), de Frances Burney, assim como os escritos de Henry Fielding e Samuel Richardson. Apesar de criticar os romances ingleses pelo excesso de realismo, o personagem de *Conversa sobre a poesia* ainda assim os

[46] SCHLEGEL, Friedrich. *Fragmentos sobre poesia e literatura (1797-1803) seguido de Conversa sobre poesia*, p. 528.

admira por representar a realidade prosaica: "Todos os chamados romances aos quais minha ideia de forma romântica não possa de modo algum ser aplicada, eu os aprecio bem exatamente pela quantidade de intuição própria e de vida representada que contêm; e, nesse aspecto, até mesmo os seguidores de Richardson podem ser bem-vindos".[47] Embora não possam ser considerados romances românticos, essas obras são importantes pela quantidade de matéria histórica que apresentam. Antonio indica que "de uma obra como *Cecília* aprendemos ao menos como, no tempo em que isso era moda, poderíamos nos entediar em Londres", ou seja, ele admira a "intuição própria e a representação da vida" nesses autores.[48]

Ainda que considere a obra de Friedrich Richter um pouco caótica em termos de enredo ("histórias que não representam histórias"), Schlegel encontra no chiste doentio, nos grotescos e nas confissões dos romances de Jean-Paul o exemplo de uso potenciado de sua ironia romântica, ou seja, um labirinto de representações extravagantes, inclusive do feio, em narrativas que se enredam em outras narrativas, imagens distorcidas, metáforas e alegorias das mais diversas qualidades, as quais o jovem romântico também denomina de arabesco. Nesse mesmo trecho da obra de Schlegel, o personagem Antonio critica Amália (que representa Caroline Schlegel), "por haver lido todos os romances ruins, de Fielding a La Fontaine", mas indica-lhe a leitura de Laurence Sterne, principalmente em razão do deleite causado por seu humor, que o narrador aproxima aos arabescos:

> Você mesma sente que sua diversão com o humor de Sterne era pura e de natureza completamente diferente da curiosa expectativa que com frequência um livro ruim pode extorquir de nós no momento exato em que o vemos assim. Ora, pergunte se seu deleite não era aparentado àquele que sentimos quando observamos as graciosas pinturas decorativas que chamamos de arabesco.[49]

Enquanto criação livre do espírito artístico, o arabesco é tomado como metáfora da espontaneidade do gênio criativo. É por essa razão que Antonio descreve o arabesco como um produto natural da imaginação: "considero antes uma vantagem que o arabesco não seja uma obra de arte, mas apenas um produto natural e, por isso, coloco Richter também acima de Sterne, porque sua fantasia é bem mais doentia, ou seja, mais maravilhosa ou fantástica".[50] Desenhos ornamentais que se encontram inseridos nas obras da arquitetura árabe, cultura da qual deriva o nome, o arabesco remete ao âmbito da imaginação criativa e do fantástico, elementos que não podem faltar à literatura romântica, encontrando-se em todas as formas nas quais a poesia romântica se concretizou. Inserido pelo crítico como um dos elementos centrais de sua teoria do romance, o arabesco está relacionado à engenhosidade

[47] Ibid., p. 539.
[48] *Cecilia or Memoirs of an Heiress* foi publicada em 1782 pela escritora inglesa Frances Burney. Ibid., p. 539.
[49] Ibid., p. 530.
[50] Ibid., p. 531.

do espírito, à imaginação, ao conceito de gênio criativo e às exteriorizações mais espontâneas e magníficas da arte:[51]

> Aqui, eu vejo forte semelhança com aquele grande chiste da poesia romântica, que não se revela em achados isolados, mas na construção do todo, e que nos foi tão bem desenvolvido por nosso amigo nas obras de Cervantes e de Shakespeare. Com efeito, essa confusão artisticamente ordenada, essa atraente simetria de contradições, essa maravilhosa e eterna alternância de entusiasmo e ironia, que vive até nas menores partes do todo, já me parecem ser uma mitologia indireta. A organização é a mesma, e, com certeza, o arabesco é a forma mais antiga e original da fantasia humana.[52]

O trecho da "Carta sobre o romance" é igualmente significativo para compreender um dos elementos fundamentais para a teorização schlegeliana sobre o romance, que é o denominado "sentimental". De acordo com Schlegel, sentimental é um dos modos de exposição do espírito romântico, o qual relaciona-se às composições chistosas, à ironia romântica, à engenhosidade. O sentimental não tem relação alguma com o sentimentalismo da doutrina da *Empfindsamkeit*, tão em voga no século XVIII. Assim, esse conceito aponta para a representação do amor, mas não do amor lacrimoso e artificial das comédias francesas, "sob cuja denominação se entende quase tudo que é comovente e lacrimoso de uma maneira trivial, e cheio daquele sentimento familiar de nobreza, em cuja consciência homens sem caráter se sentem tão indescritivelmente felizes e grandes".[53] O sentimental encontra-se, para Schlegel, no tipo de amor representado nos antigos românticos, em Boccaccio, nas novelas de cavalaria, no sentimento nobre e singelo de Dom Quixote por sua Dulcineia d'El Toboso, em Petrarca ou em Tasso, "cujos poemas, comparados ao *romanzo* mais fantástico de Ariosto, bem poderiam ser chamados de sentimentais".[54] O sentimental é o que abarca algo mais que o mero sentimento, é preciso também a representação através da fantasia (como nas singelas narrativas medievais). Esse fato faz com que Schlegel acredite que "a essência do sentimental consiste na reflexão poética".[55] Como é possível perceber, o sentimental em Schlegel não é o mesmo que em Schiller, apesar de conter um de seus elementos, que é a reflexão do sujeito. Por outro lado, o fantástico, isto é, a imaginação criativa, é parte do sentimental. Ambos compõem o que o crítico descreve como o "elemento romântico", o qual pode estar inserido em qualquer obra:

[51] Discutindo o que descreve como sendo as "formas naturais do chiste", Márcio Suzuki afirma: "Inúmeras são as *formas naturais* do chiste, às quais Schlegel dedica também inúmeros fragmentos, mas é na *Conversa sobre a poesia* que o leitor pode encontrar uma discussão mais detida delas. Na "Carta sobre o romance", Antonio menciona, por exemplo [...] o arabesco, tipo de jogo espirituoso que caracteriza uma obra como *Jacques, o fatalista* de Diderot. Todas essas manifestações são formas naturais, 'instintivas', do gênio: o arabesco, por exemplo, não tem acabamento de uma obra de arte (*Kunstwerk*) e se apresenta sempre como um 'produto natural' (*Naturprodukt*)". SUZUKI, Márcio. *O gênio romântico. Crítica e História da Filosofia em Friedrich Schlegel*, p. 198.

[52] SCHLEGEL, Friedrich. *Fragmentos sobre poesia e literatura (1797-1803) seguido de Conversa sobre poesia*, p. 519.

[53] Ibid., p. 530.

[54] Ibid., p. 533.

[55] Ibid., p. 346 [21].

O que é, então, esse sentimental? O que nos interpela, onde domina o sentimento, não exatamente o sentimento sensível, mas o espiritual. A fonte e a alma de todas essas emoções é o amor, e na poesia romântica o espírito do amor deve pairar por toda parte, invisivelmente visível; é o que a definição dele deve dizer. As paixões galantes, das quais não conseguimos escapar nas poesias dos modernos, do epigrama à tragédia, como se queixa jocosamente Diderot no *Fatalista e seu amo*, são justamente o que há de menos importante nele ou, antes, elas não são sequer a letra exterior daquele espírito, por vezes não sendo nada ou algo bastante desagradável e frio. Não, ele é o sopro sagrado que nos comove nos sons da música. Ele não se deixa apanhar violentamente, nem agarrar mecanicamente, mas pode ser amistosamente atraído pela beleza fugaz e nela se envolver; e também as palavras mágicas da poesia podem ser penetradas e animadas por sua força. Mas no poema em que ele não esteja ou não possa estar presente em todas as partes, ele certamente não estará presente de modo algum. Ele é uma essência infinita, e seu interesse não se prende ou se sujeita de forma alguma apenas às pessoas, aos acontecimentos, situações e inclinações individuais: para o verdadeiro poeta, por mais intimamente que sua alma o possa abranger, tudo isso é apenas alusão ao mais elevado e infinito, hieróglifo do amor único e eterno e da sagrada plenitude de vida da natureza formadora. Apenas a fantasia pode compreender o enigma desse amor e apresentá-lo como enigma; e esse caráter enigmático é a fonte do fantástico na forma de toda apresentação poética.[56]

Afirmando que tudo o que é infinito e inefável somente pode ser representado de forma indireta, Schlegel demonstra a importância da alegoria e do arabesco em sua teoria do romance. Para o crítico, mesmo o chiste doentio como o de Friedrich Richter resulta da fantasia mais original. Há ainda outro elemento muito importante que integra o conceito de sentimental, que é definido como a representação indireta do histórico. Em alguns fragmentos, Schlegel o descreve com o termo "mímico", indicando com isso a representação indireta e objetiva do histórico. A acepção do termo sentimental como "representação indireta do histórico" ajuda a compreender a afirmação de que o romântico representa matéria sentimental em forma fantástica. Esse aspecto também torna mais clara a problemática entre a representação subjetiva (dos modernos) e objetiva (dos antigos) no contexto da assimilação e divulgação que os irmãos Schlegel fazem da antinomia entre o clássico e o romântico, que, como exposto, foi estabelecida por Schiller e Goethe. Ao demonstrar que apenas a fantasia pode ser capaz de fazer brotar esse amor e seu correlato sentimental, Schlegel compreende que há algo mais no conceito de sentimental além da reflexão do sujeito, que é a referida representação indireta e objetiva do histórico:

Na significação do sentimental ainda há, porém, algo que toca precisamente na peculiaridade de toda poesia romântica em oposição à poesia antiga. Nesta, não se leva de modo algum em conta a diferença entre aparência e verdade, entre jogo e seriedade. Aí está a grande diferença. A poesia antiga segue integralmente a mitologia e evita até mesmo a matéria propriamente histórica. Mesmo a antiga tragédia é um jogo, e seria punido o poeta que representasse um acontecimento verdadeiro que dissesse seriamente respeito a todo o povo. A poesia romântica, ao contrário, descansa totalmente sobre um fundamento histórico, muito mais do que se sabe ou se acredita. Qualquer drama a que você assista, uma narrativa que você leia, se neles há uma intriga espirituosa, pode ter quase certeza de que no seu fundamento se encontra uma história verdadeira ainda que diversas vezes

[56] Ibid., p. 534.

modificada. Boccaccio é quase todo histórias verdadeiras, assim como as outras fontes das quais provém toda invenção romântica.[57]

Embora a poesia romântica tenha como elementos o fantástico e o sentimental, nem toda expressão literária moderna era considerada romântica pelo crítico. O trecho da *Carta sobre a poesia* é significativo para compreender esse aspecto, pois, ainda que considere o romance de Friedrich Richter romântico, outras obras modernas de sua época não podiam ser intituladas de românticas. Para Schlegel, obras como *Emilia Galotti* (1772) de Lessing e os romances de Henry Fielding eram modernos mas nada românticos. Assim, o conceito de romântico em Schlegel não depende de uma delimitação meramente temporal, seu núcleo é a fantasia romântica, isto é, o sentimento romântico, o qual pode ser encontrado nas mais diversas épocas:

> Apresentei uma característica precisa da oposição entre o antigo e o romântico. Peço-lhe, entretanto, que não pense imediatamente que para mim romântico e moderno significam exatamente o mesmo [...]. É aí que procuro e encontro o romântico, nos modernos mais antigos, em Shakespeare, em Cervantes, na poesia italiana, na época dos cavaleiros, do amor e das fábulas, de onde derivam a coisa e a própria palavra.[58]

O trecho intitulado "Épocas da poesia" é igualmente importante para a questão da teoria do romance de Schlegel por realizar uma discussão histórica sobre as formas narrativas. O personagem de Andrea, identificado como August Wilhelm Schlegel, faz uma longa digressão sobre a história da literatura desde os gregos até a modernidade, traçando igualmente um panorama das formas narrativas que antecedem o romance moderno. De acordo com o personagem, o surgimento da poesia romântica (na qual insere-se o romance) se encontra na confluência entre as narrativas dos povos germânicos, a tradição literária latina e as narrativas orientais que chegam à Europa através dos árabes, tendo florescido na costa do Mediterrâneo em canções de amor e histórias maravilhosas:

> Com os germanos jorrou sobre a Europa uma nascente pura de nova poesia heroica, e quando a força selvagem da poesia gótica entrou em ressonância, graças à influência árabe, com o cativante conto maravilhoso do Oriente, floresceu na Costa Mediterrânea o alegre ofício de inventores de canções amáveis e de histórias estranhas, e, ora nesta, ora naquela forma, se difundiu, juntamente com a lenda sagrada latina, o romance profano, cantando o amor e as armas.[59]

Assim, as narrativas maravilhosas que surgem no Meditterâneo, as sagas nórdicas dos povos germanos, os contos orientais e árabes, as narrativas do ciclo do rei Arthur, os *lais* de Marie de France, os *fabliaux* franceses, entre outras formas breves, são a fonte de onde brotam as novelas de Giovanni Boccaccio, o romance de

[57] Ibid., p. 535. Ainda sobre a representação do histórico, o crítico afirma em um de seus fragmentos: "O fundamento das novelas é a *anedota*. Tudo o mais é um transformação tardia. A maioria das novelas é verdadeira". Ibid., p. 361 [143].

[58] Ibid., p. 536.

[59] Ibid., p. 498.

Boiardo, o drama pastoril de Guarini, as narrativas alegres e chistosas de Cervantes e os dramas de Shakespeare. Esse tema é também abordado no trecho intitulado "Carta sobre o romance", no qual Schlegel chama a atenção para o fato de que foram os livros de cavalaria, o romance pastoril, o drama romântico, entre outras formas, que forneceram a base perfeita para a fundamentação artística do espírito engenhoso de Cervantes. A leitura dos romances de cavalaria e de toda forma de poesia romântica teria também influenciado a criação de Shakespeare, em cujas "novelas dramatizadas" é possível encontrar a confluência da tragédia clássica e do romance romântico. Em sua visão *sui generis*, o crítico considera até mesmo a poesia de Dante Alighieri um romance romântico (como foi exposto, Dante é considerado pelo romântico como o fundador da poesia romântica).

Schlegel havia buscado definir e estudar indivíduos singulares em sua totalidade nas caracterizações de Forster e de Lessing. Do mesmo modo, o crítico acredita que é possível ao romance realizar a mesma exegese, ainda que de forma indireta, expondo toda a vida ou a história de um indivíduo. Enquanto compêndio ou enciclopédia de um "Eu", de uma individualidade, o romance representa a possibilidade de aproximação entre a doutrina-da-arte e a doutrina-da-vida, unificando aspectos apartados da existência, como a épica e a tragédia haviam sido para os antigos. Por outro lado, a teorização schlegeliana sobre o romance busca entender a diversidade assumida pelo gênero na modernidade como algo inerente à sua forma. Observando o desenvolvimento histórico das diversas formas ou gêneros narrativos que fundamentam o surgimento do romance moderno, o estudioso deduz as principais características e aponta para o nascimento de uma nova época da poesia romântica, anunciada pelo espírito "progressivo" (que aproxima o antigo e o moderno) de Goethe.

Enquanto contemplação desinteressada (*theōria*) sobre as formas originárias do romance, a obra *Conversa sobre a poesia* revela a tentativa de Schlegel de compreender a forma do romance a partir de sua própria história. A diversidade de formas que o romance pode assumir na modernidade é o resultado necessário de seu desenvolvimento histórico. A teoria sobre o romance de Schlegel insere-se, assim, em uma tradição de estudos que observa a relação dialética entre forma e conteúdo nas formas narrativas de acordo com a análise histórica, cujos antepassados mais importantes em solo alemão foram Winckelmann, Herder e Lessing. Antes de Schlegel, pensadores como Chistian Friedrich von Blanckenburg também buscaram explicar o romance em seu percurso histórico, como resultado das mais variadas forças. Schlegel demonstra que "assim como nossa arte poética [do final do século XVIII] principia com o romance, a poesia dos gregos começou com a épica e também nela se dissolveu".[60] Através da prosa poética e do estilo leve

[60] No começo do século XX, Georg Lukács afirma que o romance é a epopeia de uma era na qual a totalidade da vida já não está mais presente. A compreensão dos fenômenos de literatura em termos da relação forma-conteúdo é algo que aproxima esses teóricos.

de escrita, *Conversa sobre a poesia* é a forma literária utilizada para demonstrar a referida convicção de Schlegel de que a teoria do romance deve ser ela mesma um romance:

> Se tais exemplos viessem à luz, eu criaria coragem para compor uma *teoria do romance* que fosse uma teoria no sentido original da palavra: uma intuição espiritual do objeto, com o ânimo completamente tranquilo e sereno, como convém para contemplar, com festiva alegria, o jogo significativo das imagens divinas. Tal teoria do romance teria de ser ela mesma um romance, que restituísse fantasticamente cada tonalidade eterna da fantasia, emaranhando mais uma vez o caos do mundo da cavalaria. Ali os seres antigos viveriam sob novas figuras; ali, a sombra sagrada de Dante se reergueria de seu mundo subterrâneo, Laura passearia celestialmente diante de nós, Shakespeare e Cervantes entabulariam conversas íntimas – e Sancho poderia novamente gracejar com Dom Quixote. Esses seriam os verdadeiros arabescos, que, ao lado das confissões, são, como afirmei no início de minha carta, os únicos produtos românticos de nossa época.[61]

As reflexões sobre a poesia romântica e o romance concretizam-se igualmente no romance *Lucinde*. Publicado um ano antes de *Conversa sobre a poesia*, ou seja, em 1799, o romance tem como uma de suas prerrogativas principais a discussão de diversas ideias estéticas relacionadas a esse gênero literário que vinham sendo desenvolvidas desde 1797, nos *Fragmentos sobre poesia e literatura*. A obra expõe a convicção de Schlegel de que esse gênero deve ser "uma poesia mista, misturada de forma ainda mais desigual que o idílio ou a sátira, os quais, ainda assim, seguem uma lei categórica da mistura".[62] Em *Lucinde*, o jovem romântico descreve artisticamente o amor entre Julius e Lucinde, os quais, segundo a tradição, representam o próprio Schlegel e Dorothea. Se a pequena obra de Schlegel surpreende por introduzir a representação do amor de uma forma incomum para a época – fato que causa escândalo em uma sociedade acostumada ao distanciamento e à reserva no casamento –, pode-se imaginar o desconforto que causou no público leitor de seu tempo em razão da matéria e da estrutura. Em carta escrita a Goethe em 19 de julho de 1799, Schiller afirma que tinha dores de cabeça em razão de haver se ocupado por algumas horas com a leitura de *Lucinde*, e que a obra, como tudo o que Schlegel produz, é fragmentária e totalmente ausente de forma (*formlose*). Schiller também faz severas críticas ao romance de Schlegel, caracterizando-o como "o auge da ausência moderna de forma e natureza".[63] Ao abstrair-se por um momento o fato de que Schiller costumava ser bastante crítico em relação a Schlegel e, como Hegel, considerava-o às vezes diletante, a caracterização negativa que o autor de *Poesia ingênua e sentimental* faz sobre a obra indica que o romance deve ter sido realmente inovador e moderno para a época em que foi escrito.[64] A razão para isso

[61] SCHLEGEL, Friedrich. *Fragmentos sobre poesia e literatura (1797-1803) seguido de Conversa sobre poesia*, p. 538.
[62] Ibid., p. 88 [4].
[63] BEETZ, Manfred. *Briefwechsel zwischen Schiller und Goethe in den Jahren 1794 bus 1805*. München: Carl Hanser Verlag, 1990, p. 722, carta de 19 de julho de 1799.
[64] Segundo Rüdiger Safranski, Schiller chamava o movimento romântico de "Schleguice", ironizando o sentimento religioso que emanava do primeiro romantismo alemão. Cf. SAFRANSKI, Rüdiger. *Romantismo uma questão alemã*. Tradução de Rita Rios. São Paulo: Estação Liberdade, 2010, p. 139.

é que há muitos aspectos singulares em *Lucinde*, não apenas no que concerne ao conteúdo, mas em termos formais. A mescla de diferentes formas literárias, como as confissões, cartas, fantasia, ditirambo, caracterização, alegoria, idílio, diálogos, e a representação artística do amor sensual e espiritual (mistura que horroriza o público leitor), é um fator inovador para a época.

Ao apresentar a representação artística de um casamento no qual o amor mais espiritual se mescla ao amor sensual, o romance foi objeto de reprovação entre a sociedade moralista da época. Sua leitura foi proibida e chegou a ser banido entre certos círculos da sociedade alemã do começo do século XIX. No final da década de 1790, quando Schlegel publica seu romance *Lucinde*, as teorias iluministas que regulavam e doutrinavam a representação literária já haviam perdido sua força, mas, nas severas restrições e na crítica agressiva que a obra recebeu, ainda permanece um resquício de dogmatismo advindo da *Aufklärung*. O distanciamento da poética normativa do Iluminismo faz nascer novas concepções literárias. Em *Conversa sobre a poesia* e no romance *Lucinde*, Schlegel indica que não é o contexto dramático da história que torna o romance um todo, ou uma obra completa, mas o contato com unidade superior à mera letra.

Além disso, *Lucinde* é um romance que problematiza aspectos centrais da teoria da narrativa discutidos apenas dois séculos mais tarde, tais como a ausência de enredo, a alternância do foco narrativo, a mistura de gêneros, a aproximação entre o poético e o prosaico, o desenvolvimento das personagens, o tempo e o espaço da narrativa, entre outros fatores. Da mesma forma que pode ser considerado um romance alegórico que desvela em suas determinações a visão utópica do amor para os românticos, o romance é inquestionavelmente inovador em sua forma. O diálogo que a obra mantém com a mais antiga tradição das formas românticas surge já em seu prólogo, no qual Schlegel faz uma referência histórica à narrativa-moldura realizada por Petrarca, Boccaccio e Cervantes:

> Com alegre comoção, Petrarca contempla e abre a coleção de seus eternos romances [*Romanzen*]. Cortês e lisonjeiro, o inteligente Boccaccio conversa com as damas no início e ao final de seu rico livro. E mesmo o nobre Cervantes – já idoso e em sua agonia, mas ainda assim amável e cheio de terno engenho – vestiu o espetáculo colorido de suas obras cheias de vida com a preciosa tapeçaria de um prólogo, o qual já é ele mesmo um belo quadro romântico.[65]

Obra na qual quase não há ação, o romance de Schlegel parece não ter a mínima preocupação com a causalidade dos episódios, a direcionalidade do narrado e outras coisas relacionadas à mimese tradicional, mas com a constante remissão ao próprio código da linguagem e do amor, como demonstra a sentença de Julius: "As palavras são débeis e tristes, e nessa multidão de visões a única coisa que eu poderia fazer é repetir continuamente o sentimento inesgotável de nossa harmonia original".[66]

65 SCHLEGEL, Friedrich. *Lucinde*. In: KA-V, p. 3.
66 Ibid., p. 10.

Nada de muito interessante acontece em termos de ação, não há uma fábula ou um enredo central. Nada que auxilie o leitor a encontrar um fio narrativo. Assim como em outros âmbitos das teorizações do primeiro romantismo alemão, tudo é intencionalmente solto e fragmentário. Ainda assim, enquanto arabesco do amor, *Lucinde* retrata no caos de suas formas a progressividade da vida. Uma forma de amor ou de relação amorosa rara em seu tempo, que mescla o forte sentimento de amizade filosófica à mais alta admiração pelo ser amado; um amor sinfilosófico e simpoético expresso na confissão do protagonista: "Sim! Eu consideraria um conto de fadas que pudesse existir tal amizade e tal amor como os que sinto agora, e tal mulher, que fosse para mim ao mesmo tempo a amante mais delicada, a melhor companhia e também a amiga perfeita".[67] Por todas essas características, *Lucinde* pode ser considerada uma obra singular, que abre caminho para o romance moderno. Já no início do escrito, o narrador deixa claro o fato de que se trata de algo novo:

> Todavia, nenhum objetivo é mais conveniente para mim e para este escrito, para meu amor por ele, e para sua própria estrutura, do que destruir logo de início o que chamamos de ordem, e afastá-la para longe da obra, reivindicando e reafirmando explicitamente, através da ação, o direito a uma confusão encantadora. Isso é ainda mais necessário, pelo fato de que a matéria de nossa vida e de nosso amor, que inspira meu espírito e a minha pena, é tão irresistivelmente progressiva e tão inflexivelmente sistemática. E, se a forma também o fosse, esta carta, única em seu gênero, teria uma unidade e monotonia insuportáveis, de modo que não seria mais capaz de alcançar o que ela quer e deve: imitar e completar o mais belo caos de harmonias sublimes e prazeres interessantes.[68]

Além da representação alegórica do amor e amizade incomuns entre Julius e Lucinde, o romance de Schlegel inova também no que tange às expectativas de linearidade ou direcionalidade da narrativa, já que não existe propriamente uma linha narrativa. Apesar de haver criticado romances como os de Friedrich Richter, afirmando que "as poucas histórias são tão mal apresentadas que, para passar por histórias, seria preciso adivinhá-las", Schlegel também escreve um romance sem histórias, isto é, uma narrativa que não possui um enredo aparente.[69] O crítico também teoriza sobre o romance em *Lucinde*, todavia, de um modo diferente do que havia realizado em *Conversa sobre a poesia*, ou seja, não através de diálogos, discussões e exposições de personagens, mas principalmente por intermédio da representação alegórica. A importância desse tipo de representação indireta e alegórica para os românticos pode ser compreendida quando se leva em consideração a afirmação do personagem Ludovico (que representa artisticamente o filósofo Schelling) em *Conversa sobre a poesia* de que "toda beleza é alegoria. O que há de mais elevado, justamente por ser inefável, só pode ser dito alegoricamente".[70]

[67] Ibid., p. 10.
[68] Ibid.,
[69] SCHLEGEL, Friedrich. *Fragmentos sobre poesia e literatura (1797-1803) seguido de Conversa sobre poesia*, p. 528.
[70] Ibid., p. 524.

A alegoria é um dos traços mais importantes do romance *Lucinde*. No capítulo denominado "Allegorie von der Frechheit" [Alegoria da insolência], o personagem Julius é surpreendido por um homem que lhe apresenta quatro tipos de romance, representados nas figuras de quatro jovens. A descrição da cena lembra um antigo romance de cavalaria:

> Olhei ao meu redor e vi um homem de meia estatura; os traços grandes de seu rosto nobre eram tão elaborados e exagerados como os que frequentemente vemos nos bustos romanos. Um fogo amistoso brilhava em seus olhos abertos e claros, e duas grandes tranças caiam-lhe estranhamente por sobre a fronte audaciosa. "Vou renovar diante de ti um antigo espetáculo", disse ele, alguns jovens em uma encruzilhada. Eu mesmo os criei com a fantasia divina em meus momentos de ócio, porque acreditava que valeria a pena. São os verdadeiros romances, quatro no total, e todos imortais como nós.[71]

A classificação dos romances a que o período se refere foi descrita nos *Fragmentos sobre poesia e literatura* como o romance fantástico, o romance sentimental, o romance psicológico e o romance filosófico.[72] Assim, Schlegel procura demonstrar que o próprio romance pode ser um arabesco, isto é, uma obra na qual o artista é capaz de se expressar através de uma linguagem alegórica em uma narrativa mística, engenhosa e maravilhosa, permeada pelos mais diversos gêneros ou formas literárias. Ao emular a antiga tradição do diálogo platônico em *Conversa sobre a poesia*, ou utilizar antigas imagens para tratar dos tipos de romance em *Lucinde*, o estudioso retoma sua afirmação de que "a poesia só pode ser criticada por poesia".[73] Como consequência, os romances de Schlegel representam momentos privilegiados de reflexão sobre a própria arte literária. Teoria do romance e romance enquanto teoria, *Conversa sobre a poesia* e *Lucinde* são obras que comprovam as citadas palavras de Philippe Lacoue-Labarthe e Jean-Luc Nancy de que, no primeiro romantismo alemão, teoria da literatura torna-se a própria literatura.[74] Toda a singularidade da forma literária do romance pode ser constatada na afirmação de Schlegel de que "todo homem progressivo traz dentro de seu íntimo um romance necessário, *a priori*, o qual nada mais é do que *a mais acabada expressão de toda a sua essência*".[75] Embora não tenha concretizado seu plano de escrever uma obra específica sobre o tema, é possível encontrar a teoria sobre o romance de Schlegel dispersa em fragmentos, ensaios, e em obras de ficção. Além da importância histórica, em razão das reflexões formais, metaficcionais e de toda a referida problematização inserida em

[71] SCHLEGEL, Friedrich. *Lucinde*. In: KA-V, p. 16.
[72] SCHLEGEL, Friedrich. *Fragmentos sobre poesia e literatura (1797-1803) seguido de Conversa sobre poesia*, p. 133 [341].
[73] SCHLEGEL, Friedrich. *O dialeto dos fragmentos*, p. 38 [L117].
[74] LACOUE-LABARTHE, Philippe; NANCY, Jean-Luc. *El absoluto literario*, p. 35.
[75] SCHLEGEL, Friedrich. *Fragmentos sobre poesia e literatura (1797-1803) seguido de Conversa sobre poesia*, p. 164 [576]. [Itálicos de Schlegel.] "Muitos dos romances mais notáveis são um compêndio, uma enciclopédia de toda a vida espiritual de um indivíduo genial; obras que o sejam mesmo numa forma totalmente outra, como o *Natan* [Schlegel se refere a Nathan, o Sábio, de Moses Mendelssohn], ganham com isso um aspecto de romance. Todo homem que é culto e se cultiva também contém um romance em seu interior. Não é, porém, necessário que o exteriorize e escreva." SCHLEGEL, Friedrich. *O dialeto dos fragmentos* [L78].

suas determinações, *Conversa sobre a poesia* e *Lucinde* são obras que abrem espaço para o moderno na literatura. Através de seus romances, Schlegel tentou encontrar respostas para os problemas de literatura de seu tempo, evidenciando como cada época e fenômeno de literatura têm sua singularidade histórica e que, portanto, devem ser compreendidos a partir das leis de seu desenvolvimento histórico.

O romance absoluto

Em um de seus *Fragmentos sobre poesia e literatura*, Schlegel afirma que "o romance deve ser a mais alta representação da formação de todos os tempos, como em Homero".[76] Essa afirmação remete ao conceito de romance absoluto, o qual congrega diferentes aspectos da teoria de literatura de Schlegel que já vinham sendo desenvolvidos desde seus primeiros escritos. Síntese da teoria romântica dos gêneros literários, o romance absoluto mescla elementos como o fantástico, o mímico e o sentimental, podendo adquirir as mais diversas formas e aglutinar as mais variadas matérias. Sua principal característica é a busca pela objetividade e universalidade que a poesia encontrara entre os antigos, por isso Schlegel se refere a ele como a mais alta representação da formação. Para o crítico, esse gênero (ou mistura de todos os gêneros) abarca em suas determinações o sentimento de universalidade, trazendo em sua exposição as múltiplas possibilidades de concretização da arte. Em um paralelo com a doutrina-da-ciência, de Johann Gottlieb Fichte, o crítico também descreve esse tipo de romance como aproximação recíproca entre a doutrina-da-arte e a doutrina-da-vida em uma forma artística inovadora:

> O romance absoluto deve ser a representação da época, como a epopeia clássica. O romance absoluto é poesia histórica absoluta que se soma à poesia política absoluta, e à poesia individual absoluta, sendo similar à doutrina da formação universal, à doutrina poética da arte e da vida, à representação da época e a mais alta representação do artista.[77]

Assim, essa forma ou gênero de romance reúne os elementos poéticos do fantástico, do sentimental e do mímico, elevados ao absoluto, isto é, potenciados (intensificados) ao máximo. Por fantástico, o crítico entende tanto a matéria do maravilhoso, como nos romances de cavalaria, nas sagas e lendas, quanto a própria atividade criativa e transformadora do artista. O fantástico é igualmente considerado por Schlegel como uma faculdade poética da imaginação criativa do artista, tendo o objetivo de transformar, modificar, alterar a forma artística, de

[76] SCHLEGEL, Friedrich. *Fragmentos sobre poesia e literatura (1797-1803) seguido de Conversa sobre poesia*, p. 137 [365].
[77] Ibid., p. 153 [493].

modo que "o imperativo da poetização da vida apenas pode ser cumprido pela recriação através da formação e da transformação, para que tudo o que era antigo possa surgir como novo".[78] A atividade de transformar a matéria da arte e da vida, que ocorre através do fantástico, é descrita pelo crítico como "a mistura de construção e reflexão".[79] O segundo elemento do romance absoluto, o "sentimental", foi detalhado por Schlegel na obra *Conversa sobre a poesia*, na qual o crítico refuta a acusação de que as obras de Jean-Paul (Friedrich Richter) seriam sentimentais e afirma que o chiste doentio do autor de *Siebenkäs* é uma das melhores coisas de seu tempo. Raimund Belgardt indica que a fusão entre o fantástico e o sentimental em *Conversa sobre a poesia* aproxima o conceito de sentimental da *ânsia de infinito*, também descrita como o impulso pelo amor original e pela consciência do todo.[80] O sentimental está relacionado ao âmbito da reflexão poética e filosófica inserida no romance. O terceiro elemento do romance absoluto, o "mímico", faz menção a exposição, representação ou mimese da realidade, denotando a representação do histórico de forma indireta e artística, ou seja, o que expõe ou traduz a vida em arte:

> A última ideia poética [do romance absoluto] é a mímica, enfatizada por Schlegel principalmente em Shakespeare. Ele foi o *maximum da mímica*, um *mimo perfeito e acabado*. O drama era a mímica da vida, e a mímica seria a arte da tradução, isto é, a tradução da vida em arte. Desse modo, seria possível definir o mímico enquanto imitação e representação da vida.[81]

Em *Conversa sobre a poesia*, a acepção de mímico tem igualmente relação com o histórico, ou seja, com o fato de que "a poesia romântica se assenta completamente sobre um fundamento histórico".[82] Segundo Hans Eichner, é importante levar em consideração a identificação que Schlegel faz entre o romântico, o fantástico, o sentimental e o mímico, pois o crítico desenvolveu esses conceitos juntamente com sua teoria do romance, chegando então à conclusão de que "a fusão desses elementos indicaria o Ideal de toda poesia".[83] O romance absoluto pode ser compreendido enquanto identidade absoluta entre o real e o ideal, como o idílio. De acordo com Raimund Belgardt, a concepção do romance absoluto como um *telos*, uma forma futura na qual se aproximarão todos os âmbitos apartados da vida e da arte, indica que, para Schlegel, esse tipo de romance não é apenas um anseio romântico, mas uma verdadeira crença mística.[84] Assim,

[78] BELGARDT, Raimund. *Begriff und Bedeutung bei Friedrich Schlegel*. Paris: Mouton, 1969, p. 112.

[79] SCHLEGEL, Friedrich. *Fragmente zur Poesie und Literatur. [VIII]*. In: KA- XVI, p. 238, fragmento 79. Raimund Belgardt descreve esse fragmento como a melhor definição da fantasia enquanto elemento poético constitutivo do romance absoluto. Cf. BELGARDT, Raimund. *Begriff und Bedeutung bei Friedrich Schlegel*, p. 111.

[80] Ibid., p. 113.

[81] Ibid., p. 114. [Itálicos do autor.]

[82] SCHLEGEL, Friedrich. *Fragmentos sobre poesia e literatura (1797-1803) seguido de Conversa sobre a poesia*, p. 535.

[83] EICHNER, Hans. *Friedrich Schlegels Theorie der romantischen Poesie*. In: SCHANZE, Helmut. *Friedrich Schlegel und die Kunsttheorie seiner Zeit*. Darmstadt: Wissenschaftliche Buchgesellschaft, 1985, p. 185.

[84] BELGARDT, Raimund. *Begriff und Bedeutung bei Friedrich Schlegel*, p. 113.

enquanto visão teleológica, o romance absoluto indica a chegada de um novo tempo para a literatura, uma espécie de *maximum* absoluto (e inalcançável) proposto pela teoria da poesia romântica, universal e progressiva. As variações nas quais o romance absoluto pode se apresentar, bem como a diversidade de gêneros e formas que engloba, fazem desse gênero literário um devir (como também demonstraria mais tarde Mikhail Bakhtin). As diversas possibilidades de concretização do romance, ao abarcar todas as outras formas e tipos narrativos, se ofereciam como uma variedade infinita de possibilidades que o tornavam, na concepção de Schlegel, uma forma futura de exposição da arte. Enquanto mescla do fantástico, do sentimental e do mímico, a concepção de uma literatura que aproxima diversos âmbitos separados da vida contribui para a ideia de formação progressiva e universal, como fica patente no exemplo do referido fragmento 116 da *Athenäum*. Schlegel acreditava que a mescla de todos os gêneros no romance absoluto seria capaz de concretizar sua ideia ou ideal de exteriorização literária, para a qual a obra de Goethe apenas apontava. Em sua completude e perfeição ideais, o romance absoluto deve ser a mais alta representação de todas as épocas. Toda a singularidade representada por essa forma ou gênero literário pode ser compreendida quando se analisa a equação matemática que o crítico desenvolveu em um misterioso fragmento no qual expõe o romance absoluto, como se observa no quadro abaixo:[85]

QUADRO 2 – A equação do romance absoluto[86]

$$\frac{1/0\sqrt{\text{FMS } 1/0}}{0} = \text{Deus}$$

A unidade entre o fantástico (a imaginação criativa), o sentimental (reflexão crítico-literária e filosófica) e o mímico (a representação objetiva e universal da realidade na arte) remete à concretização do Ideal poético em uma forma futura de literatura.[87] Na visão divinatória e genial de Schlegel, o romance absoluto equivale a uma espécie de religião da arte, por isso sua linguagem deve ser alegórica e simbólica, pois, "somente pela referência ao infinito, surgem conteúdo e utilidade;

[85] Descrito em prosa, o fragmento significa que "o fantástico [F], o sentimental [S] e o mímico [M], elevados ao absoluto [1/0], são iguais a Deus". De acordo com Raimund Belgardt, a solução matemática dessa equação enfatiza a unidade de todos os aspectos poetológicos do romance absoluto, cujo equivalente seria Deus. O estudioso indica que a solução dessa equação matemática equivale a "1", (como todo número elevado a zero), o que representa a unidade. O crítico compreende o símbolo [0] como uma elevação à potência zero. Cf. Ibid., p. 111.

[86] SCHLEGEL, Friedrich. *Fragmentos sobre poesia e literatura (1797-1803) seguido de Conversa sobre a poesia*, p. 185 [739].

[87] "Poetização de toda a física em um poema romântico fantástico absoluto." Ibid., p. 161 [554].

aquilo que não se refere a ele é pura e simplesmente vazio e inútil".[88] Enquanto exteriorização da poesia romântica, o romance absoluto revela todos os âmbitos da vida do poeta filósofo, esse homem, "que vive apenas no invisível, e para quem todo visível tem apenas a verdade de uma alegoria".[89]

[88] SCHLEGEL, Friedrich. *O dialeto dos fragmentos*, p. 145 [I3].
[89] Ibid., p. 145 [I2].

3. O FRAGMENTO ROMÂNTICO

Originalidade e herança

> Todo livro é um canteiro de flores e plantas; toda língua um jardim infinito pleno de plantas e árvores: venenosas e curadoras, nutritivas e secas; para os olhos, o olfato e o gosto, elevadas e baixas, originárias de todas as partes do mundo e com todas as cores, de todo tipo de gênero e formas – uma visão notável!
>
> *Johann Gottfried Herder*[1]

A forma breve é considerada uma exteriorização artística tipicamente romântica. Através de cartas, ensaios, diálogos, resenhas, fragmentos e outras narrativas breves, os românticos tentaram dar asas à visão dialógica de mundo que possuíam. Assim, o entendimento da estrutura do fragmento e das formas breves no primeiro romantismo alemão remete às possibilidades infinitas de sua complementação. Como demonstra Rubens Rodrigues Torres Filho, o jogo de perguntas (*Fragen*) e respostas do fragmento espelha em si a consciência romântica sobre o caráter problemático (*fragwürdig*) da verdade, e mesmo da questão do Absoluto, do inquestionável (*fraglos*), exteriorizando a capacidade do homem de abarcar o todo de maneira intuitiva, dando abrigo a uma determinação que se projeta no mundo e encontra seu reflexo no outro.[2] A característica dialógica do fragmento realça a crença na sociabilidade e no poder da criatividade artística que o primeiro romantismo alemão tem como uma de suas ideias centrais. O fragmento romântico não representa uma parte que se descolou ou quebrou do todo, um *Bruckstück*, mas um pedaço autônomo do todo (autônomo, porém, organicamente relacionado ao todo), criado intencionalmente de modo a deixar em aberto sua resolução. É por essa razão que Schlegel afirma que "muitas obras dos antigos se tornaram fragmentos e muitas obras dos modernos já o são ao surgir".[3]

[1] HERDER, Johann Gottfried. *Fragmente. Schriften (1764-1772)*, p. 552.

[2] Rubens Rodrigues Torres Filho captou muito bem esse jogo entre as palavras alemães: "Problemático se diz em alemão *fragwürdig* (digno de questionamento), e não teria escapado a Novalis, com a afinadíssima consciência do significante que põe à mostra em seus textos, associar a palavra *Fragment* (que ele não chama de *Bruchstück*) com o verbo alemão *fragen* (perguntar, questionar)". NOVALIS, Friedrich von Hardenberg. *Pólen. Fragmentos, diálogos, monólogo*, p. 20.

[3] SCHLEGEL, Friedrich. *O dialeto dos fragmentos*, p. 51 [A24].

Entre os possíveis precursores do fragmento romântico encontram-se Nicolas Chamfort, François de La Rochefoucauld, e outros moralistas franceses e ingleses como Shaftesbury, os quais, por sua vez, estão em uma linha que remonta aos *Ensaios* de Montaigne e aos *Pensamentos* de Pascal.[4] Um dos responsáveis pela insinuação do fragmento no âmbito da literatura alemã teria sido Johann Gottfried Herder, que, na coleção de fragmentos intitulada *Fragmente* (1767-1768), desenvolve considerações sobre a linguagem, a arte e a filosofia na forma de várias séries de fragmentos que podem ser lidos como resenhas ou ensaios condensados, representando uma exteriorização um pouco diversa da tradição francesa do aforismo, da máxima e do *pensée* que se origina em Pascal. Essa coleção de fragmentos de Herder diferencia-se dos aforismos franceses não apenas pela extensão, mas pelo caráter problematizador ou questionador, que deixa em aberto diversas questões, não tendo a intenção moralizadora ou didática como a escrita de Chamfort. A intenção parece ser mesmo a de estabelecer um diálogo silencioso com um possível leitor. Herder chega até a afirmar que ambos, escritor e leitor, devem se dar as mãos de forma dialógica.[5] Ao deixar ao leitor um papel ativo na construção do conhecimento, Herder expande as fronteiras entre a resenha, o aforismo, o monólogo e a máxima, criando artisticamente, na forma de fragmentos, o diálogo entre o autor e o leitor, evitando, assim, o que classificava como digressões desnecessárias e desvios na narrativa que o levariam para bem longe do ponto onde estava.[6] A forma literária do fragmento é a maneira ensaística encontrada por Herder para abarcar os mais diversos temas, como o papel da linguagem na constituição da nação, a instituição da literatura, os fenômenos culturais, e mesmo a função da arte literária como instrumento de formação do povo.[7] Afirmando que "o gênio da língua também é o gênio de um país",[8] Herder chama a atenção para a necessidade de concisão, de se filosofar mais com menos. Mais tarde, na caracterização sobre as *Cartas para o avanço da humanidade*, Schlegel trata do assunto da brevidade, da economia, e do fato de que Herder, em sua coleção de fragmentos, apenas "deixa entrever" os assuntos, de um modo como ninguém o faria.[9]

Para Schlegel, através do uso do fragmento, Herder havia possibilitado uma terceira via de contemplação dos fenômenos de expressão literária, que difere daquele que apenas critica (*Tadler*) ou do que discursa em louvor (*Lobredner*), procurando deixar ao leitor a possibilidade de chegar às suas próprias conclusões.[10] Ao usar o fragmento como gênero de exposição de concepções teóricas, o pensador pré-romântico afirma agir como alguém que pratica a pantomima, e que apenas

[4] LACOUE-LABARTHE, Philippe; NANCY, Jean-Luc. *El absoluto literario*, p. 81.

[5] HERDER, Johann Gottfried. *Fragmente*. In: HERDER, J. G. *Frühe Schriften 1764-1772*, p. 543.

[6] Ibid.

[7] Ibid., p. 545.

[8] Ibid., p. 177.

[9] SCHLEGEL, Friedrich. KA-II, p. 47. Resenha sobre as "Cartas para o avanço da humanidade", 1796 (*Briefe zur beförderung der Humanität*), de Johann Gottfried Herder.

[10] Ibid., p. 176.

deixa entrever as coisas, como no oráculo grego: "não diz tudo, nem oculta, apenas manda sinais".[11] Com Herder, o fragmento tem seu direito de cidadania estabelecido no âmbito do romantismo alemão. O fragmento será a forma de exposição da arte preferida dos jovens românticos por possibilitar que mesmo teorias e reflexões ainda em fase de gestação pudessem ainda assim ser exteriorizadas. Além disso, em uma época na qual a configuração de sistemas é a regra, a escolha do fragmento revela a atitude singular e despretensiosa dos românticos. A inspiração para tal revolução estética advém, entre outros fatores, dos escritos de Herder.

Schlegel encontrará no fragmento um instrumento poderoso para a concretização de sua concepção de indivíduo autônomo, mas ao mesmo tempo pertencente a uma comunidade, uma irmandade de espíritos (*Geistige Brüderschaft*). Aquilo que Schlegel denomina como pensamento autodeterminante e autodeterminável será proporcionado pelo diálogo dialético que o fragmento possibilita, e que pode ser compreendido como o signo de uma conversa que se estabelece, silenciosamente, "caracterizando classificações do universo, da época e da humanidade".[12] O jovem romântico afirma que o fragmento é a forma de ironia que mais se equipara àquele chiste urbano que caracterizava os antigos, espécie de "*nasus* (nariz) dos romanos".[13] Essa característica de urbanidade e dialogismo revelada no conceito do "nariz dos romanos", de acordo com Márcio Suzuki, é encontrada por Schlegel em Cícero e Sócrates, pensadores que, como foi visto, contribuem para o desenvolvimento do conceito de ironia romântica de Schlegel:

> Eis aí o sentido de *urbanitas*, que Schlegel vai buscar em Cícero: para se equiparar à conversação socrática, o discurso filosófico deve ser contagiado por essa "urbanidade" em que se revela, acima de todo egoísmo e de toda ambição pessoal, um interesse comum pela verdade, uma mesma alegre disposição de poder privar do convívio dos cidadãos da pólis.[14]

O fragmento romântico será o âmbito da organicidade, da troca e experimentação, no qual o indivíduo, imbuído da busca comum pelo conhecimento, presenteará o outro com seus pensamentos e reflexões, realizando o duplo movimento previsto pela filosofia de Fichte: o de sair de si para retornar a si através do outro. Essa visão contradiz a caracterização do fragmento como produto artístico inacabado e incompleto. O pensamento fichtiano de que toda prova (*Erweis*) exige algo anteriormente provado (*Etwas Erwiesenes*) como condição prévia do conhecimento é base da noção de "prova recíproca" (*Wechselerweis*) que permeia a doutrina dos fragmentos de Schlegel, ou seja, a concepção de que não há um caminho linear para a verdade.[15]

[11] "*Es spricht nicht aus, noch verbirgt es, sondern es gibt Zeichen*" Plutarch, *De Pythiae oraculis*, cap. 21. Cf. Ibid., p. 1029, nota 176, 25.

[12] SCHLEGEL, Friedrich. KA-XVIII, p. 262, fragmento [818].

[13] Id. *Fragmentos sobre poesia e literatura (1797-1803) seguido de Conversa sobre a poesia*, p. 190 [776].

[14] SUZUKI, Márcio. *O gênio romântico. Crítica e história da filosofia em Friedrich Schlegel*, p. 169.

[15] SCHLAGDENHAUFEN, Alfred. *Die Grundzüge des Athenäum*. In: WIESE, Benno. *Friedrich Schlegel und die Romantik. Zeitschrift für Deutsche Philologie*. Sonderheft.Band 88 (1969). Berlim: Erich Schmidt Verlag, 1970, p. 29.

A discussão sobre a utilização dos fragmentos no primeiro romantismo alemão pressupõe a compreensão do diálogo com a tradição literária, o entendimento da visão de mundo primeiro-romântica e da relação desses pensadores com a filosofia de Fichte e os escritos de Herder.

Debruçando-se sobre as criações artísticas e crítico-literárias dos românticos, importantes pensadores da modernidade como Philippe Lacoue-Labarthe e Jean-Luc Nancy indicam que o fragmento se aproxima das antigas ruínas como lugares de admiração, devoção e respeito.[16] Embora possa despertar o mesmo sentimento de respeito que a ruína suscita, o fragmento romântico não aponta para nenhuma temporalidade, de modo que um de seus principais traços é justamente a questão de sua autonomia temporal, de sua independência em relação a qualquer *telos* ou metafísica. É justamente essa autonomia que lhe confere um caráter tão moderno e atual. Como não pretende exaurir qualquer questão, o fragmento romântico é signo de uma grande liberdade, de um processo constante, um infinito vir-a-ser (também descrito por Schlegel com o conceito de poesia romântica, universal, progressiva). A denominada "genialidade fragmentária" que essa forma literária representa para os primeiros românticos pode ser compreendida como o resultado das operações da *Witz*, ou seja, do chiste fragmentário "como ação divinatória do espírito, que antecipa o que reconhece primeiramente e demonstra mais tarde".[17] Ao possibilitar abarcar rapidamente uma ideia ou conceito, o chiste (*Witz*) representa, assim, essa verdadeira "faculdade do espírito que apreende, com um só olhar e com a rapidez do raio, na confusão do caos heterogêneo, relações novas, inéditas, criadoras".[18] Chegando mesmo a reconhecer que o todo não pode ser representado de outra forma, que "um sistema da filosofia elementar não se deixa escrever a não ser em fragmentos",[19] Schlegel transforma essa forma literária em um verdadeiro medium-de-reflexão da arte romântica, no sentido que lhe empresta Walter Benjamin. A compreensão de Schlegel sobre o fragmento aponta para o fato de que o sentido de um texto muitas vezes transcende a forma na qual se exterioriza. Para o crítico, da mesma forma que o espírito do texto pode ultrapassar os limites de sua letra, o indivíduo progressivo deve ter a sensibilidade para outras esferas da vida e da arte:

> Quem ainda não chegou ao claro conhecimento de que, inteiramente fora de sua própria esfera, ainda pode haver uma grandeza para a qual lhe falta completamente o sentido; quem nem ao menos tem pressentimentos obscuros da região cósmica do espírito humano onde essa grandeza pode aproximadamente ser localizada: este é ou sem gênio em sua esfera, ou ainda não chegou, em sua formação, até aquilo que é clássico.[20]

[16] *"Ruine et fragment joignent les fonctions du monument et évocation."* Cf. LACOUE-LABARTHE, Philippe e NANCY, Jean-Luc. *El absoluto literario*, p. 62.

[17] EICHNER, Hans. *Einleitung*. In: SCHLEGEL, Friedrich. KA-II, p. XXXVIII.

[18] Ibid. *"Le Witz représente très exactement une synthèse a priori au sens kantien [...] une qualité atribuable à toute sorte de genres ou d'oeuvres, une faculté de l'esprit, un type d'esprit."* Cf. LACOUE-LABARTHE, Philippe e NANCY, Jean-Luc. *El absoluto literario*, p. 75.

[19] SCHLEGEL, Friedrich. KA-XVIII, p. 108 [950].

[20] SCHLEGEL, Friedrich. *O dialeto dos fragmentos*, p. 25 [L36].

Através da visão holística e, de certo modo, panteísta, que procura entender a relação entre as partes e o todo em determinação recíproca, o pensador romântico afirmava que o fragmento tinha que ser "uma pequena obra de arte, totalmente separado do mundo circundante e acabado em si mesmo, como um porco-espinho".[21] Embora indique a autonomia da parte em relação ao todo, é necessário atentar para o fato de que o fragmento, como toda forma breve, é fechado em si apenas no que concerne à sua forma, não em sua essência. Em sua substância, o fragmento deve estar aberto a todos os lados, como um diálogo que se estabelece a partir de um sinal, um gesto, uma mímica. Essa característica profundamente socializante descarta a regra descrita por alguns estudiosos de que o fragmento representa uma forma de individualidade e anonimato, o que nos alerta para o fato de que a essência do fragmento não é a individualidade, mas a sociabilidade.

Além de Schlegel, outros membros do grupo romântico escreveram fragmentos, como Novalis, August Wilhelm e Schleiermacher. Como assevera Márcio Scheel, é na forma literária do fragmento que Novalis deixa boa parte de sua teorização filosófica e crítico-literária, "anunciando, nos limites de um discurso profundamente marcado pela *poiesis* criadora, a ruptura com os padrões clássicos de análise e julgamento da obra de arte, e a modernidade que se ensaiava e que ganharia seus contornos mais ou menos definidos a partir de Baudelaire, Rimbaud e Mallarmé".[22] A noção de *poiesis* a que se refere Márcio Scheel é fundamental para a compreensão de aspectos centrais das teorias de literatura do primeiro romantismo, tendo igualmente relação com a questão da aproximação entre crítica e criação literária, como, por exemplo, através da reflexão inserida na obra de arte por meio da ironia romântica. A forma revolucionária e polêmica de criar e de refletir sobre a arte literária através de fragmentos indica a modernidade do movimento primeiro romântico, o qual tem como um de seus traços principais a ruptura radical com tudo o que vinha sendo concebido e praticado, em termos literários, até então:

> Da necessidade mais íntima de libertação – traduzida nas artes em geral e com grande intensidade na literatura, em especial na poesia – é que surgem os primeiros grandes teóricos modernos: os escritores, poetas e críticos do primeiro romantismo alemão que, na sua gênese, se definiria e teorizaria sobre si mesmo, em um processo de busca, reconhecimento e afirmação estética por meio da crítica e da teoria, duas novas tendências artísticas surgidas com os românticos, porque, até então, a criação e a crítica representavam momentos distintos da produção artística. Os românticos aproximariam esses momentos, encurtando a distância clássica entre obra e teoria.[23]

Por intermédio do diálogo invisível entre indivíduos estabelecido pelo fragmento, os jovens do romantismo alemão trazem para o âmbito da literatura a arte da maiêutica socrática. Como na figura do filósofo Sócrates, no jogo de perguntas

[21] Ibid., p. 82 [206].

[22] SCHEEL, Márcio. *Poética do romantismo. Novalis e o fragmento literário*, p. 13.

[23] Ibid., p. 16.

e respostas possibilitado por essa forma literária, busca-se a complementação ou mesmo as inusitadas formas de polemizar e até contradizer o que foi dito. A poesia em simpósio, o filosofar em companhia, os diálogos, fragmentos, preleções e as cartas, o *sinfilosofar* e *simpoetizar* que se instala na atividade séria e estudiosa do conjunto da irmandade de espíritos romântica é signo de um movimento cultural e social impressionantemente arrojado e moderno, cuja abrangência pode ser sentida até os dias atuais. A utilização do fragmentos pelos românticos alemães remete a uma escolha intencional e não à ausência de rigor em seu pensamento. Os românticos não confundiam rigor com enrijecimento formal, como muito acertadamente descreve Rubens Rodrigues Torres Filho ao indicar que, sobre o solo da crise da metafísica ocidental, surge o fragmento romântico:

> O avesso é adverso. As esplêndidas construções sistemáticas que a tradição filosófica nos legou sob o título de "idealismo alemão" (Fichte, Schelling, Hegel) edificam-se sobre um solo de crise – a metafísica minada pela crítica da razão (Kant) – e erguem sua travação conceitual como que a esconjurá-la. Do que se pensou no reverso desses sistemas, no epicentro dessa crise, os escritos do primeiro romantismo alemão (Novalis, Tieck, os irmãos Schlegel) dão alguma medida, e não é de admirar que, já na forma, se apresentem como fragmentários. O discurso dos pré-socráticos foi reduzido a fragmentos pela erosão do tempo e as conflagrações da História. A escritura dos primeiros românticos nasce já na forma de fragmento, e não é de admirar que, já na forma, se apresentem como fragmentários.[24]

Mas, se por um lado, o uso de fragmentos para refletir sobre os mais diversos assuntos favorece a busca comum pelo conhecimento, por outro, também pode causar muita incompreensão entre leitores não acostumados a essa forma de desconstrução intencional do discurso tradicional. A questão da ininteligibilidade na comunicação humana retorna em muitos escritos de Schlegel, relacionando-se também ao conceito de ironia romântica, cuja ideia central aponta para o sentimento da impossibilidade e da necessidade de comunicação. Para os pensadores românticos, a linguagem se ocupa, acima de tudo, com ela mesma. Isso fica bem claro em textos como *Da Ininteligibilidade* (*Über die Unverständlichkeit*), publicado por Schlegel no ano de 1800. O escrito busca refutar as críticas aos fragmentos das revistas *Lyceum* e *Athenäum*, principalmente as acusações por parte de filósofos como Friedrich Nicolai, de que os fragmentos não tinham coerência e eram ininteligíveis.

Muitos dos fragmentos foram escritos por mais de um autor, causando espanto e indignação em muitos leitores, sobretudo por seu caráter polêmico, assistemático, leve, fluido e extremamente irônico. Alguns fragmentos eram realmente de difícil compreensão para o público leigo, já que exigiam certa familiaridade com a filosofia do Idealismo alemão. Em razão do caráter esotérico e difícil de muitos fragmentos e escritos dos românticos, chegou-se a cunhar um ditado na época:

[24] TORRES FILHO, Rubens Rodrigues. "Novalis: o romantismo estudioso". In: HARDENBERG, Friedrich von. (Novalis). *Pólen. Fragmentos, diálogos, monólogo*, p. 11.

"O que não se pode compreender certamente foi escrito por um Schlegel".[25] Essas críticas não eram desconhecidas dos irmãos Schlegel. O fragmento e outras formas breves representam uma resposta criativa e original à imposição de sistemas absolutos e certezas metafísicas. Ao abordar as mais diversas questões filosóficas e crítico-literárias, as quais permanecem propositalmente em aberto, o fragmento romântico deixa rastros de sentido que se espraiam pelo tempo.

A universalidade fragmentária

Deixe-me seguir o costume que se torna cada vez mais universal de amar nomes alegóricos, e denominar essa universalidade fragmentária simplesmente de lima de ferro (Eisenfeile)*, chamando a atenção, assim, através de um símbolo, para aquilo que é fragmentado, que parece ser uma forma sem forma* (formlosen Form) *e, ao mesmo tempo, descrever de modo suficientemente preciso a natureza interior da matéria.*

Friedrich Schlegel[26]

Em seu escrito intitulado *Conclusão do ensaio sobre Lessing*, publicado no ano de 1801, Schlegel faz menção ao uso do fragmento de um modo verdadeiramente alegórico, como se pode perceber no trecho acima traduzido. A menção à suposta ausência de forma e a remissão ao conteúdo compacto do fragmento, simbolizado pelo ferro, e a referência ao trabalho árduo de limar a matéria explicam alegoricamente os procedimentos românticos com essa forma literária. Diferentemente de outros gêneros literários através dos quais se buscava refletir sobre algum assunto de modo aparentemente lógico, como o ensaio ou o estudo, o fragmento não tem a finalidade de exaurir um tema, não busca chegar a qualquer conclusão definitiva. Ao mesmo tempo, essa forma literária problematiza a lógica discursiva ao deixar o pensamento e a reflexão soltos. Utilizando o fragmento como um de seus favoritos meios de expressão, o primeiro romantismo tinha plena consciência do caráter problemático e assistemático dessa forma literária.

Assim como Kant se refere à época da crítica, os românticos sabiam que o momento em que viviam inaugurava algo novo, o qual surge após a profunda crise de seu tempo. Discutindo a origem comum dos termos crítica e crise, a palavra grega *krinéin*, René Wellek descreve a época romântica como o solo no qual frutificaram diversas ideias centrais para a modernidade.[27] Desse modo, seja como monumento

[25] EICHNER, Hans. *Einleitung. Über die Unveständlichkeit.* In: KA-II, p. XCVIII.
[26] SCHLEGEL, Friedrich. *Abschluss des Lessings-Aufsatz. Eisenfeile.* In: KA-II, p. 398.
[27] WELLEK, René. *Concepts of criticism*, p. 22.

erguido à memória, ou como um projeto em devir, o fragmento aponta tanto para o passado quanto para o futuro. Por essa razão, Schlegel afirma que "muitas obras dos antigos se tornaram fragmentos, e muitas obras dos modernos já o são ao surgir".[28] A utilização do fragmento também tem íntima relação com a descrença de Schlegel em sistemas fechados e normas preestabelecidas, o que resulta na concretização de suas ideias sob essa forma. Como acreditam que tudo o que é inefável apenas pode ser exposto, apresentado ou representado (*dargestellt*) de modo alegórico, os românticos têm no fragmento uma forma original e singular de tentar abarcar o infinito no finito. É possível aproximar a criação romântica de fragmentos da sua atuação em termos de crítica de arte. Concebido como uma espécie de reflexão mediadora, o fragmento possibilita um "grau de consciência mais elevado", o qual, segundo Walter Benjamin, encontra-se implícito no verbo "romantizar", cunhado por Novalis para definir o conhecimento crítico no medium-de-reflexão que é a obra de arte:

> Todo conhecimento crítico de uma conformação, enquanto reflexão nela, não é outra coisa senão um grau de consciência mais elevado da mesma, gerado espontaneamente. Esta intensificação da consciência na crítica é, a princípio, infinita; a crítica é, então, o medium no qual a limitação da obra singular liga-se metodicamente à infinitude da arte e, finalmente, é transportada para ela, pois a arte é, como já está claro, infinita enquanto medium-de-reflexão. Novalis, como já mencionamos acima, designou genericamente a reflexão mediadora como "romantizar", e com isto pensava seguramente não apenas na arte.[29]

Enquanto mecanismo de ruptura com a forma tradicional de exposição da arte, o fragmento romântico problematiza o sistema, ao mesmo tempo que enfatiza a autonomia da parte em relação ao todo, apontando para o caráter fragmentário e problemático do conhecimento e da representação artística e crítico-literária. Friedrich Schlegel deixou uma fortuna de fragmentos, abrangendo os mais diversos âmbitos da filosofia, da filologia, dos estudos linguísticos, da política, da história da literatura, da crítica literária, entre outros assuntos. A variedade de temas e a quantidade de fragmentos que escreveu apontam para uma produção que perdurou por toda a sua vida intelectual. Nesse sentido, o fragmento representa uma tentativa por parte de Schlegel de transcender as armadilhas da sistematização tão em voga em seu tempo. Como é possível perceber no conjunto das criações do grupo de Iena, a forma literária do fragmento é tanto a criação mais original do primeiro romantismo quanto o gênero romântico por excelência. A multiplicidade de temas e a variedade de expressões que os primeiros românticos inserem nessa forma literária indicam sua importância enquanto um dos modos de apresentação de um todo enigmático que se expande e se concentra como um organismo vivo, o qual expõe, nos limites de sua esfera, o âmbito do Absoluto. Assim, o todo que se revela

[28] SCHLEGEL, Friedrich. *O dialeto dos fragmentos*, p. 51 [A24].

[29] BENJAMIN, Walter. *O conceito de crítica de arte no romantismo alemão*, p. 76.

no pedaço que se rompeu (*Bruchstück*) é também a exposição do referido caráter problemático da verdade:

> O fragmento designa um tipo de exposição que não aspira à exaustividade e corresponde à ideia, sem dúvida especificamente moderna, de que o inacabado pode ou até mesmo deve ser publicado (ou até mesmo a ideia de que o publicado nunca está acabado). Assim, o fragmento se delimita através de uma dupla diferença: por um lado não consiste apenas em um "pedaço" (*Bruchstück*), por outro lado não coincide com nenhum dos termos utilizados pelos moralistas, como: pensamento, máxima, sentença, opinião, anedota, nota. Esses termos aspiram a um acabamento na própria confecção do "pedaço". O fragmento, ao contrário, abarca um inacabamento essencial.[30]

O gênero do fragmento se tornou inevitavelmente associado ao primeiro romantismo alemão, de modo que a compreensão de sua utilização explica muitos dos problemas teóricos com os quais os românticos se defrontaram. Seja enquanto fracção (*Bruchstück*) ou pergunta (*Frage*) que se lança a um interlocutor desconhecido, ou mesmo como o método intencional de ruptura com as formas tradicionais de exposição artística e reflexão filosófica, o fragmento tem em sua essência a individuação, isto é, a emancipação da parte sobre o todo. O uso que os românticos fazem do fragmento terá consequências negativas na recepção de suas ideias, pois, como discute Pedro Duarte, "os primeiros românticos são vítimas de grande preconceito por conta da forma fragmentária de seu pensamento, produzido em uma época na qual reinava a forma do sistema".[31] Esse gênero literário também foi escolhida por Schlegel para teorizar sobre diferentes temas, como no caso dos *Fragmentos sobre poesia e literatura*, escritos entre os anos 1797 e 1803, nos quais o crítico aproxima poesia e filosofia, além de desenvolver sua teoria sobre o romance moderno.[32] Nas diversas coleções de fragmentos que escreveu, Schlegel deixa o testemunho de um espírito afinado em diferentes épocas e problemas teóricos, apontando questões ainda atuais.

A história do destino desse espólio de fragmentos, composto por cerca de 150 cadernos sobre os assuntos mais diversos, e nos quais também se encontravam os manuscritos sobre poesia e literatura, mostra muito do inexplicável desdém com a obra e a vida do estudioso alemão. Apesar do interesse pelas ideias do primeiro romantismo que a publicação da *Escola Romântica* de Rudolf Haym (1870) provoca, apenas nas primeiras décadas de 1900 é que surgem pesquisas que têm como objetivo uma reavaliação da obra schlegeliana. Esse quadro começa a se modificar graças ao trabalho de intelectuais como Walter Benjamin, Josef Körner, Alois Dempf, Ernst Robert Curtius, entre outros. Esses pensadores emprestam novo ímpeto à pesquisa sobre a obra dos românticos e, sobretudo, da produção de Schlegel. Do mesmo modo, o esforço de intelectuais como Ernst Behler, Hans

30 LACOUE-LABARTHE, Philippe; NANCY, Jean-Luc. *El absoluto literario*, p. 86.
31 DUARTE, Pedro. *Estio do tempo. Romantismo e estética moderna*, p. 17.
32 Sobre essa coleção de fragmentos, ver: SCHLEGEL, Friedrich. *Fragmentos sobre poesia e literatura (1797-1803) seguido de Conversa sobre a poesia.*.

Eichner, Jean-Jacques Anstett, Raymond Immerwahr, através de sua contribuição na edição crítica das obras de Schlegel, e os artigos e livros que publicaram, fizeram com que as concepções filosóficas e crítico-literárias do romantismo alemão se tornassem acessíveis a um público cada vez maior. É também na década de 1950 que Hans Eichner publica os fragmentos sobre poesia e literatura de Schlegel com o título de *Literary-Notebooks*.[33]

Schlegel escreveu mais de 2 mil fragmentos sobre poesia e literatura, que permaneceram desconhecidos do público por mais de um século. Até mesmo Walter Benjamin escreveu sua tese de doutorado sobre a crítica de arte no romantismo sem tomar conhecimento desses cadernos de literatura.[34] Antes da publicação de Hans Eichner, apenas dois pequenos trechos da coleção de fragmentos haviam sido publicados, ambos por Josef Körner, em 1935. Através da contribuição de Hans Eichner, os fragmentos sobre literatura também seriam publicados mais tarde na edição crítica das obras de Schlegel. O primeiro conjunto dessa coleção de fragmentos faz parte de um total de três cadernos de manuscritos, onde o estudioso guardou o material para uma futura publicação denominada *Ciência do belo*, trazendo também anotações secundárias para diversos outros textos, como o *Estudo sobre a poesia grega*, o *Studium-Aufsatz*, e *Do valor do estudo dos gregos e romanos*, *Conversa sobre a poesia* e mesmo para seu romance-manifesto *Lucinde*. No que concerne à matéria, os fragmentos abordam temas que já vinham ocupando Schlegel desde sua vida de estudante em Leipzig, ainda entre os anos 1791 e 1793, entre os quais, aquele que tratava do juízo crítico objetivo sobre as obras de arte.

Os fragmentos sobre literatura e poesia também têm um grande valor para a história da literatura, da crítica literária e da história do surgimento da hermenêutica moderna, principalmente em decorrência da amizade filosófica entre Schlegel e Schleiermacher. Ainda que ambos os pensadores não partilhem da mesma compreensão sobre a possibilidade de esclarecimento e hermenêutica de trechos obscuros de textos literários, foi em decorrência do diálogo com as ideias de Schlegel que Schleiermacher faria, no verão de 1805 em Berlim, as preleções que se encontram entre os documentos fundadores da hermenêutica em sua acepção moderna. Como demonstra Wilma Patricia Maas, enquanto Schleiermacher acredita na elucidação ou esclarecimento de trechos obscuros de textos literários, Schlegel defende de forma incondicionada o lugar do ininteligível e do obscuro como partes integrantes de qualquer texto.[35] O crítico chega mesmo a fundamentar sua ideia de clássico nessa questão ao afirmar que um escrito clássico jamais tem

[33] EICHNER, Hans. *Friedrich Schlegel. Literary-Notebooks*. Londres: University of London/Athlone Press, 1957.

[34] "Benjamin não pôde ter acesso ao conjunto de mais de dois mil fragmentos que F. Schlegel compilou em torno do tema 'literatura', publicados por Hans Eichner apenas em 1957 (sob o título de *Literary Notebooks*)." BENJAMIN, Walter. *O conceito de crítica de arte no romantismo alemão*, p. 136. (Nota de Márcio Seligmann-Silva.)

[35] MAAS, Wilma Patricia. "Hermenêutica e anti-hermenêutica: Friedrich Schlegel e Schleiermacher". *Pandemonium Germanicum*, v. 15, n. 1, 2010, pp. 18-36.

de poder ser totalmente entendido.[36] É possível conceber o uso do fragmento no primeiro romantismo como uma forma inovadora de questionar problemas da arte através da dissolução da própria forma literária.

O fragmento e as formas breves no primeiro romantismo alemão representam modos de diálogo e exteriorização artística, os quais favorecem a reflexão filosófica e a contemplação artística. O caráter dialógico das cartas, fragmentos e conversas foi a maneira encontrada pelos românticos para observar por diversos ângulos um mesmo assunto, permitindo a aproximação mais intensa e, ao mesmo tempo, espontânea do tema escolhido. A retomada da maiêutica socrática como jogo lúdico de perguntas e respostas, que busca desvelar a verdade, perpassa a poética do fragmento romântico. Como explicita Richard Kraut, no *Fedro*, Platão atribui ao dialético a tarefa delicada de "encontrar unidade em uma diversidade de Formas e diversidade em uma unidade, e usa essa concepção de amor como uma espécie de divina loucura a ilustrar tal estrutura".[37] A metáfora da inspiração como acesso à contemplação divinatória, que atravessa o diálogo platônico, também pode ser encontrada na utilização do fragmento e das formas breves pelo primeiro romantismo alemão. A tarefa de compreensão dialética de problemas artísticos e existenciais e da singularidade na multiplicidade é realizada através de um jogo agradável de perguntas e respostas que o fragmento propicia. Os românticos buscam uma escrita que deixe em aberto novas possibilidades de leitura e compreensão. Esses autores chegam mesmo a cunhar dois verbos para expressar essa dialética: os neologismos *sinfilosofar* e *simpoetizar*, que apontam para novas formas discursivas que demandam ações em conjunto. Através da multiplicidade de pontos de vista e do caráter espontâneo de suas formas discursivas, os românticos concretizam a ideia de arte literária dialógica, literatura elevada ao absoluto. A novidade que esse tipo de "literatura" significa para a época romântica e mesmo para atual foi explicitada por Philippe Lacoue-Labarthe e Jean-Luc Nancy:

> É por essa razão que o romantismo implica algo inédito, a produção de algo inédito. Esse algo que, na verdade, os românticos ignoram o nome: eles falam de poesia, de obra, de romance, ou de... romantismo. Por bem ou mal, acabaram chamando de literatura. Esse termo, que não foi inventado por eles, será adotado pela posteridade a partir deles (inclusive a mais imediata posteridade) para designar um conceito – até hoje indefinível – que se esforçaram muito para delimitar.[38]

De certo modo, a exteriorização através de fragmentos concretiza a afirmação feita por Schlegel em sua *Conversa sobre a poesia* de que "a comunicação e exposição de todas as artes e ciências não podem ocorrer sem um componente poético".[39] Ao refletir sobre os mais diversos temas por intermédio dessa forma artística,

[36] SCHLEGEL, Friedrich. *O dialeto dos fragmentos*, p. 51 [A24].

[37] KRAUT, Richard. *Platão*. São Paulo: Ideais e Letras, 2013, p. 43.

[38] LACOUE-LABARTHE, Philippe; NANCY, Jean-Luc. *L'absolut littéraire. Théorie de la littérature du romantisme allemand*. Paris: Seuil, 1978, p. 21.

[39] SCHLEGEL, Friedrich. *Fragmentos sobre poesia e literatura (1797-1803) seguido de Conversa sobre poesia*, p. 524.

os românticos encontram um meio de aproximar literatura e filosofia. A forma sem forma (*formlosen Form*) do fragmento possibilita a Schlegel encontrar o que designava como "degenerações excêntricas da poesia".[40] A literatura que se produz na época de Schlegel representa algo realmente inovador, em cujas determinações, guardadas as devidas proporções, nossa atualidade ainda se encontra. Em razão do caráter problematizador de seus escritos, o fenômeno primeiro-romântico pode ser uma verdadeira armadilha para o conhecimento. Uma das armadilhas mais sutis é tentar eternizar (ou atualizar) as ideias do movimento romântico, já que esse pensamento vai inteiramente contra sua visão de mundo.[41] Pretender eternizar o primeiro romantismo alemão seria o mesmo que querer deter a marcha do tempo e não compreender que o romantismo foi apenas um momento mágico e passageiro, ou, tomando de empréstimo a bela expressão da poeta Sophia de Mello Breyner, que inspira o título da obra de Pedro Duarte, um "estio do tempo":

> A Alemanha romântica é um estio maravilhoso do tempo. Mas este estio não consegue deter os caminhos da civilização ocidental, não consegue deter os homens que trabalham incessantemente como as fúrias. Pois a Alemanha romântica não é uma época, é apenas alguns homens. E poderão alguns homens salvar o mundo?[42]

Talvez seja igualmente por esse paradoxo que pensadores como Philippe Lacoue-Labarthe e Jean-Luc Nancy, ao abordar o que chamam de absoluto literário, indicam que a época romântica dialoga com a modernidade por ser "essencialmente rebelde contra o imperialismo da Razão e do Estado, contra o totalitarismo do Cogito e do Sistema; um romantismo de revolta libertária e literária, literária porque libertária, cuja arte encarna a insurreição".[43] Através de seus ensaios, romances, cartas, novelas e fragmentos, os jovens do primeiro romantismo alemão concretizaram a máxima de Friedrich Schlegel de que era necessário realizar uma revolução estética nos estudos de literatura. Ao aproximar reciprocamente poesia e filosofia, crítica e criação literária, eles renovaram os discursos da literatura, inaugurando, assim, a modernidade literária.

[40] "Do ponto de vista romântico, também as degenerações excêntricas e monstruosas da poesia têm seu valor como materiais e exercícios preparatórios da universalidade, desde que nelas haja alguma coisa, desde que sejam originais." SCHLEGEL, Friedrich. *O dialeto dos fragmentos*, p. 69 [A139].

[41] LACOUE-LABARTHE, Philippe; NANCY, Jean-Luc. *L'absolut littéraire*, p. 25.

[42] BREYNER, Sophia de Mello. "Hölderlin ou o lugar do poeta". *Jornal do Comércio*, 30-31 dez. 1967, suplemento Letras Artes Actualidades, p. 1 e p. 11 apud DUARTE, Pedro. *Estio do tempo. Romantismo e estética moderna*, p. 25. Em sua bela obra, Pedro Duarte ainda aponta para a modernidade dos românticos: "Foi Octavio Paz quem melhor descreveu essa situação do romantismo, ao afirmar que, se ele nega a modernidade como fora concebida pelo século XVIII, tal negação é moderna, ou seja, é uma negação dentro da modernidade: 'o romantismo convive com a modernidade e a ela se funde só para, uma e outra vez, transgredi-la'. Modernos por excelência, os românticos o eram, sobretudo, por trazerem consigo o poder crítico que a modernidade sempre exigiu, mas eles o apontavam para a própria modernidade". Ibid., p. 24.

[43] LACOUE-LABARTHE, Philippe; NANCY, Jean-Luc. *L'absolut littéraire*, p. 26.

REFERÊNCIAS BIBLIOGRÁFICAS

Obras de Friedrich Schlegel utilizadas nesta obra:

A edição das obras de Friedrich Schlegel utilizada nesta obra é a *Kritische Ausgabe* [KA], sob a coordenação de Ernst Behler e colaboração de Jean-Jacques Anstett e Hans Eichner, publicada pela editora Ferdinand Schöningh, Paderborn, a partir de 1958, contendo 35 volumes e dividindo-se em quatro partes:

1. Nova edição crítica das obras publicadas (v. I a X);
2. Escritos póstumos (v. XI a XXII);
3. Correspondência de Friedrich e Dorothea Schlegel (v. XXIII a XXXII);
4. Edições, traduções e relatos (v. XXXIII a XXXV);

Abaixo citamos os textos que usamos nesta obra, seguidos do volume e da página:

1. *Nachricht von den poetischen Werken des Johannes Boccaccio (Relato sobre as obras poéticas de Giovanni Boccaccio)*. *KA-II*, pp. 373-396.
2. *Gespräch über die Poesie (Conversa sobre a Poesia)*. KA-II, pp. 284-351.
3. *Über die Unverständlichkeit (Da Ininteligibilidade)*. KA-II, pp. 363-372.
4. *Über Goethes Meister (Caracterização sobre o Wilhelm Meister)*. KA-II, pp. 126-146.
5. *Über Lessing (Caracterização sobre Lessing)*. KA-II, pp. 100-125.
6. *Jacobis Woldemar (Caracterização sobre o Woldemar, de Jacobi)*. KA-II, pp. 57-77.
7. *Georg Forster (Caracterização sobre Georg Forster)*. KA-II, pp. 78-99.
8. *Geschichte der alten und neuen Literatur (História da literatura antiga e moderna)*. KA-VI, pp. 5-380.
9. *Studien des Klassischen Altertums (Estudo da Antiguidade clássica)*. KA-I, pp. 3-643.
10. *Fragmente. Lyceum, Athenäum, Ideen. (Fragmentos da Lyceum, Athenäum e Ideias)*. KA-II, pp. 147-256.
11. *Fragmente zur Poesie und Literatur (Fragmentos sobre poesia e literatura)*. KA-XVI, pp. 3- 639.
12. *Fragmente zur Poesie und Literatur – II (Fragmentos sobre poesia e literatura –II)*. KA-XVII, pp. 3-630.
13. *Wissenschaft der Europäische Literatur (Ciência da literatura europeia)*. KA-XI, pp. 3-433.

Outras obras de Friedrich Schlegel [Além da edição crítica] utilizadas na presente obra:

SCHLEGEL, Friedrich. *Sämmtliche Werke*. Wien: Jacob Mayer, 1822-1825.

_________. *Schriften und Fragmente. Ein Gesamtbild seines Geistes*. Stuttgart: Alfred Kröner, 1956. Org. Ernst Behler.

_________. *Schriften zur Kritischen Philosophie. 1795-1805*. Hamburgo: Felix Meiner Verlag, 2007. Org. Andreas Arndt e Jure Zovko.

_________. *Lucinde*. Stuttgart: Philipp Reclam Junior, 2008.

Obras de Friedrich Schlegel traduzidas para o português:

1. *Conversa sobre a poesia e outros fragmentos*. Trad. Victor-Pierre Stirnimann. São Paulo: Iluminuras, 1994.
2. *O dialeto dos fragmentos*. Trad. Márcio Suzuki. São Paulo: Iluminuras, 1997.
3. *Fragmentos sobre poesia literatura (1797-1803) seguido de Conversa sobre a poesia*. Trad. Constantino Luz de Medeiros e Márcio Suzuki. São Paulo: Editora Unesp, 2016.

Obras de Friedrich Schlegel traduzidas para o inglês:

1. *The Aesthetic and Miscellaneous Works of Frederick von Schlegel*. Trad do alemão por E. J. Millington. Londres: Henry G. Bohn, 1860.
2. *Critical Fragments*. (1797); *Athenäum Fragments*. (1798); *Ideas* (1800); *On Goethes Meister* (1798); *Letter about the Novel* (1799). *On Incomprehensibility* (1800). In: BERNSTEIN, J. M. *Classic and Romantic German Aesthetics*. Cambridge: Cambridge University Press, 2006.
3. FIRCHOW, Peter. *Lucinde and the Fragments*. Minneapolis: University of Minnesota Press, 1971.

Obras de Friedrich Schlegel traduzidas para o francês:

1. *Fragments critiques; Fragments de l'Athenaeum; Idées; Sur la philosophie (à Dorothéa); Entretien sur la poésie; Essai sur les divers styles de Goethe dans ses oeuvres de jeunesse er de maturité*. In: LACOUE-LABARTHE, Philippe; NANCY, Jean-Luc. *L'absolut littéraire. Théorie de la littérature du romantisme allemand*. Paris: Seuil, 1978.
2. *Lucinde, Un roman de Friedrich Schlegel* (1800); *Relation des oeuvres poétiques de Jean Boccace* (1801); *Conclusion de l'essai sur Lessing* (1801); *L'essence de la critique* (Introduction à Lessing, 1804); *Fragments sur la philosophie de la philologie* (1797); *Fragments sur la poésie et la littérature* (1799-1800); *Fragments du Lycée* (1797); *Fragments de l'Athenaeum* (1798); *De l'impossibilité de comprendre* (1800). In: THOUARD, Denis. *Critique et herméneutique dans le premier romantisme alemand*. Paris: Septentrion Presses Universitaires, 1996.

BIBLIOGRAFIA GERAL

ABRAMS, M. H. *The Mirror and the Lamp: Romantic Theory and the Critical Tradition*. Oxford: Oxford University Press, 1976.

________. *O espelho e a lâmpada. Teoria romântica e tradição literária*. São Paulo: Editora da Unesp, 2010.

ALLEMAN, Beda. *Ironie und Dichtung*. Pfullingen: Neske, 1955.

ANSTETT, Jean-Jacques. *La pensée religieuse de Friedrich Schlegel*. Paris: Les Belles Lettres, 1942.

ARISTÓTELES. *The Nicomachean Ethics*. London: Penguin Classics, 1982. Trad. do grego para o inglês de J. A. K. Thomson.

________. *Poética*. In: ARISTÓTELES; HORÁCIO; LONGINO. *A poética clássica*. Trad. Jaime Bruna. São Paulo: Cultrix, 2008.

AYRAULT, Roger. *La genese du romantisme allemand. 1797-1804*, 2 v. Paris: Aubier, 1969.

BAUER, Manuel. *Schlegel und Schleiermacher. Frühromantische Kunstkritik und Hermeneutik*. Paderborn: Ferdinand Schöningh, 2011.

BECKENKAMP, Joãozinho. *Entre Kant e Hegel*. Porto Alegre: EDIPUCRS, 2004.

BECKER, Eva D. *Der deutsche Roman um 1780*. Stuttgart: J. B. Metzlersche Verlagsbuchhandlung, 1964.

BEETZ, Manfred. *Briefwechsel zwischen Schiller und Goethe in den Jahren 1794 bus 1805*. Munique: Carl Hanser Verlag, 1990.

BÉGUIN, A. (Org). *Le Romantisme Allemand*. Paris: Les Cahiers du Sud, 1949.

BEHLER, E. *Friedrich Schlegel mit Selbstzeugnissen und Bilddokumenten*. Hamburgo: Rowohlt, 1966.

________. *Klassische Ironie. Romantische Ironie. Tragische Ironie. Zum Ursprung dieser Begriffe*. Darmstadt: Wissenschaftliche Buchgesellschaft, 1972.

________. (Org.). *Die europäische Romantik*. Frankfurt am Main: Athenäum, 1972.

________. "Origins of Romantic Aesthetics in Friedrich Schlegel". *Canadian Review of Comparative/ Revue Canadienne Comparée*. Inverno, v. 7.1. 1980, pp. 47-66.

________. HÖRISCH, Jochen. (Org.) *Die Aktualität der Frühromantik*. Paderborn: Ferdinand Schöningh, 1987.

________. *Unendliche Perfektibilität. Europäische Romantik und Französische Revolution*. Paderborn: Ferdinand Schöningh, 1989.

________. *Frühromantik*. Berlim/Nova York: Walter de Gruyter, 1992.

________. *Studien zur Romantik und zur idealistischen Philosophie*. Paderborn: Ferdinand Schöningh, 1993.

________. *Ironie und literarische Moderne*. Paderborn: Ferdinand Schöningh, 1997.

BEHRENS, Klaus. *Friedrich Schlegels Geschichtsphilosophie. (1794-1808)*. Tübingen: Max Niemeyer Verlag, 1984.

BEISER, Frederick C. *The Romantic Imperative*. Cambridge: Harvard University Press, 2003.

BELGARDT, Raimund. *Romantische Poesie. Begriff und Bedeutung bei Friedrich Schlegel*. Paris: Mouton, 1969.

BENJAMIN, Walter. *Gesammelte Schriften. I*. Frankfut am Main: Suhrkamp, 1990.

________. *O conceito de crítica de arte no romantismo alemão*.Trad. Márcio Seligmann-Silva. São Paulo: Iluminuras, 2011.

BERGHAHN, Klaus L. *Von der klassizistischen zur klassischen Literaturkritik. 1730-1806*. In: HOHENDAHL, Peter Uwe. *Geschichte der deutschen Literaturkritik. 1730-1980*. Stuttgart: J. B. Metzlersche Verlagsbuchhandlung, 1985.

________. "Zermalmende Beredsamkeit. Lessings Literaturkritik als Polemik. Ein Essay". In: *Lessing Yearbook XXIV*, 1992, v. 24, pp. 25-47.

BERNSTEIN, John Andrew. *Shaftesbury, Rousseau and Kant. An Introduction to the Conflict between Aesthetic and Moral Values in Modern Thought*. Londres: Associated University Press, 1980.

BLANCKENBURG, Friedrich von. *Versuch über den Roman*. Stuttgart: J. B. Metzlersche Verlagsbuchhandlung, 1965, p. 288. [Reprodução original da obra de 1774.]

BLEYER, Jakob. *Friedrich Schlegel am Bundestag in Frankfurt*. München: Verlag von Duncker und Humblot, 1913.

BOCCACCIO, Giovanni. *The Decameron*. Trad. G. H. MC William. Londres: Penguin Books, 1972.

BOLLE, Willi. "Friedrich Schlegel e a estética do fragmento. Fundadores da modernidade na literatura". *Anais da VII Semana de Literatura Alemã*. FFLCH-USP, 1994, p. 35.

BRAUERS, Claudia. *Perspektiven des Unendlichen. Friedrich Schlegels ästhetische Vermittlungstheorie: Die Freie Religion der Kunst und ihre Umformung in eine Traditionsgeschichte der Kirche*. Berlim: Erich Schmidt Verlag, 1996.

BREUER, Ulrich. *Antike-Philologie-Romantik. F. Schlegels altertumswissenschaftliche Manuskripte*. Paderborn: Ferdinand Schöningh, 2011.

BRUFORD, W. H. *Germany in the Eighteenth Century. The Social Background of the Literary Revival*. Cambridge: Cambridge University Press, 1952.

BURY, Emmanuel. *Introdution et Notes*. In: LA BRUYÈRE, Jean de. *Les caractères ou les moeurs de ce siècle*. Paris: Librairie Générale Française, 1995.

BUTLER, E. M. *The Tyranny of Greece over Germany*. Cambridge: Cambridge University Press, 1935.

CAPEN, Samuel Paul. *Friedrich Schlegel's Relations with Reichardt and His Contributions to "Deutschland"*. Filadélfia: University of Philadelphia, 1903. [Tese de doutorado.]

CERVANTES, Miguel de. *O engenhoso fidalgo Don Quixote de la Mancha*. Trad. Sérgio Molina. São Paulo: Editora 34, 2002.

_______. *Don Quijote de La Mancha*. Madri: Santillana Ediciones Generales, 2004.

CHLADENIUS, Johann Martin. "Introdução à interpretação correta de discursos e escritos racionais". In: GADAMER, Hans-Georg. *Verdade e método-I. Traços fundamentais de uma hermenêutica filosófica*. Rio de Janeiro: Vozes, 1997.

CHARTIER, Roger; CAVALLO, Guglielmo (Orgs.). *História da leitura no mundo ocidental*. São Paulo: Ática, 1999.

CIANCIO, C. *Friedrich Schlegel. Crisi della filosofia e rivelazione*. Milão: Mursia, 1984.

CLASEN, Herbert. *Heinrich Heines Romantikkritik. Tradition – Produktion – Rezeption*. Düsseldorf: Hoffmann und Campe/Heinrich Heine Verlag, 1979.

CONRAD, Peter. *Shandyism. The Character of Romantic Irony*. Oxford: Basil Blackwell, 1978.

CURTIUS, Ernst Robert. "Friedrich Schlegel und Frankreich". In: CURTIUS, E. R. *Kritische Essays zur Europäische Literatur*. Berna: A. Francke Verlag, 1950.

_______. *Literatura europeia e Idade Média latina*. Trad. Teodoro Cabral e Paulo Rónai. São Paulo: Hucitec/Edusp, 1996.

DILTHEY, Wilhelm. *Leben Schleiermachers*. Berlim: Herman Mulert Verlag, 1922 (1870).

DUARTE, Pedro. *Estio do tempo. Romantismo e estética moderna*. Rio de Janeiro: Zahar, 2011.

DUBUIS, Roger. *Les cent nouvelles nouvelles et la tradition de la nouvelle en France au Moyen Age*. Grenoble: Presses Universitaires de Grenoble, 1973.

EICHNER, Hans. "Friedrich Schlegel's Theory of Romantic Poetry". *Publications of the Modern Language Association of America*, v. 71. 1956, pp. 1018-1041.

_______. *Friedrich Schlegel. Literary-Notebooks*. Londres: University of London/Athlone Press, 1957.

_______. "Friedrich Schlegels Theorie der Literaturkritik". In: VON WIESE, Benno; MOSER, Hugo. *Deutsche Philologie*. Berlim: Erich Schmidt Verlag, 1970, v. 88, pp. 11-28.

_______. EICHNER, Hans (Org.). *Romantic and Its Cognates: The European History of a Word*. Manchester: Manchester University Press, 1972.

_______. "Friedrich Schlegel's Theory of Literary Criticism". In: GRIMM, Reinhold; EICHNER, Hans et al. *Romantiscism Today. Friedrich Schlegel, Novalis, E. T. A. Hoffmann, Ludwig Tieck*. Bonn/Bad Godesberg: Inter Nationes, 1973.

ELIAS, Norbert. *O processo civilizador. Uma história dos costumes*. Rio de Janeiro: Zahar, 1994.

ENDERS, Carl. *Friedrich Schlegel. Die Quellen seines Wesens und Werdens*. Leipzig: H. Haessel Verlag, 1913.

ERLINGHAGEN, Armin. *Das Universum der Poesie. Prolegomena zu Friedrich Schlegels Poetik*. Paderborn: Ferdinand Schöningh, 2012.

ERMATINGER, E. *Dichtung und Geistesleben der deutschen Schweiz*. München: C. H. Beck, 1933.

FAURITE, Frederic. *L'heritage des satiristes latins Horace et Juvenal dans Les Caractères de La Bryuère*. Grenoble: Universtité Stendhal, 2011.

FICHTE, Johann Gotlieb. "Em que consiste a novíssima filosofia". In: FICHTE, Johann Gottlieb; SCHELLING, Friedrich von. *Escritos filosóficos*. Trad. Rubens Rodrigues Torres Filho. São Paulo: Abril Cultural, 1973.

_______. *A doutrina-da-ciência e outros escritos*. Trad. e org. de Rubens Rodrigues Torres Filho. São Paulo: Editora Abril, 1980. (Coleção Os Pensadores.)

_______. *The Vocation of Man*. Cambridge: Hackett Publishing Company, 1987.

_______. *A vocação do sábio*. Trad. Artur Mourão. Lisboa: Edições 70, 1999.

_______. *O destino do erudito*. Trad. Ricardo Barbosa. São Paulo: Hedra, 2014.

FINKE, Heinrich. *Über Friedrich und Dorothea Schlegel*. Köln: J. P. Bachem, 1918.

FINLAY, Marike. *The Romantic Irony of Semiotics*. Berlim/Nova York/Amsterdam: Mouton de Gruyter, 1988.

FIRCHOW, Peter. *Lucinde and the Fragments*. Minneapolis: University of Minnesota Press, 1971.

FRANK, Manfred. *Einführung in die frühromantische Ästhetik*. Frankfurt am Main: Suhrkamp, 1989.

_______. *The Philosophical Foundations of Early German Romanticism*. Nova York: State University of New York Press, 2004.

FREITAS, Homero. "Sócrates, a criança irônica (Tieck, Schlegel, Novalis)". *Viso. Cadernos de Estética Aplicada*. Ouro Preto, jan./dez. 2011, n. 10, pp. 58-69.

FRISCHMANN, Bärbel. *Vom Transzendentalen zum Frühromantischen Idealismus*. Paderborn: Ferdinand Schöningh, 2005.

FULLER, David. "Shakespeare's Romances". In: SAUNDERS, Corinne. *A Companion to Romance. From Classical to Contemporary*. Malden: Blackwell Publishing, 2004.

GADAMER, Hans-Georg. *Verdade e método-I. Traços fundamentais de uma hermenêutica filosófica*. Rio de Janeiro: Vozes, 1997.

GAGNEBIN, Jeanne Marie. *História e narração em Walter Benjamin*. São Paulo: Perspectiva, 1994.

_______. "Nas fontes paradoxais da crítica literária. Walter Benjamin relê os românticos de Jena". In: SELIGMANN-SILVA, Márcio (Org.). *Leituras de Walter Benjamin*. São Paulo: Annablume, 2007.

GELLERT, Christian Fürchtgott. *Das Leben der schwedischen Grafin von G*. Frankfurt am Main: Insel Verlag, 1979.

GOETHE, Johann Wolfgang. *Versuch die Metamorphose der Pflanzen zu erklären*. Gotha: Carl Wilhelm Ettinger, 1790.

_______. *Wilhelm Meister. Die Lehrjahre. Die Wanderjahre*. Düsseldorf: Patmos Verlag, 2005.

_______. *Os anos de aprendizado de Wilhelm Meister*. Trad. Nicolino Simone Neto. São Paulo: Editora 34, 2006.

GOTTSCHED, Johann Christoph. *Versuch Einer Critischen Dichtkunst*. Darmstadt: Wissenschaftliche Buchgesellschaft, 1962.

GÖTZE, Martin. *Ironie und absolute Darstellung. Philosophie und Poetik in der Frühromantik*. Paderborn: Ferdinand Schöningh, 2001.

GUINSBURG, J. (Org.). *O Romantismo*. São Paulo: Perspectiva, 1978.

GUTZKOW, Karl. *Vorrede zur Neuausgabe von Schleiermachers "Vertraute Briefe"*. Hamburg, 1835.

HAHL, Werner. *Reflexion und Erzählung. Ein Problem der Romantheorie von der Spätaufklärung bis zum programmatischen Realismus*. Stuttgart: W. Kohlhammer, 1971.

HANSEN, João Adolfo. *Construção e interpretação da metáfora*. Campinas: Hedra/Editora da Unicamp, 2006.

HARDENBERG, Friedrich von (Novalis). *Heinrich von Ofterdingen*. München: Deutscher Taschenbuch Verlag, 1997.

_______ [Novalis]. *Pólen. Fragmentos, diálogos, monólogo*. Trad. Rubens Rodrigues Torres Filho. São Paulo: Iluminuras, 2009.

HASS, Hans-Egon; MOHRLÜDER, Gustav Adolf (Orgs.). *Ironia als Phänomenon*. Köln: Kiepenheuer & Witsch, 1973.

HAUSER, Arnold. *Sozialgeschichte der Kunst und Literatur*. München: C. H. Beck Verlag, 1975.

HAYM, Rudolf. *Die Romantische Schule.Ein Beitrag zur Geschichte des deutschen Geistes*. Hildesheim/Nova York: Georg Olms, 1977, p. 238. [Reprodução fotomecânica original da primeira edição da obra, de 1870.]

HEGEL, Georg Wilhelm Friedrich. "Die Ironie. Von der Poesie im allgemeinen und ihrer Einteilung". In: HASS, H. E.; MOHRLÜDER, G. A. (Orgs.). *Ironia als Phänomenon*. Köln: Kiepenheuer & Witsch, 1973.

HEINE, Heinrich. "Die Romantische Schule. Zweites Buch". In: *Werke III*. Düsseldorf: Artemis/Winkler Verlag, 1997.

HEINE, Roland. *Transzendentalpoesie. Studien zu Friedrich Schlegel, Novalis und E. T. A. Hoffmann*. Bonn: Bouvier Verlag, 1974.

HELBACH, Ulrich. "Der Nachlass Friedrich Schlegels im Historischen Archiv des Erzbistums Köln". In: *Athenäum. Jahrbuch der Friedrich Schlegel-Gesellschaft*, n. 19, 2009, pp. 139-153.

HERDER, Johann Gottfried. "Denkmal Johann Winckelmanns". In: WINCKELMANN, Johann Joachim. *Geschichte der Kunst des Altertums*. Wien: Phaidon Verlag, 1934.

_______. *Frühe Schriften (1764-1772)*. Frankfurt am Main: Deutscher Klassiker Verlag, 1985.

_______. "Über die neue deutsche Literatur. Zweite Sammlung von Fragmenten". In: GAIER, Ulrich (Org.). *Frühe Schriften. Johann Gottfried Herder Werke*, v. I. Frankfurt am Main: Deutsche Klassiker Verlag, 1985. [Texto originalmente escrito em 1767.]

HOHENDAHL, Peter Uwe. *Geschichte der deutschen Literaturkritik, 1730-1980*. Stuttgart: J. B. Metzlersche Verlagsbuchhandlung, 1985.

HÖRISCH, Jochen (Org.). *Die Aktualität der Frühromantik*. Paderborn: Ferdinand Schöningh, 1987.

HÜBENER, Gustav. "Theorie der Romantik". In: PRANG, Helmut (Org.). *Begriffsbestimmung der Romantik*. Darmstadt: Wissenschaftliche Buchgesellschaft, 1968.

HUCH, Ricarda. *Romantik: Blütezeit, Ausbreitung und Verfall*. Tübingen: Rainer Wunderlich Verlag, 1951.

HUET, Pierre Daniel. "Traité de l'origine des romans". In: VOSSKAMP, Wilhelm. *Romantheorie in Deutschland. Von Martin Opitz bis Friedrich von Blanckenburg*. Stuttgart: J. B. Metzlersche Verlagsbuchhandlung, 1973.

IMMERWAHR, Raymond. "The subjectivity or objectivity of Friedrich Schlegel's poetic irony". *Germanic Review*, 26, 1951, pp. 173-191.

_______. "Die Symbolische Form des Briefes über den Roman". *Zeitschrift für deusche Philologie*. Berlim, Band 88, 1969, pp. 41-60.

_______. "Die Subjektivität oder Objektivität von Friedrich Schlegels poetischer Ironie". In: SCHANZE, Helmut (Org.). *Friedrich Schlegel und die Kunsttheorie seiner Zeit*. Darmstadt: Wissenschatliche Buchgesellschaft, 1985.

JAUSS, Hans Robert. "Schlegels und Schillers Replik auf die 'Querelle des Ancients et des Modernes'". In: *Literaturgeschichte als Provokation*. Frankfurt am Main: Suhrkamp, 1974.

JOACHIMI-DEGE, Maria. *Die Weltanschauung der deutschen Romantik*. Jena/Leipzig: Eugen Diederichs, 1905.

KAHN, Ludwig. *Social Ideals in German Literature, 1770-1830*. Nova York: Columbia University Press, 1938.

KANT, Immanuel. *Crítica da razão pura e outros escritos*. Trad. Rubens Rodrigues Torres Filho. São Paulo: Abril, 1974. (Coleção Os Pensadores.)

_______. *Crítica da razão pura*. Trads. Valério Rohden e Udo Baldur Moosburger. São Paulo: Nova Cultural, 1999.

_______. *Beantwortung der Frage: Was ist Aufklärung?* Hamburg: Felix Meiner Verlag, 1999.

KRAUT, Richard. *Platão*. São Paulo: Ideais e Letras, 2013.

KAYSER, Wolfgang. *O grotesco. Configuração na pintura e na literatura*. Trad. J. Guinsburg. São Paulo: Perspectiva, 2003.

KESTLER, Izabela Maria Furtado. *Exílio e literatura: Escritores de fala alemã durante a época do nazismo*. São Paulo: Edusp, 2003.

_______. "História e filosofia da história na obra do jovem Friedrich Schlegel". *Kriterion*. Belo Horizonte, 2008, nffl 117, pp. 79-83.

_______. "Friedrich Schiller X Friedrich Schlegel: Confrontos e Convergências em torno da fundamentação da Modernidade". *Encontro Regional da Abralic. Literatura, Artes e Saberes*. São Paulo, 2007, p. 9. Disponível em www.epocadegoethe.com.br, acesso em 4 de dezembro de 2013.

KIMMERLE, Heinz (Org.). *Friedrich Schleiermacher Schriften*. Frankfurt: Deutscher Klassiker Verlag, 1996.

KIRCHER, Erwin. *Die Philosophie der Romantik*. Jena/Leipzig: Eugen Diederichs, 1906.

KLOTZ, Volker. *Zur Poetik des Romans*. Darmstadt: Wissenschaftliche Buchgesellschaft, 1965.

KNOX, Norman. "Die Bedeutung von 'Ironie'. Einführung und Zusammenfassung". In: HASS, 1973, p. 21. Hans-Egon; MOHRLÜDER, Gustav-Adolf. (Org.). *Ironie als literarisches Phänomen*. Köln: Kiepenheuer & Witsch, 1973.

KOHRS-SCHNEIDER, Ingrid. *Die romantische Ironie in Theorie und Gestaltung*. Tübingen: Max Niemeyer Verlag, 2002.

KREMER, Detlev. *Romantik*. Weimar: Verlag J. B. Metzler, 2007.

LA BRUYÈRE, Jean de. *Les caractères ou les moeurs de ce siècle*. Paris: Librairie Générale Française, 1995.

LACOSTE, Jean. *A filosofia da arte*. Rio de Janeiro: Jorge Zahar, 1986.

LACOUE-LABARTHE, Philippe; NANCY, Jean-Luc. *L'absolut littéraire. Théorie de la littérature du romantisme allemand*. Paris: Seuil, 1978.

________. *TheLiterary Absolute. The Theory of Literature in German Romanticism*. Nova York: State University of New York Press, 1988.

________. *El absoluto literario*. Buenos Aires: Eterna Cadencia Editora, 2012.

LEDERBOGEN, Friedrich. *Friedrich Schlegels Geschichtsphilosophie: Ein Beitrag zur genesis der historischen Weltanschauung*. Leipzig: Verlag der Dürrschen Buchhandlung, 1908.

LEITE, Serafim. *História da Companhia de Jesus no Brasil. Século XVI*. Lisboa: Livraria Portugália/Rio de Janeiro: Civilização Brasileira, 1938.

LESSING, Gotthold Ephraim. "Briefwechsel über das Trauerspiel zwischen Lessing, Mendelssohn und Nicolai". In: LESSING, G. E. *Werke*. Frankfurt am Main: Deutscher Klassiker Verlag, 1985.

________. "Der Rezesent braucht nicht besser machen zu können, was er tadelt". In: LESSING, G. E. *Werke. 1767-1769*. Frankfurt am Main: Deutscher Klassiker Verlag, 1985.

________. "Hamburgische Dramaturgie". In: LESSING, G. E. *Werke. 1767-1769*. Frankfurt am Main: Deutscher Klassiker Verlag, 1985.

________. *Laocoonte ou sobre as fronteiras da pintura e da poesia*. Trad. Márcio Seligmann-Silva. São Paulo: Iluminuras, 2011.

LEWALTER, Ernst. *Friedrich Schlegel und sein romantischer Witz*. Leipzig: August Hoffmann, 1917.

LIEB, Claudia; KREMER, Detlev. *Romantik. Das Große Lesebuch*. Frankfurt am Main: Fischer Verlag, 2010.

LIMA, Luiz Costa. *Limites da voz. Montaigne, Schlegel*. Rio de Janeiro: Rocco, 1993.

________ (Org.). *Teoria da literatura em suas fontes*. Rio de Janeiro: Civilização Brasileira, 2002.

________. *História – Ficção – Literatura*. São Paulo: Companhia das Letras, 2006.

LOVEJOY, A. O. "On the Meaning of 'Romantic'". In: *Early German Romanticism. Modern Language Notes*, v. 31, nffl 7, nov. 1916, pp. 385-396.

LUKÁCS, Georg. "Sobre a filosofia romântica da vida: Novalis". In: LUKÁCS, G. *A alma e as formas*. Trad. Rainer Patriota. Belo Horizonte: Autêntica, 2015.

MAACK, Ute. *Ironie und Autorschaft zu Friedrich Schlegels Charakteristiken*. Paderborn: Ferdinand Schöningh, 2002.

MAAS, Wilma Patricia. *O cânone mínimo. O bildungsroman na história da literatura*. São Paulo: Editora da Unesp, 1999.

________. "História como sistema e revelação: A 'História da literatura antiga e moderna', de Friedrich Schlegel". *Fórum Deutsch. Revista Brasileira de Estudos Germanísticos*. Rio de Janeiro, v. 7, 2003, pp. 93-105.

________. "Ironia e performance no primeiro romantismo alemão". *Artefilosofia*. Ouro Preto, v. 4, pp. 166-174, jan. 2008.

________. "Hermenêutica e anti-hermenêutica. Friedrich Schlegel e Schleiermacher". *Pandemonium germanicum*. 15/2010-1, pp. 18-36.

________. "Romance romântico e teoria do romance: *Lucinde*, de Friedrich Schlegel". *Eutomia. Revista de Literatura e Linguística*, ano IV, edição 8, dez. 2011, pp. 95-108.

MAN, Paul de. *Alegorie des Lesens*. Frankfurt am Main: Suhrkamp, 1979.

MATOS, Olgária C. F. *O iluminismo visionário: Benjamin leitor de Descartes e Kant*. São Paulo: Brasiliense, 1993.

MAZZARI, Marcus Vinicius. "Apresentação". In: GOETHE, Johann Wolfgang. *Os anos de aprendizado de Wilhelm Meister*. Trad. Nicolino Simone Neto. São Paulo: Editora 34, 2006.

MCKEON, Michael. *The Origins of the English Novel, 1600-1740*. Baltimore: The John Hopkins University Press, 1987.

MC WILLIAM, G. H. "Translators Introduction". In: BOCCACCIO, Giovanni. *The Decameron*. Londres: Penguin Books, 1972.

MEDEIROS, Constantino Luz de. *Friedrich Schlegel: Relato sobre as obras poéticas de Giovanni Boccaccio*. São Paulo: Humanitas/FFLCH, 2015.

MENNEMEIER, Franz Norbert. *Friedrich Schlegels Poesiebegriff dargestellt anhand der literaturkritischen Schriften. Die romantische Konzeption einer objektiven Poesie*. München: Wilhelm Fink Verlag, 1971.

MESSLIN, Dorit. *Antike und Moderne. Friedrich Schlegels Poetik, Philosophie und Lebenskunst*. Berlim/Nova York: Walter de Gruyter, 2011.

MINOR, Jakob (Org.). *Friedrich Schlegel, 1794-1802. Seine prosaischen Jugendschriften*. Wien: Verlag Carl Konegen, 1882.

MUECKE, D. C. *The Compass of Irony*. Londres: Methuen & Co., 1969.

MÜNSTER, Reinhold. "Introducción". In: SCHLEGEL, Friedrich. *Lucinde*. Valência: Editorial Natan, 1987.

NIVELLE, Armand. *Frühromantische Dichtungstheorie*. Berlim: Walter de Gruyter, 1970.

PAREDES, J; GRACIA P. (Org.). *Tipología de las formas narrativas breves Románicas medievales*. Granada: Universidad de Granada, 1998.

PASCUAL, José Antonio. "Los registros linguísticos del "Quixote": La distancia irônica de la realidade". In: CERVANTES, Miguel de. *Don Quijote de la Mancha*. Madri: Santillana Ediciones Generales, 2004.

PIKULIK, Lothar. *Romantik als Ungenügen an der Normalität*. Frankfurt am Main: Suhrkamp, 1979.

________. *Frühromantik. Epoche – Werke – Wirkung*. München: C. H. Beck, 2000.

POLHEIM, Karl Konrad. "Friedrich Schlegels *Lucinde*". *Zeitschrift für deusche Philologie*. Berlim, Band 88, 1969, pp. 76-98.

__________. "Nachwort". In: SCHLEGEL, Friedrich. *Lucinde*. Stuttgart: Philipp Reclam Junior, 2008.

POTTS, Alex. "Introduction". In: WINCKELMANN, Johann Joachim. *History of the Art of Antiquity*. Los Angeles: Getty Research Institut Los Angeles, 2006.

PRANG, Helmut (Org.). *Begriffsbestimmung der Romantik*. Darmstadt: Wissenschaftliche Buchgesellschaft, 1968.

________. *Die Romantische Ironie*. Darmstadt: Wissenschaftliche Buchgesellschaft, 1972.

PREUSS, Peter. "Translator's introduction". In: FICHTE, Johann Gottlieb. *The Vocation of Man*. Cambridge: Hackett Publishing Company, 1987.

RADRIZZANI, Ives. "Zur Geschichte der romantischen Ästhetik: Von Fichtes Transzcendentalphilosophie zu Schlegels Transzendentalpoesie". In: SCHRADER, Wolgang H. *Fichte und die Romantik. Fichte-Studien. Band 12*. Amsterdam: Rodopi, 1997.

RESE, Frederike. "Republikanismus, Geselligkeit und Bildung. Zu Friedrich Schlegels Versuch über den Begriff des Republikanismus". Paderborn: *Jahrbuch für Romantik*, 1997, pp. 37-71.

RICHARDS, Robert J. *The Romantic Conception of Life*. Chicago: The University of Chicago Press, 1992.

ROMERO, Sílvio. *Contos populares do Brasil*. São Paulo: Landy, 2008.

ROUGE, Issac. *Erläuterung zu Friedrich Schlegel's* Lucinde. Lausanne: Université de Lausanne, 1904.

ROUSSEAU, Jean-Jacques. "Discurso sobre a origem e os fundamentos da desigualdade entre os homens". In: ROUSSEAU, J. J. *O contrato social e outros escritos*. Trad. Rolando Roque da Silva. São Paulo: Cultrix, 1975.

SAAVEDRA, Miguel de Cervantes. *O engenhoso fidalgo Dom Quixote de La Mancha*, v. I. Trad. Sérgio Molina. São Paulo: Editora 34, 2002.

SAFRANSKI, Rüdiger. *Romantismo: uma questão alemã*. Trad. Rita Rios. São Paulo: Estação Liberdade, 2010.

SAUNDERS, Corinne. *A Companion to Romance. From Classical to Contemporary*. Malden: Blackwell Publishing, 2004.

SCHANZE, Helmut (Org.). *Friedrich Schlegel und die Kunsttheorie seiner Zeit*. Darmstadt: Wissenschaftliche Buchgesellschaft, 1985.

SCHEEL, Márcio. *Poética do romantismo. Novalis e o fragmento literário*. São Paulo: Editora Unesp, 2010.

SCHILLER, Friedrich. *On the Aesthetic Education of Man. In a Series of Letters*. Oxford: Clarendon Press, 1985.

________. *Poesia ingênua e sentimental*. Trad. Márcio Suzuki. São Paulo: Iluminuras, 1991.

________. GOETHE, Johann Wolfgang. *Briefwechsel zwischen Goethe und Schiller 1794-1805*. BEETZ, Manfred (Org.) München: Carl Hanser Verlag, 2005.

SCHLÄFER, Heinz. "Der geglückt Anfang: Das 18. Jahrhundert". In: SCHLÄFER, H. *Die kurze Geschichte der deutschen Literatur*. München: Carl Hanser Verlag, 2002.

SCHLEGEL, August Wilhelm. *Die Kunstlehre*. Stuttgart: W. Kohlhammer Verlag, 1963.

________. *Vorlesungen über dramatische Kunst und Literatur*. Stuttgart: W. Kohlhammer, 1966.

________. *Doutrina da Arte*. Trad. Marco Aurélio Werle. São Paulo: Edusp, 2014.

SCHLEIERMACHER, Friedrich D. E. "Über die Religion: Reden an die Gebildeten unter ihren Verächtern". In: KIMMERLE, Heinz (Org.). *Friedrich Schleiermacher Schriften*. Frankfurt: Deutscher Klassiker Verlag, 1996.

________. *Hermenêutica. Arte e técnica da interpretação*. Trad.Celso Reni Braida. Rio de Janeiro: Vozes, 2000.

SCHRADER, Wolfgang H. *Fichte und die Romantik. Fichte-Studien. Band 12*. Amsterdam: Rodopi, 1997.

SCHULZ, Gerhard. *Novalis mit Selbstzeugnissen und Bilddokumenten*. Hamburgo: Rowohlt, 1974.

SELBMANN, Rolf. *Historische Bestimmungen. Von Blanckenburg bis Hegel. Der deutsche Bildungsroman*. Stuttgart: J. B. Metzler, 1994.

SELIGMANN-SILVA, Márcio. *Ler o livro do mundo. Walter Benjamin: Romantismo e crítica literária*. São Paulo: Iluminuras, 1999.

________ (Org.). *Leituras de Walter Benjamin*. São Paulo: Annablume, 2007.

SHAFTESBURY, Anthony Ashley Cooper. *Characteristicks of Men, Manners, Opinions, Times*. Oxford: Clarendon Press, 1999.

SILVA, Arlenice Almeida da. "O interessante em Friedrich Schlegel". *Trans/Form/Ação*. Marília, v. 34, 2011, pp. 75-94.

SOUZA, Roberto Acízelo de. *Iniciação aos estudos literários. Objetos, disciplinas, instrumentos*. São Paulo: Martins Fontes, 2006.

STÄEL, Madame de. *De l'Allemagne*. Paris: Garnier-Flammarion, 1968.

STROHSCHNEIDER-KOHRS, Ingrid. *Die Romantische Ironie in Theorie und Gestaltung*. Tübingen: Max Niemeyer Verlag, 2002.

SUZUKI, Márcio. *O gênio romântico. Crítica e história da filosofia em Friedrich Schegel*. São Paulo: Iluminuras, 1998.

________. "A tragédia e a verdade de Laocoonte". In: ROSENFIELD, Denis L. *Filosofia e literatura: O trágico*. Rio de Janeiro: Jorge Zahar, 2001.

________. "Sobre Música e Ironia. Idealismo Alemão". *Revista Dois Pontos*. Curitiba/São Carlos, 2007, v. 4, n. 1, pp. 175-200.

SZONDI, Peter. *Poésie et poétique de l'idealisme allemand*. Paris: Gallimard, 1974.

________. "Das Naive ist das Sentimentalische. Zur Begriffsdialektik in Schillers Abhandlung". In: SZONDI, Peter. *Schriften II*. Frankfurt am Main: Suhrkamp, 1978.

________. "Friedrich Schlegel und die Romantische Ironie". In: SZONDI, P. *Schriften II*. Frankfurt am Main: Suhrkamp, 1996.

THALMANN, Marianne. "Nachwort". In: TIECK, Ludwig. *Frühe Erzählungen und Romane*. München: Winkler Verlag, 1963.

THOUARD, Denis. *Critique et herméneutique dans le premier romantisme allemand*. Paris: Presses Universitaires du Septentrion, 1996.

________. "Der unmöglich Abschluss". In: BREUER (Org.). *Antike-Philologie-Romantik. Friedrich Schlegels altertumswissenschaftliche Manuskripte*. Paderborn: Ferdinand Schöningh, 2011.

TIECK, Ludwig. *Frühe Erzählungen und Romane*. München: Winkler Verlag, 1963.

________. *Feitiço de amor e outros contos*. Trad. Maria Aparecida Barbosa e Karin Volobuef. São Paulo: Hedra, 2009.

TODOROV, Tzvetan. *Teorias do símbolo*. Trad. Enid Abreu Dobránszky. São Paulo: Papirus, 1996, p. 212.

TORRES FILHO, Rubens Rodrigues. *O espírito e a letra. A crítica da imaginação pura em Fichte*. São Paulo: Ática, 1979.

________. "Novalis: O romantismo estudioso". In: NOVALIS, Friedrich von Hardenberg. *Pólen. Fragmentos, diálogos, monólogo*. São Paulo: Iluminuras, 2009.

TURK, Horst (Org.). *Klassiker der Literaturtheorie*. München: C. H. Beck, 1979.

VENDRAMINI, José Eduardo. "A commedia dell'arte e sua reoperacionalização". *Trans/Form/Ação*. Marília, v. 24, nffl 1, 2001, p. 57.

VERMEHREN, Bernhard J. *Briefe über Friedrich Schlegels Lucinde zur richtigen Würdigung derselben*. Jena, 1800.

VIEWEG, Klaus (Org.). *Friedrich Schlegel und Friedrich Nietszche. Transzendentalpoesie oder Dichtkunst mit Begriffen*. Paderborn: Ferdinand Schöningh, 2009.

VIETTA, Silvio. *Transzendentale Texttheorie und Dezentrierung der Subjektivität bei Schlegel und Nietzsche*. Paderborn: Ferdinand Schöningh, 2009.

VOLOBUEF, Karin. *Frestas e arestas: A prosa de ficção na Alemanha e no Brasil*. São Paulo: Editora Unesp, 1998.

________. "Individualismo e Sentimentalismo. (Novalis e José de Alencar): Duas formas de subjetividade no romantismo. *Itinerários!. Revista da Universidade Estadual Paulista*, v. 15/16, 2000, p. 78.

________. "Prefácio". In: ROMERO, Sílvio. *Contos populares do Brasil*. São Paulo: Landy, 2008.

________. "Ludwig Tieck: meandros góticos". *Ilha do desterro*. Florianópolis, nffl 62, jan./jun. 2012, pp. 153-172.

VOLPER, Richard. *Friedrich Schlegel als politischer Denker und deutscher Patriot*. Saale – Naumburg: Verlag und Buchdruckerei Lippert & Co, 1917.

VON WIESE, Benno. *Deutsche Dichter der Romantik*. Berlim: Erich Schmidt Verlag, 1971.

VOSSKAMP, Wilhelm. *Romantheorie in Deutschland. Von Martin Opitz bis Friedrich von Blanckenburg*. Stuttgart: J. B. Metzlersche Verlagsbuchhandlung, 1973.

VOSSLER, Karl. "Der Roman bei den Romanen". In: KLOTZ, Volker. *Zur Poetik des Romans*. Darmstadt: Wissenschaftliche Buchgesellschaft, 1965.

WALZEL, Oskar. *August Wilhelm und Friedrich Schlegel. In Auswahl herausgegeben*. Stuttgart: Union Deutsche Verlagsgesellschaft, 1892.

________. *Deutsche Romantik*. Leipzig/Berlim: B. G. Teubner, 1918.

________. "Methode? Ironie bei Friedrich Schlegel und bei Solger". In: SCHANZE, Helmut (Org.). *Friedrich Schlegel und die Kunsttheorie seiner Zeit*. Darmstadt: Wissenschaftliche Buchgesellschaft, 1985.

WATT, Ian. *A ascensão do romance*. São Paulo: Companhia das Letras, 2002.

WELLEK, René. *Concepts of Criticism*. New Haven: Yale University Press, 1963.

________. *História da crítica moderna. Friedrich Schlegel*. São Paulo: Herder, 1967.

WERLE, Marco Aurélio. "Winckelmann, Lessing e Herder: Estéticas do Efeito?" *Trans/Form/Ação. Revista do Departamento de Filosofia da Unesp*, Marília, 23: 19-50, 2000.

WIELAND, Martin. *Geschichte des Agathon*. Leipzig: Georg Joachim Göschen, 1794.

WILKINSON, E. M.; WILLOUGHBY, L. A. "Introduction". In: SCHILLER, Friedrich. *On the Aesthetic Education of Man. In a Series of Letters*. Oxford: Clarendon Press, 1985.

WINCKELMANN, Johann Joachim. *Geschichte der Kunst des Altertums*. Wien: Phaidon Verlag, 1934.

________. *Reflexões sobre a arte antiga*. Trad. Herbert Caro e Leonardo Tochtrop. Porto Alegre: Movimento, 1975.

________. *Gedanken über die Nachahmung der griechischen Werke in der malerei und Bildhauerkunst*. Stuttgart: Philipp Reclam, 2003.

________. *History of the Art of Antiquity*. Los Angeles: Getty Research Institut Los Angeles, 2006.

WINDISCHMANN, C. H. J. (Org.). *Friedrich Schlegel philosophische Vorlesungen aus den Jahren 1804-1806. Nebst Fragmenten vorzüglich philosophisch-theologischen Inhalts*. Bonn: Weber, 1836-1837.

WITTE, Bernd. "La naissance de l'histoire littéraire dans l'esprit de la révolution. Le discours esthétique chez Schlegel, Hegel, Gervinus et Rosenkranz". In: ESPAGNE, Michel; WERNER, Michael. *Philologiques I. Contribuition à l'histoire des disciplines littéraires en France et em XIXe Siècle*. Paris: Editions de la Maison des Sciences de L'Homme, 1990.

WITTMANN, Reinhard. "Existe uma revolução da leitura no final do século XVIII". In: CHARTIER, Roger; CAVALLO, Guglielmo (Orgs.). *História da leitura no mundo ocidental*. São Paulo: Ática, 1999.

YOON, Tae Won. *Der Symbolcharakter der neuen Mythologie im Zusammenhang mit der kritischen Funktion der romantischen Ironie bei Friedrich Schlegel*. Frankfurt am Main: Peter Lang Verlag, 1996.

ZEYDEL, Edwin H. "Neue Philosophische Schriften by Friedrich Schlegel". *Modern Language Notes*, v. 50, nffl 7, nov. 1935, pp. 468-471.

ZIMMERMANN, Harro. *Friedrich Schlegel oder die Sehnsucht nach Deutschland*. Paderborn: Ferdinand Schöningh, 2009.

ZMEGAC, Viktor. *Der Europäische Roman. Geschichte seiner Poetik*. Tübingen: Max Niemeyer Verlag, 1990.

ZUMTHOR, Paul. *Introdução à poesia oral*. Trad. Jerusa Pires Ferreira, Maria Lúcia Diniz Porchat e Maria Inês de Almeida. Belo Horizonte: Editora UFMG, 2010.

Dicionários consultados para a presente obra:

ABBAGNANO, Nicola. *Dicionário de filosofia*. São Paulo: Martins Fontes, 2007.

ADELUNG, Johann Christoph. *Grammatisch-Kritisches Wörterbuch der hochdeutschen Mundart*, 1. ed. Leipzig: Bernhard Christoph Breitkopf und Sohn, 1774.

AGRICOLA, Christiane et al. *Wörter und Wendung*. Wörterbuch zum Deutschen Sprachgebrauch. Mannheim: Dulden Verlag, 1992.

BEEKS, Robert. *Etymological Dictionary of Greek*, v. I. Boston: Brill, 2010.

BENECKE, G.F.; MÜLLER, W.; ZARNCKE, F. *Mittelhochdeutscher Wörterbuch*. Hildesheim: Georg Olms Verlag, 1963.

CUDDON, J. A. *Dictionary of Literary Terms & Literary Theory*. Londres: Penguin Books, 1998.

FRIEDRICH, Wolf. *Moderne Deutsche Idiomatik*. München: Max Hueber Verlag, 1966.

GÖTZ, Dieter et al. *Langenscheidt. Großwörterbuch Deutsch ald Fremdsprache*. Berlim: Langenscheidt, 2008.

GRIMM, Jakob; GRIMM, Wilhelm. *Deutsches Wörterbuch*, 33 v. München: Deutscher Taschenbuch, 1984. (Leipzig: Verlag von S. Hirzel, 1854.)

HARDENBERG, Friedrich von. [Novalis] *Pólen. Fragmentos, diálogos, monólogo*. Trad., apres. e notas Rubens Rodrigues Torres Filho. São Paulo: Iluminuras, 2009.

HOLLANDA FERREIRA, Aurélio Buarque de. *Novo dicionário da língua portuguesa*. Rio de Janeiro: Nova Fronteira, 1986.

HOUAISS, Antonio. *Dicionário Houaiss da língua portuguesa*. Rio de Janeiro: Objetiva, 2004.

HORNBY, A. S. *Oxford Advanced Dictionary*. Oxford: Oxford University Press, 2009.

KLUGE, Friedrich. *Etymologisches Wörterbuch der Deutschen Sprache*. Berlim/Nova York: Walter de Gruyter, 2002.

LANGENSCHEIDT, G. *Grosswörterbuch Lateinisch-Deutsch*. Berlim: Langenscheidt, 1984.

MERKER, Paul; STAMMLER, Wolfgang. *Reallexikon der deutschen Literaturgeschichte*. Berlim: Walter de Gruyter, 1988.

SCHEMANN, Hans. *Idiomatik Deutsche-Portugiesisch*. Stuttgart: Ernst Klett Sprachen GmbH, 2002.

SEEBOLD, Elmar. *Kluge Etymologisches Wörterbuch der deutschen Sprache*. Berlim: Walter de Gruyter, 2002.

THIBAUT, M. A. *Dictionnaire Français-Allemand et Allemand-Français*, 2 v. Brunsvic: George Westermann, 1880.

TOCHTROP, Leonardo. *Dicionário alemão-português*. Porto Alegre: Globo, 1943.

WAHRIG, Gerhard. *Deutsches Wörterbuch*. München: Bertelsmann Verlag, 1996.

WEEVER, Jacqueline de. *Chaucer Dictionary*. Londres: Garland Publishing, 1988.

Este livro foi composto em Scala pela *Iluminuras* e impresso nas oficinas da *Meta Solutions Gráfica*, em Cotia, SP, em papel off-white 80g.